当代陕西文学评论文丛 | 编委会

主　编　贾平凹　齐雅丽

副主编　韩霁虹　李国平　李　震

编　委　（按姓氏笔画排序）

　　　　仵　埂　齐雅丽　李　震

　　　　李国平　杨　辉　段建军

　　　　贾平凹　韩霁虹

当代陕西文学评论文丛

后起新锐

传统的创化

杨辉 著

陕西师范大学出版总社 西安

图书代号　WX24N2342

图书在版编目（CIP）数据

传统的创化 / 杨辉著. -- 西安：陕西师范大学出版总社有限公司，2025.6. --（当代陕西文学评论文丛 / 贾平凹，齐雅丽主编）. -- ISBN 978-7-5695-4819-8

Ⅰ. I206.7-53

中国国家版本馆CIP数据核字第2024L9H546号

传 统 的 创 化
CHUANTONG DE CHUANGHUA

杨　辉　著

出版统筹	刘东风　刘　定
策划编辑	马凤霞
责任编辑	王雅琨
责任校对	张　佩
封面设计	周伟伟
出版发行	陕西师范大学出版总社
	（西安市长安南路199号　邮编 710062）
网　　址	http://www.snupg.com
印　　刷	中煤地西安地图制印有限公司
开　　本	720 mm×1020 mm　1/16
印　　张	19
插　　页	2
字　　数	270千
版　　次	2025年6月第1版
印　　次	2025年6月第1次印刷
书　　号	ISBN 978-7-5695-4819-8
定　　价	69.00元

读者购书、书店添货或发现印装质量问题，请与本公司营销部联系、调换。
电话：（029）85307864　85303629　　传真：（029）85303879

文脉陕西,评论华章(序)

贾平凹

从延安文艺的烽火岁月,到新时代的文学繁荣,陕西文学以其独特的风格和深邃的内涵,赢得了国内外的广泛赞誉。在中国当代文学史上,陕西不仅拥有一支强大的文学创作队伍,同时也拥有一批占领各个历史阶段文学批评潮头的评论骨干。他们以敏锐的洞察力剖析文学现象,参与文学现场,解读作品内涵,为陕西文学的发展注入了源源不断的活力。在新时代文化浪潮中,文学评论作为党领导文学事业的重要途径和方式,作为文学繁荣发展的重要推动力和引导力,正凸显着越来越重要的作用。

为了贯彻落实习近平总书记关于文艺工作和文艺批评的重要论述,以及中宣部等五部门联合印发的《关于加强新时代文艺评论工作的指导意见》,进一步加强和改进陕西文学批评工作,打磨好批评这把利剑,把好文艺的方向盘,同时也为深入总结和发扬陕派文学批评的历史经验,全面呈现陕西当代评论家队伍及其丰硕成果,推动陕西文学批评再创佳绩,助力陕西乃至全国文学发展,陕西省作家协会精心策划并编辑出版了"当代陕西文学评论文丛"。

在选编过程中,丛书编委会始终遵循着精编细选的原则,力求每篇文章都能代表作者个人的最高水平,同时也能反映出陕西文学评论的独特风格和时代特征。所选文章以研究和评论承续延安文艺传统的陕西作家、作品为主，也不乏对中国文坛或域外文学研究的独到见解。丛书汇聚了三代文学批评家中三十位代表批评家的学术成果。他们或生于陕西，或长期在陕工作。他们以笔为剑，以墨为锋，用睿智深刻的见解，共同书写了陕西文学批评的辉煌华章。他们的评论文章，或激情洋溢，或理性严谨，或高屋建瓴，或细腻入微，共同构筑了这部丛书的独特魅力与丰富内涵。

丛书将陕西老中青三代评论家分为"笔耕拓土""接续中坚""后起新锐"三个系列。三代评论家有学术师承，亦有历史代际。每个系列都蕴含着不同的时代气息和文学精神："笔耕拓土"系列收录了陕西文学评论界先驱和奠基者的成果，他们如同手握犁铧的开垦者，为陕西文学评论的沃土播下了希望的种子；"接续中坚"系列展现了新一代批评家中坚力量的风采，他们的评论既有深厚的理论功底，又有敏锐的时代洞察力，为陕西文学评论的繁荣发展注入了新的活力；"后起新锐"系列则汇集了新一代批评家的文章，他们敢于创新，勇于探索，为陕西文学评论的未来开辟了广阔的空间。

"当代陕西文学评论文丛"的出版，不仅是对陕西文学批评历史的一次全面总结和回顾，更是对未来陕西文学发展的有力推动和期待。相信这部丛书的问世，将激发更多文学评论家的创作热情，使陕西文学创作与批评携手并进，比翼齐飞，为推动陕西文学批评事业的繁荣发展，为陕西乃至全国文学的发展贡献新的智慧和力量。

2024年11月8日

目 录

001 "大文学史观"与贾平凹的评价问题

016 再"历史化":《创业史》的评价问题
   ——以洪子诚《中国当代文学史》为中心

032 人应该如何生活?
   ——论陈彦长篇小说《装台》

046 贾平凹与"大文学史"

086 向着大地和天空,凡人和诸神
   ——红柯《少女萨吾尔登》读札

097 路遥文学的"常"与"变"
   ——从"《山花》时期"而来

121 余华与古典传统

143 自识与反思,来路和去处,以及朝向外部世界
   ——弋舟《在恒常与流变中》读记

152 现实主义的广阔道路
   ——论陈彦兼及现实主义赓续的若干问题

182 历史、通观与自然之镜
   ——贾平凹小说的一种读法

196 作为批评和美学文本的《早晨从中午开始》
——兼论路遥的文学观与80年代文学思潮

223 《应物兄》与晚近三十年的文学、思想和文化问题

261 感通之象:《秦岭记》与"巫史传统"

285 相忘乎道术（代后记）

"大文学史观"与贾平凹的评价问题

自《废都》以降，论者在贾平凹作品评价上的分歧，内在地关联着自晚清开启，至"五四"强化的文化的"古今中西之争"。该问题因与彼时中国作为现代民族国家的兴起和存亡问题颇多勾连而呈现出极为复杂的面貌。在中国社会与文化的现代性进程中传统文化的"败北"与西方文化的"胜出"虽具有一定的"历史合理性"，但在延续百年的文学与文化的现代性进程已然面临"危机"的境况下①，重新将"古今中西之争"所敞开的问题"历史化"，以回到此问题得以产生的历史语境中，在多元复杂的社会与文化的关系与结构中，重新考量该问题的历史与现实意义；并进一步在全球化的语境下，重新梳理"五四"以来的知识谱系，以从根本性意义上应对西方文学与文化的"影响的焦虑"，敞开新的问题论域，仍属文

---

① 此处的"现代性"危机，是指在西方现代性观念感召之下，以"弃绝"民族文化"传统"的决绝姿态迅猛发展起来的"五四"以降的现代文化在解决当下社会精神问题时的"无力"。近百年中国文化的现代性进程一旦脱离自晚清至"五四"的"启蒙与救亡的双重变奏"，即不与国家民族的生死存亡相关联，其内在的"弊端"便逐渐显露。且不论"五四"诸公在引入"西学"时的"偏狭"（甘阳、刘小枫主编之"西学源流"及刘小枫主编之"西方传统：经典与解释"两套书系百余种，目的之一，即纠"五四""西学"之"偏"），单是以西方现代性理论话语"检测"中国古典文学之价值及有效性，即无法真正敞开中国古代文化之核心精神。这是当下有志于重返"古典传统"的学人需要认真反思的重要问题。如不对自我的"前理解"做"先验批判"，即便进入古典文本，亦无从窥透其内在价值。黑格尔对《论语》评价的"偏见"即一例。在这一问题上，弗朗索瓦·于连从"中国思想"返归"希腊思想"的运思方式可作参照，列奥·施特劳斯的释经学方法亦可有效规避此问题。

学理论界一个"未思"的领域。因是之故,围绕沈从文、孙犁、汪曾祺、贾平凹,甚至"晚近"的黄永玉、金宇澄、木心①作品的价值论争,往往因论者操持不同之理论话语互相辩难,虽针锋相对,但收效甚微。如不对论者的知识谱系与意识形态做深入的"先验批判",则此种论争难免"无功而返",亦无助于文学史的调适和完善。而如何有效规避现代性理论话语的局限,在更为宽泛的古今中西文化的语境下敞开新的评价视域,是文学理论界亟须应对的重要问题。近年来,围绕"西方文论"的局限和中国文论建构问题的探讨几成显学,但仍未深度触及与此问题密切关联之"古今中西之争"的思想论域。②为此,有必要引入现象学"悬置"的方法,暂时悬置"五四"以来以西方思想及文学观念为核心的文论的现代性话语的"优先"地位,并对其做价值的"先验批判"③。以此为基础,既能有效规避20世纪中国文学在"评价视域"上的"偏狭",亦是中国文学与文

---

① 关于木心作品文学史价值的讨论,最为典型地体现了论者知识谱系之内在分野,如何影响到作品的价值评判,亦表征着当代文学史观念的局限性和在价值评定上的偏狭。木心是否可以进入文学史姑且不论,但其文学价值品性上承"五四"("民国")及中国文学"大传统",不在20世纪80年代以来新时期文学传统之中,却是不争的事实,亦是需要论者认真辨析并深入反思的重要现象。详情可参见孙郁、张柠:《关于"木心"兼及当代文学评价的通信》,载《文艺争鸣》2015年第1期;孙郁:《木心之旅》,载《读书》2007年第7期;李静:《"你是含苞欲放的哲学家"——木心散论》,载《南方文坛》2006年第5期。
② 近年来,由中国社会科学院教授张江"首开"的"西方文论"局限性的反思引发学界广泛关注,朱立元、周宪、南帆等人亦围绕此一问题展开深入讨论。张江对"西方文论"的基本观点,集中体现在其长篇论文《当代西方文论若干问题辨识——兼及中国文论重建》一文中。其以"强制阐释"及"场外征用"为核心,反思西方文论在文本阐释上的问题所在,并强调对文学文本做"本体诠释",此一思路颇近于成中英教授的"本体诠释学"的基本观点。(参见成中英、杨庆中:《从中西会通到本体诠释——成中英教授访谈录》,中国人民大学出版社,2013年;周宪:《文学理论的创新问题》,载《中国社会科学》2015年第4期;南帆:《中国文学理论的重建:环境与资源》,载《中国社会科学》2015年第4期。)"中国古代文论的现代转换"这一已被"历史化"的问题重新恢复其理论活力,已充分说明《周易》"复卦"返转回复观念的解释效力。
③ 对"先验批判"及其运思方式,刘士林有极为精到的分析说明。参见刘士林:《先验批判——20世纪中国学术批评导论》,上海三联书店,2001年。

化"归根复命"①的先决条件，不惟可以拓展贾平凹研究的新境界，亦可丰富20世纪中国文学的历史性叙述。

一、超越"现代性"视域

敞开文学理论的新视域，其先决条件是超越文学理论的现代性视域。笔者与南帆先生围绕中国文论的重建问题的访谈已经触及这一问题的核心论域：

> 杨辉：诚如您在《文学理论：本土与开放》及《现代性、民族与文学理论》等文章中指出的，以"道""气""神韵""风骨""滋味""以禅喻诗"等概念、术语、范畴和命题为基础的中国古代文论，在解释"五四"以降的中国文学时的阐释效力远不及以国民性、阶级、典型、主体、无意识、结构等术语为基础的现代文论（核心是西方文论）。是为"重启中国古代文论"的诸多难题之一种。进而言之，您指出，中国古代文论的现代转换至少包含两个步骤。"第一个步骤是解释中国古代文学理论一系列概念、范畴、命题，使现代人能够理解。这是一个比较简单的事情。""困难的是第二个步骤。解释之后，必须把它们放在整个现代性的话语平台之上，在现代性的语境之中加以考验，考察它们在这个语境之中解释问题的能力究竟有多大。""现代性理论话语"与中国传统文化的"矛盾性"由来已久（就中国而言，现代性理论话语原本就是在反叛传统的基础上兴起的），以现代性话语为"检测系统"，会不会无法洞悉属于"前现代"的中国古代文论的理论价值和解释效力？由此我想到近年来在国内学界影响颇大的政治哲学家施特劳斯的思想方式。因不满于马基雅

---

① 此为借用张志扬的说法，对该概念理论意义之详细辨析，参见张志扬：《归根复命——古典学的民族文化种姓》，载《海南大学学报》（人文社会科学版）2013年第2期。

维利以降的政治哲学的现代性思想路向,施特劳斯经由阿拉伯哲人重返希腊思想,以"返本开新"的学术姿态,重新梳理政治哲学的知识谱系。以此思路为参照,不知可否考虑这样一个思路:"悬搁"现代性话语及其所持存的"先验认知图式"或"前理解",以现象学"面向事物本身"的理论姿态,重新思考本土语境下的文学与文化问题与中国传统文化的关系?

南帆:这个问题与前一个问题密切相关[①]。如果暂时不考虑现象学"面向事物本身"这种命题对于主体、客体及意向性结构等方面的特殊理解,那么,"面向事物本身"的姿态与上述关注"正在遭遇何种现实"是一致的。

但是,我想强调的是,所谓的"事物本身"或者"现实"绝非一个天造地设的自然之物。相反,我们所栖身的历史已经是一个文化构造物。无论是语言、风俗、社会制度,还是建筑、交通工具、传播媒介,这些文化产品不仅构造了我们的现实;许多时候,它们就是"事物"或者"现实"本身。不管是企图观察这种现实、解读这种现实、延续这种现实或者摧毁这种现实,我们都要意识到,已有的各种文化传统及它们之间的复杂博弈已经内在其中。

现今我们所遭遇的现实,很大程度上即是由现代性话语构造而成。而且,这种构造业已包含了现代性话语对于种种"前现代"话语体系的批判。现代性话语构造的现实出现了许多问题,众多思想家正在从各个角度给予反思。但是,如果反思的话语体系与现代性话语结构无法对话,甚至没有能力招架现代性话语的批判锋芒,那么,反思的效果相当可疑。这是我将现代性话语作为"检测系统"的原因。"返本开新"可以成为一种学术姿态,但是,我们无法从传说之中的"桃花源"开始。所以,反思的话语与现代性话语之间的对话可能性

---

① 参见南帆、杨辉:《"关系与结构"中的文学和文化——南帆教授访谈》,载《美文》(上半月)2014年第5期。

是必要的前提。古人自信"半部《论语》治天下",然而,我们真的还可以引用《论语》与互联网产生的各种问题相互对话吗?对于我提到的第一个步骤,准确地解释中国古代文论的内容成为首要的任务;可是,我们现在所要做的是,衡量这个话语体系的现今意义。

如南帆先生所言,之所以将现代性话语作为"检测系统",是与现代性理论已经深度构造了我们置身其中的生活世界及种种观念密不可分,重新反思现代性理论的"局限",首先必须完成与现代性理论的"对话",非此则无从建构新的话语。但前文所述的问题仍然存在:如果以现代性文论话语为"先验认知图式",如何理解并阐释中国古代文论话语"自身"的意义?如宇文所安在《过去的终结:民国初年对文学史的重写》中申论的:"'五四'一代人对古典文学史进行重新诠释的程度,已经成为一个不再受到任何疑问的标准,它告诉我们说,'过去'真的已经结束了。几个传统型的学者还在,但是他们的著作远远不如那些追随'五四'传统的批评家们那样具有广大的权威性。近时的文章开始探索那些被'五四'文学史摒弃在外的领域,但是作这样的题目,作者们常常是用了道歉的语气,或者作为纯粹的学术研究来进行,并不宣称具有与'五四'批评家们的判断背道而驰的重要内在价值。而且在这些领域里,学术界对于研究新的、没有人碰过的东西的要求,往往压倒了一个学者想做重大研究的欲望。"[①]一旦涉及学术"成规"的突破及研究范式的重大变革,论者往往要面对巨大的压力。极而言之,文学史话语成规的潜在制约,使得任何选择不同于该"成规"的学术理路的研究将面对重重困难。对宇文所安以上反思的延伸,便是文学史叙述的如下限制:"如果我们在现实当中看看这一违背了'五四'传统的别种传统,我们会发现这些书一般来说都是小字印行,使用的是繁体字,要不然就是没有评注",这对于那些依赖白话注解和翻译来理解典籍的读者而言,"先验"地被剥夺了接受新的知识的可能。这也"给了学术界一种权力来

---

① 宇文所安:《过去的终结:民国初年对文学史的重写》,见《他山的石头记:宇文所安自选集》,田晓菲译,江苏人民出版社,2006年,第279页。

塑造中国的过去,也控制了大众对这个过去的接触"。①此一现象无疑也是后现代历史叙事学历史反思的要义所在。作为一种叙事的历史,原本就潜存着叙述语法和价值偏好,若要敞开新的历史视域,则需要从叙述语法(历史叙事)的先验批判入手。舍此,则任何历史重述,都不可避免地会回到原有的解释框架之中。此亦为程光炜"重返80年代"研究的基本学术理路。从海登·怀特《后现代历史叙事学》中,程光炜领悟到海登·怀特思想的深刻之处,在于"他的发现能够激活那些因为过于'成熟'而陷于'停滞'的专业学科的工作"。以"80年代文学"为例,对历史叙事建构的基本语境及语法的反思,可以将"80年代文学"重新"历史化",在新的叙述语境的建构中完成对其文学史价值的重述。②

对此一问题,宇文所安提醒尚在"五四"以来的阐释框架之中解释中国传统文学与文化的学者注意如下事实:在19世纪二三十年代文学史重写的语境中,"重新阐释过去是一个正在进行的事件,它和当时还很强大的古典传统是相辅相成的"。如今,作为彼时古典传统"重新阐释过去"的基本语境的社会现实已发生极大变化,如果还在"五四"一代人对古典传统的阐释范式中理解过去,则被"五四"诸公"连根拔除"的"古典传统"很难再有重现的机会。行文至此,有必要重温宇文所安在该文末尾处的如下质问:"'五四'知识分子们的价值观和他们的斗争性叙事如此紧密地联系在一起","我们不免想要知道:当最大的敌人死掉之后,还剩下什么?"③虽未及对此说做更为深入的理论说明,宇文所安已经迫切地意识到要重新"召唤"过去,在"五四"一代人所形成的学术成规的

---

① 宇文所安:《过去的终结:民国初年对文学史的重写》,见《他山的石头记:宇文所安自选集》,田晓菲译,江苏人民出版社,2006年,第280页。
② 程光炜:《发现历史的"故事类型"——读海登·怀特的〈后现代历史叙事学〉》,载《解放军艺术学院学报》2013年第2期。此种研究理路的深度展开,可参见程光炜:《文学讲稿:"八十年代"作为方法》,北京大学出版社,2009年;亦可参见程光炜:《当代文学的"历史化"》,北京大学出版社,2011年。
③ 宇文所安:《过去的终结:民国初年对文学史的重写》,见《他山的石头记:宇文所安自选集》,田晓菲译,江苏人民出版社,2006年,第280页。

叙事框架之中并无可能。孙郁在《新旧之间》一文中自谓，自己在20世纪70年代偶读《胡适文存》，方知"五四"那一代文化人，乃是深味国学的一族。其作品中有古诗文的奇气，并不与中国文学"大传统"（古典传统）彻底隔绝（反传统的人其实是站在传统的基点开始启航的，鲁迅、胡适、钱玄同，莫不如是）。[①]而到了他这一代，知识结构的先天局限，使得其与古典传统已隔绝甚深。"失去了与古人对话的通道"，已经读不懂古人，孙郁寄希望于年轻人对古典传统的"重新启动"。[②]这种重启的前提，是完成学术研究范式的根本性转换。

在《先验批判——20世纪中国学术批评导论》中，刘士林认为：从某种意义上说，"经验主义导致的是思想懒惰以及对观念创造的歧视，它们直接把某种带有现实功利性的'论'，当作了最高的自明的先验判断范畴"[③]。以此为基础，论者疏于考辨自身所依凭之学术传统的内在局限，且无从对自身知识谱系作自我反思，其结果便是受制于既定话语的先验规定性，无从察知认知世界的多样化的可能。因此上，"只有先验批判才能真正在逻辑上阻断各种独断论的产生，才能帮助这个古老的民族完成艰难的新生"[④]，"只有从各个知识领域清除掉历史积淀的精神废料，才能使中国文化启蒙获得一种坚实的理性基础"[⑤]。"悬置""五四"以来的文化的现代性传统的用意，便是敞开一种新的可能。

思想界对此一问题的反思已有多年。在为《"中国人问题"与"犹太人问题"》所作的序言中，张志扬反复申论，将"中国人问题"与"犹太人问题"对举，意在强调中国人"文化身份"的定位问题。其基本语境，

[①] 孙郁：《新旧之间·写作的叛徒》，海豚出版社，2012年，第186—198页。
[②] 孙郁：《革命时代的士大夫：汪曾祺闲录》，生活·读书·新知三联书店，2014年，第308页。
[③] 刘士林：《先验批判——20世纪中国学术批评导论》，上海三联书店，2001年，第24页。
[④] 同上，第162页。
[⑤] 同上，第163页。

仍然是晚清以降的文化的"古今中西之争"。"在西方军事政治文化殖民的死亡胁迫之下,是否还有非西化的另类的走回自己民族文化的路?"张志扬的如是追问将"古今中西之争"再度"历史化""问题化"。自鸦片战争始,长达一百七十余年的"救亡—启蒙"过程中,中国人遭遇的核心问题必然是:"救亡需要'科学'(社会革命·生产力),启蒙需要'民主'(国家革命·政治体制),因而归根结底'救亡—启蒙'就是把中国从传统中拔出来转向西方道路指示的'现代性'。"其根本问题在于,"不转向,中国亡;转向,中国同样亡,即同化追随于西方——名存实亡。"极而言之,在此一问题的背景下,"在西方的目光下"成为知识人运思的基本方式,"以至于中国人已长期陷入'不能思乃至无思'的无能境地"。①基于对此一现象强烈的问题意识,张志扬《现代性理论的检测与防御》《一个偶在论者的觅踪:在绝对与虚无之间》等作品均在不同角度不同层次上应对这一问题。

如能超越"现代性"视域,并有效克服现代性理论话语及与之密切相关之文学史观念的偏狭,便不难发现,围绕贾平凹作品"落后""守旧"及"反现代性"的批评,顿时失去了批判与解释的效力而变成"伪问

---

① 张志扬:《中国人问题与犹太人问题(代前言)》,见萌萌学术工作室编《"中国人问题"与"犹太人问题"》,生活·读书·新知三联书店,2011年,第3—4页。可进一步参阅张志扬:《一个偶在论者的觅踪:在绝对与虚无之间》,上海三联书店,2002年;张志扬:《现代性理论的检测与防御》,社会科学文献出版社,2000年。近年来,刘小枫、甘阳先后主编《西学源流》数十种,"西方传统:经典与解释""中国传统:经典与解释"百余种,根本用意,既在于纠"五四"以来国人对西学引入及理解的"偏狭",亦在于从新的思想方法入手,重新阐释"西学"及中国"古典传统"。此亦为列奥·施特劳斯古典研究及其释经学方法的要义所在。刘小枫等人之所以不遗余力地为国内学界引进施特劳斯及施特劳斯学派作品,根本用意,恐怕亦在此处。其基本思路,集合在近期出版的以下诸书中。其一为程志敏、张文涛主编:《从古典重新开始》,华东师范大学出版社,2015年,收入基本认信刘小枫学术理路之文章数十篇;其二为孙周兴、贾冬阳主编:《存在哲学与中国当代思想:张志扬从教五十周年庆祝会文集》,商务印书馆,2015年。亦可参见中国比较古典学学会主编:《施特劳斯与古典研究》,生活·读书·新知三联书店,2014年。此为施特劳斯古典学研究方式的"再解读"及方法论探讨文章的合集。

题"①。无论是20世纪90年代初胡河清对贾平凹作品与中国古典传统关系的深度探讨,还是李敬泽敏锐地发现贾平凹的写作与《红楼梦》之间的"影响的焦虑",以及孙郁指陈之贾平凹文学与沈从文、汪曾祺那一脉的内在关联及其与中国古典传统的承续关系,均说明有效开拓贾平凹研究之新境界,除需要超越现代性视域外,还必须融通中国文学的"大传统"与"小传统",非此,则无以从根本上解决文学史视域及评价标准的偏狭问题。

二、融通"大传统"与"小传统"

对中国文化的"大传统"与"小传统",人类学学者以"汉字书写系统的有无"为分界,将"前文字时代以来的神话思维视为'大传统'",与之相应的,便是将"汉字编码的书面传统作为'小传统'"②。此一思路不惟可以重新梳理中国文化的知识谱系,亦潜藏着重绘中国文化及文学地图的解释学效力。如以此为基本参照,则近年来围绕贾平凹新作《老生》中《山海经》与《老生》四个基本故事的互文关系的根本意指及其价

---

① 对贾平凹写作的"反现代性"特征的指认和批评,集中于李建军的几篇文章中。其一评《废都》文章题为《私有形态的反文化写作——评〈废都〉》(载《南方文坛》2003年第3期),该文中所指称之"文化",即为"现代文化";二评文章题为《随意杜撰的反真实写作——再评〈废都〉》(载《文艺理论与批评》2003年第3期)之"真实"观,亦在现代文化的理论话语框架之内;三评文章题为《草率拟古的反现代性——三评〈废都〉》(载《文艺争鸣》2003年第3期)。仅以题目看,用意已极为明显。仅仅六年后,李建军在《再论〈百合花〉——关于〈红楼梦〉对茹志鹃写作的影响》(载《文学评论》2009年第4期)中盛赞《百合花》是对《红楼梦》传统的一次遥远的回应。而将以上文章放在一起进行讨论,其理论视域内在的矛盾冲突不言自明。对此,王侃有极为精妙的分析。参见王侃:《批评家的立法冲动:资本转账与学理包装——近十年文学批评辩谬之一》,载《文艺争鸣》2012年第10期。

② 参见叶舒宪:《探寻中国文化的大传统——四重证据法与人文创新》,载《社会科学家》2011年第11期;叶舒宪:《重新划分大、小传统的学术创意与学术伦理——叶舒宪教授访谈录》,载《社会科学家》2012年第7期。而对此学术范式在文学谱系梳理上的理论意义的详细说明,参见李永平:《文学何为?——文化大传统对文学价值的重估》,载《思想战线》2013年第5期。

值有无的争议可以休矣！因无从理解《山海经》与《老生》核心故事中"一个世纪的叙述"之间的对话和张力所体现出的两种全然不同的世界观念的反讽结构，诸多批评者指斥《老生》中"加入"《山海经》的段落并无意义，且会造成文体上的冲突。对此类批评者所依据之知识谱系与意识形态稍加考辨，不难发现其立论的出发点，既在于"五四"以来的现代文化，亦在于西方文学传统的小说观念（其观念仍然是偏狭的，如果他们对西方文学传统有较为全面深入的理解，则不难知晓，仅就20世纪而言，詹姆斯·乔伊斯的名作《尤利西斯》便使用了"神话结构"。发生在20世纪初都柏林的故事与荷马史诗中尤利西斯的故事形成内在的互文关系，如不从此一角度出发，则很难深入理解乔伊斯作品的核心命意。此外，以弗莱为代表的神话原型批评，即努力在发掘文学作品中的"神话原型"。这些文学与理论资源，均可以用来理解《老生》的意义，惜乎批评者对此置若罔闻）。缺乏中国文化及文学"大传统"的评价视域，此类批评者自然无从理解有心接续中国文学"大传统"的作品。

自"五四"以来，诸家文学史在废名、沈从文、孙犁、汪曾祺、贾平凹这一脉的作品评价上的两难，已经充分暴露出以现代性为基本评价视域，无法为承续古典文脉的作家作品做妥帖定位。以沈从文的文学评价为例，夏志清《中国现代小说史》虽有"发掘"之功，但受制于英美新批评视野的内在局限，夏志清对沈从文文学的评价仍然存在着力所不逮之处。司马长风《中国新文学史》视域稍有拓展，但限于篇幅，诸多观点未及展开。值得一提的是，近年来，张新颖从《边城》等作品中读解出沈从文不同于乡土叙事"启蒙"传统之处，因几乎"自外于"启蒙的思想谱系，沈从文得以从另一眼光观照湘西世界的人事。一种远较"启蒙"观念指认的乡土人物丰富复杂的乡土世界携带着天地的气息，呈现出迥异于"启蒙"意义上的乡土叙事的基本面向。因与乡土民俗及生活世界的诸般物象（有其传承已久的思想传统和"看"世界的目光）的内在关联，沈从文笔下人物即便出身末流，仍然要"大于"知识分子指认的乡土人物。他们背后有

"天""地"(古典思想意义上的"天""地"),有对人在宇宙中的基本生存境遇的承担。是为沈从文作品所敞开的世界要大于其他同类作品的重要缘由。如不能突破现代性视域的局限,张新颖恐怕难于"发现"沈从文作品的以上品质。①

同样评价上的"尴尬"亦存在于对黄永玉长河小说《无愁河的浪荡汉子》及木心的作品上。《无愁河的浪荡汉子》以久已消逝的"故乡思维"从容营构具有极为鲜明之文体辨识度,以及极高的"能见度"的湘西世界。其写作思维上承沈从文的文学传统,不在"五四"以来作为文学"成规"的叙事流脉之中。黄永玉盛赞沈从文《长河》式的历史叙事,并认为后者是一部舒展开来的小说,是排除了精挑细选的人物的重要作品,它意味着沈从文文学的一个重要开端②。此书虽属未竟之作,但由其开启之写作路向,多年以后在黄永玉的笔下获得新生。围绕《无愁河的浪荡汉子》展开的争议亦从根本性意义上涉及文学评价的视域问题。与草率宣称该作叙事拖沓难以卒读形成鲜明对照的是,张新颖从该作品中体会到"养生"的意义:"'养生',很重的词。庶几近乎庄子讲的'养生'"③,身在万物中,与天地自然息息相通,并以之重建人与天地万物之间的圆融和合关系。而有效规避作为现代性观念核心的主客二分以及人与自然的对立关系的思想基础,是重返中国思想与文化的"大传统"。非此,则不能

---

① 参见张新颖:《沈从文与二十世纪中国》,复旦大学出版社,2014年;张新颖:《沈从文精读》,复旦大学出版社,2005年;张新颖:《沈从文的后半生》,广西师范大学出版社,2014年。亦可进一步参看张新颖关于王安忆的《天香》、黄永玉的《无愁河的浪荡汉子》及贾平凹的《秦腔》的评论文章。其之所以能别开新面,与其不在文学"小传统"中立论关联甚深。
② 参见黄永玉:《这些忧郁的碎屑》,见黄永玉著《沈从文与我》,湖南美术出版社,2015年。
③ 张新颖:《一说再说〈无愁河的浪荡汉子〉》,载《东吴学术》2014年第2期。

体会《无愁河的浪荡汉子》世界的元气淋漓及生命的充盈和丰富。①同样的道理,围绕木心作品之文学价值及文学史意义的争议亦充分体现出大、小文学传统价值分野问题之无远弗届。自木心作品在大陆陆续出版以来,虽有陈丹青不遗余力地推介,部分知名批评家的持续跟进,关于木心作品之价值的"争议"却始终不绝于耳。就中涉及木心评价之核心问题者,当属孙郁与张柠围绕木心评价问题的通信。在这一封信中,孙郁认为,木心在文章学层面上的价值,批评界至今估计不足。"比如修辞上的精心设喻、义理的巧妙布局、超越己身的纯粹的静观等,当代的作家似乎均难做到此点"。②再联系孙郁对木心作为文体家在文体上的自觉意识,以及其文章中"以民国文人的性灵与智慧对抗着我们文坛的粗鄙和无趣"③的赞赏,不难察觉其批评旨趣及价值依托,不在当代文学的叙述成规之中。针对孙郁的来信的观点,张柠开宗明义地指出:"木心的文学语言有其美学意义,但不能任由大众媒体借助传播强势,给公众造成错觉,认为木心的创作就是新文学的标准。"张柠赞同孙郁对木心语言的美学意义及其韵致的肯定,却以为语言仅为文学之一端,"作品形式与时代精神之间的内在关联性、叙事结构、思想容量、精神穿透力"④等,都需要做通盘考虑。张柠文章虽点到即止,但其思路,约略可以测知。在此通信后,未见孙郁做进一步的回应。但批评家李劼近期出版之《木心论》,庶几可以视为

---

① 参见张新颖:《这些话里的意思——再谈黄永玉〈无愁河的浪荡汉子〉》,载《长城》2014年第2期;张新颖:《与谁说这么多话——黄永玉〈无愁河的浪荡汉子〉》,载《书城》2014年第2期。亦可参见芳菲:《身在万物中——黄永玉〈无愁河的浪荡汉子〉札记之三》,载《上海文化》2013年第5期。芳菲文章的论述更为细致,运思方式亦有同工之妙。
② 张柠、孙郁:《关于"木心"兼及当代文学评价的通信》,载《文艺争鸣》2015年第1期。
③ 孙郁:《文体家的小说与小说家的文体》,载《文艺争鸣》2012年第11期。
④ 张柠、孙郁:《关于"木心"兼及当代文学评价的通信》,载《文艺争鸣》2015年第1期。

是对该问题的"回应"之作。李劼将木心与南怀瑾、胡兰成①、潘雨廷对举,以为南怀瑾最俗,胡兰成最浮,潘雨廷最精深,木心最清高。言下之意,"俗"与"浮"及"清高"和"精深",四人皆具备,唯偏重不同。在细读木心《文学回忆录》及其小说诗歌作品之后,李劼认为,由逻辑主导之哲学,并非木心所长,木心之兴趣亦不在此处。归根结底,木心是一位诗人,其以诗人之眼光打量古今中外之文学,参之以个人生命的实感经验,所见自然不同于文学史中的观点。木心之直觉有极强之穿透力,但其逻辑却相当模糊,然仅以过人之参悟力,木心能读破老子思想之精华并深度体悟出"反者道之动"的精深微妙处,如此这般深入,千年以下,不过数人尔。"反者道之动"之要义,在"文化只有不断地返回,才能获得充沛的生命力"。通过文学上的溯本追源,方可以完成新时代的"文艺复兴"②。此与胡河清二十余年前强调中国全息现实主义的诞生,承续《周易》思维的说法如出一辙,亦从思想方式上暗合《周易》"复卦""返本开新"的精义。若参照西方思想申论之,可知此一思路,与雅斯贝尔斯指出"轴心时代"的理路足相交通。

依李劼之见,木心的散文,足以与《道德经》媲美,亦互补于李劼之"中国文化冷风景"。二者相通之处在于,同以"返回先秦的方式,呈示全新的人文景观"。从木心诗文中可以测知,"打倒孔家店式的五四文化标高,已经成为历史;五四白话文与生俱来的打倒、推翻暴力话语方式,就此走向终结"。③中国文化的"旧邦新命",在"返本开新"。"中国式的文艺复兴,并非仅止于对孔孟之道的摒弃,而是对所有先秦诸子作出

---

① 王德威论及"现代抒情传统",专设一章谈及胡兰成。从胡氏行世之《中国礼乐风景》《禅是一枝花》《心经随喜》等作品,不难见其超出常人之文字功夫,其文学旨趣,亦在木心所属之文学传统之中。详见王德威:《现代"抒情传统"四论》(第四章"抒情与背叛——胡兰成战争和战后的诗学政治"),台大出版社,2011年。
② 李劼:《木心论》,广西师范大学出版社,2015年,第26页。
③ 同上,第69页。

全面的重新评估。"①如不能规避"五四"以来的文化观念，全面的重新评估如何可能？！从木心打通古今中西文学的宏大视域中，李劼察觉其所以不至于进退失据的原因所在，进而言之，正因为拥有更为宏阔的文学史视域，木心作品中才能保持中国文化最为精深微妙之处。如同在美国的陈世骧以西方文化为参照系，深入发掘出中国文学之"抒情传统"一般，李劼从木心的文字中，亦读到出自生命底蕴本身的审美气度，是中国文化的奥义所在，亦是木心文学的意义所托。

早在20世纪80年代末至90年代初，胡河清即惊叹于汪曾祺、孙犁、贾平凹及杨绛等人在其作品中对古典精神现代可能的独到铺陈。胡河清系列文章的写作时间，与作为80年代"文化热"之核心的"文化：中国与世界"团契申论西化观念相去不远，其全然不同之运思理路及价值依托，彼时想必有知音难觅之叹。大约同时期，汪曾祺亦呼唤当代文学研究者应有古典文学的素养，并建议打通当代文学与古典文学。②惜乎彼时应者寥寥，即便今天，恐怕亦属空谷足音。③

因是之故，打通中国文学"大传统"与"小传统"，建构一种融合两者的"大文学史观"（亦包括西方文学传统），是完成中国文学"文艺复兴"之先决条件，亦是从根本上拓展贾平凹研究视域的基础。无论是胡河清对贾平凹作品从"人""地"之道到言"天"之境的深度发掘，还是李敬泽对贾平凹《废都》以降之重要作品与《红楼梦》精神之承续及"斗争"之关系的申论，还是孙郁从文体、笔法和古典的韵致入手探讨贾平凹

---

① 李劼：《木心论》，广西师范大学出版社，2015年，第123页。
② 汪曾祺：《捡石子儿——〈汪曾祺选集〉代序》，载《中国文化》1992年第1期。
③ 甘阳在反思学术界的"学统"时，曾表示，中文系的现当代文学与古典文学老死不相往来，是当下学界的现实，却并非正常现象。进而言之，对中国古典传统恢复敬意与"五四"以反传统为标杆之间的紧张，是需要学界努力去协调的重要问题。该问题包含着极为复杂的面相，并不是简单地非此即彼的思维所能解决。甘阳、王钦：《用中国的方式研究中国，用西方的方式研究西方》，载《现代中文学刊》2009年第2期。作为20世纪80年代"文化热"中"文化：中国与世界"编委会的灵魂人物，甘阳的此种转变耐人寻味，亦从另一侧面说明中华文化历经百年劫变之后"归根复命"的迫切性。

文学的文脉所系，无不说明从中国文学"大传统"，或者说"大文学史"的眼光观照贾平凹作品并对其做价值评判，已属中国当代文学研究传统之一种。本文之核心命意，即在于将与此相关之观点汇集一处，使其互相发明并相互指涉，共同完成对贾平凹文学史意义的"重述"，并从另一角度，丰富发展当代文学的研究视界。虽不能至，心向往之，非曰能之，愿学焉。

原载《小说评论》2015年第6期

再"历史化":《创业史》的评价问题

——以洪子诚《中国当代文学史》为中心

  作为兴起于20世纪80年代中后期的"重写文学史"思潮在90年代的延伸,"再解读"思路的一个最为明显的"成效",是其"能够呈现这一时期文学(文化)的多层次内容,以及这些有差异的文学内容或冲突或融合的编码过程,从而暴露看起来很'光滑''铁板一块'的文本中蕴含的缝隙和矛盾"。[①]其对"特定文本(及文本的改写、变异)的修辞策略、叙事方式的解读,深入地呈现其内在的生产机制与意义结构"[②]。较之80年代中后期"重写文学史"思潮在治史理念和叙述话语革新中的

[①] 贺桂梅:《"再解读"——文本分析和历史解构》,见唐小兵编《再解读:大众文艺与意识形态》(增订版),北京大学出版社,2007年,第275页。
[②] 同上,封底。

"限度"①,"再解读"的研究思路,无疑从根本性意义上触及作为"历史元叙述"和"基奠性话语"(关于起源的神话或历史目的论)②的"意识形态话语"要义所在。其对"编码过程"及"内在生产机制"和"意义结构"重塑的兴趣,暗含着福柯"知识/权力"及海登·怀特"后现代历史叙事学"的运思理路,通过对意识形态话语"编码过程"的"拆解",完成历史叙事的"再符码化",从而建构"更为完整的历史叙述",为"再解读"题中应有之义。虽因无法克服理论自身的内在局限,"再解读"的根本目的尚处于"未完成"状态。但由其展示的问题意识、理论视野、历史关怀及文学诉求,"仍然深刻地影响着当今的文学研究"(罗岗语)。此一研究思路的流风所及,以"去政治化""去历史化"为核心命意重绘当代文学地图渐成蔚然之势。

若对"再解读"诸公的运思理路做知识谱系的"先验批判",其"去政治化的政治"不难察觉。要言之,"再解读"的理论建构仍然以某种"意识形态"为基础,其对20世纪40—70年代文学的政治意识形态构架的全面

---

① 在《"重写"的限度:"重写文学史"的想象和实践》中,杨庆祥敏锐地意识到,在"重写文学史"思潮中,"无论这些个体(文学史家)的差异有多大,却有一个大概一致的诉求,那就是企图通过'新知识'来更新'旧'的知识构成"。"这种急于摆脱'革命话语/知识'的控制的趋势一方面来自不满,另一方面也来自对1949年以来形成的高度统一的'意识形态话语'的背离"。众多文学史家力图以新的文学史叙述来取代高度一体化的文学史"成规",无疑与"后文革"时期的历史与文化语境密切相关。以新批评的研究理路"重整"中国现代文学秩序的夏志清的《中国现代小说史》在文学史研究中的"拓荒"意义,即在此处。但虽有明确的问题意识,也力图突破固有文学史叙述的内在局限,"重写文学史"思潮仍然未能建构起更为"恰切"之文学史秩序,个中原因,颇为复杂,此不赘述。参见杨庆祥:《"重写"的限度:"重写文学史"的想象和实践》,北京大学出版社,2011年。
② 唐小兵:《我们怎样想象历史(代导言)》,见唐小兵编《再解读:大众文艺与意识形态》(增订版),北京大学出版社,2007年,第15页。

反思亦难脱"意识形态"论争的隐含意义①。在此一语境下，对赵树理、柳青作品的"去经典化"和"再解读"不过是对文学史现场的"清理"。研究者援引为"社会主义现实主义""摒弃"的西方现代主义后现代主义理论以解放被意识形态叙述压抑的力量，却不曾反思形成后者与前者"意

---

① 在《"再解读"——文本分析和历史解构》一文中，贺桂梅如是总结"再解读"的运思理路："1990年代以来，一种以经典重读为主要方法、被宽泛地称为'再解读'的研究思路，最先由海外的中国学者实践，逐渐在现、当代文学研究领域引起广泛注意。这种研究把西方20世纪60年代之后的各种文化理论——包括结构主义、后结构主义、精神分析、后殖民理论、后现代主义、女性主义、西方马克思主义——引入当代文学研究实践中。借助于理论自身'对语言或哲学再现性本质的越来越深、越来越系统化的怀疑'，侧重探讨文学文本的结构方式、修辞特性和意识形态运作的轨迹，对于突破社会—历史—美学批评和'新批评'这种80年代'主流'批评样式，把文学研究推向更具体深入的层面，产生了较大影响。"见唐小兵编《再解读：大众文艺与意识形态》（增订版），北京大学出版社，2007年。贺桂梅的这篇文章，得到了"再解读"代表人物唐小兵的赞赏。对贺桂梅对"再解读"理论资源、知识谱系、运思方式的梳理，唐小兵亦无异议。但贺桂梅对"再解读"的运思理路及其"局限"，有过如下反思，核心观点有二：其一，有必要对论者所依凭之理论资源做知识谱系和意识形态的"先验批判"。如果对理论之生成过程不加考辨，将理论视为"自明"的"真理"而直接使用，则可能掩盖批评对象蕴含着的更为复杂的面相。其二，"李杨老师曾经讲到'再解读'和80年代的'重写文学史'思潮很不一样"，"它与那种纯文学的、启蒙主义的、告别革命式的重写文学史是不一样，但是它也以某种方式加入这种重写文学史思潮中来，因为它也在瓦解、解构那种革命话语的暴力性、压抑性影响"。但其问题在于，"这种解构方式，这种批判方式是一种超历史的，或者说非历史的方式"。"它通过把50年代至70年代的历史命名为一些历史叙述或一些奠基性的话语构成来展开批判，而并不特别关心40年代至70年代这段特定的历史当中它可能有的历史逻辑"。以上两点，的确触及"再解读"的核心问题。（唐小兵、黄子平、李杨、贺桂梅：《文化理论与经典重读——以〈再解读：大众文艺与意识形态〉为个案》，载《文艺争鸣》2007年第8期）对如上问题的进一步反思，亦可参见李凤亮、唐小兵：《"再解读"的再解读——唐小兵教授访谈录》，载《小说评论》2010年第4期。

识形态"纷争的政治—文化语境的历史含义①。以此思路作为文学史"评价标准",无疑难于对作家作品及文学现象做妥帖评价。进而言之,如不能有效"清理""再解读"的"话语残留",则对柳青及其《创业史》评价问题的反思难免陷入非此即彼式的解释的循环且终将无功而返。洪子诚《中国当代文学史》在柳青《创业史》评价上的"限度",与此密切相关。

一

在《中国当代文学史》(修订版)上编(50—70年代的文学)第七章"农村题材小说"中,洪子诚设专节论述赵树理的"评价问题"。从40年代被周扬誉为"一位具有新颖独创的大众风格的人民艺术家",而后迅速被"经典化";到50年代"根据社会主义现实主义的创作原则"发现其缺点在于"善于表现落后的一面,不善于表现前进的一面"而屡遭批评;再到"文革"后的新时期,在文学史秩序重建和"经典"重评的热潮中,左翼文学地位逐渐下降,赵树理随之淡出研究者的视线。直至90年代"对'新时期'现代性视野的反省中,赵树理的重要性又被发现"。②从该处注释可知,洪子诚所说的"对'新时期'现代性视野的反省",是指以唐小兵、黄子平等人为代表之"再解读"思路。从日后贺桂梅关于《再解读:大众文艺与意识形态》一书"影响力"的回顾中,可知洪子诚至晚在

---

① 如果参照国内学界近年来关于西方文论"强制阐释"特征的讨论,不难进一步发掘"再解读"研究的"局限"所在。张江对西方文论"强制阐释"及"场外征用"特征的探讨,在国内外学界产生广泛影响,并引发了诸多学者的积极讨论。其问题所涉,虽不限于"再解读"研究一脉,但却有助于深度理解"再解读"研究的"征候"。参见张江:《当代西方文论若干问题辨识——兼及中国文论重建》,载《中国社会科学》2014年第5期;张江:《强制阐释论》,载《文学评论》2014年第6期。
② 洪子诚:《中国当代文学史》(修订版),北京大学出版社,2007年,第88—91页。

90年代后期即读过该书。①《中国当代文学史》（修订版）出版于2007年6月，而《再解读：大众文艺与意识形态》（增订版）仅比该书早出月余，后者新收入的贺桂梅的《赵树理文学的现代性问题》，可视为洪子诚如上论述的注脚，来进一步说明"再解读"思路对赵树理文学史意义反思的"重要性"。

赵树理在20世纪中国文学史评价中的"不稳定性"，内在地关联着文学评价标准的变化和文学史叙述重心的转移。以"社会主义"与"现实主义"为评价核心的40—60年代，与以"现代""个体"为核心的80年代及以"民间"和"地域文化"为核心的90年代自有不同。②这些批评话语"始终是在'现代'的'文学'与'中国'想象这一话语体系的内部视野来评价赵树理的。如果不能将'文学'的现代性与'中国'的现代性作为一种历史性的话语建制来加以看待，不能意识到一种超越这一现代建制的历史视野的可能性"③。则关于赵树理的文学史评价始终会是"似是而非"的。相较于洪子诚对赵树理评价史的简要梳理，贺桂梅对赵树理评价问题的反思要更为深入。赵树理在20世纪中国文学史中"地位"的变化，并非个案。对40—70年代的重要作家而言，历经80年代"重写文学史"及90年代"再解读"之后，其文学史"地位"的"沉浮"及文学史意义的"变化"，无不与文学史自身知识谱系与意识形态的转换密切相关。如不顾及作家作品意义生成之"历史逻辑"及其"（历史）合理性"，则文学史难免成为"你方唱罢我登场"的"话语场域"且难有定见。

《中国当代文学史》在第七章第三节简要梳理赵树理的"评价史"之后，转入对柳青及其《创业史》的意义梳理。就其所涉"内容"而言，《创业史》第一部写梁生宝领导之互助组的"巩固和发展"，第二部写到

---

① 唐小兵、黄子平、李杨、贺桂梅：《文化理论与经典重读——以〈再解读：大众文艺与意识形态〉为个案》，载《文艺争鸣》2007年第8期。
② 贺桂梅：《超越"现代性"视野：赵树理文学评价史反思》，载《解放军艺术学院学报》2013年第4期。
③ 同上。

试办农业合作社。对小说"内容"如是"选择"的原因,柳青有如下说明:"《创业史》这部小说要向读者回答的是:中国农村为什么会发生社会主义革命和这次革命是怎样进行的。回答要通过一个村庄的各阶级人物在合作化运动中的行动、思想和心理的变化过程表现出来。这个主题思想和这个题材范围的统一,构成了这部小说的具体内容。"[1]援引柳青对《创业史》主旨的如上说明之后,洪子诚评价道:"作家对农民的历史境遇和心理情感的熟悉,一定程度上弥补了这种观念'论证式'的构思可能出现的弊端,但反过来,这种写作方式还是限制了作者生活体验敞开的程度。"[2]对"观念'论证式'构思"的"弊端"的具体所指,洪子诚虽未言明,但从其总体性的文学史观念出发,不难测知此一说法的具体所指,在于"主题先行"之作品惯常具有的"缺陷"——削足适履式的对生活体验的"裁剪"以应和"主题"的先在规定,如是处理,无疑会限制作品向生活世界敞开的程度,其丰富性和生动性,亦会因之大打折扣。这种评价,算不得特出,在"后文革"时期的文学史叙述中,对"十七年文学"及"文革文学"几乎众口一词地有如上评说。需要进一步注意的是,柳青的如上说法,出自《提出几个问题来讨论》。该文首刊于《延河》1963年第8期,是明确"回应"严家炎发表于《文学评论》1963年第3期的《关于梁生宝形象》一文。柳青在文章开篇即注明严家炎文章发表于"6月号"(仅比柳青回应文章早出两月),而在文末希望发表他文章的《延河》杂志同时转载严家炎的文章,以供读者讨论之用,足见他所说的对严家炎文章"无论如何不能沉默",因为该文"提出了一些重大的原则问题。我如果对这些重大的问题也保持沉默,那就是对革命文学事业不严肃的表现"[3]的说法并非虚言。

---

[1] 柳青:《提出几个问题来讨论》,见蒙万夫等编《柳青写作生涯》,百花文艺出版社,1985年,第95页。
[2] 洪子诚:《中国当代文学史》(修订版),北京大学出版社,2007年,第91页。
[3] 柳青:《提出几个问题来讨论》,见蒙万夫等编《柳青写作生涯》,百花文艺出版社,1985年,第86页。

洪子诚亦注意到严家炎评论《创业史》的文章，并申明严家炎"不同意《创业史》的最大成就在于塑造了梁生宝这个'崭新的青年农民英雄形象'的'流行的说法'，认为在反映'农民走上社会主义道路'这个'伟大事件的深度和完整性上'，《创业史》的成就，'最突出地表现在梁三老汉形象的塑造上'"。①依照洪子诚的分析，严家炎立论之依据，一为形象的丰满及厚实程度，即"美学的标准"；一为"揭示社会生活面貌的'深度和广度上的意义'"，即"题材的价值问题"。②后一问题，内在地关涉着作家的哲学观（世界观）。对这两个问题，柳青在《提出几个问题来讨论》一文中恰有明确回应，且反复申明，"在这个问题上，小说的描写和严家炎同志的分析，存在着不可调和的矛盾"③。柳青所说的"一些重大的原则性问题"，与这两个问题密切相关。

二

从历史唯物主义的基本原理出发，柳青认为"是某个时期社会矛盾或者社会运动的性质和特点决定那个时期杰出人物（英雄）采取什么行动，而不是某个时期的杰出人物（英雄）的主观行动决定那个时期社会矛盾或者社会运动的性质和特点"④。就这一点而言，民主革命时期和社会主义革命时期存在着"原则性的区别"。"在社会主义革命时期，特别是合作化运动初期，阶级斗争的历史内容主要是社会主义思想和农民的资本

---

① 严家炎：《〈创业史〉第一部的突出成就》，载《北京大学学报》（人文科学）1961年第3期；严家炎：《谈〈创业史〉中梁三老汉的形象》，载《文学评论》1961年第3期；严家炎：《关于梁生宝形象》，载《文学评论》1963年第3期；严家炎：《梁生宝形象和新英雄人物的塑造问题》，载《文学评论》1964年第4期。
② 洪子诚：《中国当代文学史》（修订版），北京大学出版社，2007年，第93页。
③ 柳青：《提出几个问题来讨论》，见蒙万夫等编《柳青写作生涯》，百花文艺出版社，1985年，第94页。
④ 同上。

主义自发思想两条道路的斗争,地主和富农等反动阶级站在富裕中农背后。""在这个斗争中,应该强调坚持社会主义思想在农村的阵地、千方百计显示集体劳动生产的优越性,采用思想教育和典型示范的方法,吸引广大人民走上社会主义道路,孤立坚持资本主义道路的富裕中农和站在他们背后的富农……"①出于以上考虑,《创业史》"故事"的主体,是梁生宝领导之互助组如何逐步取得"成功",以带动更多人走社会主义道路,便是顺理成章之事。"互助合作的带头人(梁生宝)以自我牺牲的精神,奋不顾身地组织群众集体生产,以身作则坚持阵地和扩大阵地,在两条道路的斗争中,就具有特殊重要的意义。"②因此,塑造梁生宝这个社会主义新人形象,便是《创业史》的要义所在。其他人物(如严家炎赞赏之梁三老汉、高增福等)不过是梁生宝形象的"陪衬"(姑且如此表达),断然不能被视为《创业史》人物群像之"最成功者"。柳青与严家炎的根本"分歧",并不在如何评价作品中的人物,而在于站在何种立场来理解作品与现实的关系问题③。如果稍稍放宽理解的视域,参照柳青《转弯路上》《到生活中去》《关于理想人物及其他》等文章,可知柳青多年来的创作追求,与《在延安文艺座谈会上的讲话》所开启之道路之间的内在关联。说柳青在自觉践行《讲话》精神,想必并不为过。在《和人民一道前进——纪念毛泽东同志〈在延安文艺座谈会上的讲话〉十周年生涯》一文

---

① 柳青:《提出几个问题来讨论》,见蒙万夫等编《柳青写作生涯》,百花文艺出版社,1985年,第94页。
② 同上。
③ 以20世纪60年代围绕《创业史》人物的评价问题的讨论为视域,萨支山将这种分歧总结为:"这场争议表面上看来是关于人物塑造过程中理想性和真实性之间的争议,是如何让人物获得可理解性的讨论,但其背后却隐含着文学史叙述和评价的标准问题,即柳青所言'英雄人物'的塑造乃当代文学的一个本质性特征,其意义绝非所谓的'中间人物'可以代表,而对其评价也绝非原有的评价体系所能容纳"。萨支山此说无疑触及该论争的核心问题,即从何样一种标准出发,来理解文学作品中的人物塑造。围绕梁生宝及梁三老汉作为文学形象之"价值"的争议,实质是关于文学及其与社会现实关系的不同理解的"分野"。

中，柳青表示："毛泽东同志《在延安文艺座谈会上的讲话》给我们规定的任务是熟悉新人物，描写新人物。就是说要我们从事人们新的思想、意识、心理、感情、意志、性格……的建设工作，用新品质和新道德教育人民群众。"①在文章的结尾，柳青再次说明，我们伟大的祖国即将开始的建设，不仅是社会经济的建设："而且是社会意识的建设"。"我们人民的灵魂也将迅速地变化"。②柳青虽未必明确意识到葛兰西所谓的无产阶级取得"文化领导权"的重要意义，但塑造和描写带有社会主义新思想、新感情及新性格的"新人"形象，以之"应和"新时代对新的意识形态主体（社会主义新人）的迫切要求，无疑具有一定的历史合理性。张旭东在论述"人民共和国的根基"时，开篇即申明："人民共和国的文化和政治根基，归根结底是一种新的人民。"此种"'新人'和国家都是现实中的政治性存在，都在给定的历史条件下不断地创造自己的历史"。新人并不是某种固有的属性，"而是在历史实践的过程中建构起来的实体和主体"，"这个新人在寻找属于自己的新世界的途中成为新人"。③从互助组到高级社，梁生宝在重塑自身的同时也应和着政治意识形态对未来的社会可能性的激进构想。二者共同表征着新时代的新气象。以此为出发点，不难察觉柳青塑造梁生宝形象的真正用心，也能进一步理解柳青何以反对严家炎扬"中间人物"而贬抑"新人"的批评意见。作为文学史人物谱系中的"新人"，其作为社会主义意识形态所询唤之（意识形态）主体（形象）的意义远大于其"文学"意义。即便以激进的"再解读"思路"挑战"

---

① 柳青：《和人民一道前进——纪念毛泽东同志〈在延安文艺座谈会上的讲话〉十周年生涯》，见蒙万夫等编《柳青写作生涯》，百花文艺出版社，1985年，第29页。
② 同上。
③ 张旭东：《试谈人民共和国的根基——写在国庆六十周年前夕》，见《文化政治与中国道路》，上海人民出版社，2015年，第15页。

和"批判""正统意识形态"①的唐小兵多年后亦承认,自己当初再解读《暴风骤雨》时,有意无意间参照的,还是西方现代小说所推崇的"个人视角"和"价值暧昧",以及"批阅十载,增删五次"式的"私人化写作"和"审美趣味"。以此二者作为参照视域,在"面对一位旗帜鲜明地扬弃了这样一些创作姿态的小说家兼革命干部"时,难免显露双方的"意识形态对峙"②。这种简单化地非此即彼式的"论争"并不能触及问题的核心。进而言之,如何历史地品评《暴风骤雨》这一类作品,从根本上而言,已经不是简单的文学价值论争所可解决,而是涉及如何"历史地认知20世纪的中国革命",以及"怎样来设身处地地看待文学作品在这场波澜起伏的革命中的自我定位"。对此,唐小兵也承认,自己20世纪90年代的"再解读"虽提出了这一问题,但远未"穷尽问题本身的复杂性"。③如前文所述,"再解读"主要针对的是40—70年代的文学现象及作家作品。而此一时段,恰恰是左翼文学的兴起直至社会主义现实主义观念形成的重要时段。从40年代始,"文学"与"救亡"的复杂纠缠即内含着极深的政治意味。是为梁启超1902年《论小说与群治之关系》的思想的进一步现实化,亦与中国古典"天下意识"与"载道"传统密切相关。置身国家民族贞元之会与绝续之交,以文学的方式深度介入现实且进一步完成新时代对主体的新要求,勉力在文学作品中想象性地解决现实问题,原无可厚非,亦是作为叙事虚构作品的"小说"的题中应有之义④。詹姆逊申论"政治

---

① 唐小兵:《再解读:大众文艺与意识形态》(增订版),北京大学出版社,2007年,第283页。对"正统意识形态"的具体所指,唐小兵如是说明:"所谓正统意识形态,指的是20世纪中期社会主义国家体制下的文艺政策和制度,这不光是指政治对文艺的控制和裁剪,也包括政治赋予文艺的显赫地位和特权。"
② 唐小兵:《再解读:大众文艺与意识形态》(增订版),北京大学出版社,2007年,第283页。
③ 同上,第283—284页。
④ 陈晓明:《在历史愿望与朴素的生活书写之间——重读〈创业史〉的文学史意义》,载《文艺理论与批评》2010年第2期。陈晓明将《创业史》的此一特征定义为"社会主义现实主义文学在为现实建构时代想象"。

无意识",并将文学文本定义为"社会的象征性行为",用意即在此处。极而言之,"去意识形态化"掩盖的其实是另一种意识形态的"意图"。也就是说,以上的阐释的纷争,核心不在于文学文本是否应该具有"意识形态性",而在于应该具有何种"意识形态"。受"文化工业"概念的启发,唐小兵从法兰克福学派的批判之中"看到了大众文化"在形成社会共识时所发挥的作用。在一个开放的社会中,大众文化不惟有助于"制造"文化上的认同,亦有助于形成"政治价值"的一致性。因是之故,唐小兵在90年代末提出"资本主义现实主义"以对应于"社会主义现实主义",并进一步认为二者之间存在着"可比性""同质性"且可以互为镜像。美国街头的香水与电话广告隐含的逻辑"实际上是一种对美好生活的乌托邦冲动",与社会主义宣传画所宣扬的美好生活图景无论在语言还是逻辑上并无本质区别。[①]是为政治运作的惯常逻辑,古今中外概莫能外。更为重要的问题并不在于纠缠此一逻辑的运作方式,而在于从何种立场评价并确认该逻辑的历史合法性。问题由此转入政治哲学的范畴,已非文学论争所可解决。这是"再解读"思路的根本性"困境",如不能从政治与历史角度对此一问题做出解答,则所谓的"再解读",难免陷入"你死我活的博弈",显露的也无非是"双方的意识形态对峙",即便一时间针锋相对剑拔弩张,却无助于问题的澄清。

再回到柳青从"美学上"对严家炎的批评的回应。从马克思主义美学的根本规律"内容决定形式,内容和形式的统一"为出发点,柳青申明,"作家都是按照自己的世界观水平和阶级感情组织情节和描写细节的"。既然小说"选择的是以毛泽东思想为指导思想的一次成功的革命",而非"以任何错误思想指导的一次失败的革命"。"在组织主要矛盾冲突"和对"主人公性格特征进行描写时","有意识地排除某些同志所特别欣赏的农民在革命斗争中的盲目性,而把这些东西放在次要人物身上和次要

[①] 李凤亮、唐小兵:《"再解读"的再解读——唐小兵教授访谈录》,载《小说评论》2010年第4期。

情节"之中，便不难理解。作者无意于将梁生宝描写为"锋芒毕露的英雄"。梁生宝也不是尼采式的"超人"，他的行动既要受制于"客观历史具体条件的限制"，亦要合乎革命发展的需要，当然，还得反映出其所代表的"阶级的本性（无产阶级先锋队成员的性格特征）"。简而言之，柳青要把梁生宝描写为"党的忠实儿子"，并将梁生宝的诸种特征视为"当代英雄最基本、最有普遍性的性格特征"。如前文所述，虽未使用"社会主义新人"这样的概念，柳青对梁生宝形象及其与政治意识形态的内在关系的明确意识，已充分说明他写作此书以及如是塑造梁生宝形象的目的，在于以文学的方式应和政治意识形态对"新世界"和"新人"的双重询唤，对从互助组到高级社的"历史的希望愿景"与生活实际之间的矛盾冲突的象征性解决，以及在改造"旧世界"奔向"新世界"的过程中"新人"的自我生产、自我矛盾、自我否定、自我创造的体认与思考。此一思考与电影《红岩》《英雄儿女》中的"新人"形象一般，都体现为"对新中国的向往和追求"，"没有新中国就没有新人"。新人问题因之并不能从80年代所张扬的"主体性"的意义上来理解，它所指称的并非"某种新的文化心理构造"，一种根源于个人性的在世体验的精神性建构，而是与一种以"希望的原则"为基础的社会想象互为表里。"新人的问题是回到一个历史的新形式，作为一种国家形式、生活形式、生产方式、劳动的社会组织，在这一层层意义上形成的一种新文化。"[①]"社会主义新人"所属之政治及美学谱系及其在80年代"重写文学史"思潮之后的渐次"式微"，与以"去政治化""去历史化"的方式重整文学史秩序的努力密切相关，是"后文革"时期对极左思路的意识形态反拨的自然理路（新时期所张扬的人的"主体性"以及对再"启蒙"的呼唤，与"五四""人的文学"的倡导和"启蒙"的精神吁求颇为相似。"五四"诸公以"西方""现代"思想及文学为参照，对中国"旧文学""旧思

[①] 张旭东：《两个"六十年"座谈会整理稿》，见《文化政治与中国道路》，上海人民出版社，2015年，第51页。

想"的猛烈批判,与80年代之后以西方现代主义后现代主义思想及文学理论为基本视域,重绘中国文学地图的根本性运思方式如出一辙。而如从"五四"及"后文革"时期的社会历史文化语境出发进一步反思此一理路的历史逻辑,则不难发现其存在的问题。即如何处理"五四"文学与文化的"小传统"和中国文学与文化"大传统"的关系。这一问题是思想界近年来反思"中国人"文化身份问题的基础①),具有一定的历史合理性,但却未必是与历史、政治密不可分的"文学"发展的"绝对"(必然)理路。

以两个"六十年"(1919—1979年及1949—2009年)为视域,张旭东力图突破80年代后期以来知识分子对"新型国家内在的激进性""批判"理路的"偏狭",不将此种激进主义视作"普遍价值"的对立面,而强调其"作为对普遍价值充分实现的渴望和诉求"的意义。②此为重新理解"人民共和国的根基"的重要视域。从"社会主义新人"的政治/美学谱系入手,陈晓明将贾平凹《带灯》读解为"预见""政治浪漫主义的重返——它是以政治伦理的重建和理想性美学的再现为形式",并进一步将"中国梦"的表述视为政治浪漫的想象之一种。通过对"社会主义新人"的政治/美学谱系的简要梳理,陈晓明表达了他对已然"断裂"的政治浪漫想象在当下中国文学中重建的可能的思考。"带灯"这一形象身上的"人民性""阶级性"及"党性",她作为政治意识形态"主体"的肯定性意义,无不表明其与梁生宝、萧长春在美学谱系上的"亲缘"关系。基于此,陈晓明认为:贾平凹通过《带灯》的写作,意图接续已然断裂的"社会主义新人"的写作传统;是为柳青《创业史》的努力的"重温"(延

---

① 对此一问题的详细申论,可参见张志扬:《归根复命——古典学的民族文化种姓》,载《海南大学学报》(人文社会科学版)2013年第2期;张志扬:《中国人问题与犹太人问题(代前言)》,见萌萌学术工作室编《"中国人问题"与"犹太人问题"》,生活·读书·新知三联书店,2011年。

② 张旭东:《试谈人民共和国的根基——写在国庆六十周年前夕》,见《文化政治与中国道路》,上海人民出版社,2015年,第17页。

续？），然而作为"社会主义新人"形象，"带灯"尚处于未完成状态，她在小说结尾被"幽灵化"——她和她所依托的价值一同"颓败"。这种"未完成"并非贾平凹在塑造"江山社稷的脊梁"和"民族的精英"这种"新人"时的"无力"，而是表征着该人物所依托的政治伦理的缺席。与梁生宝时时处处有党的精神支持并可以借此将自我的行为与宏大的历史逻辑系于一处不同，"带灯"的行为缺乏强有力的"意识形态"的支持，一旦矛盾激化人人使强用狠之时，她对现实的无奈和无力的极点，便是"幽灵化"。贾平凹于此表现了重新接续社会主义文学传统的普遍性困难，如果不能从政治意识形态层面重整人民共和国的文化和思想根基，并进一步理清此一文化思想根基与中国文学与文化"大传统"和"小传统"的内在关系，则如"带灯"这般意图在肯定性意义上表征时代精神的新人难免被"幽灵化"的历史命运。而如《创业史》这般积极参与"新世界"及"新人"建构的作品将始终面临"评价"的"尴尬"。此亦为重启社会主义文学传统的难题之一。

深知一部作品既要接受当代人（同时代人）的价值评估，更要接受"历史的考验"的柳青将六十年作为文学作品"经典化"的一个周期（单元）。在同时代人的评价和历史的检验之间，柳青明显偏重于后者。此外，"一部作品，评价很高，但不在读者群众中考验，再过50年就没有人点头"。进而言之，"六十年一个单元"，不仅对文学作品有效，对历史事件意义评估亦有效用。柳青提醒我们，"不要给《创业史》估价，它还要经受考验；就是合作化运动，也还要受历史的考验"。[①]从《创业史》初刊至今，已有五十余年，这期间评价的起起落落，即便柳青，恐怕也无从料及。而他付出巨大热情讴歌的那个时代，以及与之相应的激进的"新世界"想象，在史家笔下如今已是另外一番景象。在已然展开的第二个五十年中，对柳青《创业史》及其笔下的那个时代会有何样的评价，尚属

---

① 阎纲：《四访柳青》，载《当代》1979年第5期。

未知之数。因此上,任何对《创业史》的意义的思考都必然会面临"被重述"的命运。

作为《创业史》及柳青写作精神的"继承人",路遥对此一问题的思考可做参照。在《平凡的世界》第二部第二十六章中,以描写"农业合作化"和"大跃进"的长篇小说《太阳正当头》而知名的老作家黑白向田福军表达了他对彼时农村现状的"忧伤"甚至"痛苦":"集体"已然消失,大家各顾各的光景,曾被判定为"不务正业"者正在发财致富,而困难户则得不到"集体的关怀",农村的"两极分化"让黑白痛感自己为之奋斗并倾心讴歌的"社会主义"已"荡然无存"。就中最让他痛心的,是他一生的代表作《太阳正当头》随着"合作化运动"和"大跃进"的历史重评而"暴露"出"问题"甚至"幼稚""可笑"处。作家当年力图展现时代与历史的"正剧",不承想自己却成了"悲剧"。路遥写下以上段落的20世纪80年代中后期,作为"合作化"的良性反拨的"家庭联产承包责任制"已在全国推行完成。替代梁生宝与高增福而成为"时代英雄"的,已是"走个人发家道路"的郭振山及富裕中农郭世富、富农姚士杰们。在时代的"主题"已然转换之后,还希望有所作为的梁生宝的原型王家斌数次努力但均以失败而告终,最后在1997年前后的一个下雨天与世长辞,他的棺木是用拖拉机拉到坟地的,没有一个乡亲前来为他送行[①]。"历史"就这样匆忙而草率地埋葬了当年的"时代英雄"。而与那一段历史关联甚深的《太阳正当头》(《创业史》)的意义,却可以从以下诸点中得到确认。即便时过境迁,后来者也不应怀疑当年讴歌"合作化"的写作者的"真诚"。再退一步讲,作家的认识和判断,也不可避免地具有历史(时代)的局限性,列宁对托尔斯泰的肯定即一例。但文学史家及《创业史》的批评者似乎并不乐意从这一层次立论,他们擅长站在"历史"的"前进"的高度,对柳青及其作品做出"有限"的肯定,似乎无暇深思对"一

---

① 武春生:《寻找梁生宝》,载《读书》2004年第6期。此文细节错漏颇多,在尚未找到更为准确的资料之前,故以此文为准。

元化"的批判可能导致另一种"一元化"的问题的复杂状态。"再解读"研究即为此种思路的"极端化"。如不能对这种潜在的"意识形态"争论所导致的视域的偏狭做有效的克服,则关于柳青及《创业史》的意义的争议还会继续。此亦为重提《创业史》评价问题的要义所在。

原载《西北大学学报》(哲学社会科学版)2016年第1期

人应该如何生活？

——论陈彦长篇小说《装台》

《装台》是陈彦继《西京故事》之后的又一部长篇力作。与《西京故事》多声部复杂呈现世间百态众生万象，从肯定性意义上复调回应时代的精神疑难不同，《装台》单线聚焦西京城的装台人，写他们的喜怒哀乐悲欢离合，在日常生活面临内忧外患的复杂纠葛中的坚守与挣扎，血泪相和的辛酸无奈与自我改变的软弱无力。从他们的典型刁顺子出发，社会的一个属于"沉默的大多数"的群体闯入了我们的文学世界。他们的真实生活和生命状态，不惟表征着这个繁盛时代被遮蔽和遗忘的生存群像，也内在地彰显着中国文化精神的另一面相：在生之意义和存在的自我省察所不及处，一个普通人应该如何生活。

故事围绕西京城的装台人刁顺子展开，写他一方面深陷家庭"矛盾"无法自拔；另一方面为了生存不得不"低三下四"地周旋于其"社会关系"之中，不时被欺凌、被侮辱、被损害。但即便是这样的人物，仍然有他的责任，有他的担当，有他对家庭、对社会的一份责任心和爱心，有他的价值坚守和生命的尊严。作者突破当下"底层"书写的叙述"成规"，不把"底层"规训入知识分子的启蒙理想中，而是以平等对视的姿态，努力理解他们的生活和精神世界。作品中的人物也不依赖知识分子关于"底层"生存意义探讨的既定话语，仅以其"生命自身由里而外散发出来的生气",表征着人之为人的存在的尊严。

在体制闭合、社会板结的生存情境下,普通劳动者刁顺子的艰难生活及其尊严所系,也是身陷庸常琐屑的生活事项、内外交困且身心俱疲的当代人的存在状态的真实写照,他们既无宗教救赎的精神维度,亦无中国传统文化所持存之生存观念为价值依托,面对宗教与文化思想的双重缺席,被隔绝于历史的宏大叙述的个人生活因此矛盾重重苦无所寄。这无疑是这个时代作家应该直面的重要精神问题。①而剥离掉现代性启蒙话语的重重阻隔,从人之为人的意义上深入思考当代人的生存境况,内在地回应我们时代的精神疑难,是《装台》的意义所在。

一

20世纪80年代中后期,中国文学曾有一个对"现实"的重新"发现"的写作潮流。这一被文学史命名为"新写实主义"的文学流派着力描述"一地鸡毛式"的生存状态,以拒绝崇高的写作姿态敞开现实生活的真实面相。琐屑、庸常、无聊与无趣的生活碎片漫天飞舞。个人无从逃离生活之网,他们对人世的体察遍布无奈和忧伤。《一地鸡毛》《单位》中的小林成为彼时知识人坠入庸常且无法自拔,终至臣服于现实的生活逻辑的经典形象。"新写实主义"的崛起与"后文革"时期的文化氛围密切相关,其呈现出的不同于新潮小说的形而下的世相书写,打开了文学的生活视野,但肆意铺陈生活事项的写作策略在新世纪文学的自然延伸却造就了如《兄弟》《炸裂志》《第七天》般无限"切近"当下生活的"新闻式"文

---

① 学界近年来关于"80后,怎么办?"的讨论已经在极为宽泛的意义上涉及当下社会的核心问题。不无吊诡的是,这一问题与我们的时代的关系,也是路遥的《人生》《平凡的世界》与80年代的关系。高加林与孙少安、孙少平大抵为60年代生人。如今二十余年过去之后,他们的子女,不就是"80后"?陈彦的另一部长篇小说《西京故事》,其中罗天福可以算作孙少平的同时代人,而罗家秀、罗甲成则是"80后"无疑。个中关系,耐人寻味,有必要做深入探讨。

本。作家总体性把握生活的能力的欠缺是这些作品饱受争议的重要原因。"文学不是意见,生活也不是"[1]无疑切中了此类写作的"命脉"。而能否"穿越"形而下的生活经验的顽固纠缠,精神获致飞升的权力,从而写出能代表时代的精神高度的作品,成为考校作家思想力的重要维度。《装台》既有对当下生活经验的细致书写,也有作者对生活世界及人的生存境况的深切反思,形而下与形而上的结合,使这部作品呈现出迥异于当下在"正面强攻现实"名义掩盖下的"潮流化"写作的独特气质。20世纪80年代至今难以弥合的形而上的"飞翔"偏好与形而下的"贴地"写作的分裂,在《装台》中实现了完美的融合。

《一地鸡毛》《烦恼人生》中所呈现的生活世界琐碎无聊,却有着强大的规训力量的生存问题,也是《装台》中刁顺子痛苦的根源。小林、印家厚他们都曾在这种理想衰微、世俗的庸常生活崛起的时代饱尝生活的形而下的"纠缠"。80年代劳动者经由个人的劳动参与到宏大的社会与历史的洪流之中的"历史想象"已经为个人在现实中的无能与无力所取代。深陷"一地鸡毛"式的现实,必须经受烦恼人生的印家厚们不得不沉沦入庸常现实的平庸无聊之中。这是时代的主题使然,他们已经不大可能参与到宏大的历史之中。而怀揣理想的大学生小林历经老师病重无力援助、孩子上学及老婆工作的种种生活难题的无力,表征着那一代知识人社会角色的转变和从崇高向庸常下滑的生存状态。历史、社会、主体这些"大词"对这些人物而言已几近"与己无关"。知识人对社会的参与意识自90年代始已逐渐成为一种"幻象",生存高于一切,即便他们内心中还残存着参与的欲念,时代也不再为他们提供机会。不独知识人必须面对形而下的"纠缠"和参与性危机,身处"底层"的普通劳动者们也已经不大可能如孙少平那样将自己的"劳作"与宏大的时代紧密相连,并从中获取"劳动"

---

[1] 张新颖:《文学不是意见,生活也不是》,见《置身其中》,上海文艺出版社,2011年,第6页。

的成就感和作为劳动者的尊严感。[①]辛苦劳动在刁顺子们这里仅仅成为一种赖以谋生的手段,"他积累下的经验就两个字:下苦"[②]。社会对"劳动"高下的区分将刁顺子蹬三轮和装台划归入"低下"一类,刁顺子不惟要承受同村人的嘲讽与奚落,还得忍受女儿和亲戚的"不解"。在女儿韩梅的眼中,(刁顺子)"活得如此卑微,见谁都一副点头哈腰的样子。见谁都是'咱就是个下苦的',一脸想博得天下人同情的可怜相"[③]。妻子蔡素芳觉得他"活得太可怜太窝囊"[④]。女儿刁菊花干脆就瞧不起他,"反正她现在,是越来越见不得这个见人就点头哈腰的父亲了,一副奴才相,真是让她受够了"[⑤]。刁顺子并非不明白社会对他所从事的劳动的"下眼观",对他这种身为"城里人"却干着进城务工人员也不屑于干的"低贱"工作的"嘲讽","可顺子实在也是没办法,一大家人,见天要吃要喝,一天口袋进不了银子,他就急得直挠头"[⑥]。尽管"越劳越挣,越是娘嫌女不爱的,有时把命都快搭上了,日子还是过不展拓,过不舒服"[⑦]。"忙得有时连一口热饭都吃不上,可日子还是过得没头绪"[⑧]。面对来自女儿刁菊花及工作中的种种压力,"他没有任何拿人的武器,这么多年来,他就是用自己的低下、可怜,甚至装孙子,化解了很多矛盾,解决了一个又一个不好解决的问题"[⑨]。处处伏低做小,能吃苦、肯背亏这种道家式的生存智慧无疑让他在既往的生活中"游刃有余",但他可能始

[①] 参见杨庆祥:《"八〇后",怎么办?》,载《东吴学术》2014年第1期;黄平:《从"劳动"到"奋斗"》,见《大时代与小时代》,北京大学出版社,2014年,第37—38页。
[②] 陈彦:《装台》,作家出版社,2015年,第20页。
[③] 同上,第124页。
[④] 同上,第138页。
[⑤] 同上,第26页。
[⑥] 同上,第155页。
[⑦] 同上,第155页。
[⑧] 同上,第177页。
[⑨] 同上,第259页。

料未及，一味地妥协退让，最终也未能化解矛盾。刁菊花觉得蔡素芬、韩梅这两个闯入自己生活的"外来者"是"她的地狱"，殊不知她也是父亲刁顺子的地狱，她的歇斯底里的"攻击"，逼走了韩梅，也逼散了刁顺子辛苦建立起来的家。当然，不单是刁顺子，那些地位远高于他的人，比如瞿团，"眼看六十的人了，还得在三十几岁的娃娃面前低三下四的"①，向来在刁顺子面前飞扬跋扈的剧务寇铁也有他的为难处。而其他人如猴子、大吊、三皮、蔡素芬，甚至包括刁菊花，也各有各的问题和无奈。吴义勤先生对《西京故事》的如下评价无疑可以用来解释《装台》中的人物境况："西门锁与罗天福、罗甲成分别代表着西京寻梦的两个不同阶层，代表着淹没在人海中苦苦挣扎的所有可怜人，让读者看到了在每个光鲜的形象背后，都潜藏着一颗痛苦挣扎的心。"②"看来谁活着，也都有自己的难肠。"③家家都有难念的经，但刁顺子的经更难念，他辛苦装台，为剧作的上演做最为基础的工作，但那汹涌而来的掌声与他无关。刁顺子唯一一次对掌声的"渴望"却并不直接与"心理和精神的满足"或者劳动被认可的幸福相关，而是内含着对工作酬劳能否顺利领取的担忧。辛苦劳作之余，还得为并不丰厚的回报能否顺利拿到而忧心如焚，他们生存的艰难可见一斑。

置身"一地鸡毛式"的生存境况之中，备受生活的煎熬，偶然一现的"幸福"便显得格外重要。与马原"审视现实的笔触虽然不乏冷峻之气，但与此同时他并未忘记以善意和温暖的眼光去打量"④其笔下的人物"身上所葆有的那些爱与美的元素，触摸人心最柔软的部分"⑤一般，吃上蔡素芬给他做的荷包蛋泡麻花，"刁顺子吃得香的，只想掉眼泪，幸福日子

---

① 陈彦：《装台》，作家出版社，2015年，第248页。
② 吴义勤：《如何守住我们的"尊严"？》，载《文艺报》2014年12月15日。
③ 陈彦：《装台》，作家出版社，2015年，第248—289页。
④ 张光芒：《马原〈纠缠〉和〈荒唐〉读札》，载《当代作家评论》2014年第3期。
⑤ 同上。

竟然就这样来了,要不是菊花捣蛋,他就觉得这辈子,活得太值了"①。"活在这个世界上,还有人心疼'烂蹬三轮的'顺子,真是一件幸福得不唱不行的事。"②为给墩子"赎罪",他头顶香炉,忍受着酸、麻、僵、胀、痛,却拼命往好处想,期望着自己"跪好了,家庭就和睦了,素芬就能待下来了;跪好了,菊花就能找到好婆家了;跪好了,韩梅毕业也能找下好工作了……"③这种对"美好生活"的梦想却被现实一再延宕并终成"泡影"。

着力铺陈当代人被迫置身其中的"荒唐"的"纠缠"的马原将当代人的自我救赎寄托于"无我之爱的灌注、打通人心沟通的路径以及恢复人性的尊严"④。这看似简单的"救赎之道"在日常现实中却面临着重重阻隔。与亲生女儿刁菊花互为"地狱"的刁顺子始终无法完成与刁菊花的有效沟通,他们之间心与心的隔膜使得刁顺子既无从理解女儿"反叛"和"攻击"蔡素芬及韩梅最为核心的心理动因,自然也无法从根本意义上"化解"他们之间的矛盾冲突。当矛盾激化无由舒缓时,只能请德高望重的瞿团居中转圜,一时的风浪过去之后,接踵而来的更为猛烈的威逼让刁顺子手足无措。一味示弱的生存策略屡屡失败,刁顺子的节节败退无形中助长了刁菊花的"嚣张气焰",终至矛盾不可开交。刁菊花残忍杀害断腿狗"好了"并肆意凌辱后者的尸身,已经充分暴露了被异化和扭曲的心灵的攻击性,也表现出无法获得"正常"的家庭生活的她内在的绝望感⑤。

---

① 陈彦:《装台》,作家出版社,2015年,第45页。

② 同上,第98页。

③ 同上,第136页。

④ 张光芒:《马原〈纠缠〉和〈荒唐〉读札》,载《当代作家评论》2014年第3期。

⑤ 书中关于刁菊花与树生的"一夜情"的叙述是刁菊花生活中难得一见的"亮色",而她在与谭道贵结合之后的"正常"表现已足以说明她疯狂的"攻击性"和在家庭中的"排他性"的根本缘由。唯其如此,谭道贵被抓,刁菊花被迫重回娘家,因无法继续打十分昂贵的美容针以保持"美"过的容颜,"美容"演变成"毁容"。"凤还巢"的她极有可能更为猛烈地攻击周桂荣及她的孩子丽丽。联系到刁菊花对蔡素芬及韩梅的欺辱及其对"好了"的残忍,让人不免有"无边的恐怖"感。

为求容身之地，韩梅无奈之下嫁给朱满仓。蔡素芬再三思量之后决意离去，"好了"之死无疑是其中最为重要的促进因素。不仅如此，虽然娶了蔡素芬，刁顺子却并不曾进入后者的内心，他对蔡素芬的"过往"几乎一无所知，自然也无法明白对方嫁给自己的真实原因。直到作品末了，他都未能理解这个相貌姣好、心地善良、温柔贤惠的女子缘何死心塌地地愿意和他同甘共苦相守到老，也未必理解她选择离去的真正缘由。①这种与至亲之人的"疏离感"是现代人的真实生存境况，格里高尔·萨姆沙的"变形"不过是此种境况的隐喻。而无法与自己的妻女有"心的交通"的"孤单"的刁顺子必须独自应对个人生命的悲欢离合且无由解脱。

二

探讨作为一种生活方式的哲学的哲人苏格拉底告诫我们，未经省察的生活不值一过。帕斯卡尔也把能思想视为人之为人的尊严所系。对命定必须承受"否定性的创伤"和"未完成的痛苦"的人类而言，自我与现实的分裂是无法弥合的伤痛之一，哲学的助产术因之是个人回归"自身"从而抵抗"灵魂的痛苦"的必由之路。经受生活世界诸般事项的形而下的纠缠，苦熬的刁顺子也并非没有反顾自省的机缘。在作品的第八十章，一贯木讷、软弱、"无能"，并无自我反思能力的刁顺子似乎瞬间"天目"洞开，意识到个人生存的问题性，以及与戏文的对照处：

> 他突然想起了《人面桃花》里的几句戏，虽然意思他也没全搞明白，但那个"无常""有常"啥的，还是让他觉得此时特别

---

① 在作品的第二十八章，刁顺子对"墩子事件"的"窝囊"处理触发了蔡素芬的自我反思。"两个男人，就这样一直在她面前来回缠绕着，本来很是平静的心情，就有些不大平静了。"蔡素芬此时的反思，其实已经暗含着后来"离开"的"苗头"，而她对三皮的"纠缠"的"回应"也耐人寻味，虽说并未跨越底线，但她的处理，已经是当年应对蒋老板的方式的"重现"，亦潜伏着同样的"危险"。对"暗流涌动"的日常生活，刁顺子始终浑然不觉。

想哼哼两句：

> 花树荣枯鬼难挡，
>
> 命运好赖天裁量。
>
> 只道人世太吊诡，
>
> 说无常时偏有常……①

从第一章蔡素芬初入刁家遭遇相貌不佳年届三十仍待字闺中的刁菊花"指桑骂槐地在楼上骂了半天，还把一盆黄澄澄的秋菊盆景，故意从楼口踢翻"②，到第八十章刁菊花知晓周桂荣是其父新找的女人后"气得扬起手，就把一个花盆掀翻在地了"③，小说完成了一个"轮回"，或者说是一次"重复"。如是安排，显然是有作者的寄托。

刁顺子对生活的"了悟"被作者道破之后，如何继续生活便成为摆在他面前的重要问题。人生也许就是这样，持续的劳作消磨着人的意志和抗争命运的信心。"使人生圆滑进行的微妙的要素，莫如'渐'……一年一年地、一月一月地、一日一日地、一时一时地、一分一分地、一秒一秒地渐进，犹如从坡度极缓的长远的山坡上走下来，使人不察其递降的痕迹，不见其各阶段的境界，而似乎觉得常在同样的地位，恒久不变，又无时不有生的意趣与价值，于是人生就被确实肯定，而圆滑进行了。"④但是刁顺子愿意在同事大吊故去之后承担起照顾其遗孀周桂荣和他的女儿——需要高昂的医药费做整容的丽丽，再一次表达并强化了他的责任意识的做人的尊严。这种尊严，不依赖帕斯卡尔所谓的"思想"，也不是苏格拉底意义上的"自我省察"，他有他的传统，"我始终希望自己笔下的人，都有一种自强自立意识，不靠天，不靠地的活得周正硬朗。这是一种文化传统，但更是一种现代觉醒，现代人的本质就是自主、自省、自强、自立，

---

① 陈彦：《装台》，作家出版社，2015年，第428页。

② 同上，第1页。

③ 同上，第428页。

④ 丰子恺：《渐》，见陈平原编《佛佛道道》，复旦大学出版社，2005年，第10页。

活出独立人格，活出靠自主奋斗所换取的做人的尊严"①。在这种传统中，生命被设想为一个素朴的过程，它的意义并不依赖那些关于人生意义的宏大词汇而可自行呈现。

  作者十分切肤地意识到，社会并不曾为刁顺子这样的人物预留改变命运的机会，没有为他们进入另一个阶层、过上另一种生活敞开大门。刁顺子命定只能依靠装台或同样的方式"谋生"，他的生活史也只能是一部"辛酸史"和"血泪史"。因女儿刁菊花所引发的家庭矛盾不过是个隐喻，对这样的角色而言，不可能有平静而幸福的生活，这是真正的"底层"生活的辛酸书写，但作者力图唤起的，并不是我们的怜悯和同情。刁顺子们的生活状态，如果不被强行归入关于"底层"的言说的语境中，我们可以体会到他们应对烦、畏、死的一种可能横亘千年的基本态度。也就是说，不从简单的社会学意义上阐释刁顺子的生活，我们可以发现，一个独立地、精神无所依傍的个体如何面对人生的烦、畏、死。他们的存在也在提醒着我们，大多数情况下，在超越力量付诸阙如的生存境况下，这是他们最为真实的生活形态。威廉·巴雷特发现，与西方文化在遭遇虚无时的绝望不同，"中国道家发现'太虚'时心情安宁、平和乃至很欢悦。对于印度佛教徒来说，虚无观念在他们身上可以唤起对所有生物普遍怜悯的心情；因为在他们看来，这些生物全都陷入了归根到底是没有根基的生活之网"。②生活一旦被取消了形而上的"意义"，身处其中的生命便只能是一个自然的过程，"未知生，焉知死"，"怪力乱神，子所不语；六合之外，存而不论"便是哲人对人世体察透彻之后的应对之法。陈彦曾详细讲述过自己读清人彭端淑《为学一首示子侄》的感悟："这篇清人笔记，我推荐过很多人看，甚至让女儿背诵过，我觉得它对我的人生影响是巨大的。无论唐僧，还是这个西蜀贫僧，给我们的都是一种人生行进的姿态，这种姿态是用信念雕塑而成，无论面目如何柔弱卑微，其内在精神力量都

---

① 陈彦：《坚挺的表达》，上海文化出版社，2012年，第179页。
② 威廉·巴雷特：《非理性的人》，段德智译，上海译文出版社，2007年，第307页。

是坚不可摧的。"①这种领会，便是对中国传统思想入世一脉核心精神深入体察之后的自然承续。

对这一精神传统及由之开出的生存策略也有通透理解的，是饱经世事沧桑的张爱玲："受过教育的中国人认为人一年年地活下去，并不走到哪里去；人类一代一代下去，也并不走到哪里去。那么，活着有什么意义呢？不管有意义没有，反正是活着的。我们怎样处置自己，并没有多大关系，但是活得好一点是快乐的。"②以张爱玲的说法为参照，我们就可以更为深入地理解陈彦的如下观点："我们总是注视着这个社会塔尖上一些人物的生活，却较少思考底层的很多人，他们不得不过着的那种生活。……不要用一种时髦的观念去审视他们的生活是旧的还是新的，反正是新是旧他们都得那样活着。"③无论是新是旧，他们都得活着，并且还要努力活得更好，活出普通人的价值和尊严。无疑，刁顺子们存在的意义并不在于对生存的形而上的思考和省察，而是作为一个立足于庸常生活、为了温饱而疲于奔命的普通人如何展示其生命的价值和意义。余华把《活着》的意义定义为："人是为活着本身而活着的，而不是为了活着之外的任何事物而活着。"④对普通人生命状态的准确把握，让余华认为自己"写下了高尚的作品"。《装台》则更进一步，在如是解释普通人的生命状态之外，还发现了普通生命的"尊严"及其形而上意义。

意识到中国人有着对生命存在总体性的"虚无"观念，却并不似西方人将精神指向"绝望"，反而将目光更多投注于日常生活，张爱玲如是解释《红楼梦》中缘何曹雪芹会不厌其烦地开列菜单，并巨细无遗地铺陈"欢宴"的内在原因："就因为对一切都怀疑，中国文学里弥漫着大的悲

---

① 陈彦：《边走边看》，上海文化出版社，2012年，第13页。
② 张爱玲：《中国人的宗教》，见《张爱玲典藏全集·散文卷二：1939—1947年作品》，哈尔滨出版社，2003年，第66页。
③ 陈彦、焦雯：《现代戏应剥离时尚 进入精神深层》，见《边走边看》，上海文化出版社，2012年，第371页。
④ 余华：《为内心写作》，见《灵魂饭》，南海出版公司，2002年，第222—223页。

哀。只有在物质的细节上，它得到欢悦……细节往往是和美畅快，引人入胜的，而主题永远悲观。一切对于人生的笼统观察都指向虚无。"①不把生命推向绝境，是古圣先贤对置身于天地之间的生命存在体察的精深微妙之处，也是作为中国文化思维核心的《周易》精神的基本运行规则所在。《装台》第一章和第八十章构成的回环往复的结构，是《周易》智慧的重要表现。哲人们针对人生问题开出的"药方"，大抵并不是为刁顺子这样的群体所设。困扰他最为核心的还不是人生意义的有无问题，不是应该如何应对"有常"与"无常"的问题，最为切己的问题是：明天如何工作？如何为一口吃的而忙碌着。然而，需要进一步追问的是，在如"蝼蚁"一般的命定被取消自我反思能力的生活中，人有无可能获得另一种存在的尊严？

在关于《妇女闲聊录》的访谈中，林白谈到了她对普通人生活状态和价值依托的理解："中国的民间，一代代人的生活方式和生活态度的变化都不是很大的。那么，在这种情况下，反倒能够保存我们面对灾难、面对苦难、面对自然的变化时的一些本能反应。"②《妇女闲聊录》中的木珍，自有其欢乐，有其幸福和无奈处。木珍们的生活也是刁顺子的生活，没有必要非得将他们拖入"现代性"的启蒙的人生境遇之中，强行为他们设置一种知识人想当然的"超脱"之法，让他们努力完成他们那个群体决然不可能完成的对生存困境的超越。张新颖发现，沈从文并不用新文学"启蒙"的心态规训笔下的人物，而是贴着他们的生活，用心倾听他们的声音，真正从他们的生活出发理解其人生道路。这或许也是陈彦不曾为刁顺子安排一个"光明"的结局，没有让刁顺子、蔡素芬、刁菊花、三皮他们各有一份"幸福"并"圆满"收场的内在原因。也正是这种宿命般的轮

---

① 张爱玲：《中国人的宗教》，见《张爱玲典藏全集·散文卷二：1939—1947年作品》，哈尔滨出版社，2003年，第65—66页。
② 陈思和：《"万物花开"闲聊录》，见《海藻集》，广西师范大学出版社，2007年，第368页。

回的存在，揭示出刁顺子们生存的无奈与痛楚。这是对人在这个世界上的根本处境体察得精微知几之后的处理，与王国维欣赏《红楼梦》的悲剧结局的内在原因不无暗合之处。

因此上，支撑刁顺子的是祖祖辈辈传承下来的做人的本分，是他对人的尊重和对自己工作的敬重。这是他个人的尊严所系，也是千百年来中国人即便历经生存的磨难仍然传承不绝的生存的智慧。"装台队伍里，还来过一个借暑假打工的大学生，走时给别人说，别看顺子这人不起眼，但在他身上，还有一种叫责任的东西。瞿团也说过这样的话。"①在陕西方言中，"把事当事"就是"敬事"。往小里说，就是陈思和所说的"这就是普通人的一种自尊，一种岗位的尊严"②。"他一方面也受欺负，被拖欠工资，被人剥削得很厉害，但一方面他也有他的尊严。"③而由岗位意识产生一种责任感和尊严感，是为普通人的价值依托和精神所寄。人人各安其位，各尽其分，在有限的范围内，尽职尽责，成就一个普通生命的伟大处。作为一个城里人，刁顺子并非不能选择疤子叔、刁大军的生活道路，他可以像尚艺路的同村人一样，加盖房屋，之后以赌博打发时日。但他对人生有一种朴素的想法：一个人得靠诚实劳动安身立命。他的这种价值观念，是祖祖辈辈流传下来的素朴的生活哲学。与刁大军这样一些人相比，这种观念似乎有些落伍和不合时宜，但它却是生活在这块地面上的先辈们尊奉的人生信条，支撑着一代代人在艰难与困苦中顽强地活下来。刁顺子对这种价值观念的认同和自我实践，让他身上拥有了"生命自身由里而外

---

① 陈彦：《装台》，作家出版社，2015年，第189页。
② 陈思和：《"万物花开"闲聊录》，见《海藻集》，广西师范大学出版社，2007年，第372页。
③ 陈思和在与林白的对谈中，认为作家应该写出普通人的岗位的尊严："民间的欢乐就是过去讲的小青虫。它的生命非常短暂，但短暂的过程当中，它会一瞬间开花，它每一天都在那儿挥霍，生命过去就过去了。所以民间的力量，你不能考虑一个过程，它没有过程的，它就是生存的形态，一个形态就是一个状态。"陈思和：《"万物花开"闲聊录》，见《海藻集》，广西师范大学出版社，2007年，第372、373页。以上的说法，可作为《装台》的参照。

散发出来的生气"①。

现成的参照是张新颖笔下的沈从文。为了说明沈从文的"文学里面有天地，比人的世界大"②，张新颖援引了《边城》中的一个典型情境："作品开篇，描述茶峒地势，依山凭水而建，河街房子莫不设有吊脚楼，'某一年水若来得特别猛一些，沿河吊脚楼，必有一处两处为大水冲去，大家皆在城上头呆望。受损失的也同样呆望着，对于所受的损失仿佛无话可说，与在自然安排下眼见其他无可挽救的不幸来时相似'。"③这是对"天地不仁的无可奈何的体会、默认和领受"④，是"自身悲剧成分和自来悲哀气质的外现"⑤。沈从文文学的好处，就是他不拿新文学启蒙意义上的"人"的观念来看待这些人物，"当这些人出现在沈从文笔下的时候，他们不是作为愚昧落后中国的代表和象征而无言地承受'现代性'的批判，他们是以未经'现代'洗礼的面貌，呈现着他们自然自在的生活和人性。沈从文对这些人'有情'，爱他们，尊敬他们，他能从他们身上体会到生命的努力和生存的庄严，体会到对人生的忠实与对命运的承担"⑥。

与沈从文笔下的人物即便把"天地不仁'内化'为个人的命运"，却仍然有"明朗、刚健的力量和生生不息的气象"⑦一般。《装台》第一章和第八十章构成了一个回环往复的结构，似乎明示着另一个人生际遇的循环即将开始。这正是《周易》系统无穷无尽的自演化可能性的征象。个人命运的循环往复也是世世代代人的生命形态的真实写照。家庭幸福的转瞬即逝并不曾消耗掉刁顺子的生活热情和责任意识，接纳周桂荣母女因此便

---

① 张新颖：《沈从文与二十世纪中国》，复旦大学出版社，2014年，第18页。
② 同上，第19页。
③ 同上，第23页。
④ 同上，第23页。
⑤ 同上，第23页。
⑥ 同上，第13页。
⑦ 同上，第24页。

是又一次对生活重担的主动承担,"菊花问他是不是又找了女人。顺子点了点头。那是一种很肯定的点头,肯定得没有留出丝毫商量的缝隙"①。至此,我们可能会明白基尔克郭尔《重复》中反复申明的观点:"全部的生活是一种重复"②,诱惑我们深陷其中却无由自拔的"重复"。

原载《中国现代文学研究丛刊》2016年第8期

---

① 陈彦:《装台》,作家出版社,2015年,第428页。
② 基尔克郭尔:《重复》,京不特译,东方出版社,2011年,第3页。

贾平凹与"大文学史"

"五四"迄今百年中国新文学的历史叙述,牢固地奠基于自晚清开启的文化的"古今中西之争"及其所敞开之思想论域和历史想象之中。彼时国家民族值贞元之会,当绝续之交,征用西学资源以疗救政治—文化之弊成为一时之盛,也自有其历史合理性。以此种思路为基础,今胜于古,西优于中的思想选择渐成定势。"追求现代性"在最为宽泛的意义上形塑了新文学的主导思想和审美偏好,借此建构的文学史观在废名、沈从文、汪曾祺、孙犁评价上的"两难"已充分说明对复杂多元之文学现象的单向度考察的"偏狭"①。"二十世纪中国文学""新文学的整体观",以及"中国新文学"诸种文学史"故事类型"的整体构想,

---

① 以汪曾祺之文学史评价为例,可以说明此一问题的基本状况。洪子诚《中国当代文学史》注意到汪曾祺作品中有"中国传统'文人'的情调和视角","注重风俗民情的表现",其风格笔法,可视为40年代京派作家"散文小说化"努力的延续。但在20世纪80年代的文学史视域中,汪曾祺却"难以归类"。依孙郁之见,早年的汪曾祺,文章中"没有一点左翼文学的痕迹,是社会边缘人的倾吐"。其文章笔法与韵致,从乃师沈从文处获益良多。沈从文不大认同彼时盛行之"写故事"的方式,有意疏离小说的"劝世"目的,强调作品对个人心性的自然表达。此一思路,与周作人的"趣味与本色"、废名从唐诗习得的技巧以建构自己的小说世界颇相类似。然此种路线,已非80年代文学史的"主潮"。丁帆《中国新文学史》认为"疏离了价值判断和美丑辨析的生命常态,世间无限的复杂性成为汪曾祺写作的最高美学"。已初步表明其文学史观念的重心所在。而指出"汪曾祺的小说在趣味中陷落,在民俗、世间万象的沉降中,多趣味而少风骨,多滥漫而无精气,多委顿而少超拔,韵致有余而凌厉不足",已充分说明其价值偏好,仍在左翼一途。其后对贾平凹《废都》等作品的评价,亦属此类。

均不脱此一论域所划定之基本范围。其间虽有王德威尝试以陈世骧发现之"中国抒情传统论述"重构新文学的历史图景,力图在"革命""启蒙"两大基调外,申论中国文学抒情的现代性作为文学史新范式的重要意义,已有文学史观突破的意味,惜乎此一构想,仅限于新文学之基本范围,且处于"未完成"状态,尚未从根本性意义上突破中国古代文学与新文学的学科分界。其所依凭之文学理论资源,亦在"五四"以降之新文学批评谱系之内。参之以高友工、柯庆明、萧驰、张淑香等学者以"中国抒情传统"的学术理路,自中国思想文化的大历史脉络,重新梳理以抒情诗为主体之中国文学、艺术传统,以在"古今中西之争"的语境下,阐扬中国文学相对于西方文学的"独立"意义,可知"抒情传统论述",蕴含着尚未被充分释放的理论能量,足以成为重构文学史叙述的新范式[1],有待论者的进一步阐发。

  克服"古今中西之争"及其所敞开之文学史视域偏狭的方式有二:其一,超越"现代性"视域。不以"现代性"及其所持存之价值观念和审美偏好作为评价文学作品的唯一标准,同时保持对其知识谱系与意识形态的自省与反思;其二,建构一种融通中国文学"大传统"(中国古典文学)与"小传统"("五四"以降之现当代文学)的"大文学史观",即不把"五四"以降之"新文学"视为在中国古典文学之外别开一路,而是将其

---

[1] 柯庆明、萧驰编选之《中国抒情传统的再发现——一个现代学术思潮的论文选集》(台大出版中心,2009年),收录以陈世骧"抒情传统论述"为基本范式,梳理中国文学传统的高友工、柯庆明、萧驰等十位学者的文章。从中可知,此类研究虽具开拓意义,但基本局限于中国古代文学,未有将抒情传统拓展至"五四"以降之新文学者。陈国球、王德威编选之《抒情之现代性:"抒情传统"论述与中国文学研究》(生活·读书·新知三联书店,2014年)亦与此同。2015年4月17日,王德威在陕西师范大学做题为"史诗时代的抒情声音"的演讲,以"抒情传统"说梳理中国文学。其论述所涉,以屈原始,以贾平凹终,其间跨度两千余年。此种论述,足以说明以"抒情传统论述"贯通中国古代文学与中国现当代文学,可以重构贾平凹所属之思想及美学谱系,亦可突破限于"新文学"的评价视域的根本偏狭,重新梳理贾平凹与文学史的复杂构成关系。

视作为古典文学在20世纪流变之一种①。同时,将"中国古代文论的现代转换"再度"问题化",以激活被现代性文论话语(核心是西方文论)压抑的中国古典文论的解释学效力。尝试以"境界""气韵""虚/实"等古典文论概念与范畴建构新的批评视域。非此,则不能从思想范式的意义上突破现代性文论话语的"霸权"地位,敞开新的精神空间,从而对废名、沈从文、汪曾祺等有心接续古典传统的作家作品做出妥帖评价。而以与废名、沈从文同属一脉的贾平凹作为方法,在"大文学史"视域中考察当代作家承续古典文脉之方式及意义,庶几可以丰富当代文学的史性叙述,亦是中国文化"归根复命"探索之一种。

一

历经中国社会与文化"三千年未有之大变局"后,反思华夏文化之"现代劫难"而取文化的"归根复命"一路,根本的原因在于:"随现代性漂流而去,让科技收拾人性的残局,归根结底是人类之丧,一切文化都难幸免;纠现代性之偏,把'归根'变成'复古',仍受制于现代性之偏,终逃不掉科技的非人属的物义论之途;所以,'归根'所开出来的'复命'之'命',实乃救治'现代性危机'即驾驭'物'的人义论之回归:'极高明而道中庸'的'致人和'。"②以"犹太人问题"与"中国

---

① 对此一文学史理路及其在废名、汪曾祺、孙犁、贾平凹,以及"晚近"之黄永玉(《无愁河的浪荡汉子》)、木心、金宇澄(《繁花》)作品评价上的意义,笔者的《"大文学史观"与贾平凹的评价问题》(《小说评论》2015年第6期)有较为详尽之说明。参见杨辉:《文体、笔法与古典的遗韵——论孙郁的贾平凹研究》,载《文艺争鸣》2016年第1期。
② 张志扬:《归根复命——古典学的民族文化种性》,载《海南大学学报》(人文社会科学版)2013年第1期。针对此一问题,艾恺亦有如下反思:"传统与现代化是水火不相容的,前者代表着人性,而后者代表着非人性。现代化与反现代化思潮间的冲突正好代表着人性与非人性的冲突,不易消解。近两百年来的文学艺术和哲学上的各种思潮,多多少少带有这种冲突的表象。"参见艾恺:《世界范围内的反现代化思潮——论文化守成主义》,贵州人民出版社,1991年,第4页。艾恺此说,可以与张志扬之文化反思相参照。

人问题"对举,通过追问犹太人能否在西方宗教政治文化胁迫下坚持走自己民族神的路,张志扬进一步追问"在西方军事政治文化殖民的死亡胁迫下,是否还有非西化的另类的走回自己民族文化的路?"①借此,而从根本性意义上走出"脱离"西方尺度西方话语便"不能思乃至无思"的思想之无能境地。此一思路,与汉学家艾恺考辨世界范围内之反现代化思潮之诸种面向,以及重思以文化守成之姿态超克现代化之思想命运及其可能足相交通。以文化的"古今中西之争"所开启之思想论域为基础,论者得以重新界定中国文化之特殊性与核心意旨。"中国文学的抒情传统"、作为"前现代"的中国小说传统,以及以《周易》思想为核心之中国文学"全息现实主义"传统之独特发见,无疑均属此列。此亦为赓续古典文脉之多样可能,然究其根本,《周易》智慧及其所开出之思想方式及美学意趣,或为文化命脉之要义所在。②

就描述世界历史图景之方式而言,《周易》属"神秘主义"与"理性主义"之结合,与西方自古希腊以降"逻各斯"与"秘索斯"之分裂状态大异其趣。基于《周易》智慧之世界想象,可知"人体的气脉,跟天体的运行有对应"。进而言之,"生命和宇宙,是可以互相印证的"。唯其如此,《红楼梦》方能以小说之方式,演绎中国大历史之变迁。贾府之诸般人事,亦可对应于中国文化之不同面向,其兴衰更替、起废沉浮,无不与更为阔大之历史寓意相参照。因是之故,"《红楼梦》不是人类历史文化的纯粹构建,而是以对过去历史的解构为前提的预言和启示。这部小说将故事叙述到哪里,也就将历史解构到哪里。所谓由色而空正对应着这种

---

① 张志扬:《中国人问题与犹太人问题(代前言)》,见萌萌学术工作室主编《"中国人问题"与"犹太人问题"》,生活·读书·新知三联书店,2011年,第1页。
② 承续"五四"诸公文化价值重估与反思之流脉,李劼以为,《周易》中"暗藏着华夏文化演变的奥秘"。而"追溯河图洛书,发现竟然是一个高维的全息方程式。与之对称的,是爱因斯坦的相对论,还有闵可夫斯基的四维时空坐标"。足见对《周易》智慧的深入反思,可以进入中国文化最为精深之境界。李劼:《中国文化冷风景》,允晨文化实业股份有限公司,2013年,第598页。

无有还无。然而也正是在这样解构性的还无过程中,一种历史的审美指向偕同语言的深度空间一起被鲜明地确立起来,如同一片由黑暗所放出的光芒,在地平线上重新划出了天空和大地。所谓补天,正是这种天、地、人三维空间的确立"①。并因是构建出人类历史文化之全息图像。盛极必衰、治乱相替、沧海桑田为"道"之运行规则之体现,在《红楼梦》中则为"人和"与"天道"之对举。是为《周易》体系全息现实主义之真谛所在。《周易》系统以"未济"卦压阵,即预示新的循环之开启②。

易言之,不同于现代性之线性时间观与历史观,《周易》思想所开出之世界想象,以循环往复为其基本特征。依其运行规则,"世界"并不至于一颓到底,颓到极处时,必有新气象之发生。《带灯》结尾处一场械斗致使带灯辛苦维持之秩序瞬间瓦解,其人亦随之精神濒临崩溃。当此之时,樱镇却出现了萤火虫阵。带灯与竹子去看时,那萤火虫纷纷飞落在带灯的头上、肩上、衣服上,带灯顿时如佛一样,全身都放了晕光。考虑到带灯原名为"萤",可知萤火虫阵之出现,乃"上出"之象,预示其世界不至于一颓到底,其人亦不至于因孤立无援而"万劫不复"。《老生》中之四个故事,对应着20世纪中国历史之四个重要时期。就中"老"(死)、"生"之喻,亦蕴含着新旧、治乱循环交替之意。以《山海经》为参照,一个世纪的叙述,正意味着历史深层之"循环"特征。以能由中国传统浑灏精深之文化体系透视诗之本质之船山诗学为例,此一思路所开出之"境界"更易明了。"正是基于某种存有论而'体认'天道的观念,在以'势'论诗之时,船山才时时肯认诗之于无始无终、'即始即终'、絪缊不息大化的片段性。"③所谓"转成一片,如满含月光,都无轮廓","首尾无端,合成一片","冉冉而来,若将无穷者","皆将

---

① 李劼:《红楼十五章》,新星出版社,2010年,第399页。
② 对此一问题之详细申论,参见胡河清:《中国全息现实主义的诞生》,见王晓明、王海湄、张寅彭编《胡河清文集》,安徽教育出版社,2014年。
③ 萧驰:《中国思想与抒情传统 第三卷:圣道与诗心》,联经出版事业股份有限公司,2012年,第186页。

诗说为庄子'天乐'之'其卒无尾,其始无首'"。由此,"抒情艺术所关注的,才并非事件的起点和终点这种作为戏剧和叙事文学结构的焦点,而是世界运动本身的节律或宇宙生命的脉搏——中国文明的精髓观念与其主要文类的关联于此真正得以昭显"①。而由《周易》肇端之世界想象,乃为此一观念之核心。以"人事"而体"天道",并得以"纵浪大化中",既为《红楼梦》日常生活之详细铺陈与"太虚幻境"对照之根本意指,亦是《老生》中四个故事与《山海经》"互涉"之用意所在。若以西方文学为参照,中国文学此一特征更为鲜明。不同于西方寓意作品(以《神曲》为代表)完美/不完美、此境/彼境二元对立式的基本模式,"中国文学自有一种解决二元问题的观念,简言之,即宇宙无始无终,无所谓末日审判,也无所谓目的终极,一切感觉与理智经验的对立物,无不蕴含其间,又两两互补共济、相依共存"。尤为重要的是,"尘世与超验、完美与不完美之间的辩证差别,也因此变得毫无意义,或者不过是互为补充的统一体"。②浦安迪此论,出自对以《西游记》《红楼梦》为代表之前现代的中国小说思想寓意及精神依凭(思想渊源)之总括。而频繁征用以《周易》思想为基础之阴阳、水火诸种既"对立"又相互"转化"之范畴,《西游记》《红楼梦》之意义世界得以生成。其虚实、真假、盛衰、悲喜、离合诸种"二元补衬"之用意,均可作如是解。③

对此种思维,贾平凹早年即已默会于心,其《〈妊娠〉序》曰:"夜里读《周易》,至睽第三十八,属下兑上离,其《彖》曰:'火动而上,泽动而下。二女同居,其志不同行。'又曰:'天地睽而其事同也。男女

---

① 萧驰:《中国思想与抒情传统 第三卷:圣道与诗心》,联经出版事业股份有限公司,2012年,第186页。
② 浦安迪:《〈西游记〉与〈红楼梦〉中的寓意》,见《浦安迪自选集》,生活·读书·新知三联书店,2011年,第189页。
③ 对《西游记》《红楼梦》《周易》思想之内在关联,浦安迪《〈西游记〉与〈红楼梦〉中的寓意》一文有极为详尽之说明。见《浦安迪自选集》,生活·读书·新知三联书店,2011年。

睽而其志通也。万物睽而其事类也。睽之时用，大矣哉！'我特别赞叹'睽之时用，大矣哉'这句，拍案叫绝，长夜不眠。"①睽卦为上兑下离，象征"乖背睽违"。而贾平凹欣赏之"睽之时用，大矣哉"。《程传》解释曰："天高地下，其体睽也，然阳降阴升，相合而成华育之事则同也；男女异质，睽也，而相求之志则通也；生物万殊，睽也，而得天地之和，禀阴阳之气，则相类也。物虽异而理本同，故天下之大，群生之众，睽散万殊，而圣人为能同之。处睽之时，合睽之用，其事至大，故云'大矣哉'。"②由睽卦之"乖违、相异"，却能在差异之中形成相互交感，可以进一步体会《道德经》"万物负阴而抱阳，冲气以为和"之玄旨。此亦为中国思想之基本特征。"商周思想的重点在于'相配''相合''相交'，无论天多么伟大，如果没有地与它相交，天即无所能。"同时亦可以看到，"中国哲学的思想概念中，经常以两字组成的复合词来表示一组相对范畴，如'天地''阴阳''无有'等"。③老子《道德经》将"有无""难易""高下""长短"对举，以申明对比转化之意，亦是此理。

进而言之，"'睽'既讲阴阳之间的区别，又是两者对立统一体存在的先决条件。可以说是贾平凹创作中先验的主题"④。男女两性的对比，刚柔的互衬，均构成"睽"的意念之外化。《浮躁》中金狗极顽强之生命力，实为男性意志之象征，与小水所体现之女性阴柔之性恰成鲜明对照，本乎此，方有二者精神之交感呼应。不独如此，"睽"意念之外化，既可解释"平""凹"二字之意蕴，亦可解释贾平凹写作之"分裂"状态。程德培等人以为贾平凹乃一"矛盾体"，其尝试在写作中将极难统一之悖

---

① 贾平凹：《〈妊娠〉序》，见《关于小说》，生活·读书·新知三联书店，2015年，第39页。
② 转引自黄寿祺、张善文：《周易译注》，上海古籍出版社，2004年，第289页。
③ 郭静云：《天神与天地之道：巫觋信仰与传统思想渊源》，上海古籍出版社，2016年，第619页。
④ 胡河清：《贾平凹论》，见王晓明、王海渭、张寅彭编《胡河清文集》，安徽教育出版社，2014年，第38页。

论统一起来之努力，教人惊叹。孙郁对此亦有同感："说他旧，又有点新奇的气象，说其新，可在内心却是旧书堆中人。就这样不古不今，亦古亦今，我们看他，不是一两句话可以说清的。"此一特征，本乎《周易》思维所开出之世界想象，不惟体现于意象之构建，亦是文本世界意义生成之基础，强解作矛盾之对立统一，相互转化似无不可，但此一解释所依托之思想，终究不能深入把握贾平凹作品真正微妙精深处，亦会因之错失诸多意趣。①此亦从另一侧面说明，中国古代文论之创造性转换，若不能于理论思维上"回归本宗"，则难于有根本性之突破，所谓的"现代转换"，不过空言而已。

此种思维不独可以开出想象世界之道，亦可用以意会语言之韵味及意趣。贾平凹对此无疑体会颇深："世上任何事情都包含了阴阳，月有阴晴圆缺，四季有春夏秋冬，人有喜怒哀乐。"具体到语言上，"我们看一个汉字，它的笔画都有呼应，知道笔画呼应的人书法就写得好，能写出趣味来"。②贾平凹的语言，风格极为鲜明，有文言的韵味，亦有陕西方言的调子，更有长期浸淫古书而得之古诗文的奇气。说迄今不过百年之现代汉语，是在贾平凹这样的作家笔下成熟的，想必不属过誉。仅以语言论，其文章气脉，即不限于"五四"以降之新文学一途，而与古典文学古典文化精神血脉相通。《秦腔》承续《红楼梦》笔意，在语感、节奏、气息和味道上法其用心，并得其神髓，二者对读，可知语言之感应，乃其"意境"趋同之基础。若求古典文本"抒情境界"之"再生"，文体与笔法不可或缺。

---

① 清人沈祥龙《乐志簃笔记》卷三《论文随笔》云："《易》曰：'风行水上，涣。'苏氏（洵）指为'天下之至文'。又曰：'雷电和而成章'，涣则散，合则聚。文章之道，不外聚散二者。风水相激，波澜迭兴，此文之畅其言论者也，故散为万殊。雷电相并，声光自显，此文之明其意旨者也，故合为一本。法《易》象而文章之能事毕矣。"其意亦与此同。转引自刘熙载撰，袁津虎校注：《艺概注稿》，中华书局，2009年，第141页。
② 贾平凹：《好的文学语言》，见《关于散文》，生活·读书·新知三联书店，2015年，第149页。

除《周易》（河图洛书）外，《山海经》亦被学者视为华夏文化源头之一。其所刻画之华夏初民形象，元气充沛，乃中国人之"原型"，蕴藏着中华民族的"灵魂"和最为始源之集体无意识，与文化核心精神衰微之后"掉进心机权谋外加等级观念的人文黑洞"，一变而为"阴沉怯懦的卑琐人格"①形成鲜明对照。若依《周易》复卦"返转回复"的思路，则中华文明之复归本宗，回归《山海经》所示之民族本真形象为途径之一。曹雪芹《红楼梦》从《山海经》神话起笔，以"返回初始的方式，承接中国文化气脉"②，即此理。此亦符合老子"复归于婴儿"之核心意旨。如同《荷马史诗》和希腊神话蕴含着希腊民族之本真形象，后世必得返归古希腊以重塑其文化人格，华夏民族之"归根复命"，其理亦与此同。雅斯贝尔斯申论"轴心时代"之于民族文化之本宗意义，海德格尔对希腊思想之"重思"，施特劳斯派学人之重返希腊思想，用心亦在此处。

《老生》中之四个故事，均以《山海经》起笔，间杂作者对所征引段落之解释，不泥于传统"定见"而时有新解，所重似在山水物产风貌之详细铺陈，用意却在"人事"。20世纪之时运推移精神转换无远弗届，虽在乡间，世道人心，亦有沧桑巨变，已难见《商州初录》《浮躁》中之纯朴民风和乡间野趣，遑论古代思想所持存之"古风"。古典"心性"之衰微，在在触目惊心。其所描绘之"百年人性，既失掉了合理的教育，又缺乏因利乘便的引导"，犹如打开了潘多拉的盒子，肆意"释放出人性中的贪婪、诽谤、嫉妒、痛苦、忧伤……"③。一如《尤利西斯》以奥德修斯之英雄形象"反衬"布鲁姆及其同代人之卑琐，《山海经》所持存之中华民族之本真形象，亦与20世纪各色人等之卑劣心性对比鲜明。贾平凹早年即好读《山海经》，并从中体味出华夏民族雄奇刚健之气和"中国人的思维方式与心灵密码"，且曾动念注解全本，足见其对古典文化原典之沉潜

---

① 李劼：《中国文化冷风景》，允晨文化实业股份有限公司，2013年，第7页。
② 李劼：《木心论》，广西师范大学出版社，2015年，第25页。
③ 黄德海：《悲愤的阴歌——贾平凹〈老生〉》，载《上海文化》2015年第5期。

往复从容含玩且切己体察，并从中开出反观现时代之新境界，已非常人可及，亦不能以"复古"论之。

从《白朗》《古堡》《浮躁》所持存之文本世界对《周易》思维之演绎，到《老生》以《山海经》所蕴含之中华民族本真形象为参照，于一个世纪世态人情、世道人心的循环往复中暗合《周易》之系统循环，贾平凹正逐日逼近中华文化之"深山大泽"，其笔下亦可能开出华夏文化之"龙虎真景"。此一现象足以说明，华夏文化历经百年劫变之后，于颓势之中，亦预伏转化之契机。至于能否在"弘通西方文化的精要的基础上复归本宗，开创真正具有独创性的文学流派"①，于中西文化之交融中"形成一个真正超越《红楼梦》的新巨制时代"②，尚难有定论。但此一路线，无疑属中国思想与文化"归根复命"之要义所在，于文学乃为一"上出"之境，其所蕴含之可能，殊非一端。

二

若以心性及才情论，古代文人中，与贾平凹相通且有精神交感者，首推苏东坡。对苏东坡思想之复杂性，其弟苏辙所撰之《亡兄子瞻端明墓志铭》有极为准确之说明："初好贾谊、陆贽书，论古今治乱，不为空言。继而读《庄子》，喟然叹息曰：'吾昔有见于中，口未能言，今见《庄子》，得吾心矣。'乃出《中庸论》，其言微妙，皆古人所未喻。……后读释氏书，深悟实相，参之孔、老，博辩无碍，浩然不见其涯也。"③其自由游走于儒、道、释三家思想并由此悟得应世之智慧，以调适自我与生活世界之紧张关系，从而维持内心之平衡，即便在三家

---

① 胡河清：《中国全息现实主义的诞生》，见王晓明、王海渭、张寅彭编《胡河清文集》，安徽教育出版社，2014年，第156页。
② 同上，第160页。
③ 台静农：《中国文学史》（下），上海古籍出版社，2012年，第504页。

思想畅行无碍、广泽士林之时,也未必人人能知能行。苏东坡以刚正不屈之儒家精神用世,却屡遭迫害,可谓半生颠沛流离,然于人生之颓势中,能处之泰然,无怨望悲愤,均以旷达应之,殊为难得。个人修养之深厚,属原因之一,更为重要的,恐怕还是其对人生之兴衰际遇看深看透之后的超然。此亦为道家"逍遥"论题中应有之义。自20世纪70年代迄今,贾平凹创作凡四十余年,其间甘苦,难以尽述。由"单纯入世"到"复杂处世",再到"任性逍遥",贾平凹亦兼具儒家之积极精神、佛家之境界追求,以及道门游宴自如、忘其肝胆之大自在精神。《废都》之后,于文学与人生之交相互动中,贾平凹深味"著书凡四十万言,才未尽也。得谤遍九州四海,名亦随之"之人生况味,且以"转毁为缘,默雷止谤"应之,若无极深之内在修为,恐怕亦不易为之。当此之时,其秉有"楚尾"灵动、蕴藉之性,再得发展,且于"主流文学"(史诗)之外别开一路,意识到汉民族独特历史文化所形塑之审美标准,推屈原、司马迁、杜甫为主流文学,而以"阐述人生的感悟,抒发心意"为旨归,且作为主流文学之对抗与补充之闲适文字(如苏轼、陶潜乃至明清散文等,甚至包括李白),其意义则常被遮蔽[1]。其"血地"为陕西丹凤,属秦头楚尾,故"品种里有柔的成分"和秀的基因,易于与明清文字发生感应。而"秦头"则使其可学两汉史家笔法,向海风山骨靠近。其80年代作品上承柳青以降之陕西文学现实主义传统,于"改革"与"寻根"之双向关注中把握并书写时代之精神走向。《腊月·正月》《小月前本》诸篇,有彼时"潮流化写作"之基本特征。《商州初录》诸篇,则初现其文化寻根之意趣,但限于篇幅,其内在性灵所开出之"文思",尚未及显露。嗣后《浮躁》既融汇"改革文学"与"寻根文学"之双重面向,亦"终结"了其两可状态。至《废都》超克"现实主义"之限制后,贾平凹之才情始得尽情发挥。

---

[1] 贾平凹:《〈病相报告〉后记》,见《关于小说》,生活·读书·新知三联书店,2015年,第127页。

以《废都》为贾平凹风格转折之标志,文章"作法"之革新,属重要原因之一。贾平凹自谓,在《浮躁》之写作过程中,"我由朦朦胧胧而渐渐清晰地悟到这一部作品将是我三十四岁之前的最大一部也是最后一部作品了,我再也不可能还要以这种框架来构写我的作品了。换句话说,这种流行的似乎严格的写实方法对我来讲将有些不那么适宜,甚至大有了那么一种束缚"①。其所感兴趣的,乃是以"中国画的散点透视法"取代"西方人的那种焦点透视法"而开出新境界。二者最大之区别,或在个人性灵之自由发挥与否。其转变当属个人境界扩大之后的自然选择。从张爱玲的文字中,贾平凹意识到:"一些很著名的散文家,也是这般贯通了天地,看似胡乱说,其实骨子里尽是道教的写法"②。进而言之,"散文家到了大家,往往文体不纯而类如杂说"③。如非贯通天地,焉能运笔自如若是。是为"求白用墨抹",求简洁之风格而将"画面搞得很繁很实,在用减法之前而大用加法"之要义所在,就中亦内涵文章"作法"之奥秘。《浮躁》之后,因不满于人生世相之详细铺陈而希望作品升腾出一种"气韵",以在存在之上建构其意象世界,于"诗人"和"现实主义"的纠葛中,完成形而上与形而下之结合,以实写虚,体无证有,开出作品之全新境界。此种努力,《废都》首开其端,至《老生》臻于化境,乃贾平凹写作之用心处及得意处,亦是释读其作品之紧要处。进而言之,若无20世纪80年代融合"改革"与"寻根"之"潮流化写作"做底子,则《废都》以降之承续明清世情小说传统,于"实境"之中升腾出别样"境界"之努力亦难于成就。要言之,转益多师,但不执其一端,为其写作能始终处于

---

① 贾平凹:《〈浮躁〉序言二》,见《关于小说》,生活·读书·新知三联书店,2015年,第32页。
② 贾平凹:《读张爱玲》,见《关于散文》,生活·读书·新知三联书店,2015年,第127页。
③ 贾平凹:《读张爱玲》,见《关于散文》,生活·读书·新知三联书店,2015年,第127页。贾平凹此说,显然得"意"于刘熙载《艺概·文概》评《庄子》语:"《庄子》文看似胡说乱说,骨里却尽有分数。""分数者","法度、规范"之谓也。

"上出"之态势之根本原因。陈师道《后山诗话》以为:"苏(东坡)诗始学刘禹锡,故多怨刺,学不可不慎也。晚学太白,至其得意,则似之矣。然失于粗,以其得之易也。"①此说持论公允与否,姑且不论。但其所谓之由学刘禹锡而转习李太白,由"怨刺"而至于"放旷",与于连以希腊思想为参照,发见中国智慧之"圣人无意"颇相类似②,由其开出"应无所住"之自由之境,亦是贾平凹兼具"史诗"与"抒情"之双重可能,却不泥于一端,而有此阔大之境的原因所在。

苏东坡"才思洋溢,触处生春,胸中书卷繁富,又足以供其左旋右抽,无不如志。其尤不可及者,天生健笔一支,爽如哀梨,快如并剪,有必达之隐,无难显之情,此所以继李、杜后为一大家也"③。其与李、杜不同者,在运思用笔上,"李诗如高云之游空,杜诗如乔岳之矗天",苏诗则如"流水之行地",可谓天机活泼、下笔无碍。沈德潜《说诗晬语》亦云:"苏子瞻胸有洪炉,金、银、铅、锡,皆归熔铸,其笔之超旷,等于天马脱羁,飞仙游戏,穷极变幻,而适如意中所欲出,韩文公后,又开一境界也。"④苏东坡才气横溢,胸中了无羁绊,又深通"文法",故其诗文,能开一代新风,且颇多新的发明。其文章"作法"及思想渊源,乃上承中国早期哲学以"水之性"悟得世界生成及转换规律之基本传统。古人观物取象,并立象以尽意,从物之性中推演出生活世界运行之基本

---

① 台静农:《中国文学史》(下),上海古籍出版社,2012年,第505页。
② 所谓"无意",依于连之见,乃是指"圣人不会从很多观念中单独提取出一个:圣人的头脑中不会先有一个观念("意"),作为原则,作为基础,或者简单地说就是作为开始,然后再由此而演绎,或至少是展开他的思想"。质言之,"'无意'的意思就是说,圣人不持有任何观念,不为任何观念所局囿",而能平等对待所有的观念。此说看似平常,实则蕴含古典智慧之核心要义。千年间思想界之纠葛,文学观念之"冲突",均不脱执其一端而不及其余之弊。而能以"无意"之心态,接纳不同之思想,其"上出"之态势,自然未可限量。详细申论参见弗朗索瓦·于连:《圣人无意:或哲学的他者》,闫素伟译,商务印书馆,2004年,第1—4页。
③ 台静农:《中国文学史》(下),上海古籍出版社,2012年,第506页。
④ 同上,第506页。

规则。就中以"水"最为突出,"水"乃中国早期思想之"本喻"①,由"水之性"开出之思想之"道",不独与道家思想颇多关联,亦与儒家典籍密不可分。《荀子·宥坐》篇曰:

> 孔子观于东流之水,子贡问于孔子曰:"君子之所以见大水必观焉者,是何?"孔子曰:"夫水,大遍于诸生而无为也,似德。其流也埤下,裾拘必循其理,似义。其洸洸乎不淈尽,似道。若有决行之,其应佚若声响,其赴百仞之谷不惧,似勇。主量必平,似法。盈不求概,似正。淖约微达,似察。以出以入,似就鲜絜,似善化。其万折也必东,似志。是故君子见大水必观焉。"②

《孟子·离娄下》亦载:

> 徐子曰:"仲尼亟称于水,曰:'水哉,水哉!'何取于水也?"孟子曰:"源泉混混,不舍昼夜。盈科而后进,放乎四海,有本者如是,是之取尔。苟为无本,七八月之间雨集,沟浍皆盈;其涸也,可立而待也。故声闻过情,君子耻之。"

先秦思想中,以"水之性"推演出宇宙大道,以《道德经》最为突出。"上善若水,水善利万物而不争,处众人之所恶,故几于道。"(第八章)"天下莫柔弱于水,而攻坚强者莫之能胜,以其无以易之。弱之胜强,柔之胜刚,天下莫不知,莫能行。"(第四十三章)老子对"柔弱""处下""守雌"意义之思考,多半与"水之性"有关。由"水之性"既可推演出宇宙运行之基本规则,自然亦可用之解释"文之道"。对此,苏东坡有极为清楚之说明。其《自评文》曰:"吾文如万斛泉源,不

---

① 对"水"与中国早期思想之关联,汉学家艾兰有专书申论,见艾兰:《水之道与德之端:中国早期哲学思想的本喻》,张海晏译,商务印书馆,2010年。陈少明的《经典世界中的人、事、物——对中国哲学书写方式的一种思考》亦有申论,参见陈少明:《做中国哲学:一些方法论的思考》,生活·读书·新知三联书店,2015年。
② 依陈少明的说法,《大戴礼记·劝学》《说苑·杂言》中亦有相类之故事。参见陈少明:《做中国哲学:一些方法论的思考》,生活·读书·新知三联书店,2015年,第132页。对古人观物取象之思维方式的深度探讨,参见陈少明:《经典世界中的人、事、物——对中国哲学书写方式的一种思考》,载《中国社会科学》2005年第5期。

择地皆可出。在平地滔滔汩汩,虽一日千里无难。及其与山石曲折,随物赋形,而不可知也。所可知者,常行于所当行,常止于不可不止,如是而已矣。其他虽吾亦不能知也。"融斋《游艺约言》因是评东坡文曰:"东坡文有与天为徒之意。前此,则庄子、渊明、太白也。"又曰:"东坡之文,近于太白之诗,此由高亮洒落,胸次略同,非可以其迹象论离合也。"[1]

由"水之性"生成之"文之道",亦是理解贾平凹小说诗学之不二法门。以中国古典思想所开出之世界观念为基础,贾平凹如是梳理"中国文学史":"从中国文学的历史上看,历来有两种流派,或者说有两种作家和作品,我不愿意把它们分为什么主义,我做个比喻,把它们分为阴与阳,也就是水与火。"此种读解,无疑与《周易》思维关联甚深。"阴阳""水火"之喻,亦可与"柔""刚"对举,由此生发之"文之道",自然体现为"笔法"之差异:"火是奔放的,热烈的,它燃烧起来,火焰炙发,色彩夺目。而水是内敛的,柔软的,它流动起来,细波密纹,从容不迫,越流得深越显得平静。"秉"水""火"不同之性,文章亦有差异:"火给我们激情,水给我们幽思。火容易引人走近,为之兴奋,但一旦亲近水了,水更有诱惑,魅力久远。"就整体的文学史而言,"火与水的两种形态的文学,构成了整个中国文学史,它们分别都产生过伟大作品。"并与特定时代之社会思想氛围互相成就。"当社会处于革命期,火一类的作品易于接受和欢迎,而社会革命后,水一类的作品却得以长远流传。"就个人心性及审美偏好论,贾平凹之写作,属"水"一类,因其通晓并与中国文化之柔性品质颇多感应。"中华民族是阴柔的民族,它的文化使中国人思维象形化,讲究虚白空间化,使中国人的性格趋于含蓄、内敛、忍耐。"因是之故,"水一类的作品更适宜体现中国的特色,仅从水一类的文学作家总是文体家这一点就可以证明,而历来也公认这一类作

---

[1] 刘熙载撰,袁津虎校注:《艺概注稿》,中华书局,2009年,第146页。

品的文学性要高一些"①。如前文所述,古人"观水有术",并由"水之性"中悟得诸般道理,柔弱、处下、不争、淡泊、内敛、含蓄、忍耐等品性无不奠基于此。"水之性"亦形塑了中国人之宇宙观及人生观,以及应世之道。李零为其读《老子》著作取名为《人往低处走》,用意即在此处。

而以笔法论,秉"水之性"之文章,与19世纪以来奠基于理性主义之小说观念大为不同。其既不追求"明晰"之结构,亦不以"矛盾冲突"推进故事。《废都》全书无章节序号,乃贾平凹之有意处理。"我的感觉中,废都里的生活无序、混沌、茫然,故不要让章节清晰,写日常生活,生活是自然的流动,产生一种实感,无序,涌动。"因是之故,"我写作中完全抛开了原来的详细提纲,写到哪儿是哪儿,乘兴而行,兴尽而止"。②其得"与天为徒"个中三昧,师法自然,然亦属"苦心经营的随便"(汪曾祺语),若无大笔力大境界,如何做得出?!要言之,能知"与天为徒",且得"行云流水"之旨,仍须落实于刘熙载所谓之"笔力":"文章之道,斡旋驱遣,全仗乎笔。笔为性情;墨为形质。使墨之纵笔,如云涛之纵风,斯无施不可矣。"③沈从文亦从"水之性"中悟得文章之道,故能"信手写来,放得开,收得合,而开合间的圆润处,沈氏大知。此等文法,必得天资好的人用之,必得文笔补救,其没骨写意法"。因通晓文法,又兼具才情,"文章作得随意如水,沈氏是大天才也"。④此种写法,颇近于普鲁斯特等人之"意识流"。一如福楼拜对《情感教育》"作法"之自述:"我愿意写的,是

---

① 贾平凹:《在第三次汉学家文学翻译国际研讨会上的讲话》,见《关于小说》,生活·读书·新知三联书店,2015年,第263—264页。
② 贾平凹:《与田珍颖的通信(一)》,见《关于小说》,生活·读书·新知三联书店,2015年,第69页。
③ 刘熙载撰,袁津琥校注:《艺概注稿》,中华书局,2009年,第184页。
④ 贾平凹:《读书杂记摘抄》,见《关于散文》,生活·读书·新知三联书店,2015年,第74页。

一本不针对什么的书，不受外在牵连，全仗文笔内在的力量，就像地球全无支撑，却在空中运行……形式越圆熟，同时也在消弭自己。形式离弃了一切仪规、定则、分寸，不取史诗而取小说，不取韵文而取散文，不承认正统，像自由意志那样写作。"①福楼拜心仪之无规矩法度之写作，要义在运思用笔之"自由"之境，其所要逃离的写作成规，即"意识流"笔法所超克之传统。贾平凹以《周易》思维及"水"之思想为基础，写作所要脱离之"成规"，便是"五四"以降中国文学之现代性传统。此种传统与西方小说传统之复杂关联，无须赘述。而以西方文论为核心之现代性理论话语无从深入读解贾平凹《废都》以来作品之思想及"文法"，症结即在于此。对此一思想所开出之小说笔法，贾平凹多次申论，惜乎囿于现代性以降之文学理论"定见"，论者多对此"视而不见"。兹再举数例，申明贾平凹小说诗学之特征。"写小说，我往往只感觉哪里有写头，哪里没必要写，如河流一样，只朦胧里知道水往东流去，但怎样流着有漩涡和浪花，我只是流着看。"②《高老庄》中既无扎眼的结构，亦无华丽之技巧。"无序而来，苍茫而去，汤汤水水又黏黏糊糊"，源于其小说观念之转变："我的小说越来越无法用几句话回答到底写的什么，我的初衷是要求我尽量原生态地写出生活的流动，行文越实越好，但整体上却极力去张扬我的意象"。③再以刘熙载《艺概》为参照，此种笔法妙处可知也。"'通其变，遂成天地之文'，'一阖一辟谓之变'，然则文法之变可知矣"。④又云："'兵形象水'，惟文亦

---

① 转引自张定浩：《爱和怜悯的小说学——以黄永玉〈无愁河的浪荡汉子·朱雀城〉为例》，载《南方文坛》2014年第5期。
② 贾平凹：《关于长篇小说〈土门〉的通信》，见《关于小说》，生活·读书·新知三联书店，2015年，第94—95页。
③ 贾平凹：《〈高老庄〉后记》，见《关于小说》，生活·读书·新知三联书店，2015年，第112页。
④ 刘熙载撰，袁津虎校注：《艺概注稿》，中华书局，2009年，第181页。

然。水之发源、波澜、归宿，所以示文之始、中、终，不已备乎。"①虽因时代之局限，苏东坡未有长卷之叙事虚构作品，但其"文法"，上承古典思想"水"性一脉，下启贾平凹之小说笔法，乃"水"一类作家之前辈人物。若以"辨章学术，考镜源流"之思路梳理此一类作家，可知废名、沈从文、汪曾祺，以及"晚近"之黄永玉、金宇澄，均属此一脉络。若以此思路观照围绕后两者作品"意义"之争论，则"矛盾"将不攻自破，亦将暴露指斥《无愁河的浪荡汉子》及《繁花》"作法"之观点之"偏狭"。此一现象，亦再度说明超越现代性评价视域，重返中国诗学思维之重要性及迫切性。

如启用"抒情传统论述"以超越现代性评价视域，并在中国古典传统中思考"抒情美学"的意谓，思路极易被引向书法与绘画。古代的文人，于诗文的修习外，兼通书画者不在少数。而抒情体验，也容易通过书画的创作而得到阐发。"抒情体验开始于内化而结束于象征化。当现实的细节在吾人心中被转化为抽象的性质时，象征的意义并非简单地由再现的内容，且由呈现的形式得以揭示。"②迟至2015年，在长篇新作《极花》后记中，贾平凹再度申明，其"文法"之渊源，不仅止于文学流脉一宗，亦与中国水墨画关联甚深："我一直以为我的写作与水墨画有关，以水墨而文学，文学是水墨的。"同时，他将"水墨的文学"与目下时兴之"一种用笔很狠的、很极端的叙述"对举，以说明"水墨画的本质是写意"，其核心动力，在"对人格理想的建构"的渴望。以苏东坡论，"他的一生经历了那么多艰难不幸，而他的所有文字里竟没有一句激愤和尖刻"。究其根源，在于，"他是超越了苦难、逃避、辩护，领悟到了自然和生命的真谛而大自在着"。③

---

① 刘熙载撰，袁津琥校注：《艺概注稿》，中华书局，2009年，第181—182页。
② 高友工：《中国抒情美学》，见柯庆明、萧驰主编《中国抒情传统的再发现》，台大出版中心，2009年，第620页。
③ 贾平凹：《〈极花〉后记》，人民文学出版社，2016年，第210页。

苏东坡于诗词文赋书法绘画无一不能，且能无不精，然亦难免圣哲常有之寂寞。其超然达观之思想被矮化理解仅为一端。胶柱鼓瑟之辈亦常批评其书画，以为不合"规矩"。是故，黄庭坚《跋东坡书远景楼赋后》曰："东坡书，随大小真行，皆有妩媚可喜处。今俗子喜讥评东坡，彼盖用翰林侍书之绳墨尺度，是岂知法之意哉？余谓东坡书，学问文章之气，郁郁芊芊，发于笔墨之间，此所以他人终莫能及尔。"①此说与王国维"太白纯以气象胜"足相交通，亦触及评价视域"偏狭"问题。标举"气象"以为论"书"之法要，不可仅以笔墨求也。是为古人书画论之紧要处。张彦远申论谢赫"画有六法"曰："古之画，或能移其形似，而尚其骨气，以形似之外求其画，此难可与俗人道也；今之画，纵得形似，而气韵不生，以气韵求其画，则形似在其间矣。"②而书画同源，其理相通。是为黄庭坚《题东坡小字两轴卷尾》以为："（东坡）用李北海、徐季海法"，"虽有笔不到处，亦韵胜也"③之原因所在。

以心性和感觉去写，并"以写入画"，为贾平凹书画创作之"法门"，亦是其与苏东坡相通处。"自然界的所有形象都在眼前，只是捉摸那些模样去画就是了。"故其书画妙处，亦不可以笔墨求之，其要亦在"气韵""境界"。有何样之心性，便有与之相应之文字、书法、绘画。"我有我长期以来形成的对于世界对于人生的观念，有我的审美"④，发而为诗文书画，便有独特之气象。"艺术的各个门类是相通的却又是独立的，言之不尽而歌，歌之不尽就舞，舞之不尽了则写，写也写不尽只能画了。"而作家能否兼作书画，其要不在是否有意习得规矩，而在感应世间万物能量之大小。若能"一超直入如来境"（陈传席评贾平凹画语），则

---

① 黄庭坚撰，白石点校：《山谷题跋》，浙江人民出版社，2016年，第83页。
② 张彦远：《历代名画记》，浙江人民出版社，2011年，第16页。
③ 黄庭坚撰，白石点校：《山谷题跋》，浙江人民出版社，2016年，第80页。
④ 贾平凹：《海风山骨——贾平凹书画作品选》，人民美术出版社，2012年，"序"。

笔墨便退居其次。

质言之，"诗人感物，联类不穷。流连万象之际，沉吟视听之区。写气图貌，既随物以婉转；属采附声，亦与心而徘徊"①。古代文人，于诗文研习之外，兼作书画，并不特出。然其诗文书画均风格独具且颇多发明，为他人之所不能，千载以下，不过数人耳。苏东坡以不羁之才、宏阔之气象而能与天人宇宙交相感应并意会其要旨，发而为诗文书画，境界自非常人可比。虽未明言其书画创作之"师承"，仅以其能得"与天为徒"之要旨，并"身在宇宙四时流转中，体验顺逆、离反的处境，并且透过不断对话与创化的譬喻，更新与时推移的身心姿态"②，于自我与天人宇宙之交相感应中悟得为文（书画）之要旨，已是贾平凹与苏东坡心性与境界相通之表征。诗文书画，不过内在心象之外化。若感应世界之法门仅止于"文字"一端，如何兼善书画？！要言之，如不能对贾平凹之心性与才情有整体性之感知，仅执其一端而不及其余，则任何评判难免"挂一漏万"，因视域偏狭而错会其用心。自《废都》至《极花》，二十余年间，围绕其作品评价之争议，多半因此而起。若能有总体性之视域，且在贯通古今，融汇中西，并旁及书画之"大文学史"视域中观照其作品，则诸般争议，或可呈现出另一样貌也未可知。

三

贾平凹与以《金瓶梅》《红楼梦》为代表之明清世情小说传统的关

---

① 周振甫：《文心雕龙今译》，中华书局，1986年，第415页。
② 郑毓瑜：《文本风景：自我与空间的相互定义》，麦田出版城邦文化实业股份有限公司，2014年，第434页。

系,并非文体、笔法,甚或"草率拟古"之说所能简单概括①。考辨此种评价之知识谱系、意识形态及思想渊源,可知其形成原因有二:其一,限于文化的"古今中西之争"及其所开出之基本视域,视"五四"以降之新文学为在中国古典文学之外别开一路。以"古""今"分裂之思维理解并把握中国现当代文学与中国古代文学之关系。而其文化观念,仍受制于现代性以降之今胜于古,西优于中之思想窠臼而难于突破。就中国语境而言,现代性之兴起,超克传统为其题中应有之义。传统与现代之二元分裂状态,为"五四"以降之基本思维模式,其历史合理性,奠基于彼时国家民族贞元之会、绝续之交之历史语境中。由其开出之思想范式之影响无远弗届,举凡思维方式、学问体系、概念术语、学科建制等等,无不有根本性之变革。②如宇文所安所论:"'五四'一代人对古典文学史进行重新诠释的程度,已经成为一个不再受到任何疑问的标准,它告诉我们说,'过去'真的已经结束了。几个传统型的学者还在,但是他们的著作远远不如那些追随'五四'传统的批评家们那样具有广大的权威性。"③此一重新诠释之路径,在西学思想之源流中,已与治中国古典学问之方式相去甚远,且分属不同之文化思想范畴,其诸多方面之难以通约,在开启中国

---

① 《废都》甫一出版,即被人目为"《金瓶梅》第二""《红楼梦》第二"。此说流布甚广,也一定程度上影响到后来者对该作之评价。无论肯定与否,其间复杂之关联,无从绕开。持平之论大多认为,《废都》以《金瓶梅》《红楼梦》笔意,书写当代人之生活,亦开出受西方"现实主义"小说观念影响之写作传统所无从触及之文本境界。批评者则认为,该作属"草率拟古的反现代性写作",是对《金瓶梅》《红楼梦》的拙劣模仿。细究以上评价,可知其知识谱系所持存之评价视域,均在"现代性"以降之文学观念之中。限于评价视域的偏狭,自然无从从中国思想文化核心精神及其所开出之世界观念中领会《金瓶梅》与《红楼梦》之精神价值。对《红楼梦》以及中国文化的"窄化"理解,是其无法把握贾平凹《废都》之后之写作努力之根源。若无贯通古今之"大文学史观",则此种偏狭即无从超克。
② 对此一问题之进一步反思,可参见陈平原为谭帆《中国古代小说文体文法术语考释》一书所作序言。
③ 宇文所安:《过去的终结:民国初年对文学史的重写》,见《他山的石头记:宇文所安自选集》,江苏人民出版社,2006年,第279页。

古典文学古典思想之新面向外，必然存在大量被遮蔽之区域，因思维方式之内在局限而难于彰显。其流风所及，以"西例律我国小说"渐成蔚然之势。自晚清迄今，古典文学研究及现当代文学批评，能脱此窠臼者，为数极少。故而，不惟如是评价《废都》，对《红楼梦》之于中国文化之重要价值，亦难有深入妥帖之理解。其二，其所使用之批评语汇，无从切近中国文化及《红楼梦》等作品之精深微妙处。对此，南帆有极为准确之反思性说明。以国民性、阶级、主体、现代性、典型、无意识、结构等术语为基础之现代文论，与以道、气、神韵、虚实、风骨、滋味等为基础之中国古代文论存在着极大之分野，后者难于释读现代文本，前者则易对古代文本之微言大义"视而不见"。政治哲学家施特劳斯为克服马基雅维利以降之政治哲学现代性理路之弊，而强调重返古希腊思想，并发展出一种新的"释经学"。以"以古人的方式理解古人"为其核心要旨，用意即在超越理论话语先验预设之视域的局限，从而敞开新的思想空间。进而言之，依索绪尔的语言学思想，使用何种"语言"（语汇），即先验地决定了其所可能敞开的世界的面向。如不能超越现代性以降之评价视域，则既无从深入把握古典文本之思想寓意，亦难于准确梳理贾平凹与古典文脉关系之文学史意义。古典研究界对此已有自觉，谭帆所著之《中国古代小说文体文法术语考释》认为，"梳理中国小说之'谱系'或为有益之津梁，而术语正是中国小说'谱系'之外在呈现"[①]，经由考镜源流、梳理内涵、抉发意旨，该书可谓开启了"以古人的方式理解古人"的精神通道。

就世界文化之总体性视域而言，《红楼梦》乃中国文化之精灵，具有"中国历史开天辟地界分性质"，"既标记着对以往历史的颠覆，又标记着一种人文精神的崛起"[②]，既属华夏民族过往历史文化之全息性总括，亦开出文化精神之新的可能。其所蕴含之生生不息之意，暗合"天地

[①] 谭帆等：《中国古代小说文体文法术语考释》，上海古籍出版社，2013年，第1页。
[②] 李劼：《红楼十五章》，新星出版社，2010年，第14页。

有大德曰生"之要旨,亦是《周易》思维之体现。将其视为"人类历史文化的全息图像",原因在于"它可以在任何时间任何地域出现的任何文化空间里找到自身的对应点",《圣经》、希腊神话、《奥义书》、《古兰经》、埃及文化等等,莫不如是。其文化气脉上承《山海经》之混沌苍茫,于章法上深得《易经》变化无穷之妙,风格则如《诗经》中原始民歌般纯朴清新。①其中人物,莫不有星相学来历,与历史文化之不同面向互为表里。就其大者而言,贾府之兴衰,实为"道"之运行规则之体现。而单以人事论,其内部腐化、男盗女娼、穷奢极欲,所构乃为一"末世图景"。是故,"《红楼梦》一半写人和,一半言天数",二者的合一,便是"《周易》体系全息主义传统的真谛所在"②。余英时申论之"两个世界",核心用意亦与此同。

"全息主义"之要义,乃在以虚拟世界之人物及意象谱系,演绎宇宙之大道,并暗合《周易》整体性思维之基本规则。张文江以"象数"读解鲁迅晚期作品《故事新编》,从中发现八篇小说互相耦合,似有八卦之象,就中《补天》上出之,犹乾象焉。就时间论,在次序上呈现为时代之上溯(《补天》《奔月》为上古;《理水》为夏;《采薇》为商周;《出关》为春秋;《起死》为战国),在人物上则体现为儒、道、墨、侠之多元共在(《铸剑》为侠,《非攻》为墨,《出关》则涉道、儒)。此一谱系,"构成了鲁迅对中国历史文化的整体认识"③,与"全盘性反传统"时期之《狂人日记》,旨趣已大为不同,或更能体现鲁迅对中国文化传统态度之复杂性。亦足见其真乃"深味国学的一族",对中国文化之微妙精深处有反复涵泳之后的切己体察。此一研究路径,在20世纪90年代前后并不特出。陈思和注意到《古船》中有两个层次,一为现实,一为抽象。前

---

① 李劼:《红楼十五章》,新星出版社,2010年,第358页。
② 胡河清:《中国全息现实主义的诞生》,见王晓明、王海湄、张寅彭编《胡河清文集》,安徽教育出版社,2014年,第157页。
③ 张文江:《论〈故事新编〉的象数文化结构及其在鲁迅创作中的意义》,载《社会科学》1993年第10期。

者以隋氏家族兴衰荣辱之历史为经，于人生、社会及历史中书写入世者之世界，以隋抱朴为最高境界；后者则以人物之回忆、思考及议论为主，书写人性、地性及天性，此为象征之世界。其佳处在于，"它使前一个层次中描绘的种种人事纠葛都上升到中国文化的要义上"，并"赋以新的理解和更为深刻的内涵"①，不仅止于家族及镇史之书写，而有更为阔大之境界。此亦为胡河清欣赏《古船》之原因所在：张炜以"古船""地底的芦青河""洼狸镇"，以及隋、赵、李家族等既具"独立隐喻意义又相互关联构成玄秘话语系统的文化符号"，编织出"关于中国历史未来走势的文化学密码"，堪称"全息主义中国历史文化文本"②。同为"全息主义"作品，身处不同之历史时期，所秉有之气象及所涉之社会内容相去甚远，由之建构之意象世界也便差异甚大，作品与时代精神之交相互动，个人与天人宇宙之感应，遂开出全新之境界，亦有新作品之创生。

　　《红楼梦》之"全息"品质，其以《山海经》起笔承续上古精神气脉之"作法"，在贾平凹《老生》中得到新的发挥。如前文所述，《老生》中四个故事与20世纪中国历史核心事件几乎一一对应，其间人事纠葛，因种种欲望而激发之"历史"行为，无不体现"人"的形象及其精神品质之下滑。相较于《山海经》中华夏民族之本真形象，《老生》中之颓势，在在触目惊心。惟白土、玉镯隐居首阳山一节，乃为一"上出"之境，约略有"桃源"原型之独特意味，于世事"解衣磅礴"中，仅"不谙世事"者能"燕处超然"，并得"全生"，贾平凹批判之锋芒，于斯约略可见。而儒之进取，佛禅之意趣，道家游宴自如、忘其肝胆之大自在精神，于其间辗转腾挪，个个开出应世之道且互相发明相互影响，共同表征着一个世纪世事之起废沉浮，人心之沧桑巨变。其对"心性"之忧虑，与《红楼梦》庶几近之。而诸家思想之共在和交互影响之态势，亦与《红楼梦》之全息

---

① 陈思和：《关于长篇小说结构模式的通信》，载《当代作家评论》1988年第3期。
② 胡河清：《中国全息现实主义的诞生》，见王晓明、王海渭、张寅彭编《胡河清文集》，安徽教育出版社，2014年，第158页。

特征相仿佛。

若以"境界"论,生命中无从逃离之弥天漫地的"浩大虚无之悲",在在不能忽略。张爱玲无疑对此心领神会:"就因为对一切都怀疑,中国文学里弥漫着大的悲哀。只有在物质的细节上,它得到欢悦……细节往往是和美畅快,引人入胜的,而主题永远悲观。一切对于人生的笼统观察都指向虚无。"①《金瓶梅》中的声色与虚无,《红楼梦》中人世欢宴之后的悲凉之喻,莫不如是。此种"浩大虚无之悲",亦是贾平凹作为中年人心境之表征。作为"生命之轮运转时出现的破缺和破缺在运转中生命得以修复的过程"②,并"唯一能安妥我破碎了的灵魂"的寄情之作,《废都》容纳了贾平凹彼时的生命体验,且"几近于生命的另一种形式",其中弥漫着的世纪末情绪,于颓废与衰朽之中,感应于20世纪90年代初知识人应世的无奈与无力,并因是生出之精神颓势。藉"声色"以疗救精神之弊,庶几近于晚明文人之境遇及心态,沉溺于肉身之狂欢中,不知今日何日兮,欲"忘忧"却未曾忘,最终他与他的世界和女人一同"毁掉"了。是为"生命中的大哀","世界的朽坏与人的命运之朽坏互为表里,笼罩于人物之上的是盛极而衰的天地节律,凋零的秋天和白茫茫的冬天终会到来,万丈高楼会塌,不散的筵席终须散,这是红火热闹的俗世生活自然的和命定的边界,这就是人生之哀,我们知道限度何在,知道好的必了"③。易朽的肉身必得承受死亡的命运,于时间的流逝中体味死与爱及生之苦恼。至此,《废都》已切近《红楼梦》之"抒情境界"。依陈世骧所论,抒情经验乃深植于个体生命实感经验之中,并于此生发出诸多意趣,或欢悦或愁苦或实在或空灵,唯个体与外部世界确立之审美关系不同,则其"境界"也异。儒、释、道各家思想及其所开出的应世之智慧,

---

① 张爱玲:《中国人的宗教》,见《张爱玲典藏全集·散文卷二:1939—1947年作品》,哈尔滨出版社,2003年,第65—66页。
② 贾平凹:《〈废都〉就是〈废都〉》,见《关于小说》,生活·读书·新知三联书店,2015年,第64页。
③ 李敬泽:《庄之蝶论》,载《当代作家评论》2009年第5期。

即可借此得到理解。经由"时空—身体—譬喻",自我得以与生活世界相互定义,彼时天地物我相互开放、彼此参与,"四时与人的相交感正存在于一个可具体经验的流动的气的场域"①。并由此建构"关系世界中的自我",且"由人、我与物、我之间的动态协调及其共识所产生;原本被强调的心灵、精神也许应该放回作为感知所在的身体,而身体应该置放回社会环境及宇宙自然之中"②。人之在世经验由身心与外部世界之基本境遇交互感应而生成,临风落泪、对月长叹,无不与自然物象所激发之内在情感密不可分。一当"抒情自我欲重订时空坐标以求安身立命"之时,"最直接的威胁莫过于时间的不断流逝"。由此而生出之"无常""虚无"之感,乃为困扰贾宝玉与庄之蝶诸人之共通际遇。"只要个人能全然融入抒情经验中,那顷刻即深具意义,正如身为蝴蝶的快乐绝不逊于身为庄周的喜悦。"③借此个体能于瞬间之欢悦中忘却生命存在整全境遇之苦痛,是为叙事虚构作品创制之要义所在。为"追寻逝去的时间",于虚无中创造实在,在刹那中见出永恒,普鲁斯特雄心勃勃地构筑庞大之文学世界,并使其成为已逝之"幸福"永恒的居所,其运思用心与此约略相似。要言之,"虽然曹(雪芹)、吴(敬梓)皆判知时间必然的侵蚀与乎对真实的怀疑将严重动摇生命的整个境界,他们仍愿意有保留地依附于此一破损的生命境界;在危难中此境界仍慰他们以抒情的喜乐"④。此亦为《红楼梦》与《金瓶梅》思想之分野所在。《金瓶梅》于情与欲之铺排中,处处暗伏玄机,人人莫不与世界一同颓败,肉体的欢悦转瞬即逝,代之而起的是人生彻骨之寒凉。片刻之欢悦并不能抵抗发自生命本身之腐烂衰朽之气。《红楼梦》则不同,曹雪芹让"《金瓶梅》中之全部世俗性"均获得

---

① 郑毓瑜:《文本风景:自我与空间的相互定义》,麦田出版城邦文化实业股份有限公司,2014年,第23页。
② 同上,第24页。
③ 高友工:《中国叙述传统中的抒情境界——〈红楼梦〉与〈儒林外史〉读法》,见《中国美典与文学研究论集》,台大出版中心,2016年,第349页。
④ 同上,第350页。

"灵性十足的升华",男女情欲可以超越西门庆式"肌肤烂淫"而满含诗意,由"性"而至于"情",并于"情之所钟"中"因空见色/幻","由色生情",再"缘情入色",终至于"自色悟空"。《废都》出版十年后,言及其中之性描写,贾平凹如是解释个中缘由:"(《废都》)只是写了一种两性相悦的状态,旨在说庄之蝶一心要适应社会到底未能适应,一心要有所作为到底不能作为,最后归宿于女人,希望他成就女人或女人成就他,却谁也成就不了谁,他同女人一同毁掉了。"①自其小者而言,不过可以解作20世纪90年代知识人应世之无力状态的真实写照。而往大里说,则实在可以称作《金瓶梅》《红楼梦》在世经验与世界观念"境界"之再生。其所依托之思想资源,不在"五四"以降之现代传统中,乃为中国古典传统之现代流变,其赓续文脉之意义自不待言。

《红楼梦》的诸多"作法",乃承续《金瓶梅》笔意,已为不争之事实。即以作品"境界"论,从日常生活的细密纹理中升腾出一种孤绝虚空的气息,转"实境"而为"虚境",乃"大率为离合悲欢及发迹变态,间杂因果报应,而不甚言灵怪,又缘描摹世态,见其炎凉"②之世情小说之基本特征。中国古典思想人世观念的凝聚,其核心大致亦在"虚"与"实","人间世"与"超验之境"的交互融合中显现。就此而言,与其说贾平凹通过《废都》的写作复活了《红楼梦》的传统,毋宁说他在逐渐步入劫后余生的中华文化精神之脉络中,并经由个人的写作丰富了这一日渐消隐的传统,且再度证明中华文化之不绝若线,尚能在可能的机遇中归根复命、浴火重生。

古典文脉之赓续,文化精神及其所持存之在世观念仅其一端。奠基于古典思想之文章"作法",亦不可或缺。《浮躁》之后,为克服现实主义创作方式对其"心性"之"限制",贾平凹引入中国画之"技法"以开

---

① 贾平凹:《十年一日说〈废都〉》,载《美文》2003年第4期。
② 鲁迅:《中国小说史略》,见《鲁迅全集》卷九,人民文学出版社,2005年,第186页。

启文章"作法"之新境界。由"线性"思维而转入"团块"处理,弃"故事"而写"意境",由多线索并举而漫笔写去如流水之逝。其在文章"作法"上承续古典文脉且超越现实主义之限制的努力基于四十岁的觉悟:"如果文章是千古的事——文章并不是谁要怎么写就可以怎么写的——它是一段故事,属天地早有了的,只是有没有凤命可以得到"。以《红楼梦》论,"读它的时候,哪里会觉得它是作家的杜撰呢?恍惚如所经历,如在梦境"。进而言之,"好的文章,囫囵囵是一脉山,山不需要雕琢,也不需要机巧地这儿让长一株白桦,那儿又该栽一棵兰草的"[①]。去"机巧"而让文章自然发生,为其领悟之要旨。此一领悟,已然切近《红楼梦》笔法之紧要处。如李劼所论,"《红楼梦》炉火纯青的叙述艺术,与其说是人力所为,不如说是大自然的造化"。其运思用笔之要,在如太极拳法般"顺势化解",以顺应自然春、夏、秋、冬四时节律而切合人事之兴盛衰亡。就贾平凹创作而言,此种笔法,由《废都》首开其端,至《秦腔》《古炉》蔚为大观,属贾平凹对当代小说艺术之重要贡献。陈思和将《秦腔》之笔法,归入《红楼梦》以降之"法自然"的现实主义一路。以自然之规律,写人事之变化,不以矛盾冲突及故事情节之跌宕起伏见长,看似琐碎、缓慢,甚或混乱,骨子里却尽有分数,细部点滴积累而汇流成河,终有阔大气象。"法自然",为古人"观物取象"并"立象以尽意"之思维之基本特征。如前文所述,古人"观水有术",遂有"上善若水,水善利万物而不争,处众人之所恶,故几于道"之说。从阴阳交互、四时流转而悟得人事之兴衰更替,并发展出一种"文法",乃古典思想在世观念之外化,不独技法而已。

《淮南子·本经训》曰:

> 天地之合和,阴阳之陶化万物,皆乘人气也。是故上下离心,气乃上蒸,君臣不合,五谷不为。距日冬至四十六日,天含

[①] 贾平凹:《〈废都〉后记》,见《关于小说》,生活·读书·新知三联书店,2015年,第54页。

和而未降,地怀气而未扬,阴阳储与,呼吸浸潭,包里风俗,斟酌万殊,旁薄众宜,以相呕咐酝酿而成育群生。是故春肃秋荣,冬雷夏霜,皆贼气之所生。由此观之,天地宇宙,一人之身也;六合之内,一人之制也。

此论"从天人之间以气相感谈起,人与天地四时应该可以相互理解,即使是化育群生的阴阳,其聚散离合、浸润蔓衍就如同人的呼吸吐纳,因此说天地六合变化是人可以制理的范围,而人的身体和天地宇宙并没有不能沟通的界限"[1]。进而言之,人之四肢五脏九窍三百六十节,可与天之四时五行九解三百六十日类比。如此运思,则由四时对应于人事之变化,进而见出宏大之历史变迁,至大无外,至小无内,可悉数纳入其间。运用之妙,存乎一心,吟咏之间,吐纳珠玉之声,眉睫之前,舒卷风云之色,其思理之至乎!明乎此,不惟可以理解古人处理物我关系之要义,亦可明了《红楼梦》"文法"之奥妙。"艺术家最高的目标在于表现他对人间宇宙的感应,发掘最动人的情趣,在存在之上建构他的意象世界"[2]此种思维之特征,可作如是解:"无论是文化论著还是小说艺术,一旦达到其最高境界,往往自觉不自觉地与自然的生命形态同步,与徜徉于天地之间的钟灵毓秀之气浑为一体。"是为中国古典文论"文法"之要义所在,与其所托思想之品质密不可分。贾平凹反复申论之"无序而来,苍茫而去","尽量原生态地写出生活的流动","写到哪儿是哪儿,乘兴而行,兴尽而止","写小说,我往往只感觉哪里有写头,哪里没必要写,如河流一样,只朦胧里知道水往东流去,但怎样流着有漩涡和浪花,我只是流着看",均在此一文章流脉中。宗法自然之道,不刻意为之,亦非刻意所能为之。"章法"之要旨,非关"技巧",乃在作者之"运思",运思之根

---

[1] 郑毓瑜:《文本风景:自我与空间的相互定义》,麦田出版城邦文化实业股份有限公司,2014年,第434、304页。
[2] 贾平凹:《〈浮躁〉序言二》,见《关于小说》,生活·读书·新知三联书店,2015年,第33页。

本,在世界观念,有何样之观念,便有与之相应之"文法"。此亦为贾平凹《秦腔》《古炉》诸作漫笔写去如流水之逝之"作法",形似于普鲁斯特、乔伊斯等人之"意识流",却有根本之分野的原因所在。若轻易混同理解,则失之矣!黄永玉以为《长河》乃沈从文与家乡父老秉烛夜谈的知心之作,其中蕴含着沈从文文体"新的变革",其要在于"排除精挑细选的人物和情节"①,以呈现更为阔大繁复丰盛世界之本来面目。其以"永不枯竭之故乡思维"所作之长河小说《无愁河的浪荡汉子》,亦在由"水之性"悟得之"文之道"中,与贾平凹无疑同属一脉。若欲进一步申论其运思用笔之妙,则需超越现代文论之思维局限,以创造性转换之理路,考镜源流、抉发意旨,梳理"水"之诗学之千年流变及其价值。此一思路,不惟可以理解贾平凹与明清世情小说笔法之关系,亦可重构中国诗学(不仅限于当代而有古今贯通之意)之地图,且属文化之归根复命、返本开新之重要途径。

四

以"水""火"之喻及其所表征之诗学品质重绘中国文学史地图,可知在现代,秉"水"之性而有极为浓重之中国气派和味道者,以废名、沈从文最具代表性。贾平凹之"得其自"(个人心性与文风之统一,并有个我风格之呈现),多半与对他们作品之悉心阅读并能自出机杼有关。贾平凹20世纪70年代初即开始写作,其时作品不脱"时代"文学之基本窠臼,至80年代初始有新变。因其以沈从文湘西系列作品为参照,发现重构文学意义上的"商州"世界之巨大可能性,并得以在世态人情的细致描画外,

---

① 黄永玉:《沈从文与我》,湖南美术出版社,2015年,第47页。

阐扬其中蕴含之文化意味,从而开"寻根"之新风①。不独如此,在文章作法上,贾平凹亦从沈从文处获益良多。其1983年读《沈从文文集》即有如下一悟:"(沈从文)信手来写,放得开,收得合,而开合间的圆润之处,沈氏大知。此等文法,必得天资好的人用之,必得文笔补救,其没骨写意法。"又曰:"文章作得随意如水,沈氏是大天才也。"②苏雪林当年作《沈从文论》,特意指陈沈从文之缺点,首为随笔化。也就是说,其弊在于专门拿随笔的笔法做小说。沈从文对此似早有"申辩":"从这一小本集子(《石子船》)上可以得一结论,就是文章更近于小品散文,于描写虽同样尽力,于结构更疏忽了。照一般说法短篇小说的必需条件所谓'事物的重心''人物的中心''提高'或'拉紧'我全没有顾到。也像有意这样做,我只平平的写去,到要完了就止,事情完全是平常的事情,故既不夸张,也不剪裁的把它写下去。……我还没有写过一篇一般人所谓的小说的小说,是因为我愿意在章法外接受失败,不想在章法内得到成功。"③

沈从文所谓之"章法",就其大者而言,乃"五四"以降之"启蒙"思想及其所开出之"世界"观念。循此思路构建之"中国",莫不与落后、守旧、腐朽及衰败之气相伴始终,就中人物亦以阿Q、孔乙己、祥林嫂等最具代表性,亦最能说明老旧中国之积弊已深且亟待"启蒙"之疗救。与之相应之文章"作法"(章法),亦有成例可循。即以乡土小说

---

① 贾平凹文化"寻根"意识之产生,较韩少功、李杭育等人为早,其原因亦颇为复杂,细加考辨,可知渊源有二:其一,深受川端康成融合西方现代文学经验和日本文学传统而开出新境界之启发,而有融合本土经验(中国古典传统)和现代意识之文学自觉。此种努力,初现于《商州初录》《浮躁》等作,至《废都》始自成一格。其二,与其对沈从文文学之感应密不可分。由"湘西"到"商州",其间精神风貌与美学趣味之相通,不难辨识,亦是极有意味之论题。
② 贾平凹:《读书杂记摘抄》,见《关于散文》,生活·读书·新知三联书店,2015年,第74页。
③ 苏雪林:《沈从文论》,见邵华强编《沈从文研究资料》(上),知识产权出版社,2011年,第40—41页。

论，鲁迅"在对稳态的中国乡土社会结构进行哲学批判的基础之上，开创了拯救国人灵魂的主题疆域。他所提出的'乡愁'，其意义，不仅仅是对乡土社会的悲哀和惆怅，也不仅仅是包含着同情和怜悯的人道主义精神，而更多的是以一种超越悲剧、超越哀愁的现代理性精神去烛照传统乡土社会结构和'乡土人'的国民劣根性。这一点是任何理论家都不能曲解的乡土前提"①。延此思路，乡土世界及其中人物，无不成为"启蒙"思想之"阵地"，于"新"与"旧"、"现代"与"传统"、"幸"与"不幸"、"文明"与"落后"的"两难"境地及冲突与抉择中彰显"启蒙"思想之"泽被深远"，而其中中国文化千年积淀而成之民风民俗及文化人格，亦在"规训"之列。古典心性之衰微，乃"未庄"各色人等以"盗寇式的破坏"和"奴才式的破坏"摧毁民间风气（秩序）之根本原因②。《古炉》亦延续此一思路，于逼仄之现实中，人们简陋、猥琐、荒诞、残忍，"历来被运动着，也有了运动的惯性。人人病病恹恹，使强用恨，惊惊恐恐，争吵不休"③。全不复古典文学乡土想象之诗性品质，代之以人性之丑陋和恶所造就之卑琐图景。诗性乡土世界之颓败，未必是封闭、落后、陈旧之古典思想使然，启蒙思想之步步紧逼，"文明"对"落后"与"野蛮"之乡土之"驯顺"，自"五四"首开其端，历经多次运动后，至20世纪70年代初几成定局。由鲁迅作品开启之乡土书写的基本模式，在贾平凹（亦包括阎连科）笔下达至巅峰。文本世界详细铺陈之人性之恶在在触目惊心，其颓败与世界之颓败互为表里且逃避无门。《古炉》之后，贾平凹再以长篇《带灯》观察乡土世界之当下面向，就中人物亦使强用恨无所而不用其极，因个人私欲而激发之恶已非法律所能规范，传统秩序既已瓦解，新的秩序尚未完全建立，社会如陈年的蜘蛛网，动哪儿都落灰尘，

---

① 丁帆等：《中国乡土小说史》，北京大学出版社，2007年，第29页。
② 对此一问题之详细申论，可参见孙郁：《从"未庄"到"古炉"村》，载《读书》2011年第6期。
③ 贾平凹：《〈古炉〉后记》，人民文学出版社，2010年，第604页。

无论带灯如何希望以其萤火之光照亮生存之暗夜,却终究只能和这个世界一同颓败。以希望的盾,来抵抗黑暗的袭来,那背后却还是虚空。乡土世界人性之下滑,有其漫长之"历史"。《白鹿原》努力重拾古典思想(以儒家伦理为中心)之坠绪,剥离社会变革之表层经验而意图深入民族文化心理深处,以重思文化及人之现代命运,其所以多年间聚讼纷纭而难有定论,充分说明超越启蒙思想之不易。深入考辨个中缘由,乃极有意味之社会学论题,有待深入反思。

即便在"启蒙"思想及其世界想象影响无远弗届之"五四"时期,乡土写作之面向仍然非此一端。如《石子船·跋》《〈边城〉题记》诸篇所论,沈从文并不认可"启蒙"意义上之乡土想象及其写作成规。如其自传所示,沈从文从自然、人事(辰河流域之人生事项)和历史文化中生成其世界观念,并与"天地人文交融浑成,共同滋养出一个结实的生命"[①]。其并未有接受"启蒙"思想后"自我"发现并"毁弃"过往的精神历程,亦无个人思想接纳新知发现今是而昨非之"震惊"体验。既未受"启蒙"思想之洗礼,也便无启蒙之忧思及作为启蒙者所应承担之文化重负。在"城里"与所谓"文明"世界的接触,反而激发了他对"乡下人"身份的认同,并由此发掘乡下世界不同于城市的重要品质。一当以作家的目光注视湘西世界,其间为启蒙思想之世界想象所无从囊括之品质便逐一显露。无论农人、船夫、士兵,莫不各有其爱憎,有其生命自内而外散发出的生气,有其对天地不仁之无奈无力和默然领会。他们有他们所依凭之思想并长期积淀而成的一种应世之道。此种生命形态及其优长处,断非启蒙思想所能简单概括。因是之故,张新颖断言,沈从文文学里面有天地(古典思想"天""地""人"意义上之"天地"),比"人"(启蒙以降之"人"及世界之想象,扩而大之,亦可解释为"现代性"以降之"人"及"世界"想象)的世界大。虽未及言明沈从文得自自然及湘西人事之世界

[①] 张新颖:《沈从文与二十世纪中国》,复旦大学出版社,2014年,第7页。

观念与中国古典传统之内在关系，但从张新颖文章之运思用笔中，不难察知其对此颇有会心。易言之，古典思想及其人世观念，必然长期积淀为一种文化的集体无意识，从根本上形塑着为其所化之人之文化人格及精神品质。人置身天地之间，与天地精神相往来，其所可能具有之包举宇内、囊括四海之意，并吞八荒之心，因万物皆备于我之宏大气魄而能开启极为宽广之内在世界。此其下笔无碍，自然活泼，文理自然，姿态横生且文思不绝之根源所在。因意识到写作之要，在表达个人对人间宇宙的感应，并在存在之上建构其意象世界，贾平凹早年对此颇为用心。从《周易》"仰观象于玄表""俯察式于群形"中意会"观物取象"并"立象以尽意"之要旨，又尝试从佛、道、儒甚或动物等多角度观照世界，从而发掘世界多样之可能，使其作品既具空间上的宏阔境界，亦有精神上之纵深感。① 在思维上则得运用自由之妙。其过耳顺之年，仍文思泉涌且始终处于"上出"之态势，并有新境界之开拓，原因或在于此。

  不以既定之思想规训人物，沈从文便可以从乡土世界中平凡人物身上，体会出他们"生活上的'常'与'变'，以及在两相乘除中所有的哀乐"。世运之推移，在彼时乃无可逃避之现实，就中最叫人惋惜哀叹者，为"农村社会所保有那点正直素朴的人情美"之消隐。"祖母或老姑母行勤俭治生、忠厚待人处，以及在素朴自然景物下，衬托简单信仰，蕴蓄了多少抒情诗气氛。"② 凡此种种，为《长河》世界"常"之所在，亦属乡土上生长之优美部分。沈从文乡土书写之灵感涌流不尽，多半与诗性乡土和彼时世道人心之极大反差有关。相较于如散文诗画卷的《边城》，未竟之作《长河》要更为复杂。不仅有诗性的一面，"还可听到时代的锣鼓，鉴察人性的洞府"，以生存之喜悦与毁灭的哀愁"映现历史的命运"。③ 保安队长于枫树坳调戏夭夭所呈现之"无边的恐怖"，实为大时代之隐

---

① 贾平凹、韩鲁华：《关于小说创作的答问》，载《当代作家评论》1993年第1期。
② 司马长风：《中国新文学史》（下卷），昭明出版社有限公司，1980年，第77页。
③ 同上，第79页。

喻，有因无可逃避而生之"无言的哀戚"。《长河》未尽之处，成为近七十年后贾平凹《秦腔》世界显现之要义。虽历经近七十年之风云变幻，"清风街"仍无可避免地面临着彼时"吕家坪"的命运。世界要现代化城市化，经济的发展持续推进着人心的转移，对物的欲望一再被激发。夏天义所代表之农业文明节节败退几无立锥之地，而新兴之商业多头发展且一路高奏凯歌。如吊死鬼寻绳般的流行歌曲大行其道，曾兼具教化与娱乐功能之秦腔只能艰难维持惨淡经营。一切有价值的事物行将消逝，那些坚固的东西亦将随之烟消云散。"乡土世界"所持存之价值及生活形态被迫消隐，乡下人之无奈和无力甚或无望，教贾平凹于慨叹之余，须得反思"乡村"之未来命运，可谓忧思深广。《秦腔》后记结尾处一句"故乡啊，从此失去记忆"不啻为乡土挽歌的一记重音，教人慨然长叹却莫可奈何。问题或许还在于，即便自20世纪80年代初即关注并持续书写乡土世界及世道人心之变迁的贾平凹，对乡土世界之未来亦难有定见。就此而言，沈从文以降之乡土写作诗性一路，或仍有"重现"或续写的可能。

贾平凹《废都》之后之文章流脉，至《古炉》再有一变。如王德威所论，《古炉》的写作，已非汪曾祺、孙犁所示范之抒情叙事脉络所能简单涵盖。贾平凹意图重提"文革"，汪曾祺从历史缝隙中发掘可兴可观之生命即景，以及孙犁以革命乌托邦为前提对行进中的历史作田园风景式的诗性处理，均无从借以表达贾平凹更为深入之用心。贾平凹对话之对象，是写《长河》时的沈从文。"贾平凹痛定思痛，希望凭着历史的后见之明——'文化大革命'之后——重新反省家乡所经过的蜕变；也希望借用抒情笔法，发掘非常时期中'有情'的面向，并以此作为重组生命和生活意义的契机。两者都让政治暴力与田园景象形成危险的对话关系。"[1]80年代于"改革"和"寻根"双重意义上建构"商州"世界，并于其中实验"乡土中国"之现代可能以及世道人心之反复，贾平凹从废名以降，于时

---

[1] 王德威：《暴力叙事与抒情风格——贾平凹的〈古炉〉及其他》，载《南方文坛》2011年第4期。

代主潮外别开"抒情"一路之文学谱系中获益良多。对此一文脉之发现和精神感应,使得贾平凹笔下之世界具有远较单纯之"改革文学"更为复杂之面貌。即便由彼时作为文学成规之"现实主义"走向"抒情"(贾平凹所谓之"诗人")一路,贾平凹之写作,仍不脱极为扎实之写实笔法。《废都》之后,其所反复思考并倾心实践之"以实写虚,体无证有",在《老生》中以《山海经》所代表之民族本真形象之阔大视域与20世纪中国历史之变革形成"虚境"与"实境"之参差对照,以及在近作《极花》中对故事结局的"虚化"处理,均属此一思路之自然延伸。如前文所述,以二元互补之思维为基础,贾平凹既对"实在界"之感性事项有浓厚兴味,对体现东方宇宙本体文化模式终极关怀之言"天"之境亦未能须臾忘怀。弥合二者之"分裂"状态,以进入东方文化"知性"(理性主义)与"灵性"(神秘主义)浑然一体之高华境界,乃贾平凹《废都》之后的基本追求。由是反观,贾平凹当年虽对废名及沈从文之作品颇多感应且深知其与此类作家心性相通,但却不取废名而走沈从文一路之原因即不难辨明。

同属"抒情传统"之文章流脉,废名的文章,亦不在"启蒙"思想所开出之文学谱系中。在"五四"时期的文学主潮中,废名便难免寂寞,仅周作人等为数不多的作家欣赏其作品并能体察其用心。周作人以为,废名的文章,有"隐逸"的调子,却并不逃世,其笔下之平凡人的平凡生活,亦属现实之一种。其文笔简练,多含蓄的古典趣味,有独特规矩和自家章法,文章之美,在现代中国小说界自有其价值[1]。废名所以能较早自觉地从"现代启蒙列车"上下来,与其具有极强之文体意识,以及"回归"中国古典"大文学"之"文章"观念的倾向密不可分。[2]废名能欣赏俞平伯"与古为徒"之趣味,并自谓"我是一个站在前门大

---

[1] 详细申论可参见周作人《桃源》跋、《枣》和《桥》的序及《莫须有先生传》序,以上文章均出自王风编:《废名集》第六卷,北京大学出版社,2009年。
[2] 张柠:《废名的小说及其观念世界》,载《文艺争鸣》2015年第7期。

街灰尘中的人，然而我的写生是愁眉敛翠春烟薄"①。他领悟到陶诗并非禅境，"乃是把日常天气景物处理得好"，故有境界之创生。在文章作法中，废名尤重笔调，以为文章有三种：其一为陶诗之不隔，且自家知晓；其二如知堂散文之隔，也自己知道；其三则如公安派，文采多优，且性灵溢露，写时自家未必知道。仅以笔调论，废名或求公安派之境界，却可能攀之而不得，抑或过之。故而周作人将其文章与公安、竟陵两派做比，以为或失之于"流丽"，或失之于"奇僻"，均未得自由之境。新文学公安之后继以竟陵，犹言志派之后总有载道派之反动，此属文章流变之必然，自古及今，概莫能外。后学对前辈文脉之承续亦复如是，若不胶柱鼓瑟故步自封，革故鼎新当属题中应有之义。贾平凹与废名以降之文脉颇多感应，却由废名与其后学沈从文之差异中，体会到文章之要，其理亦与此同。

依贾平凹之见，废名的文章与沈从文之文有同有异，同者皆坦荡、平泊，有冷的幽默。异者废名文多拘谨，沈从文则放野，有勃勃豪气。进而言之，废名文章技法有七：其一，行文多靠感觉，故细腻，形象新鲜，在感觉之上再加上意识流动，此意识流动既有主人公的，亦有写书人的；其二，其文转折自然，不留痕迹；其三，对话时空白极大，初看时不易知晓，细读则能会其用心；其四，描写多闲笔，且全是感觉，文笔多摇曳；其五，不交代来龙去脉，随到随写，有《史记》笔法。其六，学六朝、唐人绝句及李商隐、陶潜，句出意境，且为以现代意识浸润意境。其七，思想沉静，无浮躁气，自己保持自己一个世界。②废名之文法，颇多见于沈从文之作品，但沈从文无疑有进一步之发展。相较于废名营构之世界，沈从文视野无疑更为阔大，且气势更盛。再以小说

---

① 废名：《斗方夜谭》，见王风编《废名集》第三卷，北京大学出版社，2009年，第1265页。
② 贾平凹：《读书杂记摘抄》，见《关于散文》，生活·读书·新知三联书店，2015年，第71—72页。

诗学品质论，以六朝及唐人绝句意境入文，为废名文章佳处，但亦可能受制于六朝及唐人绝句意境生成之逻辑，废名下笔颇多黏滞，如以书法作喻，则多为枯笔，不如沈从文自"水之性"悟得"文之道"之下笔流畅，活泼无碍，文理自然，姿态横生。其"血地"属秦头楚尾，贾平凹既秉有楚文化灵秀之气，故与废名有心性相通处，亦能意会其文法之要；而秦头文风之盛大气象，使其可以修习《史记》笔法，强化秦汉风度，也便有突破废名作品气象之可能。此其所以能融汇二者并有新境界之创生之原因所在。《周易》思维及老子"万物负阴而抱阳，冲气以为和"之要旨，亦应验于此。

既上承废名、沈从文之文脉，得其笔法与笔意，且以"抒情"之目光，于世道人心之纠葛中，营构一别样世界，境界也更为阔大，为贾平凹作品特出之处，亦是其心性与古典传统相通所自然开出之境界。嘤其鸣矣，求其友声，汪曾祺、孙犁等前辈作家欣赏他，多半是从他身上，看到了与己相通之处。彼时古典文脉的"断裂"，已是不争的事实。喜欢汪曾祺、孙犁文章的人不在少数，但多以为其文章有古风，是传统文人的情绪和调子，下笔颇多情致与趣味，却未必体察得出其为文真正用心处，对其文章之渊源，不甚了了处居多。贾平凹却能从孙犁文章中，读出清正之气和儒者风范，并以为其写作已达自在状态，故难寻着"技巧"，作品看似平和冲淡，内里却极为老辣，非有大境界大笔力者不能道。孙犁的风格，乃其生命之外化，不独形式而已。而他的语言，内涵着他的情操，亦不可得于字句间。他的作品直通心灵，与流行之"史诗"大异其趣。二十余年后观之，贾平凹此论仍可谓切中孙犁人格与风格之紧要处。孙犁当年读到此文，想必大赞深获我心。不过数年后，贾平凹即自谓："我不是现实主义作家，我应该算作一位诗人。""诗人"与"现实主义"的分野，约略近于"抒情"（陈世骧所开出之"抒情传统"意义上之"抒情"）与"史诗"的区分。意图以"抒情"的笔调，去作切近"现实"的文字，是孙犁与贾平凹的相通处。但相较于孙犁的文章，贾平凹作品更为"放野"，也气势更盛，其转益多师融通古今而得之文章气脉，亦较孙犁更为阔大。

汪曾祺早年受教于沈从文。其从乃师处悟得之文法，历经多年沉寂之后，在80年代始有较大发挥。其重操旧业之后的作品，是否有承续乃师未尽之意的意思，不得而知。但几乎可以肯定的是，汪曾祺对沈从文文学之价值，早有极为准确之理解。其对沈从文作品之默然会心处，或也是欣赏彼时贾平凹之原因所在。近三十年前，汪曾祺即将尚不足四十的贾平凹目为中国当代作家中之奇才。他欣赏贾平凹从对庄子、禅宗、医卜星相及秦汉文化之从容含玩中所获之"迁想妙得"。从《浮躁》中，他体味出贾平凹不拘泥于乡镇企业之隆替，而有宏观把握时代精神之独特用心，亦因此较之同类作品更为深刻。写《浮躁》时贾平凹的书斋，名为"静虚村"。"静虚"与"浮躁"之反差，乃为体验世界之法门不同。汪曾祺无疑欣赏前者，以为唯静与虚，冷冷淡淡，方能看清世界，洞悉人心。他从贾平凹作品中发现之品质，焉知不是"借他人之酒杯，浇自己之块垒"。将上述文字视为他的夫子自道，想必不至于太错。而在《浮躁》序言二中，贾平凹自谓其将"变法"，弃"似乎严格的写实"而"去干一种自感受活的事"。汪曾祺对此亦颇为欣赏，且以为严格的写实，的确构成对贾平凹写作的限制。而如何写得"受活"，汪曾祺提出的，不过"从容"二字。在写作中修性练笔，贾平凹早有自觉，而如何使自我心性与文风相统一，且独出机杼，自成规矩，有自家章法，写得随心所欲、任性自在，也不过深得"从容"二字妙处。贾平凹的文章好，下笔如行云流水，文理自然，姿态横生，却无贾岛气和孟郊气，要义原不在字句间。说其写作已臻于化境，恐怕不属溢美之词。

就其要者而言，历经千年文脉之赓续与转化之后，"抒情传统"足具多样之可能。废名、沈从文、汪曾祺及孙犁或仅得其一端，且有极大之发挥，其文章境界已颇多可观之处。自20世纪70年代初初入文坛，迄今已逾四十年，贾平凹属为数不多的与中国当代文学共同成长的作家。其风格之流变，既属个人心性及审美偏好之自然选择，亦与时代文学之风云际会关联甚深。作为中国文脉现代赓续之重要代表性作家，其人其作之于中国文学与文化之意义，非单篇文章所能尽述，有待识者以专书申论之。

原载《文艺争鸣》2017年第6期

向着大地和天空，凡人和诸神

——红柯《少女萨吾尔登》读札

一

照红柯最初的设想，《少女萨吾尔登》的故事将终结于搅拌机扭断修理工周健的那一刻。那一刻"故事的高潮戛然而止，富有戏剧性效果"，还可以给"读者留下想象的空间和极大的震撼"。若是如此，这一部二十六万五千字的作品将会减少三分之一的篇幅。因公残疾却奇迹般地俘获实实在在爱情的修理工周健人生最为辉煌的十二天便无法存在。那十二天中两个相爱的人因《萨吾尔登》巨大的成全的力量而彼此交融。那一刻，张海燕用跳动的心告诉周健："你在原上骑摩托车狂奔的样子就像夸父逐日，那是最古老最原始的男人追女人的方式，造物主太阳都被夸父追成了女人，女人被追的时候魅力无穷，我喜欢你用这种方式追我，夸父就是跨到太阳背上的男人，就是骑太阳驰骋天地的人。"[1]经受过《萨吾尔登》"感化"的幼儿教师张海燕早已脱胎换骨，她能体会到个人生命与天地宇宙万物融为一体的精神的超迈和内心的宽容，她能容纳一切，理解一切，并努力去感化一切。她对病床上的周健说："图片上的雪莲花是水

---

[1] 红柯：《少女萨吾尔登》，北京十月文艺出版社，2015年，第296页。

中之月镜中之花,你应该拥有真正的雪莲花。"说这些话时张海燕浑身哆嗦手脚发凉,几近于雪莲花在零下四十摄氏度时的燃烧般的生长。那种生长就是一种燃烧。而燃烧起来的张海燕对周健说:"雪莲花中间有许多房子,我给不了你那么多房子,十二间房子够了吧?"张海燕说:"我们的家至少也得十二间房子,《萨吾尔登》有十二个,我每天就用一个《萨吾尔登》造一间房子。"①

接下来,"春天十二个美妙的夜晚就这样开始了"。张海燕领舞,周健伴舞,他们依次去跳《袖子萨吾尔登》《绸巾萨吾尔登》《水浪萨吾尔登》《解绳萨吾尔登》《灰褐色公山羊萨吾尔登》《房门萨吾尔登》《拖布肯萨吾尔登》《快步萨吾尔登》《索伦萨吾尔登》《圆形萨吾尔登》和《黑走马萨吾尔登》。而在第十二夜,无须张海燕的鼓励,周健开始了《鹞鹰萨吾尔登》。那一刻,太阳最为暗淡,神鹰的目光炯炯照亮天空与大地。周健受伤后流露出的诡异的兴奋和喜悦再无须清洗。他们即将在《少女萨吾尔登》的旋律中开始全新的幸福生活,开始周健此前未必料及,也叫他人艳羡的幸福生活。十二支卫拉特土尔扈特蒙古人的《萨吾尔登》舞彻底拯救了周原农家青年周健,也成就了一对平凡世界中平凡人的爱情。那十二夜和十二支《萨吾尔登》,足以让修理工周健和幼儿教师张海燕的爱情故事在震撼人心的高潮中完美落幕。

二

红柯的用心显然并不仅止于此。故事结束于修理工周健身负重伤,之后把未来的命运和爱情的种种可能想象的权力交给读者,让他们依照现实或理想的原则去构想一对青年人的未来。十二支《萨吾尔登》必然还贯穿着整个故事,依旧是周健和张海燕爱情背后的精神支撑,一如这十二支

---

① 红柯:《少女萨吾尔登》,北京十月文艺出版社,2015年,第297页。

《萨吾尔登》支撑着金花婶婶和叔叔周志杰的感情一样。但拥有边疆生活经验的周志杰和来自边疆的金花的爱恋绝非土生土长于周原且从未涉足他方的张海燕所能相比。从《萨吾尔登》中幼儿教师张海燕可以体会到生命的宽广和宇宙的浩瀚，以及与天地并生、万物为一的精神的超迈与神圣之境，却未必能够将这一切轻而易举地转化为个人的命运选择。较大的生活鸿沟在俗世的目光中已足以毁掉他们原本"脆弱"的感情，遑论残疾？！

对此，生长于新疆并在此一文化中浸淫既久的周志杰的前妻田晓蕾可谓洞若观火。在金花和周志杰的婚礼上。北京师范大学外语系的高才生金花要以《少女萨吾尔登》告别自己的少女时代。为他伴奏的是回到故乡渭北高原却被迫成为故乡的异乡人且面临种种困境的新郎周志杰。金花的《少女萨吾尔登》尽显草原女性的风采与魅力。目睹此景，田晓蕾百感交集，她知道，"一群人跳《少女萨吾尔登》是表达对天地宇宙对草原群山山川河流的爱，一个人的独舞那就是献给心上人的，宇宙天地草原群山山川河流日月星辰水火风雷电全都化作万般柔情，内地已经很难看到女人对男人如此炽热的感情了，一举一动敬神一样敬她的丈夫"[1]。已嫁作他人妇的田晓蕾和新娘金花"目光对接的时候都明白彼此心里的话，都在发誓热爱自己的丈夫"，是《少女萨吾尔登》的精髓所在。她们在那一刻共同体会到此一精神所及之处女性心理的细微变化，她们都有自己的家庭和所爱之人，她们在《少女萨吾尔登》中领悟和表达爱意。经由《少女萨吾尔登》，她们接通了与古老的民族和遥远的地域独特精神的内在交感，身处与天地宇宙万物生灵日月星辰风雨雷电种种一切存在物的"共在"状态。她们犹如置身草原，置身卫拉特土尔扈特蒙古人十二支《萨吾尔登》的诞生和流播之地。《少女萨吾尔登》中弥漫着柏拉图所说的"神赐的迷狂"，教人沉醉其间不能自已无法自拔……

但是，回到渭北高原上的田晓蕾骨子里渭北人的品性已经在极快的时

---

[1] 红柯：《少女萨吾尔登》，北京十月文艺出版社，2015年，第89页。

间中回归。田晓蕾就用眼神告诉沉浸于幸福之中的金花:"这里不是伊犁河谷不是巩乃斯大草原不是巴音布鲁克大草原。"这里是渭北高原,无论是《萨吾尔登》还是《少女萨吾尔登》,在这里并不合适。

渭北人田晓蕾的提醒,也是重构故事结局,以后三分之一的篇幅描述受伤残疾之后的周健和张海燕爱情走向的作者所必须面对的叙述的难题。他得像金花那样罔顾田晓蕾提醒,继续沉醉在《少女萨吾尔登》优美的旋律及其所敞开的精神世界中,并以自己无比坚定的态度说明《少女萨吾尔登》在大地上无处不在无时不有,它巨大的成全的力量足以消弭这世界的矛盾偏见等重重阻隔,教一对恋人在其庇佑之下相守到老。一如童话故事那样拥有牢不可破的强硬的逻辑,从而傲慢地无视生活世界的自然法则。

三

就在生活世界中处处碰壁终于稳定下来成为丰庆建筑材料有限公司的一员的修理工周健奇迹般地俘获了少女张海燕的芳心,并与后者初步确定恋爱关系之后的一个普普通通的夜晚,张海燕突然想起自己曾经送给周健一套《平凡的世界》。出生于县城的张海燕初中时就拥有一套《平凡的世界》。这部后来被研究者视为励志型读物的长篇小说在成就成千上万生活于城市边缘却梦想改变命运的青年人的同时,也成就了城镇少女张海燕的梦想。一如来自乡间的少男们梦寐以求的伴侣多半是田晓霞这样的城市女子,花样年华的城镇少女也很容易在现实生活中寻找心目中的孙少平。张海燕几乎早在那个时候就在内心中为农村少年周健留下了位置。数年后在生活世界备受煎熬的周健终于稳定下来,终于可以以自己久已期待的"平等"方式面对县城姑娘张海燕。他的并无文采也几乎缺乏感染力的信让等待已久的张海燕浑身发抖激动不已。当年埋藏起来的少女的感情貌似平淡实则早已在内心深处酝酿发酵,在被唤起的那一瞬间迅速爆发。之后的故事几乎顺理成章水到渠成，农家青年周健几乎无须费力，城镇少女张海燕已可揽入怀中。一如多年未见，于黄原城偶遇的孙少平和田晓霞，时间并不能成为情感的阻隔，反而蕴含着极大的成就的力量，让他们即便有现实世界的重重阻隔也能在一瞬间因心有灵犀而轻易达成默契。

在小说上卷第一章第二节的结尾处，那一个平常普通的夜晚，夜凉如水，静得几乎可以听到地底的声音。那首古老的《大月氏歌》在张海燕心头回荡，犹如来自辽阔的大漠深处。没有星星，也没有月亮，夜黑成汪洋大海。城镇姑娘张海燕想起来当年赠给农家少年周健的那一套《平凡的世界》。她突然坐起来，用短信问周健：

"我送你的《平凡的世界》还在吗？"

"我一直带在身边。"

"你读了吗？"

"你要我说实话还是说假话？"

"你不读干吗还随身带着，三大卷不嫌沉吗？"

"上边有你的签名。"

"我还不如送你一本我的作业本呢。"

"孙少平不会读《平凡的世界》。"

最后一句让张海燕琢磨良久的话差不多道出了这部作品的重要面向：它和《平凡的世界》的某种同构性。来自渭北高原的农家子弟周健可视为陕北高原双水村青年孙少平在二十余年后的同路人；而城镇少女张海燕也差不多拥有和田晓霞同样的品质（细节的差别倒在其次）。从黄原城揽工到大牙湾煤矿"掏炭"，孙少平个人事业的发展几乎与其和田晓霞的爱恋一并生长。同样在生长的还有田晓霞。她从高中到大学，再到省报做记者，事业可谓突飞猛进。"掏炭"的孙少平断然无法和她相比。但路遥仍然固执地写下了这段感人至深的恋情迅猛发展的过程。省报记者田晓霞和他的"掏炭男人"（田晓霞语）孙少平傲然无视世俗不解的眼光，以及横亘在他们之间如今看来几乎难以跨越的诸多障碍而坚持一段教人心驰神往的爱情。无奈天不遂人愿,就在他们的恋爱即将修成正果之时,田晓霞在一次采访中不幸遇难,徒留孙少平独自一人回味咀嚼那已然逝去的美好时光。

在这里,命运的残酷或可以解作路遥对人世观察的冷峻和深刻处。他以道德理想主义的超拔信念去塑造和书写这样一对恋人的爱情故事,也把巨大的希望投给那些成千上万的至今如孙少平一般苦苦挣扎在贫困线上的青年人,让他们在面临世俗的物质世界的重重挤压的同时内心拥有无限的希望。这希望如同张海燕以卫拉特土尔扈特蒙古人的十二支《萨吾尔登》为受伤的周健建造的十二间房子。那十二间房子自然并不实在地存在于物质的世界,它们只能在周健的内心,在周健与张海燕"共在"的世界。他们沉重的肉身无论置于何地,精神总会因《萨吾尔登》的存在而获致无上的超越性的幸福。在与万物和谐交融的那一瞬间,似乎可以齐生死、等贵贱,把人世间诸般普通障碍纠葛全然抛弃。他们相吻相拥,独立构成一个世界。《萨吾尔登》旋律响起的那一刻,周健便如荷尔德林所说,诗意地栖居于大地之上。

四

以卫拉特土尔扈特蒙古人的十二支《萨吾尔登》为媒介,金花婶婶拯救了故乡的异乡人叔叔周志杰日渐颓败的内心。而她自己也无比迷恋《萨吾尔登》所表达的那种超乎寻常的大爱。"金花婶婶明亮沉静的眼睛里既包容着世界也拒绝着世界,金花婶婶只在舞蹈里倾注她的人生理想,并不想从这个世界得到什么。"张海燕还对周健说过:"草原人的这套舞蹈正好是叔叔厌恶至极的被窝猫和大被窝的反面,辽阔开放,大胸怀大胸襟,天地宇宙万物山川河流飞禽走兽都跟人连在一起,比贝多芬的《欢乐颂》还要伟大,全人类都是兄弟,动物也是我们人类的兄弟。"①张海燕在作品三分之一处的此种了悟已经抵达十二支《萨吾尔登》精神的核心。而依靠《萨吾尔登》超凡的成就力量,金花婶婶和叔叔周志杰在他们的生活世界中虽处处碰壁却也终能化险为夷遇难成祥。甚至在一段时间内,叔叔周志杰几乎拥有了打破令他深恶痛绝的"大被窝"和"被窝猫"的力量去创造另一种可能。借由十二支《萨吾尔登》构筑的灵性之境,任何人均可以在转瞬间超脱凡俗。②

无论金花婶婶、张海燕,还是周志杰和前妻田晓蕾的女儿周晶晶,无不可以在《萨吾尔登》中完成"自我"与"空间"(外部世界)的相互定义。依托"时空—身体—譬喻"的基本结构,"人身在宇宙四时流转中,体验顺逆、离反的处境,并且透过不断对话与创化的譬喻,更新与时推移的身心姿态"③。如此,天地物我相互开放,彼此参与。于日月经天,江河行地,世代更替,万物皆处于生生不息的变化之根本性处境中,人精神得以与宇宙万物相往还。身心亦并不囿于一狭小视域,而向更为广阔的世界敞开。"人(自我)不再是一个向内封闭的个体,'感物'不是一个选定的人情转嫁点,而是动态的交遇对话状态,人与物之间应该是相互往还出入。自《夏小正》以来所形成的时气物候系统或所谓气化宇宙的观点看来,并不着意于分判心与物或身与心(内外、主客)乃至于人与自然(如

---

① 红柯:《少女萨吾尔登》,北京十月文艺出版社,2015年,第106页。
② 对此种境界之深层论述,参见尤西林:《现实审美与艺术审美——以"旭日阳刚演唱"为个案》,载《文艺理论研究》2011年第6期。该文在申论旭日阳刚演唱《春天里》之际生命与歌曲融合一体的生存场景时,有如下总结:"震撼人们的并非歌唱的艺术水准,恰恰相反,而是歌唱行为与生存处境的原始统一,凸显为中心的已不是作为艺术品的歌曲,而是赤膊、简陋斗室与挣扎嘶唱的脸部肌肉等纪实场景对歌词含义蒙太奇式显现。生存场景激活了作为艺术品的歌曲的'灵魂'"。显然,《萨吾尔登》走的是另一条道路。一种自上而下的精神的醍醐灌顶依托《萨吾尔登》的旋律对个体的生活场景发生作用。《萨吾尔登》所携带着的巨大的成就的能量瞬间改变了生存场景的性质。此种情境,与旭日阳刚以触目惊心的生存场景强化《春天里》内在的"真实"并不相同。其精神状况之分野故而耐人寻味。
③ 郑毓瑜:《文本风景:自我与空间的相互定义》,麦田出版城邦文化事业股份有限公司,2014年,第434页。

天地四时）的差别，在这个天人相参的普遍共识中，天地之风雨寒暑与人的四肢百骸、同时也与取与喜怒相互关联，显然，所谓'天地宇宙，人之一身'的'人身'，一方面不是身、心分立，另一方面人身明显也不是一个被划界的孤立对象，而是可以延展至宇宙的巨大视野。如此，人身的种种状态，不但不分内外，而且应该推拓到一个更大的，甚而就是大气所在的场域，才能完整的理解和看待。"①《夏小正》以降之无分判心及身心乃至于人与自然纯然"一体"之状态，于思想千年流变之中或隐或现地存在于古典文脉之中。关学大儒张载《西铭》中申论之"民胞物与"思想为其一端。"人人都是我的同胞，万物都是我的同伴，人人都是上天之子，连君主也是天地之子中的一员。"②是为"民胞物与"思想之魂魄所在，相通于物我合一人与宇宙万物相互交感之精神境界。

当是时也，《萨吾尔登》的旋律响起，肉身随旋律翩然起舞，精神则在此一瞬间中达至生命深化与自由表现的圆融之境。一如文学作品对自由心灵之不懈探求。此一探求一当进入某种阶段的圆融自足，"呈现为某种程度的生命之深化与自由表现的心灵状态"，境界于是发生。而十二支《萨吾尔登》也拥有不断反复的可能，并以循环的姿态完成境界之再生和新生。再生和新生同样构成了"返转回复"生生不息的循环过程。《萨吾尔登》可以演绎一切包容一切，《萨吾尔登》无处不在无时不有，它可对应于四时转换之天地节律，因持续再生而妙用无穷。

而精神日渐逼仄之周原子弟却只会把《朱子治家格言》《菜根谭》《弟子规》奉为经典，并从中发掘所谓的应世的智慧。所取既已狭窄，精神如何问津博大浩渺之境。当此之际，也只有卫拉特土尔扈特蒙古人的十二支《萨吾尔登》中那种"弥天漫地的超越苦难与死亡的大爱"方能医治周原农家子周健的创伤。

---

① 郑毓瑜：《文本风景：自我与空间的相互定义》，麦田出版城邦文化事业股份有限公司，2014年，第22—23页。
② 红柯：《少女萨吾尔登》，北京十月文艺出版社，2015年，第379页。

五

十二支《萨吾尔登》所成就的自我与世界的精神交感必然要以"大爱"的形式存在于日常经验之中。由家人之间的和睦推延至邻里同事朋友之间的友善和谐共处，一种消弭矛盾与紧张情绪的精神氛围由此生成。

发觉男朋友周健因偶读《渭北晨报》所载两起工伤事故而有了"心结"之后，张海燕努力以《萨吾尔登》弥天漫地的"大爱"来为周健营构一种与工友兄弟般的情谊，以化解可能隐藏着的危险，从而在根本上化解周健的心结。此一努力，亦属卫拉特土尔扈特蒙古人于辗转流离之中创制《萨吾尔登》的题中应有之义。唯有心灵依托于宇宙天地万物山川河流及一切生灵，才不会在极端凶险的生存困境中内心生发出根本性的孤独和彻骨的凄然。他们勉力让自己的内心朝向天空和大地，凡人和诸神，最终纵浪大化之中，与天地宇宙万物共生共荣。《萨吾尔登》尚能使动物与人成为兄弟，张海燕又如何不能以同样的大爱为修理工周健营构一个兄弟和谐共处的生存场景，让他此后再无噩梦纠缠心结困扰，亦不会再有丝毫性命之虞。张海燕极力促成周健与刘军建立兄弟情谊的根本用心亦在此处。然而事故最终发生于此种情谊所不及处，貌似意外，但多少包含着某种命定的必然。张海燕依托对《萨吾尔登》的领悟所做的旷日持久的努力归于失败。一种源自外部的"爱"终究难敌人情世故的固有模式，张海燕的落败再度说明了普及《萨吾尔登》精神的困难之处。金花婶婶可以寄身于《萨吾尔登》之中，从而无求于外部世界。但执拗的读者或许希望看到《萨吾尔登》的光芒照进现实，成为自我可以依托的精神资源。他们有充分的理由希望从文本中索取更多，而不仅止于旁观一个感人至深的爱情故事。

行文至此，我想引入另一部虚拟文本及其所开启之境界。我说的是黄永玉的长篇小说《无愁河的浪荡汉子》。在这一部以永不枯竭的故乡思维写就的作品中，批评家周毅发现了人"身在万物中"之独特境界。一反人类依靠智识对世界万物的条分缕析，黄永玉写出了"广大于智识之外的存在，是'人身'与'万物'同在的一个世界。其佳处直达'野马也，尘埃也，生物之以息相吹也'"①。而合书内视，则见"天之苍苍，其正色也"之景象。她还告诉批评家张新颖，对她而言，《无愁河的浪荡汉子》是一部"养生"的书。在与周毅同样的意义上体悟到《无愁河的浪荡汉子》的世界展开的张新颖如是发挥此一说法之深层意蕴："'养生'，很重的词。庶几近乎庄子讲的'养生'"，人"身在万物中，息息相通。这样的话现在的人读起来已经没有什么感受了，当然也不怎么明白什么叫身在万物中，生机、生气如何从天地万物中来。'野马也，尘埃也，生物之以息相吹也。'息是自心，生命万物的呼吸，息息相通才能生生。生的大气象，是'天行健，君子以自强不息'，这个'以'字，就是建立起人与天地万物之间的关系。"②卫拉特土尔扈特蒙古人的十二支《萨吾尔登》巨大的成就力量，庶几近乎《无愁河的浪荡汉子》身在万物中之生生不息之境。

而另一个可资参照之处，便是《无愁河的浪荡汉子》中遍布的爱意。以"怜悯"为基础，我们得以以真正意义上的"平等"去看待他人，看待行善者和为恶者，亦无论高处和低微，又或者，在此一眼光下，原本即无善恶高低美丑之分。而"爱"，"则令我们奋力探究和接受那些自己不可理解的人和事，接受另一个和自己不同的存在，无论他美丽或丑陋，富有或贫穷。爱令狭小的自我扩展，向着整个宇宙。爱令我们自由"③。周原姑娘张海燕从十二支《萨吾尔登》的精华中意会出朝向一切的大爱，并渴

---

① 芳菲：《身在万物中——黄永玉〈无愁河的浪荡汉子〉札记之三》，载《上海文化》2013年第5期。
② 张新颖：《与谁说这么多话——黄永玉〈无愁河的浪荡汉子〉》，载《书城》2014年第2期。
③ 张定浩：《爱和怜悯的小说学——以黄永玉〈无愁河的浪荡汉子·朱雀城〉为例》，载《南方文坛》2014年第5期。

望以此化解和成就一切。她和她的故事意味着精神朝向的另一种可能，一种脱离浅层的自我与现实的秩序营构而向更为深入的内心掘进。这种掘进无疑具有双向的意味，既朝向人内在世界的精深幽微，也朝向生活世界天地万物的阔大包容。足具至小无内，至大无外之品质。由此，渭北高原源自周公、张载传承不息的文化精义与卫拉特土尔扈特蒙古人的十二支《萨吾尔登》所开启之精神的差异与融合，或可开出天下大同的上出之境。张海燕和周健的故事，亦将因融入阔大之精神史而被人记取。

六

就此而言，有十余年新疆生活经验的红柯为笔下世界及其中人物选择的是一条精神的"返魅"之路。如同多年前深感中国缺乏启示宗教而不遗余力为国人引入基督教的学人刘小枫的根本用心。在现代性一路高歌猛进影响力几乎无远弗届的现时代，这世界的某一个偏僻的角落仍然存在着诗意的灵性的声音，存在着尚未被现代观念驯顺和归化类如神性启示的福音。这福音依托卫拉特土尔扈特蒙古人的十二支《萨吾尔登》在世界的某些角落广为流播，其所及之处，被现代经验叙述为柔弱的个体瞬间可以与天地并生与万物为一，与宇宙天地万物生灵风雨雷电共在一个世界，他们最终将自我融入大地和天空，并以极度开放的内心朝向凡人和诸神，且在一念之间抵达精神的至福境界。

原载《雨花》2017年第12期

路遥文学的"常"与"变"

——从"《山花》时期"而来

20世纪80年代初中期,较多于"文革"后期走上文坛,且在"新时期"仍持续写作的作家,均面临个人写作的"转型期"。因与宏大的历史叙述之间内在的关联,此种转型包含着较为复杂的历史和现实寓意。值此革故鼎新的重要关头,认同"新时期"以降之"反思"思潮的写作即成潮流。此种潮流在多重意义上乃"五四"新文学革新理路之"再生"。由晚清开启,至"五四"强化的文化的"古今中西之争"所形成的二元对立式思维,同样形塑了80年代思想路向之重要一种。求"新"与"变"为其基本特征。当此之际,超克"十七年文学"及"文革文学"成为一时之盛,发端于40年代的社会主义文学①即渐次"消隐"。至"重写文学史"及"再解读"研究理路兴起之后,"去政治化""去意识形态化"以几乎无远弗届的影响力形塑着此一时段的文学观念和批评语法。在此过程中,仍在总体性的社会主义文学脉络中写作的路遥的作品,即面临被"忽视"和"低

---

① 关于社会主义文学的"起源"问题,本文认同陈晓明在《中国当代文学主潮》中的基本判断。以1942年毛泽东《在延安文艺座谈会上的讲话》为起点,中经"十七年"的实践,而在"文革"中被推向"极端化"。但"文革文学"的极端化及其所造成之基本问题,并不能成为超克社会主义文学流脉的原因。因为,在最为深入的意义上,认信某种价值观念,与依托意识形态的宏大叙事之间并不存在根本性分歧,甚至在"意识形态"一词的原初意义上,二者具有一定的同一性。

估"的命运。90年代迄今文学史对路遥文学的"忽视"与"重评"之根本理路，不出上述问题的基本范围。而以"历史化"的思路，重返路遥文学的起源阶段，梳理其文学的"常"与"变"，是进一步探讨其意义的先决条件。

与同时期走上文坛的刘心武、陈忠实、贾平凹等作家一样，路遥的创作，起始于六七十年代之交，在80年代完成了其重要的"蜕变"而有《人生》和《平凡的世界》的创生。此一创作路径，亦与70年代至80年代时代主题之根本性变革密不可分。而作为路遥写作的"前史"，"《山花》时期"①及其与"十七年"和整体的社会主义文学流脉的内在关联，奠定了路遥思想及美学的基本面向。置身80年代文学变革潮流中的路遥之所以未在"断裂"的意义上完成其写作的"重组"，无疑与此一时期的文学实践密切关联。而诗歌集《延安山花》的广为流传，以及文艺小报《山花》的创刊，为尚处于写作起步阶段的路遥提供了文学与生活双重意义上的可能，并进一步奠定了路遥80年代之后写作的思想脉络及其所属之美学谱系。

一、延川《山花》与路遥文学的"起源"

由延川县工农兵业余创作组编辑之《山花》文艺小报创刊于1972年9月1日。而作为其"前史"的《工农兵定弦我唱歌——延川县工农兵业余作者诗选》的编选还要上推两年。该诗集由延川县革命委员会创作组选编，既为活跃延川县群众性业余文艺创作，也以此纪念《在延安文艺座谈会上的讲话》发表三十周年。集中收录诗作二十九首，均为工农兵业余作者创作。以油印本形式流播之后，迅速产生较大影响。此后不久，即被陕

---

① 为区别于创办于1950年，至今仍有影响的贵州《山花》。本文以"延川《山花》"指称延川县工农兵文艺创作组创办于1972年的文艺小报《山花》及其所形成之文化现象，而以"《山花》时期"指称路遥20世纪70年代至80年代"转型期"前的创作。

西人民出版社看中,以《延安山花》为名正式出版并引发较大反响。虽以《工农兵定弦我唱歌》为基础,《延安山花》仍有较大增删,除作品增加至四十一首外,主题亦更为集中、明确。初版行世不足两年,即再出修订本。修订本增加新作九首,累计发行28.8万册,在海内外均有较大影响。相较于彼时同类诗作的口号、标语性质,《延安山花》所收作品因吸收陕北民歌的表达方式,而有较多生活气息,且不乏艺术的韵味。其迅速产生的较大影响,除呼应时代潮流的显在原因外,多半也与其不落俗套的艺术特征密不可分。

《延安山花》的成功改变了时为返乡知青且身处精神与现实双重困境的青年路遥的命运。作为《延安山花》的核心作者,路遥有数篇作品收录其中,此前亦曾深度参与《工农兵定弦我唱歌》的编选。但相较于《工农兵定弦我唱歌》《延安山花》及《山花》文艺小报的灵魂人物曹谷溪,路遥及其创作因与宏大历史极具象征性的直接关联而更具"现实意义"。"陕西省和延安地区的文化部门派出联合调查组来延川总结经验,《人民日报》《陕西日报》先后在显著版面发表文章宣扬,文章中点名表扬的作者只有一个人,不是别人,就是路遥。为什么会这样呢?因为在几个骨干作者中,只有路遥一人是真正的农民——当时延川县除了一个农具修理厂外,没有别的工厂;除了'县中队'之外,别无驻军,宣传路遥就是宣传此书的'工农兵'创作主体。"[①]无论此前作为群众代表被结合入延川县革命委员会,担任副主任,又在不久之后被卸去职务返乡务农,还是此次因《延安山花》的影响而备受瞩目,路遥个人命运的变化无疑是高度历史性的。个人命运的起废沉浮与时代主题之间的根本性关联,促使向来密切关注社会政治变化的路遥由此思考个人与时代之间的互动关系。其文学创作之思想及审美偏好,亦与此种思考关联甚深。而在《延安山花》的巨大

---

① 海波:《难得山花培育情》,见中共延川县委宣传部、山花杂志社编《山花现象研究资料汇编》,第81—82页。此外,1972年8月2日《陕西日报》刊发的调查报告《"山花"是怎样开的?——诗集〈延安山花〉诞生记》中亦重点提及路遥。

影响力的推动之下创办的《山花》文艺小报，在较长时间内，仍以路遥的创作最具"话题性"。1973年11月30日，《人民日报》刊发的《重视群众文艺创作牢固占领农村思想文化阵地》，同样以路遥为典型，讨论群众文艺创作及其意义。"陕西延川县刘家圪崂大队回乡知识青年王路遥，在农业学大寨的群众运动中，亲眼看到广大贫下中农发扬自力更生、艰苦奋斗的革命精神，劈山修渠，改土造田，深受鼓舞和感动，他一边积极参加集体劳动，一边利用业余时间搞创作，在一年多的时间里，就写出50多部文艺作品，热情地歌颂了人民群众的革命精神和为社会主义革命和社会主义建设多做贡献的精神风貌，他写的诗歌《老汉走着就想跑》《塞上柳》《走进刘家峡》以及小说《优胜红旗》等，已在地方报纸和陕西省文艺刊物发表。"①此处所谓的陕西省文艺刊物，是指刚恢复办刊的《延河》（恢复初期更名为《陕西文艺》）。而地方报纸，主要是指由曹谷溪、白军民、路遥等人创办的《山花》文艺小报。正是后者产生的较大影响，某种意义上可以说是改变了彼时尚徘徊在人生的岔道口的路遥的命运。其时，恋爱"失败"，借应和"政治运动"以改变个人命运之希望亦随着时代主题的变化而化为泡影。自少年时代起即明确意识到必须依赖个人"奋斗"改变命运的路遥此刻无疑陷入人生低谷，俯仰之间，四顾茫然，他甚至以一种极端的方式为已逝青年时代的"光荣与梦想""送葬"②。当此进退维谷之际，文学的出现照亮了路遥日渐灰暗的生活世界。"十年前，在那混乱的日子里，在一个远离交通干线的荒僻的小县城，几个从不同生活道路上走在一起的人，竟然办起了一张文学小报，取名为《山花》。这是社会混乱叫人头脑昏昏沉沉的时候，这些人自己为自己制造的一颗人丹。就我自己来说，觉得好像又一次开始面对淳朴的生活，进入一种渴望已久的人情的氛围。变硬了的心肠开始软化了，僵直了的脑筋开始灵活

---

① 王刚：《路遥年谱》，北京时代华文书局，2016年，第93页。
② 详见刘凤梅：《铭刻在黄土地上的哀思》，见李建军编《路遥十五年祭》，新世界出版社，2007年，第186页。

了,甚至使自己面对过去几年不正常的生活感到了一种真正的羞愧,同时开始意识到人的最美好的追求应该是什么。"尤为重要的是,"艺术用它巨大的魅力转变一个人的生活道路,我深深感谢亲爱的《山花》的,正是这一点"。①政治道路严重受挫并遭遇情感危机的路遥从文学中发现改变命运的新的可能。然而与"文革"初期的红卫兵经历一般,这种可能同样无法"自外于"时代的大潮流②。路遥个人命运的变化及其深层原因,庶几近乎孙犁眼中的赵树理:"这一作家的陡然兴起,是应大时代的需要产生的,是应运而生,时势造英雄。"伟大的时代为他们才能的施展提供了"最广大的场所,最丰富的营养,最有利的条件"③。对此,极具反思能力且对时代潮流不乏洞见的路遥必定有切肤的体验。把工作贴合到国家需要上使用,并在时代的主潮中设计自己而取得一定的成功,从而改变自己的命运,路遥并非个案,但在特殊年代,其征候性意义仍值得深入探讨④。而作为延川《山花》的编辑与创作者,路遥对该报及其相关活动

---

① 路遥:《早晨从中午开始》,北京十月文艺出版社,2012年,第99页。
② 海波:《我所认识的路遥》,载《十月》2012年第4期。
③ 转引自谢保杰:《主体、想象与表达:1949—1966年工农兵写作的历史考察》,北京大学出版社,2015年,第233页。
④ 以沈从文与丁玲之关系为个案,论及丁玲的个人情感与"革命"与"恋爱"之"另类"(即革命促成了恋爱,甚或革命即恋爱)关系时,李杨发现,"'后革命'时代的批评家其实是回到了夏志清与沈从文的'去政治'思路",多在"个性"二字上作文章,以重解丁玲与沈从文围绕《记丁玲》一书之分歧。"批评家最多只能将丁玲的反应理解为政治情结、政治心理或一种政治策略,却无法或不愿将其理解为一种信仰。"其重要原因在于,"批评家压根儿无法相信那种完全排斥了'自我'或'个人'的'政治/革命'的真实性!"事实是,"政治/革命"非但没有排斥"自我"或"个人",反而在最为深入的意义上,成就了"自我"或"个人"。一种源自"政治/革命"本身的话语逻辑与以"个人"和"自我"的名义"去政治化"的批评观念之间的根本性分歧,与沈从文和丁玲观念冲突之内在逻辑具有一定的同一性。可以同样的思路理解路遥的写作与时代观念间之关系。详见李杨:《"革命"与"有情"——丁玲再解读》,载《文学评论》2017年第1期。

的深度参与，不乏"主动设计"①的成分，也因在此传统中浸淫既久，其文学观念和创作技巧，深深扎根于《山花》及其所属之思想和文章流脉之中。

虽比《工农兵定弦我唱歌》晚出近两年，作为《延安山花》的延续的《山花》文艺小报，其编辑理念与《工农兵定弦我唱歌》和《延安山花》之编辑初衷并无二致。后者试图以具有浓郁的陕北民歌色彩的作品，热情洋溢地抒发具有光荣革命传统的延安人民对伟大领袖，"伟大、光荣、正确的中国共产党的深厚的无产阶级感情"，并反映延安人民在毛主席1949年10月26日给延安和陕甘宁边区人民复电鼓舞下，努力"发扬革命传统，争取更大光荣"在继续革命的大道上奋勇前进的精神风貌②。是为无产阶级革命文艺百花盛开的重要表征，其所具有的群众性革命文艺运动的特征，是其获得极为广泛的关注的重要原因。几乎基于同样的考虑，《山花》编委将办刊宗旨定位为："她的使命是交流工农兵业余作者的文艺作品；活跃革命人民的文化生活；进一步发挥革命文艺'团结人民、教育人民、打击敌人、消灭敌人'的战斗作用。"（《山花》1972年9月1日创刊号）而编委在1973年8月19日为《山花》第一册合订本（共20期）所做的说明中，这一宗旨及其意义，有了更为明确的表达："这一朵小小的花儿，生在人民群众的土壤里，淋沐着党的雨露阳光，正像她年轻的园丁一样，充满了生机，充满了希望。""《山花》开在山里头，带着山的

---

① 路遥曾对好友海波表示："一个人要做成点事，就得设计自己，先得确定目标。目标一定设，就要集中精力去努力，与此无关的都得牺牲。"而促使路遥有此番感悟的，是"文革"后期"政治"与"恋爱"双重失利的生活现实。依海波之见，"这是路遥一生中最重要的一段时间，是他结束过去，重新设计未来的转折点。回顾他之前的人生，脉络非常清楚：从自愿离家到当上村里的'娃娃头'，从城关小学的'孩子王'到延川中学的学生头头，从群众组织的一号人物到县革委会的副主任。如果路遥早生四十年，他可能是一个很大的人物。这不仅是我的设想，也可能是他的抱负。但随着'气候'的改变，他感觉到这条路已经走不通了，只能调整"。调整的结果，便是以极大的热情，投入文学创作之中。

② 延川县革命委员会政工组编：《〈延安山花〉出版说明》，陕西人民出版社，1972年。

性格，泥土的芳香，其中的作者，有的是当年挥戈舞枪，跟毛主席打江山的闯将；有的是他们的后代——而今扛锄抡锤，战斗在田间山野和熊熊的炉火旁。他们在三大革命运动的前线，用结满茧花的手掌，写下了这些文章。"而与之相对应的，是彼时在生产一线的劳动者，他们正在"按照毛主席绘好的图样，书写最壮丽的诗行，实现着无产阶级的理想。"一种由无产阶级劳动人民基于个人生产生活实践而写下的诗篇，也在最深层意义上表征着无产阶级对未来新生活的希望愿景，以及为这一愿景早日实现而付出的种种努力。如是内容，自然也构成了《山花》刊发之作品的基本特征。

自1972—1976年，《山花》几乎严格依照此一宗旨编发文章。歌颂毛主席、歌颂党及工农兵的生产生活成为其主要内容。同时，为配合当时政治的需要，亦有部分内容属政治抒情之作，其内里为政治思想的形象化。政治意识形态如何逐渐规训底层（工农兵），并以政治话语改造民间，在其中有极为丰富的呈现。诸多底层的写作者，"众口一词"地书写现实与未来的政治图景，其中民间自发的情感及想象均让位于政治愿景的形象表达。工农兵写作在"文革"后期的延续与流变，在《山花》中均有体现。1973年元旦（总第8期）刊发之秧歌词选《朵朵葵花向阳开》即为此一特征之代表性作品。如："正月里来是新春/延安人向往北京城/北京延安千里远/毛主席和咱心连心。""朵朵葵花向阳开/太阳就在中南海/阳光普照五大洲/照得处处春天来。""山山实现梯田化/沟沟打起淤地壩/村村开展学大寨/队队盛开大寨花。"另如1974年3月8日（总第28期）以《高唱凯歌向前进！》为总题刊发之农民秧歌词选（共五十八首）。"阶级敌人不甘心/制造复辟坏舆论/妄图历史开倒车/贫下中农不答应。""学复电，讲路线/开展革命大批判/踢开保守和右倾/要学愚公移大山。"以上作品，虽有编辑酌情修改的成分，部分亦为编辑及骨干作者以多个笔名所作，仍然体现了意识形态民间驯顺力量之无远弗届。新时期后"寻根"之旨趣及其面临的困难，与此一现象亦有极深关联。

作为特殊年代的重要文学现象，延川《山花》无疑分享了时代可能赋予的荣光，但与同时代的"人"与"事"一般，它也必须承担这时代的"局限"及其可能在后世史家历史化过程中对其高下、意义的考量。可以十分方便地将其视为20世纪50年代蔚为大观的"工农兵写作"在"文革"后期的延续，并在"新时期文学"及与之密切关联之批评的成规中对其进行意义的判定。但这种略显简单化的处理方式难免会遗漏此一现象所内蕴的更为重要的历史问题。《山花》作家及其写作，显然承续的是延安革命文艺传统，而"隐匿"的"十七年文学"及民间文学，仍然可以成为其凭借的重要资源。而其存在的"弊端"，亦类同于同时期其他作家作品。"在意识形态高度集中的时代，作家并没有多少能力和自觉揭示历史的深度，只有总体性的意识形态可以提供时代愿望，建构起时代想象关系。故而那些看来是作家个人敏感性表现的时代意识，实则是对意识形态回应的结果。"①对知识分子写作而言，如上说法无疑有极深的洞见。这一类创作主体，在1942年《在延安文艺座谈会上的讲话》所规定的思想范畴内，属于"被改造"之列。而新起的主体，既属创作主体，亦属《讲话》所代表之政治意识形态所召唤的意识形态主体。意识形态既构成其言说之核心，亦形塑主体之人格并创造一种"新感性"——与意识形态相应之世界感觉。而那些从未成为文学言说的主体的"工农兵"，作为千年文学史"缺席"的存在或"沉默的大多数"，则因为此种变革具有了自我言说的能力。这也从根本上应和了郁达夫的意见："真正无产阶级的文学，必须由无产阶级自己来创造。"而鲁迅多年前对"农工出身的作家""任意写出自己的意见"的真正的无产阶级文学的呼唤，因国家体制的革故鼎新而有了实现的可能。②无产阶级自身内在的意识形态规定性成为其言说的核心，即属顺理成章之事。

---

① 陈晓明：《论文学的"当代性"》，载《中国现代文学研究丛刊》2017年第6期。
② 钱理群：《构建"无产阶级文学"的两种想象与实践》，见《钱理群讲学录》，广西师范大学出版社，2007年，第109—110页。

依此思路，则《山花》所刊发的作品即便偶带"隐微"色彩，其根本性思路，仍在意识形态的主潮之中。曹谷溪等人对其时政策为数不多的"反驳"，也只是依凭个人的实感经验，对来自上层的思想若干细微之处的"补正"，与"新时期"以降之"否定性"思想并不在同一脉络。时隔四十余年后，曹谷溪仍然强调作为文学或社会文化现象的《山花》与《在延安文艺座谈会上的讲话》的内在关联，指出《山花》作为党管文艺四十年的成果的社会历史意义。此种阐述再度说明延川《山花》与《讲话》开启之社会主义文学流脉之根本性关联，历经四十余年文坛的风云变幻仍不曾"更改"，其在新时期以降影响力的衰微亦与此相关①。20世纪80年代迄今，曾经作为重要文学现象的工农兵写作已成历史"陈迹"，新的知识分子写作再度兴起，《山花》编者虽有心重新"潮流化"，但已无法追及日新月异的文学现实。四十年间虽有发展，影响力却只能限于一隅。而作为《山花》的核心人物，且对政治现实有极为准确的判断的路遥，其写作的起始不可避免地共享着与《山花》同样的思想资源和艺术技巧。或者，在更为深入的意义上，路遥此一时期的写作扎根于自身所属的阶级及其思想谱系之中，他不可能也无意于"自我反驳"而有新时期以降之"反思"理路。他和他的写作因此成为一时代文学与现实、个人命运与时代潮流复杂关系的重要见证。因是之故，路遥"《山花》时期"作品的主题与风格，均不脱此一思想及其所属之美学谱系的基本范围。

---

① 在关于《山花》答记者问中，曹谷溪认为，对"《山花》现象"的研究，仍有以下思路有待展开：如《讲话》精神与"《山花》现象"、"《山花》现象"与文艺新潮等。而最为重要的是，"《山花》的路子与毛泽东同志的《讲话》精神及我党一贯倡导的文艺方针是一脉相承的"。"总结延川县党管文艺二十年，坚持《讲话》精神，培养了一支优秀的作家队伍的经验，这才是重要的意义所在。"进而言之，"《山花》现象是发生在毛泽东同志《讲话》策源地的一个特殊文学现象。形成这一现象的因素很多。关于它的特点、前景等，有许多问题有待研究"。曹谷溪：《答〈山花〉记者问》（1990年8月23日），见中共延川县委宣传部、山花杂志社编《山花现象研究资料汇编》，第9页。

二、路遥"《山花》时期"作品的主题与风格

如从《工农兵定弦我唱歌》算起,路遥"《山花》时期"共发表作品二十余部(篇)。其中诗歌为《南湖的船》、《车过南京桥》、《山村女教师》(署名鲁元)、《塞上柳》、《老汉一辈子爱唱歌》、《赞歌献给毛主席》(与曹谷溪合作)①、《桦树皮书包》、《老锻工》、《今日毛乌素》、《老汉走着就想跑》、《当年"八路"延安来》(与曹谷溪合作)、《电焊工》、《灯》(与曹谷溪合作),小说为《优胜红旗》《基石》《代理队长》,另有歌词《前程多辉煌》《工农兵奋勇打先锋》《我持钢枪望北京》《杨家岭松柏万年青》《解放军野营到咱庄》及剧本《第九支队》(由闻频执笔)等。相较于《老汉一辈子爱唱歌》《进了刘家峡》等作品因吸收陕北信天游的表达方式而具有的鲜活特征,《南湖的船》因为"概念化""口号化"而不见载于路遥生前身后所出的任何选本(正式出版本)。"一只平凡的小船/一个伟大的新起点/五十年前呵/我们党的第一个章程/就诞生在这里边……/滚滚浦江卷巨澜/滔滔黄海浪拍天/毛主席掌舵船头上站/望穿世界几千年/——中国革命的航船/荷着阶级的重负/迎着狂风暴雨/升起了红色的桅帆//绕开一重重暗礁/冲过一个个险滩/每一次风口浪尖/每一道险路难关……/都是伟大的舵手毛主席呵/一双开天辟地的巨手/把船头正传//踏破千层浪/挽住万重澜/一盏明灯导航/万里东风鼓帆/——胜利的航船/沿着毛主席的革命路线/——乘风破浪/奋勇向前!"此诗的创作时间,当在1969—1970年。其时政治"失意"的路遥正徘徊在人生的岔道口,已有的道路无法走通,新的人生的可能尚未展开,内心的苦闷无由纾解。其之前创作的小诗《老汉

---

① 该作首刊于《山花》第3期(1972年10月1日),未收入1974年3月出版的《延安山花》修订本,被收入北京十月文艺出版社2012年版《路遥全集·早晨从中午开始》时更名为《歌儿伴着车轮飞》。

走着就想跑》得到彼时诗名极盛的曹谷溪的欣赏，使得在极度苦闷中的路遥看到了另一种改变命运的可能。这一首并不"成熟"的小诗虽无《老汉走着就想跑》浓重的生活气息，但其政治抒情的独特意味，在路遥此一时期作品中，具有一定的代表意义。同期创作的《车过南京桥》亦属此类。

"车轮隆隆汽笛叫/江南江北旗如潮/——车过南京桥呵/心儿翻腾似江涛//看大桥/大桥造得好/五彩画笔难描绘/看长江/长江水变小/一溜烟波静悄悄/呵——/多少代/多少朝/千里长江浪滔滔/勇士摇断千支橹/好汉撑折万杆篙/多少船夫盼桥的梦呵/咆哮的江流一水漂……/如今谁的主意高/如今谁的手儿巧/天险飞彩虹/南北变通道/那是咱毛主席绘蓝图/大桥工人阶级造//车出桥头堡/回头瞧/千条路上万车来/飞过南京桥/一起向着北京跑。"此诗亦属较为显白的政治抒情之作，为路遥创作起步阶段的见证，尚未脱彼时同类作品少蕴藉而多直白的共同特征，在被收入《工农兵定弦我唱歌》之后，再不见载于《延安山花》及其修订本，亦未被收录此后出版之《路遥文集》（陕西人民出版社版，为路遥生前亲自编定）及两种《路遥全集》（广州出版社与太白文艺出版社联合出版版、北京十月文艺出版社版）。除《南湖的船》《车过南京桥》等作品外，路遥这一时期作品大多刊发于《山花》。作为《山花》的核心成员，路遥也积极参与了该报的编辑工作，着手修改并编辑了多部（首）作品。《山花》刊发的诸多作品，署名虽非路遥，但也融入了路遥较多的心血。

刊发于《山花》创刊号的诗歌《老汉一辈子爱唱歌》在路遥这一时期作品中较有代表性，而其在此后的传播过程中屡被删改的遭遇也极具"征候"意义。该作共分四节。每一节分别对应一特定时代。以爱唱歌的"老汉"的遭际为线索，该作表达了对"旧社会""三十年代""六十年代初""文革"四个阶段与己相关之现实问题的反思。"旧社会"的凄惨遭遇因"毛主席三五年来陕北"而得到根本性改变，"山歌"亦由对生活苦难的倾诉转变为对新生活的歌颂。此种"新"与"旧"对照的写法，与柳青《创业史》"题叙"与"正文"之对照的目的如出一辙。亦属同时期同类作品的惯用笔法,背后所依托之意识形态的历史考量亦具有一定的同一性。此后1962年省里前来收集山歌的"权威"对老汉所唱山歌的轻视,亦属其时"知识分子"与"人民"隔膜的历史表征。第四节则直接应和主流意识形态的宣传内容。全诗以"咱永远跟着毛主席,誓把那战歌唱到共产主义"作结,为同时期同类作品的惯常写法。该作收入1974年修订版《延安山花》时,已有较大"改动"。仅完整保留第一部分前五句、后十三句,第三、四部分几乎全然删除。第二部分亦有较多改动。修改后的后半部分为歌颂"人民公社"及"毛主席革命路线"的内容,"主题思想"与初版已有不同。该作并未收入路遥生前亲自编定的陕西人民出版社1992年版《路遥文集》。而广州出版社和太白文艺出版社2000年联合出版的《路遥文集:短篇小说、剧本、诗歌》则直接删掉关于"文革"的第四节,可知其所据版本,当为《山花》创刊号刊发之"第一稿"。北京十月文艺出版社2010年版《路遥全集·早晨从中午开始》所收此诗与广州版相同,2013年版即调整为1974年《延安山花》所收版本。1949年后,作家修改作品致使作品存在多个版本的现象所在多有。原因也并不复杂,随着时代主题的变化调整作品的主题,以应和新的形势,为其主要目的。1974年《延安山花》版的《老汉一辈子爱唱歌》的产生,原因应与此同。但广州版《路遥全集》的修改本,当属编辑所为。20世纪70年代与21世纪第一个十年总体语境的不同,是路遥早期作品或被删改或未被收录的原因所在。

作为路遥"《山花》时期"的重要收获,短篇《优胜红旗》(《山花》第7期)、《基石》(《山花》第15期)、《代理队长》(《山花》第18期)既属"文革"时期《山花》最具代表性的优秀作品,亦属路遥早期作品之翘楚。以思想、视野和笔力论,或不及晚出数年的《不会做诗的人》《夏》《卖猪》诸篇,但路遥此后作品的核心"模式",已基本确定。从肯定性意义上书写当下现实,于诸多矛盾纠葛中彰显人物及事件总体性的"正面"意义,以应和时代及主流意识形态对"新生活"和"新人"的双重询唤,为其核心特点。此种写作理路,既与"文革"后期特殊之精神氛围密切相关,亦与路遥此前对柳青作品的悉心阅读和深入领会密不可分。以《创业史》为代表的柳青的写作与1942年《在延安文艺座谈会上的讲话》以降之思想及文学传统的内在关联,成就了作为"十七年文学"经典作家的柳青的文学史地位。而柳青创作的核心命意,即在书写"新时代""新人"的新生活。此种思路,从根本上符合《讲话》所开启之思想。"毛泽东同志《在延安文艺座谈会上的讲话》给我们规定的任务是熟悉新人物,描写新人物。就是说要我们从事人们新的思想、意识、心理、感情、意志、性格……的建设工作,用新品质和新道德教育人民群众。"从而起到对"社会意识的建设"[①]。此种"新品质"和"新道德",无疑内在于社会主义意识形态对主体生产的根本要求,与特定时代的核心主题相呼应。书写20世纪50年代的"新人"形象,也便成为《创业史》的要义之一。依路遥之见,即便作为20世纪50年代之重要社会实践的"合作化"已然"失败"并成历史陈迹,仍不能就此掩盖《创业史》作为书写该时段之重要作品的经典地位。文学作品与其所产生的时代的根本性关联,是路遥看重并着意接续柳青传统的原因之一。循此思路,则从肯定性意义上书写现实,塑造能够体现一时代精神风貌之新人形象,即为其作品之重要特征。年轻的团支部书记二喜(《优胜红旗》)在"社会主义劳动竞赛"中为得到优胜红旗仅求速度而不顾及质量。一场雨使得其所带领之农田基建队负责的部分多处塌陷需要返工,而作为其竞争"对手"的大队党支部委员石大伯以极强的集体责任感不计"个人利害"帮助二喜弥补大队的损失,并现身说法让二喜明白应该如何争取优胜红旗。"新人"在现实挫折中精神的不断成长,属此时期《山花》所刊发之多部作品的共同主题,但未有艺术性如《优胜红旗》这般成熟者(就此一时期作品总体水准而言)。相较于《优胜红旗》人物历史的缺席,《基石》中的宁国钢既

[①] 柳青:《和人民一道前进——纪念毛泽东同志〈在延安文艺座谈会上的讲话〉十周年生涯》,见蒙万夫等编《柳青写作生涯》,百花文艺出版社,1985年,第29页。

有身处旧社会备受压迫的痛苦经历,亦有追随革命队伍奋勇抗敌的英勇历史,他在因"残疾"而被迫转回地方工作之后的种种表现无不说明新时代的"新人"所应具有的美德——即便身有残疾,仍不甘居人后,而是以超常的毅力、极大的热情投入火热的社会主义建设。而小说结尾处叙述者的如下感慨再度确认作品的题旨:"宁国钢,不正是革命大道的长桥上,一块比钢铁还坚硬的基石吗?而这样的革命基石,在我们伟大的社会主义祖国,何止千千万万!"[①]宁国钢的品质,在代理队长赵万山身上亦有体现。虽为"代理队长",赵万山对集体事务极为用心,甚至不惜"开罪"本家堂兄赵有贵。此种超越传统基于血缘的族群关系的新的(阶级)情感是赵万山精神品质的核心特征。就内涵的丰富性而言,该作似不及《优胜红旗》和《基石》,但浓郁的生活气息、不俗的笔力,仍使该作成为路遥此一时期颇具代表性的重要作品。由其所开出之写作理路,在此后的《父子俩》《在新生活面前》等作品中得到进一步延伸,且构成《惊心动魄的一幕》《人生》及《平凡的世界》精神结构的核心。其背后所依托的,是政治意识形态及其所开启之世界想象。路遥写作之独特意义即在于此。"作为'制度'的现实主义在中国最后一次扎实的实践",路遥努力"在一个'同一性'的制度、文化开始分裂的特殊历史时期","坚持着这种'同一性'的想象,并把它转化为现实的文学行为"。[②]此种"作为'制度'的现实主义"及其背后的政治经济学在50年代之后历史语境中的"沉浮",也与路遥其人其作的文学史地位的变化互为表里。与其同属一脉的柳青、赵树理文学史地位的变化,深层原因亦与此同[③]。

如将80年代文学视为"社会主义文学想象的另一种建构方式",是

---

① 路遥:《基石》,见曹谷溪主编《延川文典·山花资料卷》,陕西人民出版社,2015年,第99页。
② 杨庆祥:《路遥的自我意识与写作姿态——兼及1985年前后"文学场"的历史分析》,见程光炜、杨庆祥编《重读路遥》,北京大学出版社,2013年,第54页。
③ 对此一问题的深度反思,可参见贺桂梅:《超越"现代性"视野:赵树理文学评价史反思》,载《解放军艺术学院学报》2013年第4期。

在"不损害社会主义根本价值系统的前提下,试图找到激活社会主义文化想象的历史活力和种种可能性"①的尝试,则路遥的文学实践,亦可被视为柳青以来社会主义文学流脉之一种。其根本性特征,在文学与现实及意识形态的世界想象所开启之可能性之中。即便时代文学的"主潮"已发生变化,但社会主义文学之核心精神仍有待延续。是为路遥写作二十余年一以贯之的理路。起自"《山花》时期",而在十余年后的长卷作品《平凡的世界》中更为阔大。而在文学史的"易代之际",此种写作理路被视为"守成"而面临严峻挑战。路遥生前对此已有体会,在《早晨从中午开始》中,对《平凡的世界》的创作初衷、创作方法所可能带来的问题有较为深入的辨析。虽未更为细致地说明此种选择所依托之思想资源,《平凡的世界》的写作及其"经典化"过程面临的"难题"及其与90年代文学观念内在的抵牾,已能说明其间暗含的观念纷争及其历史意义。这一时期的作品,并未被编入路遥生前亲自编定的五卷本《路遥文集》。而部分作品,至今仍属两种《路遥全集》的"佚文"。而被收入全集中的作品,也难免被"修订"的命运。那些在特殊年代曾经为路遥带来荣誉的"元素",似乎极为方便地因"不合时宜"而被"过滤"掉。从如今流播甚广的《路遥全集》中,读者已经难于看到彼时时代的核心主题如何以其无从抗拒的力量规训着作家的创作。而路遥的创作与1942年《在延安文艺座谈会上的讲话》以降之文学流脉之内在关联,也因此种"过滤"而变得模糊不清,其在80年代之后的反思与再造"传统"的艰难也因之减损大半。

要言之,"《山花》时期"文学创作与个人生活的互动,形塑了路遥的文学及世界观念,其此后的创作虽有较大"突破",但根本性之精神依托,仍在此一时期所开启之文章流脉之中。其大要有三:其一,在宏阔的历史与现实视域中思考并观照普通人的命运遭际;其二,坚持革命现实

---

① 程光炜:《新时期文学的"起源性"问题》,载《中国人民大学学报》2009年第5期。

主义的基本创作方法,结合新的时代文化语境适度吸纳不同理路之创作技巧,以完善并发展现实主义传统;其三,继续对底层生活与生命做深入观照,理解并把握他们在新的时代历史中的境遇,深度探讨他们的历史命运、现实遭际与未来的希望愿景,以及其与意识形态之间复杂多元的呼应与重塑关系。①此种思想及写作理路,经由中篇《惊心动魄的一幕》的初步探索,《人生》的深刻反思,而在多卷本长篇小说《平凡的世界》中蔚为大观。

三、转型期的"常"与"变"

如果说"《山花》时期"的路遥只是依靠改变命运的本能将自身的写作纳入时代潮流之中,这种本能在数年之后已经转化为一种写作的高度自觉。以中篇《惊心动魄的一幕》的写作为标志,路遥政治与文学的双重才能得到了较好的发挥。对时代和现实潮流的敏锐把捉与作品的选材紧密结合,一种"不同于"其时"伤痕"与"反思"模式的人物随即产生。在给《当代》编辑刘茵的信中,路遥简要回顾了自己此前的人生经历,并着意强调中篇小说《惊心动魄的一幕》所述内容的真实性。1966—1967年,仍有许多老干部"为了群众的利益,表现了可歌可泣的献身精神(这是老区干部最辉煌的品质),许多人为了党和人民的利益,献出了自己的生命"。而对这些问题的反思,根源于自我在内心深处对自身及整个运动的检讨。因对"红宝书"之外的哲学经典著作的阅读,路遥获得了一种超越"文革"思维局限的眼光。如不以"分裂"的思维理解"文革"与"新时期"的关系,而是将"文革"视为"社会主义危机"之一种,将新时期以降之反思的思潮视作对"危机"的克服,且在"生产性"的意义上理解"危机"一词的内在意涵,则"在某种意义上,任何一个社会结构同时也

---

① 对路遥写作的现实主义特征,李星在《在现实主义的道路上——路遥论》(载《文学评论》1991年第4期)有详尽分析。本文认同其说,但运思理路略有不同。

是危机的生产装置"。"而对危机的克服，则往往提供了一种新的革命的可能性。"①是为"意识形态"与"乌托邦"辩证关系的核心意旨，亦属社会不断"革新"的思想基础。"新"与"旧"在此只能是带有时间性的暂时性概念，一时段的"新"必将被更新的事物取代，而在"新""旧"之间，存在着某种连续性而非"断裂"。几乎基于同样的考虑，对"文革"参与甚深的路遥并未在简单的二元对立式的思维中书写"文革"，亦未在潮流化的"伤痕"的意义上展开笔下的世界，而是从诸种变化之中，认真辨析并着力书写"不变"的部分。因是之故，中篇小说《惊心动魄的一幕》的"着眼点是想塑造一个非正常时期具有崇高献身精神的人"。这样的处理，是基于如下考虑："不管写什么样的生活，人的高尚的道德、美好的情操以及为各种事业献身的精神，永远应该是作家关注的主要问题。"以更为宽广的视域看，"不管各个历史阶段的社会现象多么曲折和复杂，以上人类所具有的精神和品质总是占主导地位的"。"更何况，我国人民在历史上形成的厚朴品质加上过去几十年党的正确领导和教育，使得生活中的马延雄（县委书记）和具有马延雄精神的人大量产生和存在，他们就是天塌地陷，也仍然保持着革命的赤子之心。"②路遥的此种考虑，在秦兆阳处得到了积极的肯定性的回应："你虽然年轻，思想感情却能够跟我们党的优良革命传统相通相连，说明你有一种感受生活中朴素而又深沉的美的气质。"曾因写作《现实主义——广阔的道路》而引发广泛关注的秦兆阳更是在现实主义的反思的意义上，高度肯定路遥写作此一人物的价值。"怎样克服文学创作中长久流行的，现实主义俗化肤浅化和眼光短浅的实用主义倾向呢？难道文学艺术所要歌颂的，不正是这一类高贵的心灵吗？所应该抨击的，不正是与这种心灵相对立的丑恶的灵魂吗？"③

---

① 蔡翔：《革命·叙述：中国社会主义文学—文化想象（1949—1966）》，北京大学出版社，2010年，第365页。
② 路遥：《致刘茵》，见《路遥全集·早晨从中午开始》，北京十月文艺出版社，2012年，第571—572页。
③ 秦兆阳：《致路遥同志》，见《文学探路集》，人民文学出版社，1984年，第403页。

秦兆阳及评论界对该作的反应，并不出路遥所料。在路遥的好友海波的笔下，这部作品的产生，体现着路遥对时代风向的敏锐把捉以及对自身写作的精心规划①。"《惊心动魄的一幕》的发表和获奖，可以说在总体上规定了他创作的取向。""站在政治家的高度选择主题，首先取得高层认可，然后向民间'倒灌'。"因为有关路遥的一个重要问题始终未得到评论界应有的重视。"路遥有多方面的才能，他在政治方面的才能如果不能说比文学方面的才能高的话，至少不比它低。站在1980年这个点上回望他的人生历程，他把绝大部分时间和精力花在'政治'方面，促使他改变处境的也是'政治'举措，纯文学的思考少之又少。通过《惊心动魄的一幕》的实践，这两者得到了统一，路遥找到了自己的突破点——能最大限度利用自身优势的突破点。"此后的《人生》《平凡的世界》是《惊心动魄的一幕》所开启的写作路线的自然延续。"1981年写的《人生》配合的是正在全面展开的农村改革，而1984年开始准备的《平凡的世界》则试图展现农村改革的全貌。"一言以蔽之，自《惊心动魄的一幕》开始，路遥的创作已经不是"喜欢什么写什么"，而是"需要什么写什么"了。②以"政治家"的敏锐感，路遥总能把捉到时代脉搏的最强音，并在总体性的宏大视域中完成对时代核心主题的文学演绎。他的痛苦与欢乐，他和他的作品此后多年招致的"赞同"与"反对"，以及文学史地位的"沉浮"，

---

① 依照其对写作该作时路遥心态的理解，海波以为，路遥为什么选择这个题材而不是别的，是与他对当时文艺政策走向的判断密切相关。其时"伤痕文学"影响甚大，"所有的文艺作品都在控诉或者说哭诉，可以说是'一把鼻涕一把泪'，以致引起了人们的不快。"对此有深入反思的路遥以为，"高层会想办法扭转这种局面，而扭转的好办法就是鼓励一些正面歌颂共产党人的作品，进而起到引导作用"。此外，对路遥何以选择中篇小说为写作的"突破口"，海波亦有详尽描述。路遥此一时期对文坛风潮及自身创作的反思与规划，无疑蕴含着理解其文学观念的重要信息。详见海波：《我所认识的路遥》，载《十月》2012年第4期。
② 海波：《我所认识的路遥》，载《十月》2012年第4期。

无不与此种写作理路密切相关①。而其作为文学"殉道者"的意义,也因此具有更为复杂的历史意涵,不独为文学献身这么简单。

自"文革"结束至80年代初,路遥也同样面临如何调整自身写作的问题。如刘心武以《班主任》刷新此前《睁大你的眼睛》这样的典型的"文革"作品的路线,而成为"伤痕文学"的代表之一。路遥这一时期的作品亦需要反思并超越"文革"时期写作的时代及自我的局限。短篇《父子俩》(1976)、《不会做诗的人》(1977)、《在新生活面前》(1979)、《夏》(1979)、《匆匆过客》(1980)、《青松与小白花》(1980)、《卖猪》(1980)即为此一时期的尝试性作品。置身已被思想及文学界指认为"新生活"之中的路遥,在艰难地探索写作的转型。但从《父子俩》到《青松与小白花》,奠基于"文革"书写的"新"(先进)"旧"(落后)、"正"(面)"反"(面)对照的二元对立式的简单化逻辑仍然左右着路遥的写作。以上作品,未脱"《山花》时期"之写作模式,叙述简单而"粗糙",虽不乏"新生活"和"新人"的气息,但其核心逻辑,与《基石》《优胜红旗》诸作并无根本区别。值得一提的是《卖猪》,情节虽同样简单,但内里暗含着的"反讽"的意味,透露出转型期不同思想观念之冲突及错位。六婶所坚守的原则与新时代新主题之间的抵牾,包含着时代变革中个人精神转换之隐痛。约略近于《一生中最高兴的一天》对乡村人物真实心态的冷峻观察。一种非诗性的乡村描画与转型期的时代背景密切关联,呈现出乡土世界"交叉地带"(不仅限于"城"与"乡")的复杂面向。一如数年后高加林所面对的新的乡村的基本图景:

---

① 时隔多年之后,因"文革"后期的"潮流化"写作走上文学道路,此后却几乎同步于"新时期"文学反思的海波已经能够理解路遥"站在政治家的高度选择主题"的写作的意义。但也同时意识到,这种写作"优""劣"并存:"由于他(路遥)在政治上的敏感和看问题的深远,选择的题材都非常'准确',因此连连获奖,直至名扬天下"。但他必须为此付出的代价也较为"惨重":"由于是'主题先行',所以写得特别吃力,特别累,'写一个东西脱一层皮',严重伤害了健康。"他的英年早逝,也与此有关。从路遥的《早晨从中午开始》及其他创作谈中无疑可以察觉,海波的观察颇为准确。海波:《我所认识的路遥》,载《十月》2012年第4期。

《创业史》中乡村改造的成果逐渐退却,代之而起的是姚世杰、郭世富们如鱼得水的世界。高加林"理想"与"现实"的冲突,多半因事而起。此后中篇《惊心动魄的一幕》可视为此前探索的总括,作品之视域逐渐扩大,对现实之反思亦更为深入,但其核心结构,仍在《基石》以来的脉络之中。而其更具影响力的中篇《人生》,虽致力于在变化的时代中书写"新人"的理想及其现实之痛,但此种"时代的变迁,在去除了意识形态崇高客体的虚幻性之后",亦属"'十七年文学'中的'社会主义新人'蜕变出的'新的历史面貌'"。[1]此类人物在意识形态所指陈的现实和希望愿景中曾有的精神依靠逐渐解体,他们被迫如堂吉诃德一般必须面对意义模棱两可的世界,并在其中完成个人的选择。此种选择无疑受制于新的现实的逻辑,一如梁生宝的原型王家斌在人民公社解体之后多次努力适应新时代却屡屡受挫,高加林的个人命运因与时代的宏大叙事"脱节"且无力参与新时代新的希望愿景而秉有无可置疑的悲剧气质。是为"在新的历史条件下","在"已经发生巨大变革的生活里","新人"所面临的新的历史与现实难题[2]。

质言之,从"《山花》时期"的代表作《优胜红旗》《基石》到改变其在文坛地位的重要作品《惊心动魄的一幕》《人生》,历经"文革"与"新时期"转型阶段的路遥的写作就根本意义而言并不存在文学史对此两个时期描述之时惯常所谓的"断裂"。知识谱系和价值偏好的结构性变化在路遥的写作中并未发生。"《山花》时期"所形塑之文学及世界观念,仍然影响着路遥80年代的写作,且逐渐成为其文学世界的底色。《惊心动魄的一幕》之后的短篇《姐姐》(1981)、《月夜静悄悄》(1981)、《风雪腊梅》(1981)、《痛苦》(1981)及中篇《在困难的日子里》

---

[1] 徐刚:《"十七年文学"脉络中的路遥小说创作》,见程光炜、杨庆祥编《重读路遥》,北京大学出版社,2013年,第134页。
[2] 路遥:《严肃地继承这份宝贵的遗产》,见《路遥全集·早晨从中午开始》,北京十月文艺出版社,2012年,第140—141页。

（1982），亦属此一思想流脉之自然延伸。虽未如陈忠实、贾平凹一般以超克的姿态完成对柳青传统的"剥离"，路遥仍然经历了新旧之交时代变革所带来的精神阵痛及由此引发之写作的变化。他不赞同海波在"文革"结束后思想仍无"解放"，还在"赶时势""繁荣文艺创作"的意义上进行创作，且未脱此前"概念化"倾向的写作方式，提醒他应打破创作之条条框框（无疑有明确所指），认真研究生活，并从其中挖掘可以"反映生活的本质"的题材。[①]路遥对此前创作及其时代同类作家共同的"弊病"的反思与自省，也在同样的意义上展开。不同于陈忠实、贾平凹等作家对"十七年"及"文革"的超克姿态，路遥新时期以降的"变化"，是以对社会主义文学流脉的持守为基础，属其在80年代流变之一种。其所具有的新的品质，乃新时代的新现实使然。此与路遥强调坚守"现实主义精神"而非技巧的思路如出一辙。

就其要者而言，"深沉的历史感"和"时代感"，最为80年代前后的路遥所看重。其所阐发之思想，也多有现实的针对性。以"断裂"的理路建构之"新时期文学"与"十七年文学"及"文革文学"的关系模式，并不为路遥所取。在历史延续性的意义上，路遥审慎地面对思想界及文学界关于历史"裂变"的讨论。他提醒青年写作者，"重要的问题是要学会注意今天的变化，并深刻明了这种变化是从历史各个阶段发展过来的"。目光不能局限于当下的生活，而要"透过切面看到时间的年轮"，"通过各种纹路，看到生长了多少年"，最终看到"历史的纵深"，"看到更深厚的历史的呻吟"。因为"历史是客观的，现实的，不应嘲弄，不应浅薄，要深沉，要报以严肃的态度"。进而言之，"不要对'文化大革命'用一两句话去辱骂了事，应该更深沉一些"。一如从二万五千里长征的历史壮举中体会到"为革命事业献身"的历史感和光荣感，真正严肃的作家，应该有"这种感情——深沉的历史观"。尤

---

① 路遥：《致海波》（第三及第七封），见《路遥全集·早晨从中午开始》，北京十月文艺出版社，2012年，第558、562页。

为重要的是，这种历史观，"实际上是正确对待劳动人民的态度"①。由认同连续性的历史观念转向"对待劳动人民的态度"，其间包含着更为复杂的逻辑。历史地看，社会主义文学的兴起，使得劳动人民以前所未有的机遇成为时代精神的主体。毛泽东当年对劳动人民在文学中的缺席的"不满"因国家体制的革故鼎新而有了根本性变化的可能。工农兵文学的兴起成为"弱者的武器"而让鲁迅所说的"默默生长"着的"百姓"获致发言的机会②。在此大背景下，梁生宝们取代富农姚世杰、富裕中农郭世富成为20世纪50年代的"时代英雄"。也因同样的历史逻辑，"《山花》时期"的路遥有了以文学的方式改变命运的机会。差不多三十年后，面对时代想象的"现代化"逻辑，孙少平们已无可能如梁生宝般获致参与宏大叙事的可能。他们的个人奋斗及其艰难获取的有限度的"成功"，也无法编织入新时代的宏大想象之中。此种"参与性危机"以其无从超克的冰冷的逻辑暗含着更为复杂的历史与现实难题③。对此种问题的深刻洞察无疑是路遥坚守革命现实主义传统并深切关注普通人命运遭际的根本动因。

如不从单向度的思想观念中读解路遥对"历史"与"人民"关系的探讨，不把其所阐发之观念视为"文革"时期特殊经历的精神残留，则路遥的历史观念及其价值偏好与《在延安文艺座谈会上的讲话》核心理路的内在关联便不难察觉。兴起于20世纪30年代的"工农兵"写作及其所蕴含之中国文学写作模式的根本性变革因与此后"人民共和国"的精神根基的内在关系而具"三千年未有之大变局"的历史寓意。质言之，"人民共和国

---

① 路遥：《漫谈小说创作——在〈延河〉编辑部青年作者座谈会上的发言》，见《路遥全集·早晨从中午开始》，北京十月文艺出版社，2012年，第109页。
② 对此一问题更为深入的讨论，可参见钱理群：《构建"无产阶级文学"的两种想像与实践》，见《钱理群讲学录》，广西师范大学出版社，2007年。
③ 对相关问题的深度探讨，可参见黄平：《反讽者说：当代文学的边缘作家与反讽传统》，上海文艺出版社，2017年；杨庆祥：《80后，怎么办？》，北京十月文艺出版社，2015年。

的文化和政治根基,归根结底是一种新的人民"。"一种自己创造自己、为自身奠定合法性的'新人'"。"新人"与"人民共和国"可以相互定义。它们都是"现实中的政治性存在,都在给定的历史条件下不断地创造自己的历史"。①是故,"人民共和国"的历史,即作为社会主义意识形态主体的"新人"不断创生的历史。亦如甘阳所论,"'人民共和国'的意思表明这共和国不是资本的共和国,而是工人、农民和其他劳动者为主体的全体人民的共和国,这是社会主义的共和国"②。强调历史的连续性,并将在连续性的意义上理解国家各个阶段的历史视为一种与如何"正确对待劳动人民"密切相关之"深沉的历史观"的路遥的精神谱系,无疑扎根于人民共和国的政治及其文化根基之中。也因此,作为社会象征性行为的文学所具有的形塑"新的国家"和"新人"的想象的意义得以凸显。在此一语境中,"作家的全部工作都应该使人和事物变得更美好",从而努力"让生活的车轮轰隆隆地前进"。③这便可以理解《平凡的世界》中何以洋溢着超越冷峻现实的道德理想主义。也几乎在同样的意义上,布洛赫认为,"恰恰是艺术家的小说这一本质上破碎的、美学上不能令人满意的结构,赋予它以自己的本体论价值,作为我们面前没有完成的未来运动的一种形式和想象"④。就此而言,路遥对社会主义文学及其所属之思想及美学谱系的坚守,暗含着其对文学与时代及政治间之根本关系的深刻洞察。这种写作理路在20世纪80年代中后期凝结为三卷本近百万字的鸿篇巨制《平凡的世界》,成为路遥文学的"绝唱"。时隔二十余年后,由《人

---

① 张旭东:《试谈人民共和国的根基——写在国庆六十周年前夕》,见《文化政治与中国道路》,上海人民出版社,2015年,第14—15页。
② 甘阳:《中国道路:三十年与六十年》,见《文明·国家·大学》,生活·读书·新知三联书店,2012年,第35页。
③ 路遥:《面对着新的生活——致〈中篇小说选刊〉》,见《路遥全集·早晨从中午开始》,北京十月文艺出版社,2012年,第103页。
④ 詹姆逊:《语言的牢笼 马克思主义与形式》,钱佼汝、李自修译,百花洲文艺出版社,2010年,第119页。

生》和《平凡的世界》所持守和开辟的路线在不同作家那里得到不同的"回应",也再度说明路遥文学及其所坚守之传统尚包含着有待展开的丰富的可能性。

原载《中国现代文学研究丛刊》2018年第2期

余华与古典传统[①]

作为兴起于20世纪80年代初中期，并在后期达至巅峰的中国先锋文学的重要代表之一，余华及其作品已被方便地放置入"新时期"以降之先锋脉络中加以考察，并已高度历史化。其间虽有90年代初"转型"之说，但两种理路"共享"着同一种批评资源，亦存在着内在的延续性。自"晚清"开启，至"五四"强化的文化的"古今中西之争"及其所形塑之文化观念决定了此种批评之基本面向。沿此思路，则关于余华的创作即有如下梳理：其早年作品因受川端康成的影响而带有较强的"伤痕文学"的特征，重细部的刻画和个人情感的细腻表达。此种写作路线在带给余华短暂的兴奋之后迅速陷入困境。当此之际，因偶然的机缘对卡夫卡的阅读拯救了余华日渐狭窄的内心，并有全新的自我发现。其早年身处医院及青年时期短暂的行医生涯所形成的独特的个人经验始得淋漓尽致地发挥。发端于

[①] 此处所谓之"古典传统"，是指"五四"新文化以前的中国文史传统，与西学源流中的古典传统并不相同——当然，由此出发，亦可对余华及其创作有恰切精到之论述。作者也未在余华作品中索隐其与古典传统直接相关之处。在这一问题上，作者认同（化用）张新颖的说法，余华是否愿意承认自己与上述传统的承传关系并不重要。重要的是，他"确实未必有意识地向这个传统致敬，却意外地回应了这个传统，激活了这个传统。有意思的地方也恰恰在这里，不自觉的，不刻意的，甚至是无意识的关联、契合、参与，反倒更能说明问题的意义"。张新颖：《沈从文与二十世纪中国》，复旦大学出版社，2014年，第78页。进而言之，如汪曾祺所论，即便有"五四"全盘性反传统的文化"劫难"，古典文脉仍然在多重意义上以不同方式在众多作家作品中得以延续。然受制于"五四"以降之古今分裂之文学史观念，论者多对此种关联较少论及。

《十八岁出门远行》的精神与形式的双重探索经由《死亡叙述》《古典爱情》《现实一种》的进一步强化,而在《世事如烟》这样的作品中蔚为大观。其后《在细雨中呼喊》意味着余华由"先锋"向"现实"(民间)的转型。《活着》《许三观卖血记》为此种转型之重要成果,体现着余华先锋之外的另一种写作面向。充斥着暴力、血腥和死亡种种深具偶然性的事件形塑了此前余华笔下非理性的世界,而在《活着》和《许三观卖血记》中,一种超越苦难的温情和幽默重塑了世界,也同时确立了余华和世界的新的关系。那些原本可以被作家随意调动的无主体性的符号化的人物开始拥有自己的声音,并对自己身处其中的世界发言。作家也不再是文本世界的绝对的掌控者,而是一位可以感同身受的倾听者,他在倾听虚拟人物的声音的同时,也倾听着整个世界。《兄弟》被认作是余华"正面强攻现实"的重要作品,其对历史与现实的狂欢化处理无疑包含着内在的反讽意味。此种反讽及其隐匿的批判的锋芒在《第七天》中得以强化,属20世纪80年代"先锋"境界之"再生",包含着更为复杂的意味。自80年代迄今,虽有《古典爱情》等向古典传统致敬之作,终究因非余华写作之主流而被更为庞大的先锋批评话语遮蔽。

如上观念所形成之阐释与批评的路线差不多决定了对余华作品价值考量之基本范围。自80年代中后期迄今,围绕其作品的争议亦与此种叙述密不可分。无论"先锋"还是"民间",批评取径虽有不同,但其所依托之思想资源却无根本差异。其间虽有论者注意到超克先锋文学评价视域,甚至不在"五四"以降之启蒙论述中观照余华及其作品的意义的适切性,惜乎应者寥寥且有较多未尽之处,亦未能切近并阐发余华作品最为优秀的部分的重要价值。而以超克"五四"以降之现代性视域的"大文学史"[①]观之,则余华作品与中国古典思想及其美学间之内在关系得以显豁。其在经典化过程中难于言明的重要品质,也因此种视域而有了重启的可能。依此

[①] 对"大文学史观"更为详尽之论述,见杨辉:《"大文学史观"与贾平凹的评价问题》,载《小说评论》2015年第6期。

思路，则余华与象数文化、庄子思想及循环史观之内在关联及其意义方始敞开。

一

如穷究余华阅读与写作的"前史"，一个富有征候意味的现象是：余华最初的阅读，起始于"文革"后期。《艳阳天》《金光大道》《牛田洋》《虹南作战史》《新桥》《矿山风云》及《闪闪的红星》形塑了其对长篇小说的基本观念。与此同时，人的想象力得到极大发挥的"大字报"则唤起了余华对文学的最初的兴趣。①而后者的破坏性和无边界的想象想必给余华留下极深的印象。及至80年代初，以《星星》为代表的早期作品未脱彼时"伤痕"与"反思"文学的基本范围。几乎循规蹈矩的写作不可避免地要导向终结和新的开端。以《十八岁出门远行》为节点，作为作家的余华的独特的个人风格方始展开。那时他对"真实"的怀疑以对常识的冒犯开始。此种"冒犯"无疑有较为明确的现实所指，因与时代文学的潮流的内在契合而迅速引发广泛关注。"在人的精神世界里，一切常识提供的价值都开始摇摇欲坠，一切旧有的事物都将获得新的意义。""当我不再相信有关现实生活的常识时，这种怀疑便导致我对另一部分现实的重视，从而直接诱发了我有关混乱和暴力的极端化想法。"②此种"极端化想法"不仅针对"各种陈旧经验堆积如山的中国当代文学"，同时亦指向"为我们提供了一整套秩序"的"人类文明"。③而对后者的"反叛"包含着更为复杂的意味，背后不难察觉其与海登·怀特所论之历史的叙述特征的暗合之处。作为一种"叙述"的历史与同样作为叙述的文学史之间存

---

① 余华：《最初的岁月》，见《没有一条道路是重复的》，作家出版社，2014年，第60—61页。
② 余华：《虚伪的作品》，见《我能否相信自己：余华随笔选》，人民日报出版社，1999年，第163页。
③ 同上，第160—161页。

在着内在的一致性，而那些既定的观念所依托的思想也因之并非牢不可破。余华对经验与现实的反思在这一路线上长驱直入，且触及现实及我们对它的描述之间最为根本的关系。在史铁生关于瓶盖拧紧的药瓶是否可能有药片自行跳出的说法背后，包含着"常识"的坚固且似乎牢不可破的铁律，但也同时暗示了其不可靠性——任何例外状态的出现即可以让此种铁律轰然崩塌，而新的秩序的确立，恰恰在于对常识（知识结构）的怀疑和更新。无论历史还是现实，无不遵循此理。是为福柯话语/权力说题中应有之义，亦属海登·怀特后现代历史叙述学反复申明之"历史规则"。进而言之，我们置身其中的世界并非稳固不变，可以通过不同的方式指认其不同面相。由《星星》等作品所持存之世界秩序在《现实一种》《死亡叙述》等作品中逐渐瓦解，而随着余华对非理性的无秩序的世界的进一步逼近，一种源于难于把捉的神秘的命运的叙述逐渐清晰，构成80年代末余华作品的底色。无须排除此种对神秘莫测的命运的叙述的热情与卡夫卡、博尔赫斯等作家作品的关联，但逐渐清晰的，或许还是余华得自民间生活的独特领悟所生发之世界面向。一种源自无意识的对中国古典象数文化的认同和书写，构成了此一时段余华作品最引人注目的部分。而后者所开启之世界想象，既体现为对以《星星》为代表之早期作品及其所依托之世界观念的反叛，亦在多重意义上，与西方现代主义思想所指认之世界面向足相交通。质言之，其表面的"革命性"背后，实为思想方式与审美经验之"反复"。其"'革命'背后其实也暗藏着深刻的矛盾和致命的局限"。但其赖以反叛的思维方式，仍与传统的本质论思维殊途同归，"只不过是以一种'本质'代替另一种'本质'而已"。①古典思想民间流播过程中逐渐凸显的神秘氛围及其内在的决定论思维，与余华反叛之对象并无本质差别。极而言之，任何关于世界的结构性想象所形成之谱系，均不存在解释世界的先验的合法性和优先性。认信术数文化与依凭别种传统，本身并

---

① 吴义勤：《告别"虚伪的形式"——〈许三观卖血记〉之于余华的意义》，载《文艺争鸣》2000年第1期。

无质的区别。甚或后者可能敞开更具文学意味的关于世界的信息。

作为易学大家杭辛斋、天算名家李善兰广义上的同乡，居身浙江海盐，即便并无阅读易学著述的经历，仍有可能参会阴阳消息，而对易学指认的世界及其运行规则默会于心。以"阴""阳"和合变化，以及易象之循环往复演绎神秘莫测之世界，乃《周易》之妙用之一。80年代余华由《十八岁出门远行》所开启之探索，包含着几乎同样的演绎世界的热情，而其后亦约略可见与《周易》类同之运思方式。源于对杂糅种种思想的民间精神世界的切己体察，余华得以营构暗合中国神秘文化精神的文学世界。《鲜血梅花》中不具主体性的符号般的人物阮海阔在命运的安排之下踏上了飘飘悠悠的复仇之路，行走江湖虽久却几乎无所作为，但神奇地完成了复仇。命运之神秘和不可把捉于此暴露无遗。《偶然事件》以一次杀人开篇，又以另一次杀人终结。其间所谓之"偶然"，恰属命运之"必然"。其根本逻辑类同于《河边的错误》。法律对杀人的疯子无甚效力，却可以"惩罚"警察马哲。即便马哲枪杀疯子的行为带有无可置疑的"正确性"，仍不能构成为其"罪行"开脱之理由。而结尾处对马哲"疯癫"的处理包含着对我们寄身其中的现实的规范的质疑，亦不乏根本性的吊诡之处。《古典爱情》故事颇多古典因素，但其机理，仍在现代思想之人世观察脉络之中。柳生生活的飘忽无定类同于阮海阔命运的前定，而结尾处小姐的黯然隐去仍有宿命论的性质。此种思维集中体现于中篇《世事如烟》中。居于文本世界中心的，是那位深通命理且以独门方式延生续命的算命先生。符号3、符号4、符号6、符号7、司机、灰衣女人等所指称之身份各异年龄不同际遇悬殊的男女老少们，他们身处算命先生精心布下的命运之阵中，几乎无一例外地沿着既定的轨道行走如仪。他们如他们的代号一般被抽空了作为人的自主和独立的价值，并最终被难于把捉的神秘的命运挟裹而去。算命先生的迷阵焉知不可以指称更为宏大的世界。"余华的本心中藏着一股试图反抗命运的'猴气'，但同时又对冥冥之中可能存在的决定论力量感到无限恐惧。"或许在更为深刻的意义上，如彼时总体性的思想潮流一般，余华对"术数文化的伦理功用提出批判"，但出自更为复杂的原因，"他对这种文化本身可能产生的超验神迹则似乎抱着无可奈何的态度处处予以默认"。①《四月三日事件》无疑表现出他对宿命论体系的恐惧，以及对带有根本性意义的神秘的命运的功用的确证。由《艳阳天》《金光大道》《闪闪的红星》所指认和持存的世界在术数文化的神秘氛围中逐渐瓦解，代之以颇具宿命论气息的非理性的世界。而穷究此种思想之根源，无疑与《周易》思维及其所开启之世界想象密切相关。

易言之，《周易》思维的突出之处，在于以"少"喻"多"，即以太极生两仪，两仪生八卦，八八六十四卦以推演天地万物运行之理。其间卦象之不同组合，与外部世界的变化互为表里，无论时运及个人命运之起废沉浮，无不蕴含其间。②如是思维，颇类于余华80年代对非理性世界背后具有决定论意义之命运的文学演绎，以及90年代后以"简"喻"繁"之极简主义笔法。他试图以一滴水书写大海，以对一个人的命运的悉心书写，让更多人的命运涌现在他的笔下。无须深究此种笔法与海明威冰山理论的关联，以及或许得自雷蒙德·卡佛的启示。此类叙述虽如河流一样清晰可见，但仍然传达了人类内心的丰富和复杂。③此种思维亦可以表征时运推移与人事兴废。如余华所论，一时代优秀乃至伟大的作品无不包含着象征，对我们寓居世界的方式的象征。这种象征自然包含着对时代核心问题的指称。如前文所论，余华对象数文化的兴趣既源于其反叛既定现实的精神需求，亦与象数文化和现代主义思维颇多相类密不可分。因而，对该文化更为复杂之妙用，余华并无深究的兴趣。随着80年代的终结和90年代的开

---

① 胡河清：《论格非、苏童、余华与术数文化》，见王晓明、王海渭、张寅彭编《胡河清文集》，安徽教育出版社，2014年，第132页。若深究义理，"象数"与"术数"并不能混同使用，但在本文中，二者意义大致相当，故不做详细区分。
② 此种思维之详尽阐发，可参见潘雨廷：《周易虞氏易象释》，张文江整理，上海古籍出版社，2017年。
③ 余华：《内心之死》，见《温暖和百感交集的旅程》，作家出版社，2014年。

启，其朝向"现实"的转型已与此种传统渐行渐远。但在他不断提及且敬佩不已的鲁迅传统中，有对象数文化更为复杂之妙用的文学演绎。此种演绎，在《故事新编》中臻于完美。《故事新编》收入八篇小说，意在"追溯中国民族文化历程的起始，犹如《朝花夕拾》十则追溯他个人文化历程的起始，其根本主题有严肃的意义"。八篇小说"互相结合，由历时性转为共时性，形成一个浑然整体"，其间"隐含着一种象数文化结构"，其时间次序体现为时代之上溯，《补天》《奔月》为上古，《理水》为夏，《采薇》为商周，《铸剑》《出关》为春秋，《非攻》《起死》为战国。借此，《故事新编》同样编制了中国先秦历史之完整图景。而对儒、墨、道、法诸家思想，各部作品亦有对应。如自象数文化结构观之，"八篇小说的互相耦合，似有八卦之象，而《补天》上出之，犹乾象焉"。依此，则中国文化轴心时代之全息图像就此形成，其间之运转，包含着重要的文化隐喻。为"'五四'以后中国高层次文学对传统文化的体认之一"[①]，其更为深入的意义，有待进一步阐发。

  余华对象数文化的直觉虽并未抵达此境，但其对此种文化的无意识承续仍有可能以另一种方式开出文学的新境界。一如老子以"水"意象为本喻，生发演绎宇宙万物运行之理一般。在多重意义上，短篇《两个人的历史》"预演"了余华《活着》和《许三观卖血记》的思想与笔法。谭博和兰花的历史在20世纪30—80年代展开，背后宏大的历史当然决定了个人命运的走向。但勾连五十余年历史的却是几乎无甚意义的"梦"，梦的内容亦属无意义之物。但背后仍然可以觉察世事之沧桑巨变与人世之起废沉浮。"余华用这样的方式深刻地喻指了历史本身翻云覆雨的欺骗性，以及人生本身的虚无。"他以梦境中无意义之物指称两个人的历史的努力，已然接近庄子物我同一的根本性的历史观与命运观。此种以"'无限的简'

[①] 张文江：《〈故事新编〉的象数文化结构》，见《渔人之路和问津者之路》，复旦大学出版社，2006年，第174—177页。

戏拟和隐喻历史与人生中'无限的繁'"①，就其根本而言，与象数思维足相交通，甚至后者要更为精准明了。指涉历史，考察世运之变，理路颇多，取径亦各有不同，但象数文化及其所蕴含之义理，仍有可能开出新的境界。《两个人的历史》之后，余华以《活着》和《许三观卖血记》的极简书写，意图指陈更多人的命运。其间隐微曲折，自不乏古典思想"境界"之"再生"。其所获致的更为广泛的精神认同，要义或在此处。

二

考察《活着》《许三观卖血记》的批评史，不难察觉，关于福贵与许三观形象"意义"的论争，既与先锋文学的批评前设颇多关联，亦与"五四"以降之启蒙传统密不可分。出自前者的批评前见，难于接受此两部作品的"非先锋"性②；而以后者所建构之思想及批评观念为出发点，则断难"认同"福贵与现实的和解之路，亦无从认可许三观以幽默的方式化解苦难的精神态度。可以十分方便地将福贵和许三观们归入底层话语加以论述，则二者之"不幸"与"不争"愈发明显，其与闰土及阿Q在精神上的"延续性"因之亦更为突出。但这显然不是余华的初衷。为了缓解自我与现实的紧张关系，余华深切地体悟到"作家的使命不是发泄，不是控诉或者揭露，他应该向人们展示高尚。这里所说的高尚不是那种单纯的美

---

① 张清华：《主义与逻辑：再谈理解余华的几个切口》，载《当代作家评论》2014年第6期。
② 在与张英的对谈中，余华曾提及："有个好朋友很直接地对我说，我不是不喜欢《活着》，我是不明白你为什么写了一个不是先锋派的小说。当时我就告诉他，没有一个作家是为了一个流派写作的。《许三观卖血记》出来的时候更有人告诉我，你是先锋派作家，为什么取了这样一个书名，简直跟赵树理差不多。"见余华、张英：《我一直努力走在自己的前面》，载《上海文化》2014年第9期。余华这里所说的朋友，虽未必是研究者，但他们的意见，与以先锋话语为视域的研究理路并无不同。对"先锋"批评话语及其所形塑之文学史观念的局限，王侃亦有反思。见王侃：《永远的化蛹为蝶：再谈作为"先锋"作家的余华》，载《当代作家评论》2014年第6期。

好,而是对一切事物理解之后的超然,对善和恶一视同仁",最终"用同情的目光看待世界"。出自对美国民歌《老黑奴》的体悟,余华决定写下一部精神类同的小说。"写人对苦难的承受能力,对世界的乐观态度。"写作的过程让余华明白,"人是为活着本身而活着,而不是为活着之外的任何事物而活着"。余华"感到自己写下了高尚的作品"。[①]而在另外的场合,余华更为明确地表示:"人的理想、抱负,或者金钱、地位等等和生命本身是没有关系的,它只是人的欲望或者是理智扩张时的要求而已。"人的生命本身并无此种要求,"人的生命唯一的要求就是'活着'"。[②]由如上说法可以自然推演出两个重要问题:其一,何为"活着本身";其二,如何获致"对一切事物理解之后的超然",且最终形成一种看待世界的"同情的目光"。

对第一个问题,张新颖有极为精到的论述。张新颖发现,当生活于湘西的普通民众出现在沈从文笔下时,"他们不是作为愚昧落后中国的代表和象征而无言地承受着'现代性'的批判,他们是以未经'现代'洗礼的面貌,呈现着他们自然自在的生活和人性"。尤为重要的是,"这种自然自在的生活和人性,不需要外在的'意义'加以评判"。[③]不曾认信"五四"以降之启蒙传统,为沈从文笔下敞开此种世界之原因。以此为参照,张新颖注意到,余华在《活着》日文版序言中,着意回应此前意大利读者关于"生活"与"幸存"分界的疑问的真正用心,即在于对"内"与"外"两种视域的区分,而理解福贵形象及其意义之关键,即在此处。就其根本而言,在中国的语境之中,"对于生活在社会底层的人来说,生活和幸存就是一枚分币的两面,它们之间轻微的分界在于方向的不同"。而具体到小说《活着》,"生活是一个人对自己经历的感受,而幸存往往是

---

① 余华:《〈活着〉中文版(1993年)序》,见《我能否相信自己:余华随笔选》,人民日报出版社,1998年,第145—146页。
② 余华:《活着是生命的唯一要求——与〈书评周刊〉记者王玮的谈话》,见《我能否相信自己:余华随笔选》,人民日报出版社,1998年,第216—217页。
③ 张新颖:《沈从文与二十世纪中国》,复旦大学出版社,2014年,第84页。

旁观者对别人经历的看法"。《活着》的重要之处在于,"福贵虽然历经苦难,但是他是在讲述自己的故事"。他的"讲述里不需要别人的看法,只需要他自己的感受,所以他讲述的是生活"。同时,余华也深切地意识到,如果叙述转换成第三人称,如果有了旁人的看法的介入,"那么福贵在读者的眼中就会是一个苦难中的幸存者"。①如不能如其所是且感同身受地理解福贵们的个人经验,则任何阐释均可能意味着对其生存本身的意义的遮蔽。因是之故,张新颖认为在更为深刻的意义上,福贵与沈从文笔下的湘西水手其实是同一类人。他们"不追问活着之外的'意义'而活着,忠实于活着本身而使生存和生命自显庄严"②。进而言之,沈从文笔下的湘西人物与余华笔下的福贵一般,是"不同于""五四"以降之启蒙传统的人物。换言之,启蒙传统及其所指认的世界,并不能包含前者,甚至还意味着对前者"意义"的遮蔽。唯其如此,余华方能意识到"在旁人眼中福贵的一生是苦熬的一生;可是对于福贵自己,我相信他更多地感受到了幸福"③。也因此,福贵窄如手掌的一生,也可能宽若大地,因为余华借此"讲述了我们中国人这几十年是如何熬过来的"④。需要进一步追问的是:福贵及其思想既不能在"五四"以降之启蒙传统中得到恰如其分的理解,那么,是否他与更为悠远的传统有着内在的关联?一如张新颖论及沈从文湘西系列作品时所言,沈从文笔下的世界,比"启蒙"思想所指认的世界要更为宽广。这一个在古典思想天、地、人意义上敞开的更为复杂的世界,是否也会是福贵们精神的居所?

---

① 余华:《〈活着〉日文版(2002年)序》,见《温暖和百感交集的旅程》,作家出版社,2014年,第132页。在写作过程中叙述人称的转换亦能说明此一问题。张新颖对此亦有详细申论,参见张新颖:《沈从文与二十世纪中国》,复旦大学出版社,2014年,第91页。
② 张新颖:《沈从文与二十世纪中国》,复旦大学出版社,2014年,第87页。
③ 余华:《〈活着〉日文版(2002年)序》,见《温暖和百感交集的旅程》,作家出版社,2014年,第132页。
④ 余华:《〈活着〉韩文版(1997年)序》,见《我能否相信自己:余华随笔选》,人民日报出版社,1998年,第147页。

仍以沈从文为参照,张新颖发现,沈从文之所以未在"启蒙"的宏大的历史叙述中指认现实,是与他对历史的另一种理解密切相关。不同于以重大事件建构之宏大历史叙述,沈从文以为"真的历史却是一条河。从那日夜长流千古不变的水里石头和砂子,腐了的草木,破烂的船板,使我触着平时我们所疏忽了若干年代若干人类的哀乐!我看到小小渔船,载了它的黑色鸬鹚向下流缓缓划去,看到石滩上拉船人的姿势,我皆异常感动且异常爱他们"。缘此,沈从文不再以为这些人乃是可怜的,无所为的生。"这些人不需要我们可怜,我们应当来尊敬来爱。他们那么庄严忠实的生,却在自然上各担负自己那份命运,为自己,为儿女而活下去。不管怎么样,却从不逃避为了活而应有的一切努力。"尤叫沈从文感动的是,"他们在他们那份习惯生活里、命运里,也依然是哭、笑、吃、喝"。如是说法,庶几可视作为福贵生命意义辩护之"先驱"。更为重要的是,沈从文还注意到,这些人"对于寒暑的来临,更感觉到这四时交递的严重"①。沈从文对普通生命之基本状态的描画,庶几近乎天人合一的状态。若以黄永玉的《无愁河的浪荡汉子》为参照,可知如上世界,乃为一智识之外的广大世界,"是'人身'与'万物'同在的一个世界。其佳处直达'野马也,尘埃也,生物之以息相吹也'"之境。②在《活着》中,余华的笔触多在人事,甚少风景描画,但随着生命渐入老境,死亡也逐日逼近,福贵的生活愈发呈现出接近"自然"的状态。此种接近并非与自然物象的亲近,而是生命状态与自然的逐渐同一:人逐渐与动物、山川、树木、房屋、河流"恢复"某种同一性的内在关系。那头同叫"福贵"的老黄牛与已然衰老的福贵的相依为命,焉知不是余华对上述体悟的形象表达。一如沈从文所言:"因为天气太好了一点,故站在船后舱看了

---

① 沈从文:《历史是一条河》,见《沈从文全集》卷十一,北岳文艺出版社,2009年,第188页。
② 芳菲:《身在万物中——黄永玉〈无愁河的浪荡汉子〉札记之三》,载《上海文化》2013年第5期。

许久，我心中忽然好像彻悟了一些，同时又好像从这条河中得到了许多智慧……山头夕阳极感动我，水底各色圆石也极感动我，我心中似乎毫无什么渣滓，透明烛照，对河水，对夕阳，对拉船人同船，皆那么爱着，十分温暖的爱着！"①人身在万物中，虽未必体会到物我合一的精神状态，但最终，他们将一劳永逸地回归大地，回到开放包容的土地宽广坚实的怀抱之中，与其他动物一般，成为大地的一部分。也因此，《活着》有一个富有诗意也意味深长的结尾："我知道黄昏正在转瞬即逝，黑夜从天而降了。我看到广阔的土地袒露着结实的胸膛，那是召唤的姿态，就像女人召唤着他们的儿女，土地召唤着黑夜来临。"②这里面或许还包含着死对生的召唤，包含着让一切关于生之"意义"的设想黯然失色的无缘大慈、同体大悲的隐喻。此种慈悲不惟指向有情众生，亦施及与人齐平之世间万有。

沈从文曾对不具生命意义之自省意识的大多数人与少数觉醒者做过区分。但此种区分仍不在"启蒙"以降对知识人与庸众的高下分野的思想脉络之中，而是意味着其对身处冯友兰所谓之本乎天然的"自然状态"的大多数人的肯定。③在生之意义和自我省察所形成之思想所力不能及之处，一个普通人的生活自有其意义。几乎在同样的意义上，80年代的史铁生以《命若琴弦》这样的作品指陈人之根本境况：个人的希望愿景可以让原本虚无的世界变得富有意义。即便重新设计世界，人亦无从逃遁生命几乎与生俱来的"破缺"。作为终极的人生否定的死亡必然出现，唯一不可否定的是生命的过程，那些在生与死之间的诸般事项理应成为人生的核心。就根本而言，生命"过程"的意义大于"目的"。任何外在于生命本身的意义均无从抹杀生命本乎天然的意趣。因此上，当福贵在一种排除来自外

---

① 沈从文：《历史是一条河》，见《沈从文全集》卷十一，北岳文艺出版社，2009年，第188页。
② 余华：《活着》，南海出版公司，1998年，第195页。
③ 余华对"高于"普通百姓的"知识分子"立场的反思，根本思想理路亦与此同。见余华、王尧：《一个人的记忆决定了他的写作方向》，载《当代作家评论》2002年第4期。

部的目光的单纯、平和的语调中讲述自己的遭遇,当依赖卖血维持家庭的正常运转的许三观泪流满面地行走在大街上时,甚至余华也未必意识到叙述已经悄然将他引向另一个传统,一个论其浩瀚不输于索福克勒斯及其所代表的传统。在这个传统中,那些或许不叫福贵也不叫许三观的成千上万的人从历史中走来,他们的行走浩浩荡荡也分外庄严,他们或许也并不相识,但却在走向共同的命运。无所谓从哪里来,也不必计较各自些微的差异,他们的行走形成了一个源远流长的精神传统,千百年间绵延不绝,也还将永续存在。

本乎此,福贵与许三观生活与命运之"反复"及超越的可能的阙如,包含着余华对此类人物根本生存境况的洞见。同类生活之反复,亦构成不同时代若干人无从逃遁的根本命运。无论历史变迁,世运推移,此类人物所在多有,且注定无法摆脱如福贵、许三观般的"既定"命运。如是,则逐渐接近庄子的人世想象。庄子所谓的"方生方死,方死方生",即属此理。"在庄子的逻辑思路里,生命的萌发就意味着它正在走向死亡,当其死亡时又意味着新的生命的开始。它是一个环,无起点也无终点,起点也就是终点。"①正是基于对人之存在的此种处境的冷峻观察,庄子思想包含着"人世的苍凉之感,在坐忘心斋的背后,有着人生的大悲哀"。此种大悲哀,即如张爱玲所言"人一年年地活下去,并不走到哪里去;人类一代代下去,也并不走到哪里去。那么,活着有什么意义呢?不管有意义没有,反正是活着的"②。基于同样的原因,胡文英以为"庄子眼极冷,心肠极热。眼冷故是非不管,心肠热故感慨无端。虽知无用而未能忘情,到底是热肠挂住。虽不能忘情而终不下手,到底是冷眼看穿"。因是之故,"庄子最是深情。人第知三闾之哀怨,而不知漆园之哀怨有甚于三闾者。

---

① 罗宗强:《论海子诗中潜流的民族血脉》,载《南开学报》(哲学社会科学版)2002年第2期。
② 张爱玲:《中国人的宗教》,见《张爱玲典藏全集·散文卷二:1939—1947年作品》,哈尔滨出版社,2003年,第66页。

盖三闾之哀怨在一国，漆园之哀怨在天下；三闾之哀怨在一时，漆园之哀怨在万世"。①万世之哀怨，乃在于人之命运的无从逃遁。②即便时移世易，历史之兴衰交替并不能成为命运之起废沉浮的动力。无论兴衰，如福贵、许三观般的人物仍然无从逃脱既定的命运。这便是《活着》和《许三观卖血记》故事所涉，虽为20世纪中国之重要历史时段，但余华仍然尽力将历史的力量做极简的处理，因为他并不认为宏大的历史可以影响此类人物的命运③。余华此时所论之"命运"，并非多种话语所建构之底层命运之历史想象，他也并不以为此类话语曾经发生过巨大的历史效力。这种类同于现象学方法的"历史悬置"，使得余华在根本性意义上穿越笼罩于福贵、许三观们的话语累积而直抵其生存真相。也因此，《活着》与赵树理《福贵》中同名人物于不同时代及历史语境中命运之"反复"，恰正说明关于《活着》所涉之重大历史时段的历史解释并未从根本意义上革新福贵们的命运。基于同样原因，《许三观卖血记》"所隐示的重复不变的社会结构使它能够超越左翼文学传统的个别历史与个别意识形态，而彰显出没有历史的轮回的底层命运"④。进而言之，福贵与许三观源出一脉，《活着》中反复出现之"死亡"事件与《许三观卖血记》中"卖血"之"重复"亦有同样意义。虽说《活着》中点到即止的源自底层自发的生之幽默只有在《许三观卖血记》中始得淋漓尽致的发挥，如上关于《活着》的讨

---

① 胡文英：《庄子独见》，华东师范大学出版社，2011年，第6页。
② 也因此，沈从文表示："我看久了水，从水里的石头得到一点平时好像不能得到的东西，对于人生，对于爱憎，仿佛全然与人不同了。我觉得惆怅得很，我总像看得太深太远，对于我自己，便成为受难者了。这时节我软弱得很，因为我爱了世界，爱了人类。"沈从文：《历史是一条河》，见《沈从文全集》卷十一，北岳文艺出版社，2009年，第188页。
③ 在接受张英的采访时，余华表示："我以前往往有意淡化时代背景，那是因为我觉得时代对我的作品里的人物命运影响不大。"参见张英：《余华：我能够对现实发言了》，载《南方周末》2005年9月8日。
④ 李今：《论余华〈许三观卖血记〉的"重复"结构与隐喻意义》，载《中国现代文学研究丛刊》2013年第8期。

论仍然在多重意义上适用于《许三观卖血记》。但无疑，在对生之根本状态洞察之眼冷心热处，《活着》比《许三观卖血记》走得更远。

照余华的理解，抵达"高尚"的方式，并非为现实描画某种单纯的美好，以虚拟世界对现实问题的象征性解决缓解源自"人类无法忍受的太多的真实"的焦虑，而是"对一切事物理解之后的超然"，即将自身融入"一切事物"之中。这种"一切事物"当然包含着对生死贵贱高下优劣种种分别心的"一视同仁"，其境界庶几近乎《红楼梦》"拒绝人世间权力操作下的等级分类"，而"无分别、泯是非、破对立，绝对确认众生平等，万有同源，不同生命类型可以并存并置"。①不仅此也，齐生死、等贵贱、破对立的根本，在于万物的无差别。庄子借子舆之口有如是说法："浸假而化予之左臂以为鸡，予因以求时夜；浸假而化予之右臂以为弹，予因以求鸮炙；浸假而化予之尻以为轮，以神为马，予因以乘之，岂更驾哉！"②庄子此说所论，乃"万物本无差别，既可以是子舆，也可以是鸡、是弹、是车轮"③。不独齐同于生物，亦齐同于无生命的物象，齐同于鸟兽虫鱼、山川、树木、房屋、河流。是为"物化"之要旨，"物化者，万物化而为一也。万物混化而为一，则了无人我是非之辩，则物论不齐而自齐也"④。此谓"消解特定立场的偏执，及与天地万物一体"，与"吾丧我"，及"天地与我并生，而万物与我为一"相互照应，互相契

---

① 刘再复、刘剑梅：《"天地境界"与神意深渊——关于〈红楼梦〉第三类宗教的讨论》，载《书屋》2008年第4期。
② 转引自王邦雄：《庄子内七篇·外秋水·杂天下的现代解读》，远流出版事业股份有限公司，2013年，第322—323页。王邦雄如是读解此说："此《齐物论》所谓的'因是已'，顺任它的所是而是之……无掉心知执着的'用'，而回归形体本身的用，不同的形物才气，就过不同的人生。"就其根本而言，亦与福贵、许三观们之选择义理相通。
③ 罗宗强：《论海子诗中潜流的民族血脉》，载《南开学报》（哲学社会科学版）2002年第2期。
④ 释德清：《庄子内篇注》，见陈引驰《无为与逍遥：庄子六章》，中华书局，2016年，第260页。

合。①如此，人则返归其与物同在的本原状态。人并不高贵于物，其根本性之存在境况，亦非随着诸种意义体系的日渐完善而有结构性的改变。无论王侯将相、引车卖浆者流，于此本无差别。而其根本性的处境，在底层更为触目惊心。因是之故，无论沈从文还是余华，本乎同样的人世观察，他们均未为笔下的人物安排一种精神的"上出"之路，他们只能如其所是地"活着"，而非成为他们注定不是的那一类人。至此，无论源自有意识的个人选择还是出自文化的集体无意识，他们的精神均扎根于更为悠远的思想传统之中，并在最深的意义上，与怀有人世之大悲哀的庄子相遇。

由是观之，或许余华作品的"优秀"部分，并不仅是《现实一种》《世事如烟》等作品对根本性的暴力和死亡的洞见，以及《兄弟》《第七天》极为冷峻的现实观察，还在于他对人类无法忍受的真实的洞察之后和现实的和解之路。其"影响源"，亦不限于西方现代主义、后现代主义，而兼有中国古典思想。福贵和许三观选择了貌似不同的路线，但在最根本的意义上，他们走到了一起，走进了更为悠远的精神传统之中。这或许再度印证了怀特海对西方哲学的评判：所有的西方哲学不过是柏拉图的注脚。置身于更为广阔久远的传统之中的作家们，无论个人经验存在着何样的差别，在最终，也是最根本的状况下，他们作品最为优秀的部分并非个人的独立的创造，而是体现为一种"返归"的态势——返归到更为宏阔的本民族的精神传统之中，并在更高和更深层次上，完成对此种传统的创造性转化，且促进自我的精神完成。是为雅思贝尔斯"轴心时代"说题中应有之义，也最为深刻的意义上，暗合《周易》生生不息之精义。亦属中华文化返本开新要义之一，"中国需要一场真正的文艺复兴，承接从禅宗到《红楼梦》的伟大启示，回到河图洛书，回到《山海经》人物所呈示的文化心理原型；重新审视先秦诸子，重新书写中国历史。这完全符合相对论时间倒流的高维时空原理，也是老子生命需要复返婴儿的真谛所在"②。

---

① 陈引驰：《无为与逍遥：庄子六章》，中华书局，2016年，第260页。
② 李劼：《中国文化冷风景》，允晨文化实业股份有限公司，2013年，第16页。

虽未在中国古典思想典籍中着力用心，余华仍然以过人的领悟力体会到中国思想、人世观察之紧要处。他以勇猛精进的姿态切入现代经验的最深处，却在最高的意义上返归中国古典思想所开启之精神世界。如是，亦符合老子"反者道之动"之根本命意，亦属文化归根复命可能性之一种，其意义仍待深入探析。

三

依循庄子及其所属之先秦思想的基本路径，则关于《活着》"死亡"事件之"反复"，以及《许三观卖血记》"卖血"之"重复"的深层意义，或可以有新的阐述。此种阐述无论思想路向及运思方式，均不同于余华所述之影响源。如余华所论，《许三观卖血记》中极为鲜明之"重复"，根源于其对音乐的迷恋，浙江越剧的腔调①和加德纳与蒙特威尔第合唱团演绎的《马太受难曲》使他"明白了叙述的丰富在走向极致以后其实无比单纯"，"就像这首伟大的受难曲，将近三个小时的长度，却只有一两首歌曲的旋律，宁静、辉煌、痛苦和欢乐重复着这几行单纯的旋律"。尤为重要的是，《马太受难曲》的单纯与丰富与文学足相交通，"仿佛只用了一个短篇小说的结构和篇幅表达了文学中最绵延不绝的主题"②。如前文所论，余华的极简主义包含着对更为繁复的世界的多重指涉，其运思方式近于《周易》思维，以六十四卦象（符号）与文（卦爻辞）明天文、地理、乐律、兵法等等，甚至可以解释人间历史及宇宙创化③。音乐中旋律的重复及其对更为丰富的情感的指涉，其理盖与此同。一如庄子所论，死亡与新生之反复，乃人之在世的基本处境。而自更为宽广的视域观之，

---

① 余华：《"我只要写作，就是回家"——与作家杨绍斌的谈话》，见《我能否相信自己：余华随笔选》，人民日报出版社，1998年，第242页。
② 余华：《音乐影响了我的写作》，作家出版社，2014年，第8页。
③ 林义正：《〈周易〉〈春秋〉的诠释原理与应用》，台大出版中心，2010年，第14页。

则人世的代代更替，暗含着根本性的"重复"的意蕴。是为非线性的循环往复的世界观念创生的原因所在。

根源于对外部世界的仰观俯察，以"四时"（春、夏、秋、冬）为"本喻"释读历史与人世之变迁，为古典思想一重要特征。此种说法，与邹衍"五德终始说"足相通，亦颇近于亨廷顿关于文化演化之四季轮回说。即如华莱士·马丁所论："我们感受到的、统一了开始于结尾的循环回归感来自自然——日夜、季节、年月，它们为人类的死亡与再生概念提供了一种模型。"①历史之变迁，被纳入"四时"变化之模式中加以讨论。一如司马谈《论六家旨要》所论："夫春生夏长，秋收冬藏，此天道之大经也，弗顺则无以立天下之纲纪。"四时变化所包含之循环交替之理，亦被用作文学世界之基本结构模式，开出表象不同而本质无异的多种世界。《三国演义》所谓之合久必分，分久必合的历史规律，即属此理之自然延伸。《红楼梦》则直接以四时品性之不同对应人世兴衰之理，"《红楼梦》有四时气象，前数卷铺叙王谢门庭，安常处顺，梦之春也；省亲一事，备极奢华，如树之秀，而繁阴葱茏可悦，梦之夏也；及通灵玉失，两府查抄，如一夜严霜，万木摧落，秋之为梦，岂不悲哉！贾媪终养，宝玉逃禅，其家之瑟缩愁惨，直如冬暮光景，是《红楼》之残梦耳"②。此为作品总体性之大结构，其间每一部分（春、夏、秋、冬）亦有小结构，仍以"春""夏""秋""冬"四时转换为核心③。如是之"小循环"交替而成"大循环"，其根本仍然在于循环往复之历史和人事观念。此种思维属奇书文体时空布局的基本特征，无论《金瓶梅》《三国演义》《西游记》，或隐或显，均暗蕴着"'春生、夏长、秋收、冬藏'

---

① 华莱士·马丁：《当代叙事学》，伍晓明译，北京大学出版社，2005年，第80页。
② 蔡家琬：《红楼梦说梦》，见蔡家琬著，赵春辉点校《二知道人集》，人民文学出版社，2014年，第562页。
③ 裴新江：《春风秋月总关情——〈红楼梦〉四季性意象结构论之一》，载《红楼梦学刊》2003年第4辑。

的四时变化的义理"①，其根本性之历史与人世观察，亦与此理暗合。此种思维及其所开启之文学流脉，在晚清以韩邦庆《海上花列传》为代表，近世则以贾平凹《古炉》及《老生》最为突出。《古炉》直接以"四时"叙述为基本结构，表明"已有之事，后必再有，已行之事，后必再行，日光之下并无新事"之理。由"冬部"至于"春部"，恰为由肃杀转至一元复始新的循环开始之际。《老生》则以四个故事暗喻历史循环之理，其所展开之一个世纪的叙述中人事变换亦循环往复。《周易》系统以"乾卦"始，其间经"既济"达至巅峰，却以"未济"终，亦表明循环交替之理。

虽未如贾平凹《古炉》以"春""夏""秋""冬"四时叙述暗喻人事代谢循环交替之理，且在《老生》中以历史根本性之循环表征20世纪历史理性的缺席②，《活着》中"死亡"事件的"反复"与《许三观卖血记》中"重复"之"卖血"同样包含着余华对人之在世经验的深刻洞察。家产散尽之后福贵陷入贫困，其所努力建立之生活平衡屡被死亡事件打破。其后的生活不过是同一结构之反复。而许三观的卖血开始于和阿房、根龙的偶遇，乃其父辈命运之重复，其后来喜、来顺兄弟则意味着另一反复的开端。③不独《活着》《许三观卖血记》，《在细雨中呼喊》以"南门"始，又以"回到南门"终，亦属一大循环。其间"南门"与"孙荡"具体人事虽有差异，但人事之结构却几无区别。孙光林友情之得而复失，失而复得；成年人世界中情与欲、爱与恨、保守与开放、道德与非道德、

---

① 浦安迪：《中国叙事学》，北京大学出版社，1995年，第85页。是书对"四时"意象所开出之叙述结构及其意义有较为深入之分析，而其对此种叙述所依托之思想的进一步阐述，集中于《浦安迪自选集》（北京，生活·读书·新知三联书店，2011年）中论中国古典小说部分。
② 杨辉：《作家词典·贾平凹》，载《当代作家评论》2016年第6期。更为详尽之论述，可参见杨辉：《贾平凹与"大文学史"》，载《文艺争鸣》2017年第6期。
③ 对此一问题的详细申论，可参见李今：《论余华〈许三观卖血记〉的"重复"结构与隐喻意义》，载《中国现代文学研究丛刊》2013年第8期。

文明与愚昧均往复交织。凡此种种，构成了孙光林无从逃遁无比寂寞的童年经验。其他如《十八岁出门远行》《河边的错误》《偶然事件》亦体现出余华对叙事循环演绎的热情[①]。此种"反复"（循环），既暗合前文所述之"四时"意象及其所指涉的生活境况，亦与《周易》思维足相交通。由《十八岁出门远行》所开启之世界在《死亡叙述》与《世事如烟》诸作中得以深化，并逐渐形成余华观照现实的作家的目光，背后是个人化的思维方式。其中已然包含着对世事"变"中之"常"的深入领会。生活世界中反复无定的事物，仍然遵循着循环交替之理，看似"无常"，实则"有常"。如前文所论，此种对人生"有常"与"无常"的体会，往往与个人对时间的体验颇多关联。

无论"重复"还是人世根本性之反复，时间均为其中不可或缺的重要一维。也因此，余华认为《在细雨中呼喊》"应该是一本关于记忆的书。它的结构来自对时间的感受，确切地说是对已知时间的感受，也就是记忆中的时间"[②]。如管子所论，"春秋冬夏，阴阳之推移也；时之短长，阴阳之利用也；日夜之易，阴阳之化也"，是说表明从阴阳消长可推昼夜交替，"再由昼夜长短比例、温度冷热推出四时变化"。此亦为古代天文历学之传统看法。为了说明时间带来的生之喜悦和辛酸，余华援引贺知章《回乡偶书》及崔护《题都城南庄》并体味出此两首诗作所昭示之时间壁立千仞的森严。时间还创造了诞生和死亡、幸福和痛苦、平静和动荡、记忆和感受、理解和想象，最后也是最具文学意味的是，它还创造了故事和神奇。他甚至更为极端地认为，"在文字的叙述里，描述一生的方式是表达时间最为直接的方式，我的意思是说时间的变化掌握了《活着》里福贵命运的变化，或者说时间的方式就是福贵活着的方式"[③]。福贵在

---

① 更为详尽之论述，可参见何鲤：《论余华的叙事循环》，见吴义勤主编，王金胜、胡健玲编选《余华研究资料》，山东文艺出版社，2006年。
② 余华：《意大利文版自序》，见《在细雨中呼喊》，南海出版公司，1999年，第3页。
③ 余华：《〈活着〉日文版（2002年）序》，见《温暖和百感交集的旅程》，作家出版社，2014年，第135页。

时间之中,与他同在的还有广阔大地宇宙万物。人世之代谢并不高于或者超越于万物的荣枯,人世的交替亦类同于物候之变化。置身天地之间的人们所以饱尝时间之苦,也在深刻体会到时间的推移的无从超越的悲哀。也因此,窄如手掌的福贵的一生,也在根本的意义上宽若大地。余华所谓之时间,在多重意义上并非现代性矢量时间勇往无前的线性特征,而是"以天体旋转为中心的诸自然参照系凭周期性循环提供了自然节律时间",那些从日出日落、四季转换、阴阳交替之自然状态推演出之现实规律,促成了"永恒(不变)的循环(重复)"的古代时间观念①。时间之交替轮回亦可表征人世之反复,并最终呈现为如福贵、许三观们无从逃遁的命运之重。

余华也终究意识到,那些活过,爱过,折腾过,受过难,也体味过生之欢悦的人们终将消逝,一如四季轮换、阴阳交替。无论生之"意义"的有无,均无从逃脱此种浩大虚无之命运。他以数部长篇和更多的中短篇反复阐述着类似的主题。此一主题,在其最为庞大的作品《兄弟》的结尾处尤为显豁:"三年的时光随风而去,有人去世,有人出生:老关剪刀走了,张裁缝也走了,可是三年里三个姓关的婴儿和九个姓张的婴儿来了,我们刘镇日落日出生生不息。"②在生命的生死背后,是日出日落花开花谢生生不息之自然规律,无论富贵贫贱,概莫能外。又或者,三十年,三百年后,表象的局部的变革或所在多有,但自总体的视域观之,无论"我们刘镇"还是更大的世界,也或将如此这般日出日落生生不息绵延不绝。所谓的无从承受的命运之重,也便如此吧。

质言之,无论与象数文化的内在关联还是与庄子人世观察的暗合抑或与古典时间和历史观念的相通,余华的写作仍包含着不断"上出"的可能,经由对西方思想及技法的实践,最终以返归的姿态回到本民族思想及

---

① 尤西林:《心体与时间——二十世纪中国美学与现代性》,人民出版社,2009年,第9页。
② 余华:《兄弟》(下部),上海文艺出版社,2006年,第454页。

美学之中,从而熔铸一种全新的、更具包容性和创造力的新传统。中国古典文脉的创造性再生,路径即在此处。如胡河清所论:"在21世纪即将降临之际,中国文学艺术确实面临着一场伟大的整合。本世纪最后十五年中国作家的艺术探险,已经在逐渐接近新世纪文学的先知之门了。在21世纪中国全息现实主义的文学神殿里,东西方文化的交融将形成一个真正超越《红楼梦》的新巨制时代。"[①]距其如上判断已有二十余年,其所期望之巨制时代仍未来临,但历史以回返的方式已然超克"五四"以降文化的"古今中西之争"形成之思维窠臼。中国传统文化之全面"复兴"将以彻底超越现代性观念作为思想前设的偏狭,当此之际,古典传统久被遮蔽的精神世界将会重放光明。《世事如烟》及《活着》和《许三观卖血记》所暗合之思想传统,也将日新不已。

原载《当代作家评论》2018年第2期

---

① 胡河清:《中国全息现实主义的诞生》,见王晓明、王海渭、张寅彭编《胡河清文集》,安徽教育出版社,2014年,第160页。

自识与反思，来路和去处，以及朝向外部世界

——弋舟《在恒常与流变中》读记

以《在恒常与流变中》为总题的这一组文章，差不多都有着一种潜在的论辩性质。论辩的对象，也未必总是他者，它还可以指向并最终指向自身，也在更为宽泛的意义上，指向你我共处的世界。这便是何以作者从同为"70后"作家，却早以评论文章知名的梁鸿对一代人的精神境况的描述中意会到一种总体性的自我突破的可能的原因。也在同样的意义上，他开始反省"现代性"及我们对它的看法，反思"恒常"与"流变"的辩证的真实意谓，并最终反省作为写作者既有的"来路"和可能的"去处"。但最终的问题仍如田耳所论，"遍察全地之后，何以反观自身"，经由"不断加深思维的自律和理性"以"通达小说的浑沌之境"何以可能。又或者，在"恒常"与"流变"、"理性"与"浑沌"之间，是否可能存着某种尚未被意识到的重要的问题。这种问题，形成了有待突破的对写作的限制。

稍稍放开视域，从《随园》说起。黄德海发现，相较于此前作品的"细致周密"，这一部作品的"内在空间"已被打开，且长出了一些新鲜的血肉，尤为重要的是，"对世界的容含度也高了"。那些出现在作品中的意味深长的意象，已经不再被牢固地镶嵌于整体性的"整饬"之中，而是有着俗世烟火和普通人生的况味。譬如"白骨穿出裤脚""缆车轻慢了

雪峰",意象虽然奇崛、鲜烈,却仍在世界之中,呈现的是世界的模样。而不是将世界的棱角磨平,将一切毛茸茸的细节整一化,并最终组织到作品整体性的单纯氛围之中。一如刘晓东,他所秉有的"先天的孤独因为脱离了与时代的关系,上升到了纯粹的高度,仿佛变成了一种普遍的人类心理状况,似乎与世界有了一种更为普遍的对照关系"。这几乎是一代写作者普遍性的精神诉求,我们希望经由对一个人的命运的书写,让更多人的命运涌现在自己的笔下。但这样的写作仍然不可避免地包含着这样的问题,"这个纯粹化的孤独,却也会因此脱离了与时代和生活的深层关系,把内心生活与外部世界完全对立起来,显得失掉了生活的根基"。更重要的问题还在于,如是"企图把日常生活上升到所谓哲理或先天高度的努力,说不定恰是一种时代病,会把人困在孤独的概念里不能自拔"。困于某种概念及由此概念所开启之思想视域,偏于一隅而不遑他顾,甚至由之生出排他的心态,已经接近于佛家所说的"理障"。唯有破我执,去无明,方能得大自在。这差不多又接近于于连从中国古典思想中读解出的"无意"的智慧。"无意"的意思是,不偏于一隅,不故步自封,而是平等地接纳不同的阐释并表达世界的可能,因为,"任何一个观念都没有特权"。所谓的"特权",均不过是逻辑的幻象。差不多因着同样的原因,田耳喜欢弋舟文学言论的灵动飘逸,却觉得其小说并不曾放开,"过多的控制,缺少失控,过多的诚意,有时又难掩说教"。即便一些小画,一些似乎出自"小憩"时的创作,仍然有着"致命的郑重"。即便这种"'郑重'已经构成了某种压迫",且已部分地损害着作为小说家的弋舟的写作,即便有黄德海对他的作品细部与总体及和现实的关系的洞见,弋舟似乎仍无意于摆脱"郑重"。他将"郑重"等同于"专注",而处于其对立面的,则是"松弛"与"草率",前者乃为"恒常",后者则属"流变"。在"恒常"与"流变"中,弋舟自然而然地选择前者,宁多"匠气",也不愿"松弛"。对一位严肃的写作者而言,这样的选择并无问题。问题在于,我们如何理解汪曾祺所谓的"苦心经营的随便"。写作中过多的"才子气",就一定会导致"松弛"与"草率"吗?在这之间,有没有另外的可能?或许,弋舟并不赞同这样的文章传统。一切文章乃性灵自出,不假强求,无意于佳乃佳。一如刘勰所论:"秉心养术,无务苦虑;含章司契,不必劳情。""率志委和,则理融而情畅;钻砺过分,则神疲而气衰。"小说家力图摆脱做小说的痕迹,恰恰又证明还是在做小说。反之亦然。其间微妙的差别,寸心自知。

也因此,作为一部"放开了"的作品,《随园》并不"整饬",它的细部不乏貌似旁枝斜出的闲笔,文笔也多摇曳,一些意象和偶然一现的情感也并不总能融汇到整体的氛围之中。但这种种意象种种貌似杂乱的情感最终汇聚成《随园》极具纵深感的精神世界。不单是袁枚的随园与薛子仪的随园相隔百年分处两地巨大的时空差异,还有杨洁个人的生活,在并不长的篇幅里仿佛已然有了几生几世。而一种巨大的虚无和人世的苍凉感也就在结尾处悄然发生。或许,在另外的意义上,并不具有较大篇幅的《随园》比《蝌蚪》和《刘晓东》包含着更多的"现实"。因为,在这部作品中,弋舟努力去接近"那些相对陌生的事物"。他的笔下出现了雪山、戈壁和白骨,而这些意象使他"部分地躲开了习焉不察的那些'圆熟'"。它们或许比较"拗","但恰恰是它们亘古地存在着,世界才得以平衡与整全,我们的历史与我们的现实,风中的诗歌与风中的沙砾,都因此得以可靠地安放"。或许可以这样说,《随园》有着如是现实本身的粗粝的风格。它并非全然裁剪得当的现实,而是在很大程度上接近日常的现实本身。但日常的现实,也未必就没有超越自身的东西,也未必不能表现作家对总体性的人类生存的洞见。黄永玉对沈从文《长河》的评说或可为参照。黄永玉发现,《长河》是一部依赖"永不枯竭的故乡思维"写就的作品,沈从文"排除了精挑细选的人物和情节"。正因此,沈从文获得了写作的超越定规的自由。再如刘熙载所言,"《庄子》文看似胡说乱说,骨里却尽有分数。彼固自谓'猖狂妄行而蹈乎大方也',学者何不从蹈大方处求之?""蹈乎大方"乃为从心所欲率性而行却合乎大道,非肆意妄为无端挥洒。在郑重之外，为文之妙，或许也在此处。

对此，弋舟也并非没有意识。他并不赞同目下关于"现代性"的种种"定见"，以为此间尚有诸多可以商榷之处。如果其仅仅被用来指称"早期实验性质的有缺陷并且在文体上都模棱两可的东西"，那它就不是文学的"恒常"，而是无可置疑地具有某种暂时的过渡的性质。因为，无论就何种意义而言，单纯的"方法"的标新立异并非文学的根本目的。它的目的仍在对外部世界的深刻洞见，对存在的勘探，从而表达那些唯有小说能够表达的东西。也因此，"现代性"的反叛姿态或许最终偏离了他自身。如同对写作过程的兴趣无法取代对作品完成性的追求。卡夫卡笔下具有丰富寓意的世界自然包含着对人之境遇的洞见，当然首先必然指向其所身处其中的生活世界。从与父亲的关系中卡夫卡足以体会到柔弱的个体面对外部世界时巨大的无力。那个被父亲判决投河的年轻商人格奥尔格，也何尝不是如此。他小心翼翼地面对着父亲所主宰的强大的世界，并在其中体会到个人的虚弱和无力。他仅有的狭窄的个人世界被父亲一再强行介入，他一度"喜不自胜地玩味着这一共同物（那个在又不在的远在彼得堡的朋友），以为已经赢得了父亲，一切在他眼前都显得那么安宁，包括一闪即逝的伤感"。但这种安宁不过是格奥尔格一厢情愿地营构的精神的幻象。父亲最终以其强大的力量再度粉碎了格奥尔格最后一点"自主的力量"。而"正因为他除了看着父亲以外，别的一无所能，所以父亲对他的最后判决才会对他产生如此强烈的效果"。或许，换句话说，父亲在某种意义上，是他和这个世界之间的"欲望介体"，唯有通过这一介体，他才能恰如其分地切近外部世界。而最终，这个介体抛弃了他，也切断了他和这个世界之间最为稳固的联系。在这里，卡夫卡表达了他对柔弱的个体被迫身处其中的世界的荒诞的洞见。由此，我们可能还会想起加缪《西西弗的神话》开篇所言：真正严肃的哲学问题只有一个，那就是——自杀。判断生活是否值得经历，这本身就是在回答哲学的根本问题。但，如弋舟所言，卡夫卡写下了"忧伤"，却并不想叫我们"绝望"，他希望经由写作的方式，来创造出某种堪称"希望"的事物。正因为如此，他只能朝向"内在"，从而必须面对持久的"内心的激辩"：在希望与绝望、存在与虚无之间，似乎包含着难以跨越的巨大的鸿沟。而写作，也就是在这一意义上构成了精神的泅渡的方式。或者，所谓的"希望"不过是一种话语的制造物，我们需要着力而为的，也不过是将其"现实化"，至少，在最低限度上，将其"精神化"。缘此，"绝望与信心的交织"，"构成了人类丰富的内心世界"。认识到世界根本性的虚无和绝望的无可避免并非最终的目的。写作者最终的目的始终在于，在绝望中创造希望，以永恒的信心抵御虚无……希望，希望，用这希望的盾，抗拒那空虚中的暗夜的袭来，虽然盾后面也依然是空虚中的暗夜。但，哪怕最终只有抗拒的姿态，也是好的。

由对"现代性"的诸种可能性的反思，以及通过对卡夫卡《判决》的个人化读解，弋舟最终抵达我们身处其中的文学的现实。他表达了对目下小说写作的不满。在他看来，"小说过度做回了故事和趣味的囚徒，不再逼视存在的真实境遇，进而远离了那个内在的人（他从卡夫卡作品中体会到的那个转向"内在"的人）"是为当下小说弊端之一。而在另一方面，当下的小说还陈陈相因，它们"片面地放大了虚无与绝望"。这里的陈陈相因，应该别有所指。它所指向的，可能是现代主义后现代主义在20世纪80年代迄今中国无远弗届的影响。几乎可以这样说，新时期以降之中国文学，根本上奠基于由此形塑之文学观念及批评语法。现代主义在80年代的解放意义无须多言，但这个曾经给予作家极大的启示的传统，是否存在着话语的霸权和对他种可能的遮蔽？对此，艾伟有过较为详尽的论述，他将"情感信服力的不足""社会反思能力的欠缺"等等视为"中国当下的精神疑难"。而这种疑难，在很大程度上，或许与现代主义及其所蕴含之世界观念不无关系。在多重意义上，艾伟的判断可以视为是对弋舟的反思的先在的呼应。"一个内在的人，一个有存在感的人，一个勇于与世界和内心激辩的人，他的书写，代表的是对存在的不懈追索，而'不懈追索'这一积极的态度,这一命定了的'徒劳的姿态',这种'与世界和内心激辩的热情',在我看来,却构成了现代小说的精神基石。"为了抵抗现代的遗忘,我们必须直面存在的真实。这也是昆德拉抵御"存在的遗忘"的共通的方式。但我们还应思考的是,如此切近存在和现实的写作理路,也并不仅存于现代小说的路径之中。无须上溯太久,便不难察知。路遥的《平凡的世界》和80年代现实的整体性的关系,以及柳青《创业史》与50年代时代精神之间的根本性关联,是否也意味着另一种切近阔大的现实,从而深度抵达存在的有力的方式?如悬置既定的文学成见,这种方式,与现代主义的存在的勘探,究竟构成了何样一种关系?

从总体性的生命历程看,张新颖先生以为,沈从文在刚过三十岁时写作《从文自传》,有着别样的用心。他写湘西的"日子""人物"和"声音",以便反思自身从中所受的教育;他还写杀人,写于此种可谓残酷的环境中个人无量数的快乐;等等。最终的目的,却在对人类的智慧的光辉的领会,并在最为深入的意义上"得其'自',而为将来准备好一个自我"。这个"自"是自身的精神的来路,而反思来路的目的,却是面向未来,面向诸多的可能性并在其中做出个人的选择。沈从文后来写作的《论西南漆器及其他》,在人生的另一个重要时段,也起过差不多相同的意义。经由与梁鸿对"70后"整体性的精神处境之反思的对话,弋舟以为梁鸿所开出的方案,于己意义重大。"它不仅仅是方法论,还是重塑世界观的契机。"世界观的重塑,当然有着巨大的革故鼎新的意义。但这种革新,仍然要以对自身来路的自识与反省为基础。在为《丁酉故事集》所作的序言中,弋舟谈到了个人最初的记忆,并渴望从"那些'蛰伏在意识深处的映像'开始","努力去回溯自己的'文学'的起点"。当然,那些最初的记忆所存留的映像,几乎也形成了一位写作者可能的写作的想象的起点。他的记忆中既有《小逻辑》这样的艰深之作,又有《吹牛大王历险记》《唐诗三百首》这样的几乎标准的启蒙读物。这些读物以物象的方式存在,自然牵连到已逝的事物,以及与那些事物密切关联的或熟悉或陌生的人。他们虽以回忆的方式呈现，却潜在地影响着一位优秀的写作者的最初的世界观察。林汉达编著的《春秋故事》有着美妙的叙述。多年以后重读弋舟迅速从中辨认出一种自己熟悉的风格，他将之称为"自己审美的渊薮"，那里面有"知识与美的传播者平易的姿态，戏谑的格调，耐心的教养，以及不动声色的自信"。他从这里面还发现与博尔赫斯的叙述在文学精神上的"完美的一致性"。"这种一致性，尚不拘囿于文学的精神，它更可能是一种世界观，一种方法论，是一个人言说时的根本调性与理解生命时行走的基础路径。"这种调性和根基的确立，是在20世纪70年代末，在作者的童年期。童年期出自偶然的阅读，决定了一个人很多年后作为写作者的写作路径。而在四十岁时对吕新的处女作《那是个幽幽的湖》的阅读，奠定了此后弋舟阅读的偏好。他把自己的文学意识起点，标志在1986年，以及由吕新的处女作开启的可能。这或许是一个意味深长的发现，而产生这一发现的眼光，当然与吕新及吕新们的前辈博尔赫斯有关。至此，一个符合现代主义及其在中国催生的先锋小说的思想和审美路径得以形成。这便可以理解何以弋舟对思想、形式及美学的现代趣味颇多倾心的原因所在。作为"70后"写作者，他们未能赶上先锋小说迅猛发展的时代，却无可置疑地成为这种写作线的继承者。可以想见，在文学观念的草创阶段和写作的摸索期，他们可能都如饥似渴地阅读过马原、余华、苏童、格非等等，以及他们的先驱卡夫卡、博尔赫斯、福克纳、伍尔夫、马尔克斯等等。从他们那里，这些大师那里，他们学会了如何思想如何表达，以及对某一种文学的根深蒂固的偏好，并由此在指认自己的写作的先驱的同时，也轻而易举地发现了自己的来路，且预备着由此延伸自己写作的去处。但是，他们与沈从文的自我反思存在着较大的不同，他们不曾将回顾与反思的触角伸向自我更为广阔的过去，伸向自己曾经有过的现实的记忆，以及产生这些记忆的土地上曾经有并且还在发展着的一切。这块土地当然也有自己的或许不堪回首的过去，和令人难以忍受的现在和无法相见的未来。如果不去思考这些，不从这些记忆和经验中发掘自我更为复杂的来路，或许会错失与仅属于自我的世界独特的相遇的时刻。那种因为这种相遇而可能有灵光一闪的发现也不会存在。

现成的参照，仍然是梁鸿。梁鸿的文学创作，起念于对个人生活状态的不满。如其所言，在写作《中国在梁庄》之前，"我对自己的工作充满了怀疑，我怀疑这种虚构的生活，与现实，与大地，与心灵没有任何关系"。在从事研究工作的过程中，她自然习得了一整套指认并演绎世界的方式。这种方式使用得"圆熟"之后，也极容易给人一种真理在握的感觉。但由一些概念范畴和术语建构的世界并不包含个人切身的记忆和现实的经验。那种被阿多称为是作为生活方式的哲学于今已成绝响，大多数的理论体系只对其所开启和持存的世界有效，那些千万人置身其中的日常的、粗粝却也鲜活生动的现实，照例被遮蔽或者遗忘。梁鸿不满于这种被架空的生活，她希望自己的写作能对现实发言。但这个现实的直接的出发点，却并不是北京，而是千里之外的穰县。在那里，她的亲人们的日常现实，以其难于抗拒的巨大的力量，唤起了一位写作者对自我的发现。她在可能的通道中游走、探索，进入一种生活的内部，她发现了一种与我们此前所知全然不同的现实。这种现实在召唤它的忠实的记录者的同时，也在召唤着一种与之相应的写作方式。这种后来被称为"非虚构"的方式及其所携带的思想和粗粝的美学实践由此而生，并在最为深入的意义上，呈现出当下中国乡土世界的真实面向。既有的秩序逐一崩溃，一切有价值的事物行将消失，面对如此惊心动魄的"现实"，她的恰如其分的写作忠实地记录下了它的过去和现在以及无法预知的未来。一个人或者一代人如何与历史发生关联，在这里有堪称完美的答案。而从批评家到作家，其间的转换无疑有着"变法"的意味，不仅是知识结构变更这么简单。"历史兑现在有能力将其廓清的主角身上，她也由此享有了解题的权力并且注定要承担问题的重荷。"也因此，她面对着许多亟待澄清的问题。这些问题吸引和困扰着她，当然，也成就着她的写作。"没有一劳永逸的学术、实践和方法，就像没有一劳永逸的人生一样。"她或许时刻准备着新的精神革新的可能，从而使自己始终处于发现之中。

没有人能够自外于这个世界，去过一种被架空的"二手生活"。我们就在世界之中，体会着属人的喜怒哀乐悲欢离合兴衰际遇，此种际遇也未必仅对个人有意义，它还可能在多重意义上与他者相通，与那些和我们天各一方且绝无可能熟识的人们成为精神与情感上的难兄难弟。这或许便是优秀的文学的重要的意义所在，它所敞开的，只是个人的虚拟的世界，却有无数的可能身份、际遇全然不同的人从中发现自身。无论北京、上海、西安还是兰州，细部的差别无损于我们对世界可能拥有的整全的认识。因是之故，"生活"的差别，很大程度上只是识力的分野，而非其他。如得"神思"之妙，则"寂然凝虑，思接千载；悄然动容，视通万里，吟咏之间，吐纳珠玉之声，眉睫之前，舒卷风云之色"，"我才之多少，将于风云而并驱矣"。而从《随园》的写作中，作者已经意识到由"术"进"道"的解放意义。也因此，援引颜昆阳对庄子艺术精神的如下判断做参照，便不是没有意义的。"'道'是庄子思想所开显的最高境界，此一境界具有主客合一而超越主客之性格，既是主体自由无限之自然心灵，又是客体物物各在其自己的真实。艺术的理想，在于表现这一道的境界，因此它不以个人之情欲成见，以及在此情欲成见观照下之宇宙为其表现之终极。它以个体生命为基础，却能超越个体生命，而提升到普遍的生命的境域。在此艺术观念之下，他的表现便独出于诸多个人表现之上，而为'表现即再现，再现即表现'，主客天人双回向之特殊形态"。而"主客天人双回向"之状态，或许是身处这个时代，我们所能设想的最大也最为重要的精神视域。

原载《美文》2018年第13期

现实主义的广阔道路

——论陈彦兼及现实主义赓续的若干问题

作为重要的剧作家和小说家，自20世纪90年代初迄今，陈彦以"西京三部曲"（《迟开的玫瑰》《大树西迁》《西京故事》）为代表的秦腔现代戏，以及以《西京故事》《装台》《主角》为代表的长篇小说分别奠定了其在当代文学不同领域中的重要地位。而对其作品的研究史略做考察，不同论者的知识谱系和意识形态，以及与之相应之思想和审美观念的"分歧"格外值得注意。此种"分歧"并非表现为对作品价值高下的论争，而是不同文学史观的内在分野及其在具体作品评判过程中关注重点的差异。而历史性地考察此种差异及其征候意义，是深入探析陈彦作品之于当代文学核心传统及当下创作意义的先决条件。

在"新时期文学"四十年的重要时间节点回顾80年代迄今之文学史叙述的主流形态及其所关涉之复杂多元的问题论域，一个悬而未决的重要问题必将再度引发持久而广泛的关注，即如何以历史化的方式，重新激活肇始于1942年，且在当代文学前三十年中以强有力的姿态形塑当代文学的基本面向的革命现实主义文学传统，从而在当下语境中有效完成对这一"未完成"的传统的接续。此问题无疑关涉赵树理、柳青，以及在80年代迄今之历史氛围中有心接续社会主义文学传统的路遥及其他作家作品的文学史评价问题。也因此，在贾平凹长篇小说《带灯》中的主人公带灯的评价问题上,陈晓明表达了他内在的犹疑,"带灯这个人物在我们现当代文学的人物谱系中意味着什么"。"这个很难的问题其实困扰我很长时间,包括我写《中国当代文学主潮》那个书的时候,我觉得也是面对一个非常难解决的问题,就是我们怎么去评价我们曾经有过的一段叫作社会主义文学"。即便意识到该问题的重要性,但具体如何阐释,却似乎面临重重困难。①此种困难在多重意义上关涉20世纪80年代以降文学史叙述成规及其所表征之观念的内在分歧,亦与意识形态叙述重心的转移密切相关。以"断裂论"结构之中国现当代文学史在重新确立"'五四文学'(启蒙文学)主体地位"的同时,将左翼文学、延安文学"边缘化","表现在'当代文学'中,则是'新时期文学'的主体地位的确立以及'50—70年代文学'的边缘化"。更有甚者,在更为激烈的"断裂论"中,"'50—70年代文学'被逐步排除在'现代文学'之外",且被置入"文学/非文学(政治)、启蒙/救亡乃至现代/传统等类型化的二元对立中加以确认"②。自晚清开启,至"五四"强化的文化的"古今中西之争"及其所形塑之二元对立的思维模式,仍在多重意义上影响着文学史观念的基本面向。缘此,则无论"一体"到"多元"、"庙堂"(广场)与"民间",还是"共名"与"无名",均分享着同一种非此即彼式二元对立的思维方式,在表层的"解放"的能量之外,不可避免地存在着对另一种思想及审美资源的"遮蔽"和"压抑"。因是之故,作为"重写文学史"实践中重要文学史构想的"20世纪中国文学"或许并不能涵盖"20世纪中国"所有的"文学现象"。其以"未曾自觉的'现代性'"和"不加反思的'文学性'"读解"20世纪中国",既存在着"漠视'革命'这一20世纪中国最重要的现象"的问题,亦无法理解"'农村/农民'这一20世纪中国最大的群

---

① 丁帆、陈思和、陆建德等:《贾平凹长篇小说〈带灯〉学术研讨会纪要》,载《当代作家评论》2013年第6期。
② 李杨、洪子诚:《当代文学史写作及相关问题的通信》,载《文学评论》2002年第3期。

体"。①而"人民的文艺"的兴起作为20世纪中国社会文化"三千年未有之大变局"的深层历史寓意亦"被迫"消隐。"底层"突围的困难,"新伤痕文学"所表征之历史和现实难题,以及更为宽泛的"80后"面临的现实和精神困境,均或隐或显与此有关。而重建直面现实的"宏大叙事",或接续柳青和路遥传统,尝试在"总体性"意义上书写大时代及其间个人和群体命运的历史性变化,必然面临偏狭的文学史观念所致之评价的困难。此外,超克"五四"以降之现代性理路,在古今贯通的大文学史视域中考察陈彦作品与古典传统的承续关系,并将其视为现实主义拓展的可能性之一种,亦颇为重要。如论者所言,在古今分裂的意义上开显之"五四"现代性传统虽有其历史合理性,但在"五四"诸公所面临之历史与文化语境已发生变化的新的历史语境下②,以返本开新的姿态重续古典传统正当其时。要言之,超克"新时期"以降诸种文学史观念之局限,在更具包容性的视域中重新梳理文学与历史和现实双向互动的思想及审美路径及其意义,无疑属有效阐释具有多重资源汇聚意义的陈彦的创作的前提。而如何处理"五四"新文学传统、1942年《在延安文艺座谈会上的讲话》以降之社会主义文学传统,以及中国古典传统之间的复杂关系,仍属无法绕开的重要论题,亦为本文展开的基本视域和重点所在。

一、"总体性"与建构的现实主义

自20世纪90年代迄今,无论现代戏还是小说创作,关注不同时期普

---

① 罗岗、张高领:《在新的历史条件下重返"人民文艺"——罗岗教授访谈》,载《当代文坛》2018年第3期。依罗岗之见,返归"人民文艺"的先决条件,是"在文学史研究上超越'五四文学'与'延安文艺'、'当代文学'与'现代文学'、'中国新文学'与'二十世纪中国文学'、文学史的'革命叙事'与文学史的'现代化叙事'"等一系列二元对立,"重新回到'二十世纪中国文学'鲜活具体的历史现场和历史经验,再次寻找新的、更具有解释力和想象力的文学史研究范式"。
② 宇文所安:《过去的终结:民国初年对文学史的重写》,见《他山的石头记:宇文所安自选集》,田晓菲译,江苏人民出版社,2006年,第279页。

通人在具体的历史和现实氛围中所面临之迫切问题,且在宏阔的视域中肯定性地回应时代的精神疑难,属陈彦作品一以贯之的重要特征。如马克思所论,密切关注"从事实际活动的人,而且从他们的现实生活过程中""揭示出这一生活过程在意识形态上的反射和回声的发展"①尤为重要。因为,"生活,实践是反映的基本出发点,而从这个基本出发点去反映现实的生活关系"②,属反映方法的基本特点之一。也因此,历史视域、现实关怀,甚至对未来的可能的希望愿景的总体性的体察程度,一定意义上影响到作品对现实发掘的广度、深度与高度。而能否超越单一的观念限制,自更为宽广的历史、现实和思想视域中整体性地思考现实问题,并在此基础上洞悉现实发展的内在规律,则直接决定作品时代价值和现实意义的高下。对此种视域有极为深入的写作经验的路遥因之格外强调柳青遗产的如下特征:柳青"并不满足于对周围生活的稔熟而透彻的了解;他同时还把自己的眼光投向更广阔的世界和整个人类的发展历史中去,以便将自己所获得的那些生活的细碎的切片,投放到一个广阔的社会和深远的历史上去检查其真正的价值和意义"。也因此,"他的作品不仅显示了生活细部的逼真精细,同时在总体上又体现出了史诗式的宏大雄伟"。③亦是其以《创业史》虚拟空间的营构表征20世纪50年代的总体性问题,从而成为"十七年文学"具有里程碑意义的重要作品的根本原因所在。在写作《平凡的世界》时,路遥努力在更为宏阔的视域中以"某种程度的编年史方式"全景式展现1975—1985年十年间"中国城乡广泛的社会生活"。既力图"用历史和艺术的眼光观察这种社会大背景(或者说条件)下人们的生存和状态",也就不能回避对生活"做出哲学判断","并要充满激情地、真诚地向读者表明自己的人生观和个性"。④其旗帜鲜明的"倾向

---

① 汉斯·科赫:《马克思主义和美学》,漓江出版社,1985年,第585页。
② 同上,第585页。
③ 路遥:《早晨从中午开始》,北京十月文艺出版社,2012年,第137页。
④ 同上,第20—21页。

性",自然因是而起。

在柳青、路遥传统延续性的意义上,不回避对生活做出个人判断,努力在社会的大背景下以现实主义精神回应时代的精神疑难,为陈彦创作的要义之一。而20世纪90年代迄今之历史和现实氛围与50年代及80年代之间的差异,使得陈彦对"恒常价值"①的坚守,以及对身处底层的"小人物"命运遭际的关切分外具有值得反思的征候意义:其所持守之现实主义创作方法及所依托之思想传统作为"反潮流"的"潮流"意义,庶几近乎路遥80年代对柳青传统核心面向的延续之于彼时文学主潮的意义。基于此,其作品也时常与潮流化的观念存在着内在的抵牾,而自更为宏阔之视域观之,其所坚守之价值观念自有其无法替代的重要意义。此种价值观念与一时期潮流化观念间的"错位",恰正说明陈彦对思想观念的"变"中之"常"的深刻洞察。眉户现代戏《九岩风》的创作,起因于陈彦对90年代初时代问题的深切思考。在"万元户"成为"时代英雄"之时,陈彦却注意到在发展经济的过程中的"反面形象",从而"着力塑造了靠巧取豪夺发家,而最终又沦为赤贫的孔仁贵的形象"。②该形象及其所昭示之时代问题在90年代初无疑具有"反潮流"的意义,却可被视为"新伤痕文学"的"前史",在此一思想理路的延长线上得到更为深刻的阐释③。孔仁贵的命运遭际,后来在《主角》中刘四团这一形象中得到了更为深入的发挥,表明陈彦对现实人生观察之全面和深刻。延续同样的思想理路,《迟开的玫瑰》(1998)不同于彼时潮流化写作对成功人士的普遍性观照,而将目光投向那些身处底层且无法被纳入新的历史想象的"小人物"。"1998年,当时大家都在写女强人、住别墅的女人,但我不解,只

---

① 陈彦:《边走边看》,上海文化出版社,2012年,第373页。陈彦反复申论之"恒常价值、伦理、道德观",是指"经过人类历史检验,并继续适用于今天社会秩序建构、人的全面发展"的重要内容。不拘古今中西,一切有价值的精神成果均可纳入其中。
② 陈彦:《直面现实拥抱生活》,载《当代戏剧》1999年第2期。
③ 杨庆祥:《重建一种新的文学——对我国文学当下情况的几点思考》,载《文艺争鸣》2018年第5期。

有那些人的生活是有价值的吗？更多的普通老百姓就是这样生活的，他们的生活难道就没有价值了吗？"①围绕乔雪梅"人生价值"的探讨在多重意义上乃是1954年《中国青年》所刊发之署名王一山的读者来信所涉问题的再现，也从另一侧面说明关于"幸福"（人生价值）评价的新标准和新价值"往后不断强化的逻辑以及遭遇的危机"②。置身50年代总体性的历史和文化语境之中，王一山所面临的难题可以借由"劳动"与"德性政治"的意识形态关联而得到根本意义上的解决③。而对乔雪梅"牺牲"个人价值以肩负家庭重担的奉献精神的意义的理解，却必须依赖温欣等人思想觉悟的提高。其间暗含的复杂的历史意味，庶几近乎文学史关于梁生宝形象真实性的分歧及其所涉之内在问题。而在特定历史阶段随交大西迁至西安的一代知识分子同样必须面对两种人生价值观念之分歧所造成的精神的阵痛。作为第一代西迁人，苏毅秉承乃父遗风，以极强的精神定力，克服现实的重重困境而义无反顾地投身大西北建设，其间虽面临诸多历史性困境却初心不改。其为乃父所作墓志铭无疑属此种精神的凝聚："天地做广厦，日月做灯塔，哪里有事业，哪里有爱，哪里就是家。"④其所谓"事业"，也非普通意义上的个人成就，乃是与宏大的历史性实践密切相关，具有崇高的美学内涵。但此种牺牲"小我"而成就"大我"的精神并不能自然发生，孟冰茜返归上海的夙愿及其对后代返乡的设定无疑与彼时现实问题密切相关。因是之故，其子苏小眠立志扎根新疆，以及其孙苏哲意图完成祖父未了之愿的选择无疑包含着不同时流的复杂寓意。"从一个'西迁'家庭入手，用五十年的跨度，把他们三代人的感情、事业、人生与国

---

① 陈彦：《边走边看》，上海文化出版社，2012年，第371页。
② 罗岗：《人民至上：从"人民当作主"到"社会共同富裕"》，上海人民出版社，2012年，第122页。
③ 对此问题及其历史变迁之深层寓意的详细申论，参见蔡翔：《革命/叙述：中国社会主义文学——文化想象》，北京大学出版社，2010年。
④ 此段作为《大树西迁》点题之笔在剧中反复出现。见陈彦：《陈彦精品剧作选：西京三部曲》，太白文艺出版社，2018年，第134页。

家的命运紧密相连起来，从中折射出中国知识分子""不计个人得失、牺牲小我、成就大我的拳拳的报国之心"①。此种家国意识和淑世情怀，如剧中人周长安所论，乃是一种"使命"感，无论社会如何变化，此种价值坚守乃社会之脊梁所在。从木秀林（《九岩风》）、乔雪梅（《迟开的玫瑰》）到苏毅、孟冰茜（《大树西迁》），不同人物所处之环境及面临之问题虽有差别，但其核心却有内在的延续性。即在"个人"与"时代"、"自我"与"他人"之间，做个人人生的重要选择。此种选择无疑切中不同时期之重要社会问题，而主人公无一例外地完成了对"小我"的克服，从而"重建"其价值观念。因是之故，以对作为社会象征行为的叙事虚构作品的精心营构，"总体性"地回应时代的精神疑难，为陈彦建构的现实主义的要义之一。其观照现实的宏阔视域，以及努力在总体的意义上肯定性地解决现实问题的种种尝试，使其与"新时期"以降之"正面强攻现实"的写作方式存在着根本性的精神分野。此种分野既与文学观念关联甚深，亦与作品所属之思想及审美谱系颇多关联。

基于对"新时期"以降之文学思潮和流派及其文学文本现实意义的整体性反思，有论者对"先锋文学"及其所依托之思想和审美资源之"局限"有过如下反思：因悬置文学之社会功能，仅在个人情绪之表达上着力用心，当代文学已然逐渐失去作用于现实的功能。"情感信服力的不足"和"社会反思能力"②的欠缺使得文学已无力回应迫切的现实问题。此种功能曾在"五四"以降之文学史中发挥极大之作用，甚或影响到中国作为现代民族国家的建构问题。无须援引詹姆逊关于文学之"政治无意识"的相关论断，仅就20世纪中国文学的总体状态而言，悬置文学的社会功能，的确属对文学意义的"窄化"。90年代得到广泛讨论的"纯文学"，其核心问题即在此处。如论者所言，"由于对'纯文学'的坚持，作家和批评家们没有及时调整自己的写作"，"使得文学很难适应今天社会环境的巨

---

① 陈彦：《边走边看》，上海文化出版社，2012年，第202页。
② 艾伟：《对当前长篇小说的反思》，载《当代作家评论》2006年第2期。

大变化",也无法建立和"社会的新的关系",自然无从"以文学独有的方式对正在进行的巨大社会变革进行干预"。①不同于"纯文学"的思想理路,经由现代戏的实践,陈彦极为重视文学的社会功能及价值,且努力从肯定性意义上解决现实的复杂疑难。此种解决并不局限于狭窄的范围,而是向极为广阔的生活世界敞开。"作家、艺术家生命气象的强弱,生命格局的大小,使命担当意识的自觉程度,决定了他作品的宽度、厚度与高度。"进而言之,"大的作家和艺术家其实都在思考大问题,路遥正是这样一位作家,他从生活过的陕北小村庄看起,一直把眼光放大到县、地区、省乃至全国,全面思考着一个民族的精神和发展走向,大至贫困问题,中国的物质和精神在那个年代的平衡问题,细到对毛茸茸的底部生活的重视,无不折射出他宽阔的生命精神与情怀,贴着大地行走,站在云端俯瞰,最终成就了路遥《平凡的世界》的宏大与广阔"②。基于同样的考虑,在完成秦腔现代戏《西京故事》创作之后,陈彦觉得"当下城乡二元结构中的许多事情"因篇幅所限,未能有更为清楚深入的表达,因此有了近五十万字的长篇小说《西京故事》的创作。舞台剧因自身艺术特征的限制的未尽之处,长篇小说有更为丰富宏阔的表达。"我在写城市农民工,随之与他们产生对应关系的各色人等,也就不免要出来与他们搭腔、交流,共同编制一种叫生活的密网。"③罗天福一家的"西京故事",因之并不局限于文庙村,也并不仅与房东西门锁、郑阳娇及其他农民工发生关联。"'西京故事'就是中国故事,作家笔下的'文庙村'就是当下中国

---

① 张均:《当代文学研究中的"纯文学"问题》,载《首都师范大学学报》(哲学社会科学版)2017年第2期。在分析"纯文学"的局限之后,张均以为"告别'纯文学'的方法,将视野从文本和个体灵魂延伸至'历史深处'的'力的关系'或历史的动态变迁之中,则实在是学术走向开阔之境的必经之途"。如是思路,用作超克"纯文学"局限的方法亦无不可。
② 陈彦:《艺术家要有大气象大格局》,载《中国艺术报》2015年4月1日。
③ 陈彦:《西京故事》,人民文学出版社、太白文艺出版社,2013年,第432页。

社会的象征与缩影"①。罗甲成的现实和精神的双重困境亦不能在与孟续子等人的关系中得到解释。凡此种种,无不与新世纪的第二个十年的社会文化的总体性氛围密切相关。因是之故,就空间而言,由塔云山到西京城的文庙村,牵涉极为开阔的现实;而以所涉之人物论,无论身在学院的童教授、基层领导贺冬梅、房东郑阳娇,还是塔云山外出打工的蔫驴,与罗甲成同寝室的朱豆豆、孟续子,等等,无不代表时代复杂总体的不同面向,并分属不同之阶层,却从不同层面影响到罗天福一家的命运。由此,陈彦既在生活的细部展现罗天福一家所面临之现实难题,亦尝试在更为宏阔之现实视域中,总体性地观照其困境并努力探讨超越困境的可能。

同样宏阔之现实视域,亦属《主角》的特征之一。"《主角》当时的写作,是有一点野心的:就是力图把演戏与围绕着演戏而生长出来的世俗生活,以及所牵动的社会神经,来一个混沌的裹挟与牵引。我无法企及它的海阔天空,只是想尽量不遗漏方方面面。"②《主角》的核心人物虽为忆秦娥,但其所着力描绘的"主角"的更具普遍性的复杂寓意,却并不局限于忆秦娥一人。在"诗与戏、虚与实、事与情、喧扰与寂寞、欢乐与痛苦、尖锐与幽默、世俗与崇高的参差错落中",陈彦力图"发掘生命和文化的创造力与化育力",小说因是成为"照亮吾土吾民的文化精神和生命境界的'大说'"。③其书写之精微处,即便在厨房,廖耀辉与宋光祖之间围绕何人当为"掌做"之明争暗斗此起彼伏。而胡三元与郝大锤纠纷之缘起,亦与个人地位之高下密切相关。其他如米兰和胡彩香之纠葛,薛桂生与丁至柔之矛盾,无不与此有关。而如是矛盾的"同义反复",乃忆秦娥生活之常态。在宁州有楚嘉禾等人的明枪暗箭,在省秦仍有龚丽丽、楚嘉禾等人从未消停的恶意攻击甚或暗中构陷。由此,《主角》从多个角

---

① 吴义勤:《如何在今天的时代确立尊严?——评陈彦的〈西京故事〉》,载《当代作家评论》2015年第2期。
② 陈彦:《主角》,作家出版社,2018年,第894页。
③ 吴义勤:《生命灌注的人间大音——评陈彦〈主角〉》,载《陕西日报》2018年2月1日。

度多种层面，切近20世纪70年代中期迄今中国社会复杂状态的诸多面向。忆秦娥个人命运之"贞下起元"与大历史之革故鼎新密切关联。"旧戏解放"亦与彼时代主题之宏大变革密不可分。大历史主题的转移自然引发个人命运的"天翻地覆"。也因此，忆秦娥及胡三元、胡彩香、米兰、刘四团等人物甚或"秦腔"的命运，均是高度历史性的，几乎与改革开放四十年之社会变化处于"同步"状态。

即便意识到刁顺子们彻底改变命运的希望的渺茫，且以"蚂蚁"的意象表征其对此类生活之基本状况的冷峻观察，陈彦却无意在"正面强攻"的意义上完成对现实的书写。强调文学的总体性及其与政治现实的复杂关联与在非总体性、去意识形态化之思想理路中建构之文学观念的根本性区别，在于对"文学"——其价值、功能及意义——理解的差异。其间暗含的思想纷争在多重意义上乃是关于"无边的现实主义"及其限度的争论的历史性循环。因注意到"颓废派"作品潜在的"意识形态"性质，苏契科夫并不赞同加洛蒂无限制拓展现实主义边界的理论构想。在他看来，"围绕现实主义而进行的争论极其鲜明地揭示出争论双方立场和审美观的分歧，揭示出在理解艺术的社会使命以及现实主义和现代主义关系方面的差异"。不同立场和审美观的根本性分野，并不在艺术表现技巧，而在于此种技巧所彰显之世界观念。"资产阶级美学家和作家们强调艺术对意识形态其他领域的虚假的自主性，为的是否定艺术的社会意义，把艺术禁锢在'纯粹的''没有利害关系的'审美感受的领域中"，进而使"艺术发展的图景极度简单化"，其在"人类生活和社会中的作用遭到削弱"。[①] 关于表层的技巧的分歧并不能掩盖其内在的意识形态（就该词的原初意义而言）纷争及其历史和现实寓意。在被文学史认定为现实主义退潮的90年代，秦兆阳与何启治关于《九月寓言》评价的分歧之根本原因即在此

---

① B.苏契科夫：《关于现实主义的争论》，见罗杰·加洛蒂《论无边的现实主义》，吴岳添译，上海文艺出版社，1986年，第234、236页。

处①。是为两种意识形态间之复杂博弈,并非单纯的文学观念的分歧。

如路遥在"一个'同一性'的制度、文化开始分裂的特殊历史时期"坚持一种"'同一性'的想象,并把它转化为现实的文学行为"时所面临的历史性难题——此种"同一性"已然缺乏如柳青时代的宏大叙事的制度性支撑,陈彦或亦难于通过特殊的"认证原则、传播方式把这种'同一性'撒播到读者群中",并"试图构建一个'坚不可摧'的文化的'共同体'"②。秦腔现代戏《西京故事》演出近千场并获得极为广泛的积极回应的现实亦不能表明罗天福一家的现实与精神难题的解决方式可以推广到更为普遍的领域,并从根本上解决这一阶层所面对的核心问题。有论者尝试在新的历史条件下重返"人民文艺"的根本用心亦在此处。"'人民文艺'一直在讨论作为'被动员阶级'的'人民大众',强调的是作为一种'想象'的政治共同体"。此一想象的共同体包含着脱离了"'五四'启蒙文化的民族—国家构想的政治和文学方案"③。此亦为柳青赋予梁生宝一种"新的农民的本质"的根本用心处,"'解放'的意义对于绝大多数农民来说,只意味着自己的解放或者是建立在血缘和地缘基础上的'家族'的解放",但梁生宝对此的理解则迥然不同,他"一下子就抓住了'解放'的抽象意义,并从中找到了自己的真正的本质"。此种本质的根本性意义在于,"对'咱们'这一'想象的共同体'的认同意味着他不但从封建的地主政治压迫下解放出来,而且还能迈出更重要的一步——从统治中国农民几千年的封建思想中解放出来"并深刻领会到"解放"所开启之新的"现代性事业"的根本意喻④,此后的"创业"自然蕴含着创造"新世界"并于其中自我创造的内在价值。而随着时代核心主题由"革

---

① 李云雷:《秦兆阳:现实主义的"边界"》,载《文学评论》2009年第1期。
② 杨庆祥:《路遥的自我意识和写作姿态——兼及1985年前后"文学场"的历史分析》,见程光炜、杨庆祥编《重读路遥》,北京大学出版社,2013年,第54页。
③ 罗岗、张高领:《在新的历史条件下重返"人民文艺"——罗岗教授访谈》,载《当代文坛》2018年第3期。
④ 李杨:《50—70年代中国文学经典再解读》,山东教育出版社,2002年,第153页。

命"转向"现代",此种现代性事业的重心亦发生转移。那些曾经赋予"底层"以极大的"尊严"的"劳动"的深刻的政治意涵亦渐次退却,罗天福一家依靠诚实劳动安身立命的价值坚守虽能获致一定意义上的"尊严感",却无法一劳永逸地解决其阶层本身的内在困境。《创业史》的"未完成"昭示着同样的问题,"社会主义现实主义"所追求的"'总体性世界'的文学书写"及其所要求的"理论与实践、主体与客体的统一"必然需要借重"社会体制形态",一当其所依赖的文学与政治的"联动机制本身发生变化乃至断裂时,文学就逐渐开始显露其有限性,被迫从政治化实践机制中'脱落'出来"。①而置身仍在延续的社会转型期,为身处底层的普通人之生活意义赋予一种想象性的解释,远较无视现实的复杂性简单开出解决方案更为重要。因为,"试图以塑造的方式揭示并构建隐蔽的生活总体",并包括"历史情况自身所承载的一切破裂和险境"②,从而将境况之种种纳入虚拟的总体性空间中且赋予其以系统的意义,乃小说创作的目的之一。一如论者曾将社会主义现实主义的使命定义为"不仅仅是在现在批判地描绘过去的东西",其要意还在于"肯定革命在现在所获得的一切,阐明社会主义未来的崇高的目的"③。而相较于批判地描绘过去和现在,阐明未来崇高目的的肯定性书写似乎更为紧要。延此思路,则陈彦在《西京故事》之后写作《装台》与《主角》,或许亦属一种"无法回避的选择",为从肯定性意义上回应时代的精神疑难之基本理路的自然延续。

质言之,尝试在更为宏阔的社会历史及现实视域中深度观照时代的精神疑难,并努力接续已然"退隐"的极具历史征候意义的总体性范畴,且于其间探讨时代及人之可能性,为陈彦建构的现实主义的特征之一。此种

---

① 贺桂梅:《"总体性世界"的文学书写:重读〈创业史〉》,载《文艺争鸣》2018年第1期。
② 卢卡奇:《小说理论》,燕宏远、李怀涛译,商务印书馆,2012年,第53页。
③ 奥泽洛夫:《社会主义现实主义的若干问题》,新文艺出版社,1957年,第31页。

总体性无疑包含丰富复杂的历史和现实意蕴。如柳青以《创业史》的写作应和20世纪50年代意识形态对"新世界"和"新人"的双重询唤,努力以叙事虚构作品虚拟空间及其间人事的营构肯定性回应时代的核心问题,陈彦的诸多作品亦从不同侧面涉及当下社会的核心问题的不同面向,并尝试提供可能的解决方式。自90年代《九岩风》迄今,社会核心问题于不同语境中之流变,自然召唤与之相应的总体性思考与时推移的观念调适。就此而言,陈彦一以贯之的思想理路及审美偏好并不能在"新时期文学"所彰显之启蒙及个人的基本理路中得到恰切的阐释,而是需要返归至"十七年文学"甚至延安文艺的基本传统。是为陈彦写作不同于当下现实主义的重要特征。其之于"未完成"的社会主义文学传统的内在的接续的价值,无疑更具现实的征候意义。

二、"新世界"与"新人"的双重可能

既在具有复杂历史与现实意涵的总体性意义上回应时代的精神疑难,塑造与"新世界"相应之"新人"形象,自然属其题中应有之义。而"新人"也并非"某种固有的属性,而是在历史实践的过程中建构起来的实体和主体"。他与"人民共和国"相互定义,均属"现实中的政治性存在",且"都在给定的历史条件下不断创造自己的历史"。"新人"的谱系,因之与时代的核心问题互为表里。书写"新人""在一个现实的政治和伦理空间中"如何"寻找新的自我"[①],也便成为陈彦作品的重要特征。但其对"新人"及其历史性实践的理解,并不等同于"新时期"以降文学主潮之核心取向,而是与路遥80年代的写作一般,包含着赓续革命现实主义传统及其内在的质的规定性的重要内容。

虽未使用"人民文艺"这一极具历史征候意义的重要概念,陈彦对

---

① 张旭东:《文化政治与中国道路》,上海人民出版社,2015年,第15页。

身处底层的小人物的历史与现实命运的深度关切仍然表明其思想的重心，在新的"人民文艺"的谱系之中。他并不赞同历史题材仅关注帝王将相与才子佳人，现实题材只关心劳模精英及成功人士，以为此种关切并不"接地气"，且存在着"严重脱离人民大众"的问题。创作者应"多接触老百姓的心理"，写出"他们的痛痒"，尤为重要的是，从骨子里"流淌为弱势生命呐喊的血液"。是为戏曲的"创造本质和生命本质"①，亦是陈彦小说创作关注之重点所在。"有人说，我总在为小人物立传，我是觉得，一切强势的东西，还需要你去锦上添花？……因此，我的写作，就尽量去为那些无助的人，舔一舔伤口，找一点温暖与亮色，尤其是寻找一点奢侈的爱。"②即便在以秦腔名伶为主人公的《主角》中，陈彦借各种阶层各色人等的命运遭际对人之普遍性命运的思考，仍不脱其一以贯之基于"人民"立场的价值关切。③乔雪梅在个人命运与家庭（社会）责任之间的艰难选择和价值坚守，无疑贴近底层人物之基本现实，且由之生发出对个人生命价值的另一种具有崇高意义的思考。此种思考亦并不借重将"个人"置于"社会"（他人）之上的思想资源，而是着力强调扎根于社会的个人"牺牲"和奉献的内在价值。历史地看，作为中国社会"三千年未有之大变局"的要义之一，身处底层的普通人以前所未有的历史主体的身份登上历史舞台。是为《创业史》所敞开之"新世界"与"新人"交互生长之核心要义，亦关涉文学与历史、现实互动之问题的核心。基于对毛泽东在延安文艺座谈会上的讲话的理解，以从事"新人物"的"新的思想、意识、心理、感情、意志、性格……的建设工作"④为柳青创作《创业史》的根

---

① 陈彦：《边走边看》，上海文化出版社，2012年，第373页。
② 陈彦：《〈装台〉后记》，作家出版社，2015年，第433页。
③ 陈彦：《主角》，作家出版社，2018年，第899页。值得注意的是，在《主角》后记中，陈彦特别提及其因一个新闻事件而一度停笔，而支撑其继续写作的，恰恰是对普通人命运的关切。
④ 柳青：《和人民一道前进——纪念毛泽东同志〈在延安文艺座谈会上的讲话〉十周年生涯》，见蒙万夫等编《柳青写作生涯》，百花文艺出版社，1985年，第29页。

本目的。此种目的自然有基于宏阔的现实的总体性考量的历史意味，并非人物塑造那么简单①。20世纪80年代初中期，身处已然不同于"十七年"的"新时期"的历史语境之中，路遥经多方考量仍坚守柳青传统，其根本性的考虑即在此处。其间暗含之个人命运与大历史变化的内在关联之深层寓意，非有切身之生命实感经验而不能道②。此种思想理路在80年代之"反潮流"意义及其所遭遇的文学史的冷遇，表明两种关于"人"的想象间之复杂博弈。是为"十七年文学"两种研究理路的内在分歧。此种分歧意味着"关注'穷苦人'的社会主义文化与今日精英本位的主导文化之间存在根本差异"③。也因此，柳青与路遥的写作乃是关于"人"的另一种想象性实践的结果，具有不容忽视的历史和现实意义。

几乎在同样的意义上，《西京故事》可以被视为路遥传统在新世纪的回响。困扰路遥的主人公的"城""乡"之辩仍属21世纪第二个十年诸多底层人物所必须面对的现实难题。柳青多年前关于文学作品经典化以六十年为一个单元的说法得到了确凿无疑的印证——后世的历史性评判终究压倒同时代人的观念而更为切近文本生产的历史性背景，也更符合历史语境的客观要求。对文学作品的价值评判如是，对作品所涉之历史事件之评判亦复如是。然而时隔多年后，总体性观念与时推移的自然调适已使时代主题发生变化。此种变化自然影响到置身大历史之中的个人命运。相较于50年代的"新人"梁生宝和80年代的"新人"孙少平、孙少安，《西京故事》中可视作为新世纪第二个十年的"新人"的罗甲秀、罗甲成必须面对更为复杂的现实和精神境遇。可以作为"新人"梁生宝极为强大的精神后援的总体性观念在80年代已非孙氏兄弟所能分享，具有丰富之历史寓意的"劳动"及其所持存之价值和尊严在《平凡的世界》中几乎成为人物一

---

① 杨辉：《再"历史化"：〈创业史〉的评价问题——以洪子诚〈中国当代文学史〉为中心》，载《西北大学学报》（哲学社会科学版）2016年第1期。
② 杨辉：《路遥文学的"常"与"变"——从"〈山花〉时期"而来》，载《中国现代文学研究丛刊》2018年第2期。
③ 张均：《"十七年文学"研究的分歧、陷阱与重建》，载《文艺争鸣》2015年第2期。

厢情愿的精神的姿态。在塔云山这一远离城乡冲突的封闭世界，罗天福及其所坚守之价值观念已然面临日渐逼近的来自外部世界的挑战，而一当置身文庙村这一交叉地带（城中村），诸多潜在的矛盾被一一激发且一再强化。即便起早贪黑累断筋骨，罗天福一家仍然无法从根本上改变命运。郑阳娇的蛮横和逼迫，以及偶入工地推销千层饼被打，均不过是此种冲突的不同面向，其根本仍在经济地位所造成之阶层分野。一如孙少平半生奋斗的结果可能不过是他人人生的起点，无论罗甲成如何努力奋斗，也似乎并无与沈宁宁等人共享同等资源的可能①。尤需注意的是，《西京故事》的世界已无如《平凡的世界》中贯穿始终的道德理想主义。看似善解人意叫人心动的童薇薇也无法成为田晓霞的再现，也自然不能为罗甲成承诺一段美好的恋情。即便进入名校却仍身处底层的罗甲成最终因无法承受种种压力而愤然出走。虽在罗天福精神的感召之下重返校园，但并不意味着其拥有了超越个人境遇的可能。在作品的结尾处，沈宁宁等人相继有了足以教罗甲成们艳羡不已的去处。罗甲成、罗甲秀克服"毕业即失业"的方式是"创业"这一具有新世纪历史和现实独特寓意的方式。他们依靠数年所学将千层饼做成连锁店，在即将从容展开的未来可能获得更具象征意义的"成功"。无论"失败"还是"成功"，罗天福一家的命运均具有高度的历史性。而个人命运的根本性变革，仍以社会的变革为基本前提，是为陈彦重启"孙少平难题"的要义之一。

在总体的制度性资源（如梁生宝的种种行为均有来自时代强有力的思想及制度的支持）匮乏的境况下，罗甲成、罗甲秀以个人"创业"（与梁生宝"创业"的集体性质形成极具历史意味的"反差"。此亦为"80后"参与性危机产生之根源）克服现实困境的方式未必具有普遍性。此种对现实疑难的缓解也或许不过仅在象征的意义上发生效用，陈彦对此无疑有更为深入的洞察。如贾平凹几乎在同一时段尝试以重启"社会主义新人"的

---

① 杨辉：《"一代人"的"表述"之难——杨庆祥〈80后，怎么办？〉读札》，载《中国现代文学研究丛刊》2018年第3期。

思想及美学谱系的方式表达其现实忧虑,却只能以"新人"的"幽灵化"作结所昭示的问题一般①,总体性和制度性资源的匮乏,使得陈彦在"路遥传统"的基本框架之中象征性解决现实疑难的种种努力难以全功。与时代主题与时推移的自然调适一般,《大树西迁》《迟开的玫瑰》及《西京故事》之后,陈彦借对中国古典文学与文化传统沉潜往复、从容含玩而悟得之思想及审美观念尝试赋予如罗天福般难于从根本意义上改变命运的人物以生之意义和尊严。此种思考无疑属古典思想及其所持存之人世观察境界之再生。长篇小说《装台》《主角》及其中"新人"之不同于路遥传统的新的思想、心理和情感,均需在这一思想及审美谱系中加以阐释,而不能简单地被目为"传统"或"守成"而归入另册。

相较于"新人"罗甲成们虽屡遭挫折却总能化险为夷从而以勇猛精进的姿态朝向未来的"上出"之境,刁顺子和他的兄弟们却被迫只能面对周而复始循环往复的"轮回"般的命运。就根本而言,已无纯然美好的希望愿景等待他们阔步踏入,陈彦也无意于将他们的生活纳入某种理想的幻象之中。基于对现实人生的敏锐洞察,陈彦充分意识到此类人物及其根本性的"局限"所在。"问题是很多东西他们都无法改变,即使苦苦奋斗,他们的能力、他们的境遇,也不可能使他们突然抖起来、阔起来、炫起来"。他们极为艰难的现实处境也使得他们在童话般缓解困境的无能和无力。"他们永远都不可能在森林里遇见连王子都不跟了,而专爱他们这些人的美丽公主,抑或撞上天天偷着送米送面、洗衣做饭,夜半飘然而至,月下勾颈拥眠的动人狐仙。"也因此,陈彦无法简单地延续路遥传统中极为重要的道德理想主义以化解极为尖锐的现实问题,而必须重新切近更为复杂且坚硬的现实。但根本的问题仍在马克思的经典论断所昭示的思想现实之中,"哲学家们只是用不同的方式解释世界,而问题在于改变世界"。在如《创业史》般来自外部自上而下的思想及制度性资源匮乏的境

---

① 陈晓明:《他能穿过"废都",如佛一样——贾平凹创作历程论略》,见李伯钧主编《贾平凹研究》,陕西师范大学出版社,2014年,第56—57页。

况下，以现实的方式化解矛盾变得分外艰难。如是阶层既定命运的根本性变革尚需时日。因是之故，"在农民事实上不可能快速转移入城市，农民收入不可能得到迅速提高的情况下，站在农民主体立场的新农村建设的核心，是重建农民的生活方式，从而为农民的生活意义提供说法"①。此处所谓之"农民"，换作"底层"亦无不可。《西京故事》之后，陈彦在《装台》《主角》中对底层，甚或可以扩而大之的"所有人"的生之意义的探讨，即属在更为广阔的思想资源中，为"人"的生活意义提供说法的尝试。

如是努力，也并非没有文学的先例。沈从文1934年返乡途中对"真的历史是一条河"的体悟，即包含着另一种读解普通人命运的思想路径。不同于"五四"以降"人"的发现的启蒙立场，沈从文意识到普通生命内在的正大庄严。"他们那么庄严忠实的生，却在自然上各担负自己那份命运，为自己，为儿女而活下去。不管怎样活，却从不逃避为了活而应有的一切努力。他们在他们那份习惯生活里、命运里，也依然是哭、笑、吃、喝，对于寒暑的来临，更感觉到这四时交替的严重。"②也因此，"沈从文作品里的人，与启蒙的新文学里的人不同"，前者无疑"大于"后者③。作为他们生活世界的基本背景的，既有精神意义上的千年传统渐次累积形成之文化人格之基本依凭，亦有个体生命与天地自然齐同之内在节律。如此，人自有由内而外生发之勃勃生气，并非概念化、图式化的"现代观念"所能简单概括。是为其生之意义本身自有，不假外求的原因所在。延续沈从文对普通人生活意义的如是理解，余华以"生活"与"幸存"区分两种理解福贵命运的视域。后者的评判乃出自"外部"，如"启蒙"观念自上而下的特征；而前者则源自"内部"，属一种对对象如其所

---

① 贺雪峰：《新农村建设与中国道路》，见薛毅编《乡土中国与文化研究》，上海书店，2008年，第67页。
② 沈从文：《历史是一条河》，见《沈从文全集》卷十一，北岳文艺出版社，2009年，第188页。
③ 张新颖：《沈从文九讲》，中华书局，2015年，第94—100页。

是的理解。此种"内""外"之辩,恰属两种思想路径之基本分野。以淡化宏大之历史背景,表明类同于许三观们的普通人命运之非进步的循环特征,为余华对现实冷峻观察之一种①。而经由对身处极端境况且无由解脱的福贵们的命运的悉心书写,余华则表明源自古典思想之人世体察仍有不容忽视的当代价值。以"人是为了活着本身而活着,而不是为了活着之外的任何事物而活着"为核心意旨的文本的"高尚"之处在于,"活着"本身内在价值的正大庄严。如是理路,在陈彦的笔下得到了可谓淋漓尽致的发挥。一如福贵、许三观们既定命运类如存在主义的悲怆性质,刁顺子们"只能一五一十地活着,并且是反反复复,甚至带着一种轮回样态地活着"。但即便身处生命之艰难境况,他们却"不因自己生命渺小,而放弃对其他生命的温暖、托举与责任,尤其是放弃自身生命演进的真诚、韧性与耐力。他们永远不可能上台",成为时代的焦点所在,但他们在台下的行进姿态,却是"有着某种不容忽视的庄严感"②。此种关于刁顺子生之意义和尊严的书写,无疑接通了另一更为悠远的精神传统。而忆秦娥历经个人命运之兴衰际遇、起废沉浮之后,仍以儒家式的精进姿态化解来自生活世界的重重压力。个人对社会的责任感和担当意识,是忆秦娥即便面临"死生"之际,却仍不至于颓然的根本原因所在。她从"人民"中来,最终又"返归"人民之中。陈彦在作品结尾处对忆秦娥命运的如是处理,无疑包含着更为复杂的时代寓意。忆秦娥个人命运的转换与"新时期"社会之革故鼎新同时展开,亦表征着大历史的变革之于个体命运的重要意义。作为"新时期"的贯穿性人物,忆秦娥的命运遭际无疑具有更为深入的历史意涵。她如罗天福一般,属江山社稷的脊梁。其所坚守之勇猛精进之价值信念亦属民族精神生生不息之要义所在。在新的历史和现实情境中,忆

---

① 李今:《论余华〈许三观卖血记〉的"重复"结构与隐喻意义》,载《中国现代文学研究丛刊》2013年第8期。如李今所论,《许三观卖血记》"所隐示的重复不变的社会结构使它能够超越左翼文学传统的个别历史与个别意识形态,而彰显出没有历史轮回的底层命运"。

② 陈彦:《装台》,作家出版社,2015年,第432页。

秦娥可被视为与"新时代"互证的"新人"。是为陈彦反复申论"主角"之复杂寓意的根本用心。

历史地看,从梁生宝到孙少平、孙少安,再到罗甲成、罗甲秀及刁顺子、忆秦娥,"新人"所面临的历史性难题随着时代主题的变化而有着并不相同甚至截然二分的意义。此种变化无疑属延续革命现实主义及其所依托之宏大叙事而对不同时代社会问题的不同回应。此亦为"典型人物"无法脱离"典型环境"说的题中应有之义。而其内在的问题亦有根本的连续性。在当代文学"越来越自我,越来越中产阶级化"的基本语境中,对现实主义的重要性的重申必然与对"一个更加广阔的世界的关注",以及对"更多的群体性的'人'的关注"密不可分。然而最为重要也更为迫切的问题仍然是如何"捍卫""中国革命的理念",以及如何使"中国革命的正当性"[①]持续彰显。是为接续"未完成"的社会主义文学传统的要义之一。如论者所言,"捍卫现实主义这个成就斐然的主要文艺流派的原则",非关马克思主义奠基者的个人偏好,而是因为"这些原则渗透着公开地和真诚地为劳动人民的解放服务的愿望"。亦属马克思和恩格斯革命世界观内在规定的自然要求,"同马克思主义理论的实质本身紧紧地联系在一起"。[②]进而言之,一种社会主义的总体性,必然包含着独特的历史进步意义及与之相应的无产阶级的阶级意识。"群众运动"与"革命"也并非简单的组织问题,而是有着无产阶级自我生成和发展的内在意义。而如"阶级意识"作为"'主体'的过程的真理本身"亦随着实践的变化而辩证发展一般,"新世界"不断创生过程中对新的"问题"的生产和克服

---

① 周展安、蔡翔:《探索中国当代文学中的"难题"与"意义"——蔡翔教授访谈录》,载《长江文艺评论》2018年第2期。
② 乔·米·弗里德连杰尔:《马克思恩格斯和文学问题》,郭值京等译,上海译文出版社,1984年,第192页。

的辩证自然要求"新人"作为意识形态主体的内涵的不断迁移。①是为从梁生宝、孙少平到罗甲秀、罗甲成思想及困境差异的根本原因。对如上问题所属之思想和审美谱系的反思和重建,属赓续社会主义文学传统的内在要求,具有更为深入的思想和现实意义。

三、思想和审美资源的多样化

就其要者而言,在当下语境中拓展现实主义之思想及审美资源的方式有二:其一,在新的历史和时代条件下重启具有深刻历史意涵的社会主义文学传统,接续柳青、路遥所开辟之革命现实主义的核心精神,以总体性地书写纷繁复杂的当下现实,充分发挥文学作为社会象征行为的独特的经世功能和实践意义;其二,在古今贯通的视域中接续中国古典文脉,且以超克西方文论作为"前理解"的新的理论视野中激活古典思想阐释当下问题的理论效力,以开出文本的新的思想视域和审美境界。以秦腔现代戏为"中介",陈彦得以统合柳青以降之革命现实主义传统及中国古典传统。秦腔现代戏起源于延安,与1942年《在延安文艺座谈会上的讲话》发表前后的历史氛围及现实问题密切相关。早期代表作《中国魂》《一条路》《血泪仇》等均有极为鲜明的时代特征。而民众剧团的创作实践,也为毛泽东《在延安文艺座谈会上的讲话》提供了"重要素材"。毛泽东的诸多思想,也影响到秦腔现代戏诞生阶段的重要面向②。时隔七十余年后,历史性地回顾民众剧团的"生命历程",陈彦意识到"毛泽东倡导的'新秦

---

① 如卢卡奇所论,"无产阶级的阶级意识,作为'主体'的过程的真理本身,远不是稳定不变的,也不是按机械'规律'向前运动的。它是辩证过程本身的意识;它也同样是一个辩证的概念。因为只有当历史的过程迫切需要无产阶级的阶级意识发生作用,严重的经济危机使这种阶级意识上升为行动时,这种阶级意识的实践的、积极的方面,它的真正本质才能显示出它的真实形态"。卢卡奇:《历史和阶级意识:关于马克思主义辩证法的研究》,杜章志、任立、燕宏远译,商务印书馆,1999年,第96—97页。
② 陈彦:《毛泽东与秦腔》,见《说秦腔》,上海文艺出版社,2017年,第39、49页。亦可参见陈彦:《中国戏曲现代戏从延安出发》,载《光明日报》2012年5月21日。

腔'运动,以及由此开拓出的民族戏曲现代戏的艺术实践",充分体现出"'人民性''大众化''民族化'以及生活是文学艺术'唯一的源泉'"等理论的深刻性和现实性。而"真正深入到人民大众中去,深刻探讨社会问题,关注大众精神生态",仍属现代戏的重要价值所在[①]。"戏曲唯有始终站在民众立场上,坚持独立思考,持守美学品格,守望恒常价值、恒常伦理……敢于担当,勇于创新,与国家、民族同呼吸、共命运,才可能赢得与时代艺术同步发展的空间。"[②]延此思路,则无论早期作品《九岩风》《留下真情》,还是现代戏代表作"西京三部曲",长篇小说《西京故事》《装台》《主角》,无不有极为浓重的现实关怀,并切近不同时期不同层面较为迫切之现实问题。此为陈彦承续秦腔现代戏之基本精神的面向之一。而作为"现代戏"的源头,秦腔经典剧目及其所持存之思想和审美精神,亦在多个层面影响到现代戏的品质。"在中华文化的躯体中,戏曲曾经是主动脉血管之一。许多公理、道义、人伦、价值,都是经过这根血管,输送进千百万生命之神经末梢的。""无论儒家、道家、释家,都或隐或显、或多或少地融入了戏曲的精神血脉,既形塑着戏曲人物的人格,也安妥着他们以及观众因现实的逼仄苦焦而躁动不安、无所依傍的灵魂。"[③]也因此,经由对古典戏曲的沉潜往复,从容含玩,陈彦得以接通中国古典文脉,而有新的境界的开显。此种开显,无疑以《装台》《主角》最具代表性。

以思想境界论,《装台》《主角》已不局限于"五四"以降文学的现实观察及其所开启之思想面向,而有更为宏阔之精神视域。此种视域属古典传统思想境界之再生,有着不同于"西京三部曲"时期之新的"总体性"意涵——一种融汇古今的思想为其核心特征。基于对"中国故事"的"中国式"讲法的思考,陈彦以为,"《红楼梦》的创作技巧永远值得中

[①] 陈彦:《中国戏曲现代戏从延安出发》,载《光明日报》2012年5月21日。
[②] 陈彦:《边走边看》,上海文化出版社,2012年,第161页。
[③] 陈彦:《主角》,作家出版社,2018年,第897—898页。

国作家研究借鉴"，而"松松软软、汤汤水水、黏黏糊糊、丁头拐脑"，为其所理解的小说风貌。①此种小说诗学，无疑与《金瓶梅》《红楼梦》所代表之中国古典小说传统密切相关。相较于现代小说的"空旷"，"《装台》所承接的传统中，小说里人头攒动、拥挤热闹"，有一种"盛大的'人间'趣味"。人物众多，且"各有眉目声口"②，各色人等，亦无不穷形尽相、跃然纸上。而古典小说所开显之人世观察，亦属《装台》之后陈彦作品的特征之一。陈彦充分意识到刁顺子们的现实境遇已然无法在罗天福、罗甲秀们所依托之总体性框架中得到解决，因是之故，一种源于中国古典思想的人世观察及其意义得以显豁，并成为刁顺子们的尊严所系且发挥其重要之现实效用。是故，"《装台》或许是在广博和深入的当下经验中回应着那个中国古典小说传统中的至高主题：色与空——戏与人生、幻觉与实相、心与物、欲望与良知、美貌和白骨、强与弱、爱与为爱所役、成功和失败、责任和义务、万千牵绊与一意孤行……"③凡此种种，构成了刁顺子、蔡素芬、刁菊花、韩梅及与他们密切相关之各色人等生活世界的复杂面向。刁顺子"命运"的结构性循环因之包含着陈彦藉古典传统之人世观察的冷峻处及深刻处。而作品临近结尾处，置身生活的无可如何之际，刁顺子似乎瞬间领悟到其命运的根本形态："花树荣枯鬼难挡，命运好赖天裁量。只道人世太吊诡，说无常时偏有常。"④"无常"为命运之难以把捉，"有常"则为其同一结构的循环往复。如金圣叹七十回本《水浒传》"以'忠义堂石碣受天文、梁山泊英雄惊恶梦'使故事戛然而止"，就此亦"提供了足以和第一回对称抗衡的起承转合"，从而"给人以强烈的天道循环的结构感受"。此种布局之真意在于"延绵不断的回转，所以我们可以进而把这类似无了局的结构视为一种无休止的周旋现

---

① 陈彦：《主角》，作家出版社，2018年，第898页。
② 李敬泽：《修行在人间——陈彦〈装台〉》，载《西部大开发》2016年第8期。
③ 同上。
④ 陈彦：《装台》，作家出版社，2015年，第427页。

象"①。《装台》以蔡素芬嫁入刁家,引发其与刁菊花之"冲突"起笔,而以周桂荣携女进入刁家,引发新一轮"冲突"作结。其间蔡素芬与刁菊花、刁菊花与韩梅及刁顺子之矛盾冲突构成《装台》家庭矛盾的核心,而蔡素芬在刁菊花重重逼迫之下选择离开,则为新的结构性冲突提供可能。虽未对周桂荣进入刁家之后的生活有进一步展开,但前述细节及刁菊花丈夫被抓整容失败的"现实"却极有可能使其心理更为扭曲,从而有变本加厉的"恶行",作品也因之向可以预知的未来敞开。类似的处理,在秦腔现代戏《西京故事》中亦有呈现。罗天福一家的西京梦"圆满"之际,另一无论家庭构成还是基本处境酷似罗家的家庭进入西京,不难预料,他们也将面临如罗天福、罗甲秀、罗甲成一般的困境,但是否将如前者一样得以圆满,则属未知之数。以此处理,陈彦无疑表达了其对城乡二元结构下底层人命运的普遍性的思考。就其根本而言,此种命运之循环往复,并非现代性以降之线性思维所能解释。其根本用心处,与中国古典思想之人世观察密切相关。就其要者而言,以"推天道以明人事"为基本特征的古典思想之重要一脉,源自先哲对外部世界变化之道之仰观俯察而得之智慧。从"春生、夏长、秋收、冬藏"的四时流转中,明了"天地之大纪",而"循环往复"为其核心特征。无论朝代更迭、人事代谢,无不遵循此理。此种思想,凝聚于《周易》之中。"《周易》经传的卦序,却是《既济》置于《未济》之前,亦即先终后始。然而,先终后始,并不是说终在始之前,而是强调'终而又始'的概念",是故,"终"并非"真正结束","而是结束之后又再次开始"。"此种'再次开始'的观念,正是《既济》卦置于《未济》之前,而以《未济》卦为终的用意"。一言以蔽之,"《周易》经传强调的是天道循环不已的概念,也是'终而又始,始而复终'的概念"。②如是生生不息、循环不已,乃自然及人事之常道。无

---

① 浦安迪:《中国叙事学》,北京大学出版社,1995年,第80页。
② 赖世烔、陈威瑨、林保全:《从〈易经〉谈人类发展学》,文史哲出版社,2013年,第181—182页。

《红楼梦》之"四时气象",还是"奇书文体"之时空布局及章法,无不与此种思维密切相关。而章法布局仅为其末,其核心仍在于对自然、历史及人事之规律的观察。柄谷行人对"历史"之"反复"的洞见,虽未必得自对《周易》思维的体悟,但根本性之运思理路并无不同。以此思维观察"历史",便有"合久必分,分久必合"之说;观照人事,则可知如刁顺子般命运遭际的结构性反复,或属人事根本性的吊诡之处——说无常时偏有常。历史及人事与时推移,变动不居,然而其间之"不变"处,或许包含着对世运及人事更为深刻的洞察。

因无外在的精神依托,刁顺子命运的反复,也便无根本性的"超克"的可能。刁顺子的命运遭际,在忆秦娥身上得到结构性的"重复"。换言之,如是"命运"之循环往复,乃"人"之命运之基本特征。无论身在宁州,还是省秦,"主角"忆秦娥一时一地的生活世界具有同样的"结构"——围绕她形成的关系模式具有惊人的相似性——赞成与反对总是同时出现,在"毁掉"其"生活"的同时却"成就"其"事业"。然其根本处境,如作品临近结尾处对"主角"忆秦娥之生命历程"总括"之"背景"所示:"人聚了,戏开了,几多把式唱来了。人去了,戏散了,悲欢离合都齐了。上场了,下场了,大幕开了又关了……"①端的是你方唱罢我登场。无论何人身处何地,所面临之问题并无本质区别,不外是些怨憎会、爱别离、求不得及其所引发之种种事项。而其间人物的成败、生死、荣辱、起落、出入进退、离合往还则循环不已。"成了,败了;好了,瞎了;红了,黑了;也是眼见起高台,眼见他台塌了",忆秦娥前有胡彩香与米兰之明争暗斗,后则有甫一登台即广受赞誉的宋雨可能面临的同样的境况。如是种种,无不说明"一个主角,就意味着非常态,无消停,难苟活,不安生","要当主角,你就须得学会隐忍、受难、牺牲、奉献"。忆秦娥也就"这样光光鲜鲜、苦苦巴巴、香气四溢,也臭气熏天地活了半个世纪"。从宁州到省秦,楚嘉禾及其同类之结构性功能一如既往,忆秦

---

① 陈彦:《主角》,作家出版社,2018年,第882页。

娥之现实遭际也因之不断反复。"主角看似美好、光鲜、耀眼。在幕后，常常也是上演着与台上的《牡丹亭》《西厢记》《红楼梦》一样荣辱无常、好了瞎了、生死未卜的百味人生。台上台下，红火塌火，兴旺寂灭，既要有当主角的神闲气定，也要有沦为配角"的"处变不惊"。①如是境况，庶几近乎《红楼梦》繁花着锦、烈火烹油之盛与"大荒""大虚"之境的辩证所彰显之人世观察，亦近乎《水浒传》及《三国演义》共通之"咏史"主题："历史与虚构化约而得的生命教训，读者汇合而成自己的认知——世间的荣耀原来转眼都倏忽"②。然"贾宝玉几经人世浮沉，遍尝酸甜苦辣"之后，终至于"大梦醒来，彻悟生命倏忽，一切虚若浮云"却并非《主角》之核心意旨。在身处极大困境而无可如何之际，忆秦娥也曾有出尘之思。其在寺院的短暂经历却并未将其导引至"空门"，从而一劳永逸地解决其生之困境并求得身心之安妥。却在"内忧外患"交相逼迫之际，短暂的迷茫转向对"唱戏"作为"布道"及自我修持之意义的体悟，从而更坚定其积极用世之正精进的信念。"宝玉必须遵行道家游宴自如、忘其肝胆的大自在精神，并彻底拔除其矍鑠根源，才能翕然逍遥，超脱乎迷惘之上。"③忆秦娥却经由对"责任"与"信念"的儒家式坚守克服现实与精神的双重困境。是为"天行健，君子以自强不息"之进取精神之重要表征，亦是其思想境界虽相通于《红楼梦》等古典文本，却超克其"局限"的要义所在。

质言之，《装台》及《主角》所开启之境界，与中国古典文脉之核心要义密切相关。而古典思想之人世观察在此两部作品中的效用，已充分说明超克现代性视域，在古今贯通的文学史观念中完成中国古典思想及审美的现代性转换的重要意义。④如沈从文超克"五四"以降启蒙传统关于

---

① 陈彦：《主角》，作家出版社，2018年，第894页。
② 余国藩：《〈红楼梦〉、〈西游记〉与其他：余国藩论学文选》，生活·读书·新知三联书店，2006年，第52页。
③ 同上，第84页。
④ 杨辉：《"大文学史观"与贾平凹的评价问题》，载《小说评论》2015年第6期。

"人"的价值想象的思想框架,而有对身处天地之间的人之根本性处境如其所是的观察一般,陈彦亦充分意识到在制度性思想匮乏的状态下肯定性缓解罗天福、罗甲秀们的现实困境的无奈和无力,因之有《装台》《主角》借古典思想开出其人世观察的重要尝试。此亦为"总体性"在延续内在的质的规定性的基础上与时推移的自然调适的重要表征。相较于偏重古典思想"柔"性一路所惯常导向的颓然之境,陈彦则坚守勇猛精进的文化的刚性特征。因是之故,《西京故事》《装台》及《主角》虽有对人之兴衰际遇、悲欢离合之无奈及无力处的深刻洞察,其间人物及其所寄身的世界可依托之思想路径亦维度多端,却并不颓然,而是始终朝向精神的"上出"一路。进而言之,如忆秦娥般以儒家思想为核心,统摄佛、道二家的思想路径,乃"儒家社会主义共和国"题中应有之义。其要义有二:首先,"中华的意思就是中华文明,而中华文明的主干是儒家为主来包容道家、佛教和其他文化因素的"。此说无疑内含着超克"古今之争"的"古今贯通"的思想理路。其次,"'人民共和国'的意思表明这共和国不是资本的共和国,而是工人、农民和其他劳动者为主体的全体人民的共和国",即"社会主义的共和国"。其意亦在于以《在延安文艺座谈会上的讲话》以降之社会主义文学传统及其内在规定性为核心,统摄他种传统。如此,"中华人民共和国"的实质即为"儒家社会主义共和国"。而发掘其根本内涵,必然涉及"通三统"的问题①。此种贯通亦并不仅止于文化思想及文学资源的选择,而是"中国道路"内在的规定性使然。

结　　语

"小说作为赋予外部世界和人类经验以意义的尝试",必然包含着

---

① 甘阳:《中国道路:三十年与六十年》,见贺桂梅编《"50—70年代文学"研究读本》,上海书店出版社,2018年,第336—337页。此处所说的"通三统",与甘阳所论并不相同,是指中国古典传统、"五四"传统与社会主义文学传统的贯通。

"人类生活最终的伦理目的"①。是故,"伟大的现实主义作家,是那些以某种方式充分参与他们时代生活的人,那些不仅是观察者又是行动者的人"②。延此思路,于总体性的宏阔视域中展现丰富复杂的生活世界,并塑造与"新世界"相应之"新人"形象,且以丰富多样的思想资源尝试肯定性地回应现实的精神疑难,可视为陈彦作品现实主义的基本特征,也充分说明"生活是创作的唯一源泉"的说法的真理性和当下意义。此种"生活"并非走马观花、浮光掠影式的外部"观察",而是扎根于丰富而鲜活的生命的实感经验之中,并突破既定的文学观念的限制,向无限的可能性敞开。也因此,写作者得以处于对"新生活"和"新人"的发现之中,发现那些被既定观念遮蔽的人与物、历史和现实、观念和方法,以及表现新的世界的多样的可能性。无论《西京故事》《装台》,还是《主角》,陈彦熟悉他笔下的人物。那些人物和他们的生活或许原本就是作者生活的一部分,他在他们中间,和他们一同体会个人命运的兴衰际遇、喜怒哀乐、悲欢离合,以及其与大历史间的复杂关联。陈彦充分意识到,在仍在持续的社会转型期,刁顺子们的命运或将继续,但他们的生活仍有不容忽视的庄严和自内而外散发出的勃勃生气。忆秦娥虽历经内外交困之境却仍以儒家式的精进姿态化解重重矛盾,从而担负个人之于社会的责任的行为无疑属"天行健,君子以自强不息"的民族精神刚健之气的重要表征。他们或许是社会不可撼动的脊梁,承载着与时俱进的时代精魂。而书写他们和时代相互定义的复杂关系,也便有着更为复杂的历史和现实意涵。"人民共和国的立国根基不仅是一般意义上的破旧立新的前进运动,它也是不断突破主观的幻觉,包括理想主义的幻觉,一步步走向具体、实在的自我的真理性(反过来说也是局限性)的过程"③。换言之,"社会主义不仅不是

---

① 弗雷德里克·詹姆逊:《马克思主义与形式——20世纪文学辩证理论》,李自修译,百花洲文艺出版社,1995年,第146—147页。
② 同上,第170页。
③ 张旭东:《文化政治与中国道路》,上海人民出版社,2015年,第18页。

革命的结束,反而孕育着新的革命"。此种"革命"的"内在构成因素"虽极其复杂①,但其要义,或在于"新"与"旧",或"危机"与"对危机的克服"间之辩证过程。曼海姆申论之"意识形态"与"乌托邦"的辩证及其之于现实革故鼎新的重要意义,核心义理亦与此同。在此过程中,伴随着"新世界"意义的不断丰富,"新人"亦随之被赋予新的内涵。是为社会主义文学不断创化的要义之一,亦属现实主义的开放性的必要前提。

至此,有必要重温秦兆阳六十余年前对现实主义文学及其可能的如下判断:"现实主义文学既是以整个现实生活以及整个文学艺术的特征为其耕耘的园地,那么,现实生活有多么广阔,它所提供的源泉有多么丰富,人们认识现实的能力和艺术描写的能力能够达到什么样的程度,现实主义文学的视野,道路,内容,风格,就可能达到多么广阔,多么丰富……如果说现实主义文学有什么局限的话,如果说它对于作家们有什么限制的话,那就是现实本身、艺术本身和作家们的才能所允许达到的程度。"②就"现实本身"而言,改革开放四十年中国社会文化的巨变所包含之复杂的历史和现实,足以为作家提供极为广阔丰富的"素材"。再稍稍放宽视域,自"五四"以降中国社会与文化"三千年未有之大变局"之视域观之,则百年中国历史之沧桑巨变无疑包含着更为丰富的历史和现实内容。而以贯通古今的思想理路效法史家"究天人之际、通古今之变"之宏阔视域书写更具历史和现实意味的"中国故事",仍属文学创作"未思"的领域,有着极大的可供敞开的思想和文化空间。时至今日,在不放弃自身内在的质的规定性的基础上,现实主义已然呈现为极具开放性和包容性的状态,向人类一切优秀的精神成果敞开,并在融汇中西、贯通古今的宏阔视

---

① 蔡翔:《革命/叙述:中国社会主义文学—文化想象(1949—1966)》,北京大学出版社,2010年,第365页。
② 秦兆阳:《现实主义——广阔的道路——对于现实主义的再认识》,见《文学探路集》,人民文学出版社,1984年,第137页。

域下吸纳一切有益的经验，从而以更具象征性和表现力的方式完成对丰富复杂的现实的审美表达。无论中国古典文学传统、"五四"以降之新文学传统以及西方文学传统，均属可资借鉴之思想及审美资源。如是种种，最终与创作者个人之世界观念、思想视域、审美表达能力密切相关。"在中国，历史没有完结，无论文学还是作家这个身份本身都是历史实践的一部分，一个作家在谈论'现实'时，他的分量、他的眼光某种程度上取决于他的世界观、中国观，他的总体性视野是否足够宽阔、复杂和灵敏，以至于'超克'他自身的限制。"[1]对正在进行的现实的"介入"程度、文学观念和创作视域的宽广度及思想和审美资源的丰富度，或为创作者自我"超克"的要义所在。就此而言，陈彦及其创作经验，无疑可为当下文学提供重要参照。

原载《中国现代文学研究丛刊》2018年第10期

---

[1] 李敬泽、李蔚超：《历史之维中的文学，及现实的历史内涵——对话李敬泽》，载《小说评论》2018年第3期。

历史、通观与自然之镜

——贾平凹小说的一种读法

一

《古炉》以降,"文学"与"历史"的关系,成为读解贾平凹作品的重要切入点。这无疑与贾平凹数部长篇小说题材所涉及其对作品创作欲念的自我说明不无关系。如其所言,《古炉》所要展开的"历史"内容"有声有色地充塞在天地之间",但如何以文学的方式"走近"和"走进",却面临着重重困难。①《老生》的写作之所以"异常滞涩",甚至数次"难以为继",症结仍在"历史如何归于文学"②。而在为《山本》的写作做"小说的准备"时,"不同于"既往历史叙述的诸多细节包含着"太多的疑惑",使得不乏历史写作经验的贾平凹不得不再度面临"素材如何进入小说",抑或"历史又怎样成为文学"的写作的"难题"。但以"文学"的方式"重述"历史,却并不能被简单地视为《古炉》《老生》及《山本》的写作目的。需要注意的是,意图切近已然高度历史化的20世纪中国历史,不可避免地要与以下诸问题相遇:其一,以未被宏大历史叙述吸纳的历史性细节"解构"宏大历史叙述的合法性之后,往往难以规避滑

---
① 贾平凹:《关于小说》,生活·读书·新知三联书店,2015年,第211页。
② 同上,第251页。

向历史虚无主义的危险;其二,究其根本,"新的"历史叙述与其所"反叛"的历史叙述都无法脱离既定观念的规约。此种非此即彼式"重述"历史的冲动因之无法避免被"历史"重述的可能,亦难于呈现其所允诺的历史的"真实"的敞开。两种理路分野的要点,也不在表层的知识谱系,而在立场与方法的根本性差别。也就是说,在貌似公允的历史的"还原性"叙述背后,仍潜藏着一定的历史观念和历史逻辑。其与既定史观的复杂博弈,必然内蕴着若干有待深入辨析的重大历史观念问题。是为"新历史主义"及"历史的民间叙述"所依托之思想的根本局限所在。如无法超越此种局限,则所谓的"新的历史叙述",最终不过是曾被"翻转"的历史的再度"翻转"①,未必具有深层次的"革新"意义。

"新时期"以降,以文学的方式完成对既定历史叙述的辩难,为"新历史主义"的重要特征之一。李锐的《银城故事》以返归辛亥革命前夕的历史的方式,完成了对"革命"与"启蒙"两种20世纪历史言说的重要范畴及其意义的疑惑的深层表达②。包含着"去革命化"和"再传统化"两种20世纪80年代知识界的核心主题的《白鹿原》约略亦与此相通——以白灵之死为代表的诸多为宏大历史叙述所不取的历史性细节被编织入作品的意义结构之中。阐发其所蕴含的历史性辩难也因之成为文本研读的重要切入点。如是种种,为延续80年代以降的"新历史主义"思想及审美谱系重述20世纪中国历史所开启的不同面向。然而问题并非如此简单。如怀特所言,"如何组合一个历史境遇取决于历史学家如何把具体的情节结构和他所希望赋予某种意义的历史事件相结合"③。对与宏大历史叙述不同的历史的民间记忆的收集、整理,已然先验地内含着一定的历史观念、立场和

---

① 何浩:《历史如何进入文学?——以作为〈保卫延安〉前史的〈战争日记〉为例》,载《文学评论》2015年第6期。
② 王德威:《历史的忧郁,小说的内爆——李锐与〈银城故事〉》,见《后遗民写作》,麦田出版社,2007年。
③ 海登·怀特:《作为文学虚构的历史文本》,见张京媛编《新历史主义与文学批评》,北京大学出版社,1993年,第165页。

方法。是故，所谓新的历史叙述，并不似叙述者所承诺的那样"公允"。其必然包含着内在的意识形态（就其原初意义而言）的深层考量。是为"文学"与"历史"的辩证的困境之一，任何在此种二元对立式的思想框架中展开的叙述，均难脱此一困境所划定的基本范围。

虽同样涉及20世纪中国历史若干重要时间节点，但相较于上述"文学"和"历史"关系的单向度，《老生》所敞开的世界要更为宏阔。其中四个故事连缀而成的一个世纪的历史叙述仅属"实境"，而其"虚境"，即为《山海经》所持存开启的精神空间——一种包含天、地、人三重维度的古典总体性的复杂世界，"人"于此间仅为"三才"（天、地、人）之一，且并无阐发世界意义的绝对优先性。"虚境"与"实境"的对照，乃《老生》整体的意义所在——以华夏民族的始源性文献及其所持存之民族本真形象为参照，经由一个世纪的历史与人事的叙述说明精神的返本开新的重要意义。而由普通人事所形塑之"历史"叙述仅属一端，在此之外，尚有自然、社会及人事多元共在的复杂状态。此种古典总体性世界的敞开，已然超出"文学"与"历史"的辩证所能指涉的基本范围。与《老生》存在着互文关系的《山本》，核心叙述的要义亦在此处。

《山本》中的核心人物及重要故事皆有原型。而原型人物本事（史实）在进入文本时的裁剪取舍，无疑包含着贾平凹历史观念及书写的紧要处。大要有三：其一，以近乎现象学的方法，"悬置"人物本事与彼时宏大的历史事件及人物间之直接联系，将核心故事"局限于"秦岭（涡镇及其周边）。井宗丞的原型井勿幕为陕西辛亥革命元老之一，其与彼时重要历史人物及事件的密切关系，在《山本》中被悉数隐去，其故事全部集中于秦岭游击队的草创及渐次壮大。井宗秀的原型井岳秀早年曾支持胞弟井勿幕的革命活动，晚年却陷入复杂纷争之历史旋涡，因参与若干重大历史事件且立场偏颇而极富争议。如是种种，亦为《山本》所不取。其二，重新将历史"人性化""欲望化"，返归未被后设性历史叙述规训的历史的"未定"（前史）状态，以此敞开人性与历史的复杂纠葛，进而在历史之

"变"中探索其"常"。无论在保安队、预备团还是游击队,阮天保使强用狠无所顾忌的品行一仍其旧。井宗丞的好勇斗狠个性张扬亦为其陷入复杂纷争不幸殒命埋下伏笔。此种人物由"'革命英雄'退回到'草莽英雄'乃至'土匪英雄'的原点"的叙述,与20世纪80年代"新历史小说"解构历史的方式颇为相近①,但用意并不相同。其以革命"前史"中诸种力量复杂博弈的未定状态的自然敞开,意在申论以史为鉴、不忘本来之意。此亦为陆菊人、井宗秀及各色人等各种力量互为镜像的寓意所在。其三,与历史的"人性化""欲望化"叙述互为表里。《山本》将大量笔墨集中于对人物日常生活的细致描绘,但"日常生活"却未必包含着先在的属于民间的正确性,而是内蕴着由历史、社会、自然共同营构之复杂境况及其间各色人等的多样可能。由此,各种力量及其所依托之话语均处于"齐同"状态,一种类如"复调"的杂语共生充分说明在陈先生的启发之下陆菊人的历史判断的重要性:"英雄太多了,又都英雄得不大,如果英雄做大了,只有一个英雄了,便太平了。"②此即由"乱"入"治"之喻,亦说明最终的"统一"属符合历史逻辑的必然方向——以国民党六九旅驻地涡镇为红十五军团所破作结即此理。

由是观之,将《老生》和《山本》归入"新历史主义"及相关思想和审美谱系中加以讨论,难以敞开其更为复杂的寓意。贾平凹凭借古典资源以超越"五四"以降的现代传统的意义亦无从彰显。《老生》以中华民族的始源性文献《山海经》为参照,叙述一个世纪中国的历史变迁。其间历史与人事逻辑的结构性反复暗含着极为复杂的历史寓意。沿此思路,则《山本》题材所涉,虽为20世纪二三十年代发生于秦岭的历史人事。然其所敞开的世界,却包含着中国古典思想意义上天、地、人三重维度。而身处人事兴废与自然运化之际,"人事"与"历史"均包含着更为复杂的内容。而以富有伦理和美学意义的"自然"之道为借镜,"历史"也便有着

---

① 李杨:《〈白鹿原〉故事——从小说到电影》,载《文学评论》2013年第2期。
② 贾平凹:《山本》,人民文学出版社,2018年,第515页。

与现实的更为复杂的互文关系。此种关系的敞开，无疑与贾平凹超越启蒙史观，且以一种更具包容性的文学通观观照历史与现实密不可分。此种文学通观及其所开启的精神面向，亦属中国文脉当代赓续可能性之一种。其所开启之思想及审美境界维度多端，远非"新历史主义"或"历史的民间叙述"所能简单概括。

二

超越"新历史主义"及其所依托的文学史视域"限度"的方式之一，是敞开历史的浑然之境。如洪子诚所论：一定时期历史现象的"原初景观"并非如我们想象的那样单一，其必然存在着"重要的事情"的"流失"。而在对可能被发现和挖掘的材料尊重和辨析的基础上，"去了解'历史'在统一主题之外的'含混'的一面"颇为紧要。以以赛亚·柏林所言之"现实感"为借镜，洪子诚进一步强调在"容易做出清楚描述"的人的生活存在之外，尚有"通向越来越晦暗不明、越隐秘"和难以辨认的层次的可能。而后者，属作家和诗人有价值的工作所发现和切近的重要生活面向。他们通过对"细小的、变化的、稍纵即逝的色彩、气味、心理的细节和现象"[①]的倾心书写，表达了人的生活中那些无法测度和难以清楚分类的"现实"。舍此，即无法拥有柏林意义上的"现实感"，自然也无从超越二元对立式的思维局限，从而展开历史原初意义上的浑然之境。文学史叙述如是，"文学"的"历史"叙述亦复如是。

在多重意义上，中国古典思想所开出的包含天、地、人三重维度的世界想象，即属历史人事浑然境界之一种，亦为古典史学学究天人的要义所在。司马迁所谓的"究天人之际"，其意即在于此。基于《周易》以降之全息思维的文本世界的展开，自然也包含天、地、人三个维度。但在

---

① 李杨、洪子诚：《当代文学史写作及相关问题的通信》，载《文学评论》2002年第3期。

"五四"以降现代性思想所开启的视域中,中国文化的三维关系复又被窄化为人与社会、人与人之关系,"自然"亦退为"人事"之背景,不再成为"历史"不可或缺的重要部分而包含复杂的伦理意义。现代性思想虽亦论及"自然",但其所指认之在"主""客"和"我""物"二分的意义上的"自然"已与中国古典思想"天人合一(相应)"意义上的"自然"相去甚远。进而言之,仅以"五四"以降奠基于西方现代主义后现代主义的理论视域观之,则《老生》《山本》于天人之际展开的历史和人事的观察极易被遮蔽;而其间所蕴含的中国古典思想及审美方式现代转换的意义,亦因之减损大半。

赓续古典文脉之要,在于对古典思想及其所开启的世界观念的独特体悟,而非单纯对文体及笔法的传承,此为贾平凹与古典传统关系的要点所在。若局限于文体和笔法,则难以从根本意义上突破西方文学及理论的限度,而有基于中国古典传统的境界展开。因是之故,在古今中西打通的意义上,贾平凹尝试重建一种整全视域,并以之为基础敞开更为复杂的文本世界。若就思想论,此种整全意义的世界展开乃是融合古今、中西的("现代性"与"传统性")多元汇聚的状态;而就审美表现方式论,则其并不局限于单一思潮或流派及其思想和表达方式,而有统合意义上的兼收并蓄。"五四"迄今已逾百年,中国文学已经完成了"向西方学习的阶段",而可以去走真正具有"中国特色的文学"的道路。而中国的文学的道路之要,在于基于中国文化思想及审美传统的独特的中国精神和中国气派。在作品境界上可以借鉴西方文学,但必须立足于中国的国情、世情和民情,以及其与中国文化之间的内在关系[①]。唯其如此,才能有效完成中国文脉的赓续和创化,并开出文学的新境界。

自整全视域观之,无论就思想还是作品所属的审美谱系论,身处20世纪80年代初个人写作的转型期,尝试以中国传统思想及审美方式为核心资源超越"流行的似乎严格的写实方法"(此说无疑别有所指)的贾平凹

---

① 贾平凹:《关于小说》,生活·读书·新知三联书店,2015年,第244—246页。

努力切近的,即是可以清楚描述的生活之外的另一种溢出既定现实观念且难于清楚分类的"含混"的现实,亦即现实未可严格分类,兼具多种面向多重可能的浑然之境。自《废都》以降,贾平凹80年代初自霍去病墓前的"卧虎"领悟到的中国古典思想及审美"重精神,重情感,重整体,重气韵,具体而单一,抽象而丰富"①的特征得到了更深入的发挥。《废都》之后,此种写作理路在《白夜》《土门》等作中得到进一步的延伸,而在《秦腔》《古炉》中蔚为大观,成为贾平凹写作独异于文坛的重要特征之一。既以中国传统思想及审美方式超越单向度思维的局限,其笔下世界也便有着一般作品所不具备的复杂性。一种涵容古典思想意义上的天、地、人共在的古典的总体性世界由此敞开。是为贾平凹文学通观的要义之一。此种文学的圆融通观,在多重意义上可与李泽厚的大观美学或通观美学相交通,而后者亦相通于《红楼梦》所体现之曹雪芹的美学。此种审美观"不仅是艺术观,而且是世界观、价值观、人生观"乃至于"宇宙观",举凡天地之间的自然物色及人事流变,甚或既往的思想及文学开启的想象性精神空间,无不囊括其中,而有"整全"式的总体性呈现。也因此,审美通观的要义,在于跳出由诸种文学观念所指涉和敞开的偏狭的世界面向②,而将审美眼光"伸向人与人、人与自然、人与历史、人与上帝、人与宇宙等多重关系中",亦即一种类如冯友兰自然境界、功利境界、道德境界及天地境界夷平层级分野之后的多元共在的世界状态。秉此文学通观,则万事万物皆可入文。如某些文章大家,因能贯通天地,故得"猖狂妄行而蹈乎大方"之妙。如是思想及文法,经由《古炉》《老生》的阶段性尝试之后,在《山本》中得到可谓淋漓尽致的发挥。《山本》虽写历史,却并非一般意义上的历史小说;贾平凹在其中亦极力铺陈普通人的日常生活,用心却并不仅止于对风土人情的细致描绘。其具体所涉虽为20世

---

① 贾平凹:《关于散文》,生活·读书·新知三联书店,2015年,第14页。
② 贾平凹、杨辉:《究天人之际:历史、自然和人——关于〈山本〉答杨辉问》,载《扬子江评论》2018年第3期。

纪二三十年代发生于秦岭的若干重大事件及其间普通人生命的"常"与"变",视域却并不局限于20世纪之历史和人事的起废沉浮。其所包含的"小"(普通生命的日常及历史人事)、"大"(身处自然运化之际的人的总体性的生命状态)之辩,"近"(发生于秦岭二三十年代的历史事件及其所敞开的历史视域)、"远"(包含千年兴废的中国大历史),以及"实"(由自然物色及历史人事所构成的实境)、"虚"(实境所升腾的思想及审美境界)之辩,均可在大观或通观的意义上得到更为恰切的理解。

三

以总体章法论,《山本》以"人事"起笔,而以"人事"与更为宏阔之"自然"的"合一"作结。普通人事的渐次累积,便是特定时期的"历史"。而此历史人事原本即身处自然运化之际,其运行逻辑,亦与自然之道足相交通。日有起落,月有圆缺,物有成毁,人事亦有兴废、起落、生死、穷达。而以"天人同情"的观念观之,则宇宙条理现于自然界,则为"四时之清暖寒暑";现于人类,则为"心理之喜怒哀乐"。① 如是循环往复,乃自然、历史及人事变化的常态。《三国演义》《金瓶梅》等作品,均以具有对称意义的起承转合,以及寒来暑往、四时转换表达春生、夏长、秋收、冬藏的天道及人事循环之理。② "四时气象"为《红楼梦》之"大结构"。此大结构亦可细分为若干"小结构",每一小结构仍暗合春、夏、秋、冬四时转换之理,亦属人事变化之基本规则。③ 如《金瓶梅》一般,于寒来暑往、冷热交替之中"象征人生经验的起落的美学意

---

① 牟宗三:《周易的自然哲学与道德函义》,文津出版社,1988年,第18页。
② 浦安迪:《中国叙事学》,北京大学出版社,1996年。
③ 裘新江:《春风秋月总关情——〈红楼梦〉四季性意象结构论之一》,载《红楼梦学刊》2003年第4期。

义",亦"泛指大千世界里芸芸众生生生不息的荣枯兴衰"。①此种"四时意象"及其循环思维所延伸出之小说章法,在晚清以《海上花列传》最为突出,当代则以《古炉》最具代表性。《古炉》以"冬部"(1965年冬)起笔,经"春部""夏部""秋部""冬部"至于"春部"(1967年春)。其时间跨度仅一年有半,然其所涉之历史史实,却远较1965—1967年初为多。如是处理,即是将历史人事之起落,与四时转换相对应,以此表达其基于古典思想的人世观察。②虽未如《古炉》以明确的"四时"意象结构全篇,《老生》仍以总体性的历史与人事的起承转合暗含循环往复之理。此种根源于以《周易》为代表的古典思想的人世观察,仍属《山本》所敞开的世界的基本特征。

  整体而言,十三年间井宗秀的"起""落"为一大循环,而各种力量的内部纷争及其间人物命运的起废沉浮又形成若干小循环。而居于《山本》世界的"中心"隐喻,是涡镇所以得名的涡潭及其所表征的世界(历史、自然与人)运行之道:"涡潭平常看上去平平静静,水波不兴,一半的黑河水浊着,一半的白河水清着",但一有外部力量的触动,那涡潭就动起来,"先还是像太极图中的双鱼状,接着如磨盘在推动",且"旋转得越来越急,呼呼地响,能把什么都吸进去翻腾搅拌似的"。③但翻腾搅拌之后,一切终将归于平静,然而一俟有新的触动,复又翻腾搅拌声势浩大。如是类如阴阳交替、四时转换、循环不已的状态,庶几近乎《周易》太极双鱼图及其根本性的运行规则,亦可指称涡镇以至秦岭的历史人事:"那年月是战乱着,如果中国是瓷器,是一地碎片的年代。"一当岁月悠然逝去之后,一切即成为"历史","灿烂早已萧瑟,躁动归于沉寂"。自更为宽广的时空背景看去,"秦岭"却"什么也没改变,依然山高水

---

① 浦安迪:《中国叙事学》,北京大学出版社,1996年,第81—82页。
② 黄平:《破碎如瓷:〈古炉〉与"文化大革命",或文学与历史》,载《东吴学术》2012年第1期。
③ 贾平凹:《山本》,人民文学出版社,2018年,第3页。

长,苍苍莽莽"。①如是境界,近乎《三国演义》开篇所言:"是非成败转头空,青山依旧在,几度夕阳红。"以"自然"为参照,则与"人事"的热闹形成鲜明对照的,是天地万物千秋万岁的大静和时间壁立千仞的森然。前者为历史为人事,后者则为"自然"为"天道",二者间之参差对照,属《山本》言天、人关系之要义。此亦为司马迁"究天人之际"的根本用心所在。如钱穆所论,"'人事'与'天道'"间之分际何在,"乃是史学家所要追寻的一个最高境界,亦可以说是一种历史哲学"。②《山本》开篇即言作为陆菊人陪嫁的那三分胭脂地乃天地精气之所结,日月精华之所聚,会护佑葬于此地者的子孙有大人物出焉。此后果然井宗丞、井宗秀兄弟在其父葬入"吉穴"之后相继成为不同阵营的中坚人物,为时运所寄。二者也在不同程度上影响到涡镇乃至秦岭及"中国"的"历史"格局,可谓一时豪杰。然而吊诡的是,"吉穴"并未如传说的那般灵验——井氏昆仲均未及"成事"即相继殒命即例证。如是处理,近乎老子所言之"天地不仁",亦同于司马迁"倘所谓天道,是耶非耶"之叹。其要义在于,虽"从道德理想上我们不能不信天道的公正无私,所谓'天道无亲,常与善人'。但当善人多遇灾祸,恶人却常富厚的事实出现"③,太史公也不能不有此感慨。故而在"人事"之所不及处,乃自然归于"天道"。"史公究天人之际,把历史中的理性与非理性的,必然的和偶然的,划分一个大界限,他自己由此而从历史现象的混乱中突破出来,看出了历史中的'应然'的方向,使其著作,也和春秋一样,成为'礼仪之大宗'。"④循此思路,则《山本》以类似现象学的还原的理路,返归历史的无秩序和非逻辑状态,并极大地敞开历史、社会、人性及其所归的"自然"的浑然状态,即有超越非此即彼式二元对立观念的用意。是为贾平凹

---

① 贾平凹:《山本》,人民文学出版社,2018年,第541页。
② 杨慧杰:《天人关系论——中国文化一个基本特征的探讨》,大林出版社,1981年,第212—213页。
③ 同上,第213—214页。
④ 徐复观:《两汉思想史》,华东师范大学出版社,2001年,第200—202页。

"文学"与"历史"的辩证的要义所在。

以核心意象"涡潭"为中心,《山本》由诸种包含不同精神面向的意象营构了一个圆融自足的"世界"。"涡潭"属太极双鱼图的象征。黑河、白河之清、浊亦可对应于人事的"正""反"与"善""恶"。虽以道家为核心,思想却更具包容性的陈先生对此有极为深刻的洞见:"世上的事看着是复杂,但无非是穷和富,善和恶,要讲的道理也永远那么多,一茬一茬人只是重新个说辞,变化个手段罢了。""人这一生都是昨天说过的话今天还说,今天有过的事明天还会再有"。①此说无疑暗合《周易》之三义:其义理易知易从,无论何等繁复的事与物,均可简化为若干原理;然世间万有并不停滞,而是始终处于变化之中;此种变化并非无端,而是遵循若干原理。如某一日井宗秀梦境所示:由人物、房屋、树木、牲畜等等形塑的"历史"终将归入涡潭之中化为碎屑泡沫。此境无疑暗喻历史、自然及人事无不遵循阴阳和合、化育万物且生生不息之理。进而言之,"宇宙万事万物的变化,以空间言,充塞乎四方;以时间言,绵延于既往、现今与未来",然如此复杂之变动与演化,却都在"《周易》阴阳两爻和六十四卦中表现无遗"。②是为《周易》全书之精义,亦是贾平凹以涡潭的阴阳和合及涡镇与秦岭的历史变化指称"中国"及"大历史"的用心所在。沿此思路,可知《山本》叙述的"核心",既非以陆菊人、井宗秀等各色人等为代表的涡镇的世界,亦非涡镇世界与井宗丞、阮天保们共同构成的秦岭的世界,而是更为广大,涵容历史、社会、人性及自然风物诸种外部世界的多重复杂面向的虚拟的意义空间——秦岭。而"秦岭"在此也包含着丰富的象征意义。作为"一条龙脉",它"横亘在那里,提携了黄河长江,统领着北方南方",乃是"中国最伟大的山"。自先秦经两汉、隋唐以迄今日,事关国运及民族兴衰的中国的大历史,泰半发生于地理意义上的秦岭南北。而不同时期"大历史"兴替的表象虽有差异,根

---

① 贾平凹:《山本》,人民文学出版社,2018年,第150页。
② 王章陵:《周易思辨哲学——辩证的中道论》,齐鲁书社,2007年,第3页。

本性的运行逻辑却与一时段的"小历史"内里相通。而以对发生于秦岭二三十年代的历史和传说，以及普通人事及身处自然运化之际的人的总体命运的细致书写，《山本》自然包含着指称"中国"及"大历史"的意味。其思路乃是如下模式：涡镇—秦岭—中国，抑或二三十年代的历史—一个世纪的历史—包含千年兴废的中国大历史。大历史的运行亦与文化思想密切相关，而其各色人等亦表征着中国文化的不同面向：井宗秀、井宗丞、陆菊人等勇猛精进的人生态度约略近于儒家的文化人格；宽展师父和130庙则代表着佛禅的意趣；陈先生的思想虽更具包容性，但其核心仍属道家，且此种包容性本属道家思想要义之一。如此由"历史人事"到"整全之自然"、"小历史"到"大历史"的演绎，以及由不同思想所形塑的文化人格形象及其历史变化表征中国文化在动荡年代的不同表现，无疑有着得自《周易》思维的"全息"的意义。贾平凹以流传于秦岭的若干历史故事为基本材料，试图营构的乃是类如《红楼梦》的关于中国历史文化的全息图像。[①]其间既包括历史之转折，人事之起伏，自然之流变，亦包括文化以及为其所化之人在此世界的表现。陆菊人、井宗秀、井宗丞等等代表着此种文化普遍意义上的实践层面，陈先生、宽展师父及130庙、城隍庙等则代表着文化的理论或精神层面，二者之间自然有若干交汇，但同样在世事之"变"中"完成着中国文化的表演"。其所表征的历史和文化状态，自然也不局限于"秦岭"和20世纪二三十年代，而是有着指称更为宏阔的历史，仍在流变中的现实和可能的未来希望愿景的深层寓意。一言以蔽之，《山本》之要义，在于对更为宽广的历史人事的更为宏阔的省察，一种在天人之际的意义上对包括历史人事和自然运化及其共通之理的洞见。值此境界中，自然生发一种"愍念众生，长劫沉沦"的无缘大慈，同体大悲的大悲悯情怀。如此，"大"与"小"、"远"与"近"、"实"与"虚"、"历史"与"自然"、"物"与"我"均如井宗秀自"吉穴"

---

① 胡河清：《中国全息现实主义的诞生》，载《文艺理论研究》1993年第3期。

中挖得的铜镜的隐喻意义一般，具有相互参照、互为镜像的作用。而相较于"小历史"和"现实"，《山本》也便有了以"史"资政、鉴往知来的寓意。

如司马迁在"通古今之变"之后"得古今之常"（即以"礼义"为"变"中之"常道"）[1]，同以"自然"之道为参照，贾平凹的"历史"叙述亦有其特出之处，其深刻处近乎杜牧咏史诗所开启的境界。诗人"转念于人间兴衰和自然荣悴之际，往复于入世、出世与关切、淡泊之间，体会到放置于无涯无尽时空里的人间历史，其轮廓和意义都不再清晰"[2]。然而即便深切地意识到相较于自然万物的无涯无尽，人事的微茫与难测，《山本》中仍隐然有超拔气象。涡镇城破前后，井宗秀、杜鲁成、周一山、夜线子等乱世枭雄悉数殒命，陆菊人、陈先生、宽展师父、剩剩等人却安然无恙。由此既表明陈先生基于老庄"无用"思想的处世之道的正确性，亦表明"善""恶"交替中"善"终将胜出之意，进而以人世之"爱"抵御时间和虚无。此种"爱"约略近于沈从文在"事功"之外申论的"有情"。虽历经历史的起废沉浮、存亡绝续，借对世间万有的"有情"，人类得以世代延绵且生生不息。此亦为《山本》虽类同于"奇书"，却在历史与人世观察上超越奇书文体既定思想局限的要义所在。司马迁洞悉天人之际的"天"之幽暗无凭、微妙难测、不可信赖之后，转而申论人的自主精神，并由此"补不可信赖之天的缺憾"之用意亦在此处。[3]而以20世纪二三十年代历史人事的混乱、无常为镜像，更易领会人应该如何活得正大庄严，而人所寄身的世界，也应如何确立稳定坚固的思想和秩序，以维系世界之常道。是为《山本》于天人之际探讨"变"中之"常"的根本用心所在。

---

[1] 邝龑子：《"多少楼台烟雨中"——从杜牧诗看自然之道中的历史感》，载《南开学报》（哲学社会科学版）2016年第5期。
[2] 徐复观：《两汉思想史》，华东师范大学出版社，2001年，第202—203页。
[3] 同上，第201页。

质言之，贾平凹于天人之际观照历史人事的思想和审美路径的价值和意义，或可进一步展开讨论，但此种尝试作为中国古典文脉当代赓续之一种的意义却值得重视。如能深度感应于时代，可知值此百年中国历史巨变的合题阶段，统合中国古典传统、延安文艺传统以及"五四"新文学传统，开出扎根于现实，涵容历史并指向未来的文学史视域，乃当下文学发展的重要可能之一。就此而言，贾平凹统合多重传统的尝试虽不乏"局限"和"遗憾"处①，也仍有值得深入辨析的重要参照意义。

原载《当代文坛》2020年第2期

---

① 吴义勤：《回归混沌的历史叙事美学》，载《探索与争鸣》2018年第6期。

作为批评和美学文本的《早晨从中午开始》

——兼论路遥的文学观与80年代文学思潮

一

　　1991年初冬，尚未从《平凡的世界》的创作所致的巨大生命损耗中休整过来的路遥结束"调整期"，并放弃率团出国访问的机会，开始全力以赴写作《平凡的世界》的创作随笔。以每日千字的速度，至次年初春全部完成。这一部被命名为《早晨从中午开始》的长达六万余字的创作随笔先连续刊发于《铜川矿工报》副刊，继而在《女友》杂志连载，嗣后接连有西北大学出版社（1992）、中国文联出版公司（1993）两种单行本行世。将《早晨从中午开始》"一稿多投"并同期为陕西人民出版社编辑五卷本《路遥文集》，乃是较大的经济和生活困难使然①。上述两种作品（集）编（写）就之后不足一年，路遥即与世长辞。就创作整体论，则《路遥文集》和《早晨从中午开始》似有自我"总结"和"诗的遗嘱"的意味。"他不只是要完成'一部规模很大的书'，还要完成像《早晨从中午开始》这样的创作谈。"如此，"路遥才算真正完成自己英雄而悲壮的人生史诗般的总结"。②由《优胜红旗》《代理队长》《惊心动魄的一幕》

---

① 厚夫：《路遥传》，人民文学出版社，2015年，第316—322页。
② 张艳茜：《路遥传》，陕西人民出版社，2017年，第290页。

《人生》等作品到《平凡的世界》再到《早晨从中午开始》,一个前后有序、稳定且闭合的阐释系统就此确立。英年早逝的路遥终止于四十二岁的写作,似乎因此有了内在的"完成"性。但写作《早晨从中午开始》时,路遥虽自知患病已久,却并非对生命的"大限"有明确认识,故而"绝笔"甚或"自我总结"之说未必妥当①。尤须注意的是,《早晨从中午开始》的写作尚有一重要的现实触发点——文艺理论家畅广元1990年年末动念编撰一册陕西作家心理研究论集,路遥属其中重要研究对象。或因畅广元所设定的"三极对话"契合路遥彼时的心境,路遥郑重表示:"畅老师,你主编这部书,我鼎力支持。这次我下决心回答评论界朋友们提出的一些问题"②。而作为"三极对话"之一,时为青年学者的李继凯的《沉入"平凡的世界"——路遥创作心理探析》一文提出的若干批评意见,则直接影响到《早晨从中午开始》所涉的问题论域。较为复杂的"缘起",使得《早晨从中午开始》一开始便有着远较《平凡的世界》创作问题的自我总结更为丰富、复杂的意涵。为总体性地回应关于其创作的若干重要批评意见,《早晨从中午开始》既有对20世纪80年代文学观念及其局限的反思,亦有对其所坚守的现实主义传统的视域、资源和表现手法的自我说明。如是种种,涉及文学与时代、意识形态和现实等重大理论问题。在更为宏阔的视域中回应上述问题,申明其现实主义文学观的时代意义和复杂内涵,为《早晨从中午开始》作为"批评"和"美学"文本的要义所在。

重返1990年年末的文学现场,触发路遥写作《早晨从中午开始》的直接原因即不难明了。其时,曾有力地推动新时期陕西文学蓬勃发展的"笔耕文学研究小组"的核心成员、陕西师范大学教授畅广元动念编撰《神秘黑箱的窥视》一书,以深入分析作家的创作心理。不同于一般研究所采取

---

① 路遥:《早晨从中午开始》,北京十月文艺出版社,2010年,第294—295页。路遥虽将文集的编选视为自己此前创作的总结,但这种总结,仅具有阶段性意义,并非对个人写作的"盖棺论定"。该文中仍有朝向未来不断精进的振拔气象。
② 畅广元:《我所认识的路遥》,见晓雷、李星编选《星的陨落——关于路遥的回忆》,陕西人民出版社,1993年,第73页。

的心理分析的普通方法,该书拟采取的是"案例分析法"。且为避免单一研究视域可能导致的"主观主义",该书设想出作家、评论家、青年学者"三极对话"的方式。具体展开路径如下:"年轻的学者首先写出关于作家创作心理的论文,作家在看过论文后。既可以对其作具有鲜明针对性的评论,也可以按自己的思路,随心所欲地讲述自身的创作经验与体悟"。有此两者可能的"交锋"之后,年长的评论家则进一步写出"自己对二者论述的见解"。①如此,"三极对话"方始完成。时隔多年之后,李继凯回忆"三极对话"的完成路径,对其"论辩"特征有更为确切的说明:"年轻学者率先'发难',主要针对作家创作心理特别是创作心理障碍等进行剖析(他认为陕西几位实力作家有水平却仍需要新的突破);接着,作家在看过年轻学者论文后,自由自主讲述自己的创作经验和体悟,有表白,更希望有辩驳",最后再由知名评论家在阅读前两者文章之后,"写出自己对二者论述的见解,颇有'摆平'或'升华'的意味"。②如是"三极对话"的方式,意在营构多元共在的思想场域,"让读者透过对话,感受到一种相对客观的'呈现',从而有利于从不同的方面把握作家的创作心态"③。

"三极对话"的目的,并非对作家作品展开简单的综合研究,而是奠基于畅广元以及"笔耕文学研究小组"其他重要成员对其时陕西中青年作家成就的充分理解和"局限"的明确认识。论集选定的研究对象仅有五位,依次为路遥、贾平凹、陈忠实、邹志安、李天芳,皆可谓一时之选。路遥其时已获全国优秀中篇小说奖,数月之后即获茅盾文学奖。贾平凹也已完成了其兼具"寻根"与"改革"双重面向的重要作品《浮躁》且屡获大奖。而作为其"中年变法"标志的长篇小说《废都》已在酝酿之中,并

---

① 畅广元:《心灵探索者的心灵——〈神秘黑箱的窥视〉前言》,陕西人民教育出版社,1993年,第7页。
② 李继凯:《我与路遥的"遭遇"》,载《文艺报》2013年12月16日。
③ 畅广元:《心灵探索者的心灵——〈神秘黑箱的窥视〉前言》,陕西人民教育出版社,1993年,第7页。

最终完成于《神秘黑箱的窥视》出版之前。斩获国内多种重要奖项的陈忠实此时已完成《白鹿原》初稿，正在进行初步的修改工作。邹志安、李天芳亦属彼时陕西中青年作家之翘楚，创作成绩在同辈作家中较为突出。其时，上述五位作家均已人到中年，虽成就较高，但仍然存在着有待突破的个人"局限"——贾平凹、陈忠实其时正在独立展开的"中年变法"，即充分说明畅广元和彼时陕西省作协领导胡采、李若冰的远见。但"三极对话"的设想虽好，具体实施起来却可能面临重重困难。为统一认识，最大限度地完成预定目标，畅广元特意召集参与对话的作家和评论家召开编前座谈会，一致确定此次对话的宗旨为："无论如何要说真话，要实事求是，作品好就说好，不好就说不好，千万不要随波逐流，一味给作家抬轿子。"[1]亲历《平凡的世界》第一部发表至1990年年末评论界的诸种不同"反应"（评价路径的"分歧"）的路遥却对"三极对话"能在何种意义上达成心怀忧虑："讲实话，不是一件容易的事，特别是对有了影响的作家。我担心这次搞三极对话，弄不好会成为相互唱和，结果反倒是好话连篇。希望这次能说到做到，面对作品，不讲情面，讲点实在的东西"[2]。从成书后的情况看，路遥的忧虑不无道理，关于贾平凹和陈忠实的论文即较少"锋芒"。贾、陈二位也因种种原因，未能如编撰者所期望的那样，系统"回应"青年学者的观点。而作为"三极对话"的重要一极的评论家的文章，亦未能尽数起到与青年学者和作家"对话"的功能。就此而言，路遥对"三极对话"的认真回应使得该书即便未能全数完成原初设想，也有着极为重要的意义——在回应批评意见的同时，路遥对自身文学和世界观念的系统阐述，留下了关于其美学观念的重要文本。在读完李继凯文章之后，路遥表示："文章写得很认真，有不少话说到点子上了。当然，我

---

[1] 畅广元：《我所认识的路遥》，见晓雷、李星编选《星的陨落——关于路遥的回忆》，陕西人民出版社，1993年，第72页。
[2] 同上，第72—73页。

也有我的想法，我一定要认真写一篇文章作答。"①正因"三极对话"的构想和李继凯文章的触发，路遥下决心总体回应批评界关于其作品的批评意见。路遥对李继凯及其他评论家观点的总体回应，类同于20世纪60年代初柳青以《提出几个问题来讨论》系统回应严家炎关于《创业史》的批评意见。因为后者的观点，涉及若干需要深入辨析的重要问题②。《早晨从中午开始》因此虽围绕《平凡的世界》的创作和相关批评展开，但理论视域和问题意识，却远未局限于此。

二

"三极对话"的基本原则确定之后，李继凯于次年4月即完成一篇四万余字的长文，名为《沉入"平凡的世界"——路遥创作心理探析》。为撰写此文，李继凯"阅读了能够找到的路遥的全部作品"，还专门到省作协就若干重要问题请教过路遥，甚至"在餐桌上都愿意坐在路遥身边，询问他吃酒席和当年饥饿至极的不同感受"③——此问题无疑涉及路遥创作心理的重要维度。历经数月，文章写作完成。该文视域宏阔、结构严谨、论证扎实，涉及路遥创作的多个核心问题，自然多所肯定，但亦不乏"锐见"。其对路遥创作"局限"的认识，以"道德化"及其问题性最为突出。在李继凯看来，"路遥在塑造他心目中的理想人物时，总是时刻没有忘记道德伦理的人生准则"④。而正因"心中有这种'道德自律'的准绳"，路遥在面临"复杂型人物时，尽管有种种犹豫，但最终往往还是要

---

① 畅广元：《我所认识的路遥》，见晓雷、李星编选《星的陨落——关于路遥的回忆》，陕西人民出版社，1993年，第73页。
② 柳青：《提出几个问题来讨论》，见蒙万夫等编《柳青写作生涯》，百花文艺出版社，1985年。
③ 李继凯：《我与路遥的"遭遇"》，载《文艺报》2013年12月16日。
④ 李继凯：《沉入"平凡的世界"——路遥创作心理探析》，见畅广元编《神秘黑箱的窥视》，陕西人民教育出版社，1993年，第35页。

勉力给出明晰的道德判断"。此种"道德",也带有"'固有'或'传统'的性质"。①如是对人物的道德判断,以《人生》中对高加林命运的处理最为典型。若照一般性的方式处理,则高加林"'于连式'的个人奋斗",或有"追求自我实现和反拨不平压迫的积极意义",何况其奋斗已为或将为社会做出"更大的贡献",但受制于"对道德至上的伦理型文化的皈依",路遥"绝不会给高加林安排一个顺利发展、飞黄腾达的人生结局",因为依路遥之见,"高加林实在未曾通过'德顺爷'所象征的那道'道德关卡'"。②《人生》以高加林重返乡里并扑倒在德顺爷脚下痛苦地喊叫一声"我的亲人哪……"作结,近乎《平凡的世界》中王满银"浪子回头"的模式,即无论其在外如何"折腾",最终均会"重新皈依"高家村"公认的那种完善的道德准则"。③李继凯所论,涉及彼此深度关联的两个重要问题:其一为《人生》对高加林命运的处理的"合理性";其二为以"道德化倾向"(中国传统的伦理型文化)作为作品的终极视域的"适切性"。前者关涉如何总体理解20世纪80年代初个人与时代的关系问题;后者则涉及不同的文学和文化视域的内在价值分野。此种分野在80年代似乎很自然地被划归为文学与文化观念的"新""旧"之争(背后乃为"中""西"之争)、"古""今"之争,包含着系统理解路遥文学观念与80年代文学思潮的背反关系及其历史和现实意义的重要问题。

　　以高加林命运处理的客观原因为切入点,路遥依次论及个人与时代、文学和现实、传统价值观念的当下意义等重要问题。他并不认同评论界(不局限于李继凯的批评)对其"回归土地"的倾向的批评意见,以为高加林最终的"回归",自有其历史和现实的合理性。

　　从《人生》以来,某些评论对我的最主要的责难是所谓"回

---

① 李继凯:《沉入"平凡的世界"——路遥创作心理探析》,见畅广元编《神秘黑箱的窥视》,陕西人民教育出版社,1993年,第35页。
② 同上,第35—36页。
③ 同上,第35—36页。

归土地"的问题。通常的论据就是我让（？）高加林最后又回到了土地上，并且让他手抓两把黄土，沉痛地呻吟着喊叫了一声"我的亲人哪……"由此，便得到结论，说我让一个叛逆者重新皈依了旧生活，说我有"恋土情结"，说我没有割断旧观念的脐带，等等。

  首先应该弄清楚，是谁让高加林们经历那么多折磨或自我折磨走了一个圆圈后不得不又回到了起点？

  是生活的历史原因和现实原因，而不是路遥。作者只是力图真实地记录特定社会历史环境中发生了什么，根本就没打算（也不可能）按自己的想象去解决高加林们以后应该怎么办。这个问题同样应该由不断发展的生活来回答。①

路遥的辩驳无疑涉及观念的"新""旧"之争、"城""乡"之辩，以及如何理解个人与时代的关系问题。在20世纪80年代至90年代，求"新"与"变"乃时代和文学观念的核心倾向。一旦被认为尚在陈旧的观念模式之中写作，作品必然有被归入另册之虞②。对此种评价，路遥显然不能赞同。更何况促使高加林经历内外煎熬之后重返生活"起点"的并非路遥个人，而是"生活的历史和现实原因"。路遥也无意于强行"按自己的想象去解决高加林们以后应该怎么办"，他以为这样的问题，应该由"不断发展的生活来回答"。③路遥如是回应这一问题的潜台词显然相通于马克思的如下论断：哲学家们只是用不同的方式解释世界，问题在于改变世界。如不能将思想转化为行动的现实，则任何关于世界的可能的阐释不过空言而已。如果稍稍放宽视界，以《人生》写作完成前一年（1980）国内影响极大的关于人生意义的大讨论（"潘晓讨论"）为参照，可知路

---

① 路遥：《早晨从中午开始》，北京十月文艺出版社，2012年，第59—60页。
② 杨晓帆：《路遥论》，作家出版社，2018年，第204—212页。同属改革书写，且基本模式有着一定的共通性，《平凡的世界》和《浮躁》却有着不同的命运。
③ 路遥：《早晨从中午开始》，北京十月文艺出版社，2012年，第59—60页。

遥如是为《人生》结尾"辩护"的历史合理性。"潘晓讨论"起始于1980年5月,其极为深刻地关涉"个人"与"历史"的关系问题——在"潘晓"接受"思想"的基础教育阶段,个人的人生意义因与"集体意义、大历史意义联结"而有着较为稳固的表达,"能和集体意义、大历史意义正相关联结的人生意义才是正当的,真正的意义"①。作为高加林的"前辈",20世纪50年代的时代新人梁生宝的人生选择正因与宏大历史核心主题密切关联而有着超稳定的意义。以梁生宝为镜像,徐改霞"进城"的可能显然并不属于时代选择的主潮。其"进城难题"在50年代也并不难有合乎时代情理的结论。但时隔三十余年后,高加林却已无可能认同留在农村的选择。在其身处的80年代,"农民作为一个阶级的道德和精神优势已经在急剧的社会变革中成为历史","整体中的个人和个人意义上的整体"已然"解体","小二黑一旦变成了高加林就再也无法回到他以前的背景中去",文学也因此只能从"社会中退步出来,成为个人讲述故事的方式"。②但崛起的"个人"仍无从超克外部世界的种种规约而自由伸张其欲望。高加林命运的起伏、成败均是高度历史性的。极具征候意味的是,高明楼和梁生宝差不多属同一代人,也可能分享过50年代时代的精神成果,但与梁生宝心系"集体"而罔顾"个人"利益形成鲜明对照的是,高明楼屡屡利用其身份以权谋私,全无梁生宝时代基层干部公而忘私的优良品质。在人生的重要关头"左右"高加林命运的马占胜的狗苟蝇营也差不多坐实了基层权力机制的基本变化——由"公"而"私"的悄然转换。而"正是利益诉求的高度个人化集中才会导致社会冲突的爆发,进而触发公领域一系列问题的出现"。如《人生》中所呈现的"农村基层社会的权力变异,利益重

---

① 贺照田:《当社会主义遭遇危机……:"潘晓讨论"与当代中国大陆虚无主义的历史与观念构造》,见贺照田、余旸等《人文知识思想再出发》,台湾社会研究杂志,2018年,第47页。
② 杨庆祥:《妥协的结局和解放的难度——重读〈人生〉》,载《南方文坛》2011年第2期。

组所带来的内部分化,劳动意识形态的崩溃"等等。①置身"公""私"颠倒、"个人"与"集体"脱节的时代,身处底层的高加林几乎无法在乡村获得其所希望的成功。不仅如此,"到城里去"虽为足以让高加林宏图大展的重要路径,却并不向如高加林般的普通人物自然敞开。个人才能虽远超张克南,也完全可以胜任城里的工作,但因"身份"的差别,高加林终败于张克南的"先天"优势——中学毕业之后,黄亚萍理智地"放弃"高加林选择张克南即属典型例证。也不难想象,随着高加林的返乡,黄亚萍或也会与张克南重修旧好。问题的核心因此在于,唯有重申"关注社会最低需要"这一社会主义的重要原则,并切实解决阶层固化等社会现实问题,高加林们的人生问题方能得到更具历史意义的解决。②他们迫切需要的并非关于其命运的基于浪漫情怀的虚幻处理,而是如何在社会实践意义上改变其境况产生的根源。③

关于《人生》结尾评价分歧的背后,乃是"人民文艺"与"人的文学"两种不同的"政治规划"和"文学想象"之间的价值分野。路遥的文学观念,奠基于《讲话》以降的"人民文艺"的思想和审美传统④,与20世纪80年代宗法"五四"启蒙意义上的"人的文学"的基本传统并不相同。而后者因"重写文学史"思潮的广泛流播几成其时文学观念和批评的"成规"。"用80年代建构起来的'艺术''诗意'和'美'的标准来重新评价'人民文艺',认为高度的'政治性'和'意识形态性'损坏了其可能达到的'艺术高度'。这一潮流背后蕴含的则是'现代化叙事'对文学史

---

① 董丽敏:《知识/劳动、青年与性别政治——重读〈人生〉》,载《南开学报》(哲学社会科学版)2014年第6期。
② 甘阳:《社会主义、保守主义、自由主义:关于中国的软实力》,见《文明·国家·大学》,生活·读书·新知三联书店,2018年。
③ 杨辉:《"一代人"的"表述"之难——杨庆祥〈80后,怎么办?〉读札》,载《中国现代文学研究丛刊》2018年第3期。
④ 杨辉:《〈讲话〉传统、人民伦理与现实主义——论路遥的文学观》,载《中国当代文学研究》2019年第1期。

图景的重构,以及这种重构中必然包含的对'前现代的''乡村的'和'非审美'的'人民文艺'的贬斥。"①在"现代化的文学叙事"所敞开的朝向未来的世界构想中,"土地""农村"属"陈旧"与"落后"的象征,是正在展开的现代化建设所应克服的"问题"——"广大的落后农村是中国迈向未来的沉重负担"②。与此相应,如《人生》这般以"返归"土地的方式完成对个人奋斗的"结局"的处理,很容易被归入落后的"恋土派"。姑且不论"回归土地"并非表明高加林的人生道路只能终结于农村,仅就"农村问题"作为20世纪80年代具体的历史的问题而言,即可知并不能简单地以"进步"抑或"落后"判定"进城"与"返乡"两种人生道路的差别。更具历史征候意味的是,自1942年《讲话》以降,重新书写"农村"渐成潮流,赵树理、丁玲,包括柳青在1942—1949年间多部作品所敞开的农村,一改现代作家笔下作为旧中国的象征的农村浓重的颓败之势,而成为新的世界渐次展开的欣欣向荣之境。其间质性的变化无疑包含着复杂的历史意义和现实诉求,此后"十七年文学"之乡村叙述大致沿着这一路线持续展开。农村作为社会主义建设的重要部分包含着积极、复杂的历史能量。"新时期"以降对"农村"的新的想象再度返归20世纪初农村书写的主潮之中,其间历史的反复及其意义,恰属路遥重评所要面对的重要问题。其征候集中体现于论者的如下质疑之中,"为什么努力表现工农兵群众的解放区—十七年文学,算不上'人的文学'?而只有那些把劳动人民写得非常愚昧落后、缺乏人性自觉的文学","才是凸现了知识分子的自我肯定和美学趣味"。③"精英"观念与"大众"视域的分野④,乃

---

① 罗岗:《"人民文艺"的历史构成与现实境遇》,载《文学评论》2018年第4期。
② 路遥:《早晨从中午开始》,北京十月文艺出版社,2012年,第62页。
③ 解志熙:《一卷难忘唯此书——〈创业史〉第一部叙事的真善美问题》,载《文艺争鸣》2018年第4期。
④ 周展安、蔡翔:《探索中国当代文学中的"难题"与"意义"——蔡翔教授访谈录》,载《长江文艺评论》2018年第2期。此一问题在今天的延续,便是"中国文学越来越自我,越来越中产阶级化"。因此,"可以重新讨论现实主义的重要性以及各种可能性,对一个更加广阔的世界的关注,对更多的群体性的'人'的关注"。

是评判《人生》中高加林的"结局"无法绕开的重要问题。延续"人民文艺"的基本理路的路遥的写作,也自然与接续启蒙传统的"人的文学"的世界想象之间存在难以调和的"矛盾"。是为"城""乡"之辩的症结所在。1942年以降社会主义文学核心传统"重启"与"再造"的难题与意义均在此处。

高加林开放式的人生"结局"及其所敞开的现实难题同时涉及文学与文化观念的"古""今"之争——如何看待德顺爷对高加林的选择所做的若干"道德训诫"的意义。时在20世纪80年代初,兴起于"五四"的文化的古今中西之争所形塑的今胜于古、西优于中的文化无意识再度成为时代的潮流。作为《人生》中"点题"的重要人物,在80年代的时代氛围中,德顺爷所依凭的儒家伦理道德观念似乎略有"不合时宜"之嫌。当此之际,以个人奋斗为基本方式的人生愿景依托宏大的现代化想象一路高歌猛进。其流风所及,"人们似乎有足够的理由认定:即使是加林式的个人主义",也远胜其父辈所持有的"封建的奴化主义"。①以"封建"和具有启蒙意义的世界想象对举来表明此种观念中所蕴含的"新""旧"之争,为"五四"以降处理"传统中国"与"现代中国"关系的惯常模式。在此种观念的发轫阶段,"知识精英一方面将'旧'视为落后与羞耻的象征,另一方面将'旧'简化为'邪恶口袋':传统里那些具有唯心主义成分的知识、缺乏工具性价值的理念、无助国家富强的学问德行,都有机会被点名批判"。而"新"则被视为"'善'的象征",与作为"万恶之源"的"旧"判然有别。"新"与"旧"的对立,"不尽然是时序先后的不同,更重要的是具有意识形态意义的善恶之别,是非之别,与高下之别"。②在此一思想范式中,德顺爷所依凭的价值观念自然不具有现代意

---

① 李继凯:《沉入"平凡的世界"——路遥创作心理探析》,见畅广元编《神秘黑箱的窥视》,陕西人民教育出版社,1993年,第38页。
② 王汎森:《启蒙、理性与现代性:近代中国启蒙运动,1895—1925 序》,见丘为君《启蒙、理性与现代性:近代中国启蒙运动,1895—1925》,台大出版中心,2018年。

义上的先进性，其适用性似乎也大可怀疑。也因此，"人们在读《人生》与《平凡的世界》的结尾部分时，多有一种不满足或怀疑的感觉，因为加林与少平的道德化的'回归'，似乎并未将人们引到一片新道德的天地之中去"①。

对上述问题更具历史感的解释，仍需返归80年代的文学和思想现场。自历史的整体状况看，80年代的思想格局并不单一。"文化热"所开显之三种思想路径及方法也表明重述古今中西关系的多种可能。几乎在李继凯写作此文的同时，陈忠实完成了其重要作品《白鹿原》初稿的写作。不同于此前以《蓝袍先生》等为代表的关于"封建伦理道德""落后"与"陈旧"（甚或"吃人"）的惯常叙述，《白鹿原》在朱先生和白嘉轩身上寄予了对儒家伦理之经世功能及其衰微的哀婉与叹惜。依此逻辑展开的文学世界，儒家伦理道德在观念的易代之际虽面临多重挑战，但作为其在实践层面的代表人物，白嘉轩傲然立于白鹿原之上，一任外部世界风云舒卷、王旗变幻，坚信白鹿原子弟无论如何叛逆如何意图逃离，最终仍需跪倒在具有复杂文化象征的祠堂之中。"白鹿原"作为重要意象因之并非单纯的地域的指称，而是有着文化、族群、民族精神象征的多重意义——或也表征着古典传统之精义在新的时代语境中复兴复壮的可能。并非偶然，虽未如白嘉轩一般有精神世界更为复杂的展开，构成德顺爷精神基础的，同样是儒家思想及其在现实化过程中所形成之伦理道德规范。②此种规范及其在传统社会所呈现出的"差序格局"，确与启蒙思想所持守之个人信念存在差别。但在80年代初具体的历史氛围之中，如高加林般的年轻人，他们的"思想、欲望、行为、心理、感情、追求、激情、欢乐、沉沦、痛苦、

---

① 李继凯：《沉入"平凡的世界"——路遥创作心理探析》，见畅广元编《神秘黑箱的窥视》，陕西人民教育出版社，1993年，第38页。
② 费孝通：《乡土中国》，江苏文艺出版社，2007年，第33—34页。如费孝通所论，道德观念"包括着行为规范、行为者的信念和社会的制裁"。就社会观点而言，"道德是社会对个人行为的制裁力，使他们合于规定下的形式行事，用以维持该社会的生存和绵续"。

局限、缺陷",他们所身处的自我和社会矛盾,均无法"超越历史、社会现实和个人的种种局限"。①以是否对"特定历史进程中的人类活动做了准确而深刻的描绘"作为文学价值有无之标准的路遥,并不赞同无视现实的自然规律,仅从"概念"和"理论"出发的写作路向,以为据此写作,属胶柱鼓瑟,不过塑造出一些新的"高大全"——"穿了一身牛仔服的'高大全'或披了一身道袍的'高大全',要不就是永远画不好圆圈的'高大全'"②。而在历史的具体氛围中理解人物所面临之现实困境及其解决方式,则德顺爷所持有之"道德判断",无疑属在人生观念转型之际高加林所能依凭之重要思想资源。若非如是,则被迫重返乡里且回归人生"起点"的高加林或将面临价值的虚无之境——高明楼的种种行为已然表明乡村如梁生宝所能依托之价值观念的衰微。这便可以理解何以德顺爷形象的出现让几乎陷入写作的"绝境"的路遥"绝处逢生"——他不知应该如何安排高加林的结局:"与高加林一样,路遥在创作的十字路口上徘徊,不知该何去何从。他说他在自己的生活积累之中苦苦地搜寻着,追索着,直到德顺爷爷的形象瞬息间在他的头脑中浮现出来"③,被迫返乡的高加林也因此有了精神可能的依托。这依托既寄托着路遥深厚的"作家的情感"④,也表明即便在唯新是举、不遑他顾的20世纪80年代,古典思想及其所形塑之人格,仍有未可简单估量的重要价值。是故,超克文化的古今中西之争所开启的思想"困局",自古今贯通的文化观念中重新理解古典传统的当下可能,则对德顺爷及其所持有之伦理道德观念的意义,或可

---

① 路遥:《早晨从中午开始》,北京十月文艺出版社,2012年,第62—63页。
② 同上,第62页。
③ 汪炎:《漫忆路遥》,见榆林路遥文学联谊会编《不平凡的人生》,第17—18页。
④ 王愚:《"文章憎命达"——忆路遥二三事》,见晓雷、李星编选《星的陨落——关于路遥的回忆》,陕西人民出版社,1993年,第75—76页。路遥所论之"情感"所指较为丰富,但对人物、土地等的个人情感应属其中的重要部分。如其所论,"我对农民,像刘巧珍、德顺爷爷这样的人有一种深切的感情,我把他们当作我的父辈和兄弟姊妹一样,我是怀着这样一种感情来写这两个人物的……"

有更具历史感的新的理解。高加林返归乡里从乡村固有的伦理道德观念中获致精神依托的处理，便不能简单地被视为"陈旧"的观念而做"偏狭"的阐释。而由"当代中国"到"历史中国"的书写，属路遥彼时正在酝酿的"中年变法"的重要路径。在柳青的启发之下，路遥开始将写作重心从"当代纪事"转向对民族历史命运的关切。[①]这种努力，与陈忠实、贾平凹同期展开的"中年变法"大致相通。而接续中国古典思想和审美传统以开出当代写作的新面向，如今也已成为文学观念转换路径之一。这充分说明路遥文学观念的前瞻性和包容度，及其虽扎根80年代的社会现实，却涵容历史并指向未来的重要意义。

三

通过回应自《人生》到《平凡的世界》批评界对其作品涉及重要问题的若干批评意见，从而系统阐述其不同时流（即其所谓的"反潮流"）的思想和美学观念，为路遥写作《早晨从中午开始》更为阔大的用心。照路遥最初的构想，该作将涉及以下四个论题："一、关于创作中作家的情感；二、作家的态度与人物的性格；三、评论家的视野与作家的艺术感受；四、关于黄土地。"[②]从对新时期以降种种文学思潮和创作现象的整体反思到个人写作之追求——包括思想追求和艺术追求——的自我说明，再到对作家与土地、文学与时代关系等问题的思考，路遥力图深入地阐述其思想和文学观念。后来之成稿虽未严格依照上述结构展开，但对相关问题无疑均有涉及。论述的重点，仍在其所遵循之现实主义原则及其意义问题上。而以此为切入点，触及若干重大理论与现实问题。

---

① 参见王天乐：《苦难是他永恒的伴侣》，见李建军编《路遥十五年祭》，新世界出版社，2007年；晓雷：《故人长绝——路遥离去的时刻》，见李建军编《路遥十五年祭》，新世界出版社，2007年。

② 畅广元：《我所认识的路遥》，见晓雷、李星编选《星的陨落——关于路遥的回忆》，陕西人民出版社，1993年，第73页。

以阐发现实主义及其所依托之思想和审美传统的意义为中心，路遥此举无疑有着极为明确的现实针对性。具体原因有二：一为1986年春《平凡的世界》（第一部）被《当代》杂志退稿；一为1986年冬《平凡的世界》（第一部）北京研讨会上所遭遇的批评意见。对前者之深层原因，《当代》编辑周昌义后来有较为详尽的说明，其对彼时阅读感受的回顾，亦具有80年代中期文学观念（潮流）的征候意义：

> 拿着路遥的手稿回到招待所，趴在床上，兴致勃勃地拜读。读着读着，兴致没了。没错，就是《平凡的世界》，第一部，30多万字。还没来得及感动，就读不下去了。不奇怪，我感觉就是慢，就是啰嗦，那故事一点悬念也没有，一点意外也没有，全都在自己的意料之中，实在很难往下看。①

时隔多年之后，已有更为宽广的文学视域（与1986年一般，其文学观念仍然是高度历史性的，属时代"潮流"之自然反映）的周昌义意识到其彼时有此阅读感受的原因，在于无意识地被20世纪80年代中期潮流化的文学观念裹挟而去。"那是1986年春天，伤痕文学过去了，正流行反思文学、寻根文学，正流行现代主义"，读小说——

> 不仅要读情感，还要读新思想、新观念、新形式、新手法。那些所谓意识流的中篇，连标点符号都懒得打，存心不给人喘气的时间。可我们那时候读着就很来劲，那就是那个时代的阅读节奏，排山倒海，铺天盖地。喘口气都觉得浪费时间。②

从周昌义回忆的要点看，他当年退稿《平凡的世界》，皆因该作"过时的"现实主义手法："80年代中期，是现代主义横行，现实主义自卑的年代。陕西恰好是现实主义最重要的阵地，也该承担起现实主义自卑的重担。"③自中篇处女作《惊心动魄的一幕》始，路遥的写作便与向以现实

---

① 周昌义：《记得当年毁路遥》，载《文艺理论与批评》2007年第6期。
② 同上。
③ 同上。

主义文学重镇著称的《当代》渊源颇深。正因20世纪80年代初《当代》主编秦兆阳的欣赏，使得屡遭退稿的《惊心动魄的一幕》得以刊发并获首届全国优秀中篇小说奖，在很大程度上可谓改变了路遥的命运。曾以《现实主义——广阔的道路》一文名世的秦兆阳对《惊心动魄的一幕》的意义的独特理解，无疑也给尚在写作探索期的路遥以极大的鼓舞，进一步坚定了路遥接续具有内在的质的规定性的现实主义传统的决心。因是之故，此番《当代》退稿，对路遥的打击必然远较一部作品的退稿更甚。所幸有《花城》杂志谢望新和中国文联出版公司李金玉对《平凡的世界》（第一部）的肯定，路遥虽略感沮丧，似乎也不必在退稿一事上心存压力，集中精力完成作品后两部即可。

但对数年潜心为《平凡的世界》做写作的准备，无暇顾及文坛风潮的路遥而言，文学潮流无远弗届的影响力此时不过初现端倪。在是年冬《花城》与《小说评论》杂志联合召开的《平凡的世界》（第一部）北京研讨会上，路遥面临着更为沉重的精神压力。此次会议集中了当时重要的文学评论家如朱寨、何西来、何镇邦、雷达、蔡葵、曾镇南、李炳银、白烨、王富仁等，阵容可谓强大。研讨会纪要以《一部具有内在魅力的现实主义力作》为题刊发于《小说评论》1987年第2期。该纪要以如下段落总括此次研讨会的核心观点：

> 评论家们给予小说以这样的总体评价，认为《平凡的世界》是一部具有内在魅力和激情的现实主义力作。它以1975年至1978年中国广阔的社会生活为背景，描写了中国农民的生活和命运，是一幅当代农村生活全景性的图画，是对十年浩劫历史生活的总体反思。在事件和人物之间，作家更着力表现新旧交替时期农民特有的文化心态，试图探寻中国当代农民的历史和未来。

如今看来，上述具有总括意义的整体评价不可谓不准确，但在1986年年末以"现实主义""肯定"一部新作，却包含着耐人深思的复杂意味。需要注意的是，该文在以绝大多数观点肯定该作多方面的价值之后，亦述及其不足:"有同志指出,作品开头有些徐缓,其中有些章节读来有些沉闷、板滞"。是说无疑类同于周昌义的阅读感受,足见二者分享的乃是同一种文学观念。虽无资料表明此说出自何人之口,但从会议的部分参与者及相关人员事后的"补叙"看,此次会议应当有远较纪要丰富复杂的内容。如与路遥交往甚厚的白描的回忆,展现的即此次会议的另一种面向。

> 1986年冬季,我陪路遥赶到北京,参加《平凡的世界》(第一部)的研讨会。研讨会上,绝大多数评论人士都对作品表示了失望,认为这是一部失败的长篇小说。①

"绝大多数""失望""失败"这样的表述与会议纪要形成了鲜明的对照。而据周昌义回忆,那一次研讨会自己虽无缘参加,但从参与会议的编辑部同仁反馈的信息看,至少"大家私下的评价不怎么高"②。或因这样的原因,《花城》刊出该作第一部之后再无后续,第二部并未在文学期刊发表,第三部则在较之《花城》更为"偏远"的《黄河》刊出。由此可见此次会议之于《平凡的世界》的"负面"影响。与此相应,对该作期望甚高且尚未完成后两部的路遥也承受了巨大的心理压力。"回到西安后,路遥忽然要领我去一趟长安县的柳青墓","他在柳青墓前转了很长时间",最后"猛地跪倒在碑前,放声大哭"。③

彼时路遥复杂的心理状况如今已难以尽知,但不难想见,此后虽有蔡葵、曾镇南、白烨、李星等评论家对《平凡的世界》和路遥的现实主义创作道路不同程度的肯定,却仍不能消弭其时总体的文学形势之于路遥的"压力"。"重写文学史"思潮的兴起及其对柳青文学遗产的"重评",也表明文学史观念范式的转换及其确立的新格局并不利于《平凡的世界》

---

① 王刚:《路遥年谱》,北京时代华文书局,2016年,第210页。
② 周昌义:《记得当年毁路遥》,载《文艺理论与批评》2007年第6期。
③ 王天乐:《〈平凡的世界〉诞生记》,见榆林路遥文学联谊会编《不平凡的人生》,第122页。

意义的敞开①。路遥需要以强大的力量申明其价值坚守的重要意义。《早晨从中午开始》论及文学形势和他对现实主义传统赓续的原因计有两次。第一次可谓"总论",集中在第6—9节。第二次恰在第一部完成之后(即北京研讨会后),属进一步的详细申论,在第31—33节。两处所论之侧重虽略有不同,但均在回应关于该作写作手法的批评意见,关涉其时的文学形势和文学评价的"成规"。"按当时的文学形势,这部书的发表和出版是很成问题的。"首当其冲的"当然是因为这部书基本用所谓'传统'的手法表现,和当时的文学潮流悖逆;一般的刊物和出版社都对新潮作品趋之若鹜,不会对这类作品感兴趣"。②如果说在为《平凡的世界》做写作的准备期,路遥无暇顾及文坛新潮,周昌义的退稿和北京研讨会上的批评声音,无疑迫使其对此一问题做充分、深入的思考。在突击阅读③其时流行的新潮作品之后,路遥以为,此类作品大多尚处于"直接借鉴甚至刻意模仿西方现代派作品的水平",并不成熟,虽不乏文学形式变革的意义,但显然被文艺理论界"过分夸大"。现代派在其时具有排他性的巨大影响,暴露出的恰是批评界文学观念的偏狭。

> 问题在于文艺理论界批评界过分夸大了当时中国此类作品的实际成绩,进而走向极端,开始贬低甚至排斥其他文学表现样式。从宏观的思想角度检讨这种病态现象,得出的结论只能是和不久前"四人帮"的文艺殊途同归,必然会造成一种新的萧瑟。从读者已渐渐开始淡漠甚至远离这些高深理论和玄奥作品的态度,就应该引起我们郑重的思考。④

路遥对现实主义及现代派的理解,显然并不局限于写作手法,而是

---

① 杨庆祥:《审美原则、叙事体式和文学史的"权力"——再谈"重写文学史"》,载《文艺研究》2008年第4期。
② 路遥:《早晨从中午开始》,北京十月文艺出版社,2012年,第57页。
③ 王天乐:《〈平凡的世界〉诞生记》,见榆林路遥文学联谊会编《不平凡的人生》,内部资料,第121页。
④ 路遥:《早晨从中午开始》,北京十月文艺出版社,2012年,第13页。

充分考虑到其所关涉的文学与社会、意识形态和现实等更为复杂的问题。"任何一种新文学流派和样式的产生，根本不可能脱离特定的人文历史和社会环境。"①自20世纪70年代初开始，在宏阔的社会历史和现实背景中思考题材的意义，乃是路遥写作的重要特征②。他对文学与政治关系的透彻理解，近乎詹姆逊将政治作为文学评价的基本视域的观念。扎根于个人生命实感经验的价值关切，也自然与对"下层阶级"作为"'人'的生存的深切关注与'改变世界'（马克思语）的叙事努力"③这一社会主义文学的"遗产"密切相关。以柳青传统为中介，在社会现实的宏阔视域中思考文学手法及其意义，也是路遥文学观的基本特征。"现实主义在文学中的表现，绝不仅仅是一个创作方法问题，而主要应该是一种精神"④。此种"精神"也并非单纯的主体的价值和审美偏好所能简单概括，而是统合了作家关于传统、时代和现实诸种复杂因素的深刻洞见。形式亦是一种意识形态，不可脱离特定的社会思想视域架空理解。"也许现实主义可能有一天会'过时'，但在现有的历史范畴和以后相当长的时代里，现实主义仍然会有蓬勃的生命力"⑤。毋须指明路遥文学观念中更为宏阔的思想考量的意识形态意味⑥，仅就对现实主义与"历史范畴"连续性的关系的看重而言，便可知他对文学手法背后所关涉的复杂的思想问题所知甚深。如论者所言，"把现实主义问题提到最重要的地位，是出于唯物主义认识论

---

① 路遥：《早晨从中午开始》，北京十月文艺出版社，2012年，第13页。
② 参见杨辉：《路遥文学的"常"与"变"——从"〈山花〉时期"而来》，载《中国现代文学研究丛刊》2018年第2期。
③ 张均：《重估社会主义文学"遗产"》，载《文学评论》2016年第5期。
④ 路遥：《早晨从中午开始》，北京十月文艺出版社，2012年，第15页。
⑤ 同上，第14页。
⑥ 海波：《我所认识的路遥》，载《十月·长篇小说》2012年第4期。与路遥交往甚厚的海波认为："站在政治家的高度选择主题，首先取得高层认可，然后向民间'倒灌'"为路遥创作的重要特征。

的要求"①。因为现实主义作家给艺术提出的任务,"是在现实本身中,在各种现实力量以及社会生活的各种倾向的斗争和冲突中给进步的理想找到依托"②。进而言之,"马克思主义作为社会革命学说的"性质,"决定了现实主义问题对于马克思主义文艺批评理论具有特殊的意义"③。具体表现为强调文学作为社会实践之重要一种的经世功能和实践意义,其背后有更为宏阔的思想考量和复杂的世界关切。以此观念为基础的写作,一开始即与以单纯的自我情感表达为目的的写作存在着根本的分歧。此种分歧,与20世纪60年代中期苏契科夫对现实主义和现代主义在文学观念上的分野的辨析颇多相似。"围绕现实主义而进行的争论极其鲜明地揭示出争论双方立场和审美观的分歧,揭示出在理解艺术的社会使命以及现实主义和现代主义关系方面的差异。"④"现代资产阶级美学、资产阶级艺术的特点在于装模作样地强调艺术家和艺术作品对充满剧烈冲突和矛盾的社会生活的虚假的独立性。使艺术脱离时代的极端重要的问题,这一意向也贯穿在资产阶级作家的美学纲领和创作实践之中"⑤。而作为重要的社会象征行为,秉有经世功能和实践意义的文学叙事,则以其对已然和应然事物总体处理的优势,而有与宏大的社会构想内里相通的意义:

> 人类的精神进步的真正含义在于人制订出关于宇宙、社会和自身的符合真理的观念,在于人的理智创造出无论就整体和局部而言都是真正现实界的真实图景。这种深入理解现实界的客观内容的运动是人的创造活动的一切形式——研究自然现象各种规律的自然科学,依靠科学共产主义武装了人类的社会思想,历史发

---

① 乔·米·弗里德连杰尔:《马克思恩格斯和文学问题》,郭值京等译,上海译文出版社,1984年,第193页。
② 同上,第196页。
③ 同上,第193页。
④ B·苏契科夫:《关于现实主义的争论》,胡越译,见罗杰·加洛蒂《论无边的现实主义》,吴岳添译,上海文艺出版社,1986年,第234页。
⑤ 同上,第234—235页。

展规律的知识,以及在同等程度上的艺术——所特有的。①

此亦为卢卡契强调总体性与现实主义关系的要义所在,亦是作为社会实践之一种的文学的价值的根本体现。置身90年代初的思想和文化语境中,路遥虽已难于使用与苏契科夫相同的话语表达其对现实主义和现代派分歧的看法,但他们显然分享着大致相同的逻辑。现实主义与"读者大众",现代派与"少数人"②的对举大致可与"底层"(大众)与"精英"(知识分子)对照理解,其背后关联的乃是"人民文艺"和"人的文学"两种"基于对'中国国情'不同理解而产生的两套'政治规划'",其根本性的分歧,"在于是否以及如何将原本不在视野中的'绝大多数民众'纳入相应的'政治规划'与'文学想象'"之中。③"人民文艺"的兴起及其意义,奠基于《在延安文艺座谈会上的讲话》所阐发的文学观念。其意义并非仅局限于文艺问题,而是与更为宏阔的世界构想密切相关。对此问题深入、透彻的理解,构成了路遥文学观念的核心。"我们必须遵照《讲话》的精神,深入到人民群众的实际生活和斗争中去,深入到他们的心灵中去,永远和人民群众的心一起搏动,永远做普通劳动者中间的一员,书写他们可歌可泣可敬的历史——这是我们艺术生命的根。"④路遥对现实主义传统及其所依托的思想和审美观念的坚守,也需要在同样的意义上得到理解。

意图在总体性意义上书写人民群众的实际生活和斗争,必然与现实主义精神及其所依托的思想和审美传统密不可分。如卢卡契所论,不同于现代派文学对个人性的、碎片化甚或私密生活的书写兴趣,"每个真正的现实主义作家的文学实践,都表明了客观的社会总联系的重要性和为掌握这

---

① B·苏契科夫:《关于现实主义的争论》,胡越译,见罗杰·加洛蒂《论无边的现实主义》,吴岳添译,上海文艺出版社,1986年,第238页。
② 路遥:《早晨从中午开始》,北京十月文艺出版社,2012年,第15—16页。
③ 罗岗:《"人民文艺"的历史构成与现实境遇》,载《文学评论》2018年第4期。
④ 路遥:《早晨从中午开始》,北京十月文艺出版社,2012年,第140页。

种联系所必须的'全面性要求'"①。出于深刻反映客观现实,进而"使群众自己的生活实践朝着进步方向继续发展"②的目的,现实主义作家及其笔下所敞开的文学世界必然深度关联着根源于总体性思想的现实关怀。如柳青"并不满足于对周围生活的稔熟而透彻的了解",而把"自己的眼光投向更广阔的世界和整个人类的发展历史中去"③,《平凡的世界》宏阔视域的构想无疑是微观与宏观、局部与整体、地方与全局、个人与世界的多元融通,且可表征时代精神和社会生活的总体面貌的完整图景。举凡关涉普通人命运变化之种种原因无不被融入整一世界的洪流之中,而有基于总体性世界观察的全景式处理。孙氏兄妹置身其中的,也非碎片化的、无意义的世界,而是表层虽不乏裂隙,内里却仍然整一有序的世界。在总体性的宏阔视域中,路遥力图以"某种程度上的编年史的方式"结构《平凡的世界》。以三部六卷一百万字的超长篇幅,"全景式反映中国近十年间城乡社会生活的巨大历史变迁"。④他不仅要用"历史和艺术的眼光观察在这种社会大背景(或者说条件)下人们的生存与生活状态",还要"站在历史的高度上,真正体现巴尔扎克所说的'书记官'的职能",且不回避对生活作出"哲学判断"。⑤也因此,《平凡的世界》成为20世纪80年代变革时期中国社会复杂面貌整体呈现的典范之作,包含着其时总体性视域世界构想的重要可能。其对80年代的时代"新人"的历史性描绘,上承《创业史》所开启的思想和审美传统,下开90年代后当代文学"新人"书写的基本面向。如是种种,决定了《平凡的世界》所属之思想和审美谱系的现实主义特征,也使得路遥的写作必须面对80年代因"反潮流"而招致的评价的分歧。此种分歧乃是90年代以来《平凡的世界》的文学史评价问题的症结所在。

---

① 卢卡契:《现实主义辩(1938年)》,中国社会科学出版社,1981年,第6页。
② 同上,第32页。
③ 路遥:《早晨从中午开始》,北京十月文艺出版社,2012年,第137页。
④ 同上,第11页。
⑤ 同上,第20页。

就历史的整体状况看，80年代文学所能依托之"传统"，维度可谓多端。既可上承"五四"新文学传统，亦可赓续中国古典文脉，甚至师法西方现代主义、后现代主义文学，亦属路径之一。然而不容回避的问题仍然是，具有内在的质的规定性的社会主义文学仍在继续，而如何看待1942—1976年间以《讲话》"为依据的主流文学"，成为考校80年代文学观念视域的重要维度，至今尚未有更为妥帖的解决方案。当代文学史写作之所以难有大的突破，此为症结之一①。"人民文艺"与"人的文学"、"延安道路"与"民国机制"、"大传统"与"小传统"等问题，也因未有更具包容性和概括力的文学史观念的统摄而呈现为杂语共生甚或偏于一隅的状态。路遥在此语境中对社会主义文学若干重要原则的坚守也因此有着承前启后的重要意义。经由对个人生命实感经验与时代潮流的"常"与"变"的深切反思，路遥并不赞同随波逐流的文学观念，而是基于历史连续性的世界观察，始终扎根于《讲话》以降的思想传统之中。以秦兆阳来西安为触发点，路遥较为详细地忆及当年《惊心动魄的一幕》与《当代》的缘分，也并非"闲笔"。因与其时"流行的观点和潮流不合"，《惊心动魄的一幕》屡遭退稿。路遥遂托朋友将该作"转给"《当代》，并表示如《当代》亦不采用，可随手一烧了事。似乎路遥也始料未及，该作在《当代》得到了编辑刘茵和主编秦兆阳的肯定。秦兆阳认为该作"很独特"，彼时文坛尚未有任何一篇作品像这样去反映这一段生活，其中对斗争的描写虽稍显"残酷"，但"基调给人的感觉还是高昂的"②。尤需注意的是，在此后为该作所写的评论文章中，秦兆阳充分肯定路遥基于历史连续性的世界观察。秦兆阳的肯定无疑强化了路遥对其所持有的"深沉的历史观"③及现实主义创作方法的自信。在新时期观念反思的语境中，路遥之所以未被一时的风潮挟裹而去，对历史和现实更为深刻的洞见乃是根本原

---

① 张均：《当代文学应暂缓写史》，载《当代文坛》2019年第1期。
② 朱盛昌：《秦兆阳在〈当代〉（日记摘录）》，载《新文学史料》2015年第3期。
③ 路遥：《早晨从中午开始》，北京十月文艺出版社，2012年，第109页。

因所在。如其所论，"历史是客观的，现实的，不应嘲弄，不应浅薄，要深沉，要报以严肃的态度"①，而从长远的历史视域看去，则在"赶形势，赶时髦"的意义上写作的作品，难脱短时期观念的局限，其意义亦会随形势的变化而逐渐减损。正是在这一意义上，路遥意图以"反潮流"的方式，表达其对更为宽广之"历史"的洞见，以及对更具历史意义的观念和审美传统的坚守，并以之回应批评界关于"现实主义"的若干批评意见。"我们和缺乏现代主义一样缺乏（真正的）现实主义。我是在这种文学背景下努力的，因此仍然带有摸索前行的性质"②。《惊心动魄的一幕》在20世纪80年代初所具有的"反潮流"性质，恰与20世纪80年代中后期《平凡的世界》际遇相同。在现实主义"衰微"，现代主义"崛起"的潮流化趋势之中，路遥坚守现实主义传统，除上述对历史连续性和文学的实践价值充分认识的原因之外，亦有对其时现实主义文学尚有巨大发展空间的洞见密不可分。现实主义在中国既未达到19世纪俄法现实主义文学的水准，在表现中国不间断的五千年文明史方面，也仍有较大的发展空间。"根本没有成熟到可以不再需要的地步。"③80年代中后期迄今三十余年间现实主义文学在中国的长足发展，也充分说明路遥现实主义文学观的历史价值和现实意义。

以路遥更具历史感的眼光观之，则80年代批评界一度以"现代派"排斥和压抑"现实主义"，乃是"一种批评的荒唐"。就根本而言，"问题并不在于用什么方法创作，而在于作家如何克服思想和艺术的平庸"④。马尔克斯既有以魔幻现实主义手法结构之《百年孤独》，亦有以经典现实主义手法写作之《霍乱时期的爱情》，从长远的文学史眼光看，二者在经典的意义上并无高下之分。何况作为新的文学现象的现代派文学的兴起虽

---

① 路遥：《早晨从中午开始》，北京十月文艺出版社，2012年，第109页。
② 同上，第601页。
③ 同上，第15页。
④ 同上，第16页。

有文学观念和技巧革新意义上的历史合理性,现实主义所依托的思想和审美资源也并非一成不变。问题的要点在于:"只有在我们民族伟大历史文化的土壤上产生出真正具有我们自己特性的新文学成果,并让全世界感到耳目一新的时候,我们的现代表现形式的作品也许才会趋向成熟"[1]。如拉美作家,虽受欧美作家的影响,却并未亦步亦趋跟踪而行,而是"反过来重新立足于本土的历史文化",并在此基础上产生了"真正属于自己民族的创造性文学成果,从而才又赢得了欧美文学的尊敬"。[2]也因此——

> 如果一味地模仿别人,崇尚别人,轻视甚至藐视自己民族伟大深厚的历史文化,这种生吞活剥的"引进"注定没有前途。我们需要借鉴一切优秀的域外文学以更好地发展我们民族的新文学,但不必把"洋东西"变成吓唬我们自己的武器。事实上,我们已经看到,当代西方许多新的文化思潮,都不同程度地受到中国传统文化的启发和影响,甚至已经渗透到他们社会生活的许多方面,而我们何以要数典忘祖轻薄自己呢?[3]

几乎在路遥作如上反思的同时,陈忠实、贾平凹正在酝酿其写作的"中年变法"。距《早晨从中午开始》写作完成仅年余,作为"陕军东征"代表作品的《白鹿原》和《废都》相继出版。这两部作品分别表达了对中国古典传统思想和审美现代意义的肯定。《白鹿原》对以儒家思想为核心的乡村伦理道德衰微的叹惋,被认为与80年代思想界的"再传统化"思潮密切相关[4]。《废都》则被认为是赓续明清世情小说传统的典范之作。二者与中国古典思想和审美传统的关系,以及在古典传统延长线上的诸多作品在此后二十余年间的不断涌现,也充分说明路遥对现实主义资源向中国古典传统拓展的认识的重要价值。时至今日,以古今贯通的"大文

---

[1] 路遥:《早晨从中午开始》,北京十月文艺出版社,2012年,第14页。
[2] 同上。
[3] 同上。
[4] 李杨:《〈白鹿原〉故事——从小说到电影》,载《文学评论》2013年第2期。

学史观"超克"五四"以降文化的"古今中西之争"所开显的思想困局，深度反思"重写文学史""再解读"研究路向的局限，以敞开与时代氛围相关联的更为宏阔的思想和审美视域势所必然。而融通1942年《讲话》以降的社会主义文学传统、中国古典传统及"五四"新文学传统，不仅是文学观念易代之际的可能性选择之一，亦是妥帖评价路遥文学观念的文学史价值和现实意义的先决条件。

历史地看，《平凡的世界》与80年代阶段性的文学潮流的"背反"之处，恰正说明路遥所持的，乃是一种更具历史包容性和概括力的文学观念。属1942年由《讲话》精神开启，中经柳青《创业史》进一步推动的社会主义文学传统在80年代的自然延续。也因此，除反复申论现实主义的时代价值外，《早晨从中午开始》亦强调"深入生活"的意义，以及读者大众作为文艺评判的"主体"的重要价值。"考察一种文学现象是否'过时'，目光应该投向读者大众。""读者仍然接受和欢迎的东西，就说明它有理由继续存在。"[①]自80年代末迄今，《平凡的世界》作为"常销书"所产生的持续而广泛的影响力无须多论。作为茅盾文学奖皇冠上的明珠，《平凡的世界》激励一代又一代身处底层的年轻人以不懈的奋斗投身时代前进的洪流，进而改变自己的命运。这恰属路遥所论之"深入生活"的要义所在。"深入生活"并非仅属写作材料获取的简单方式，而是内含着独特的全面性地感知和体验世界，从而与"无数胼手胝足创造伟大生活、伟大历史的劳动人民"保持心灵相通的意义——此与现代派的"向内转"恰成鲜明对照。路遥所说的"读者大众"，也并非一种中性的普遍广泛指称，而是可与"人民"这一概念相通——如其所言："我们的责任不是为自己或少数人写作，而是应该全心全意全力满足广大人民大众的精神需要"[②]。如是种种，均表明路遥文学观念与《讲话》以降的社会主义文学传统的内在承传关系。《早晨从中午开始》所阐发的文学和世界观念的历

---

① 路遥：《早晨从中午开始》，北京十月文艺出版社，2012年，第15页。
② 同上，第91页。

史和现实意义,需要在这一思想的连续中得到恰切的理解。

柳青以为文学的经典化应以"六十年"为一个单元。在同时代人的评价和历史的检验——路遥所说的"当代眼光的评估"和"历史眼光的审视"——之间,柳青显然偏重后者。如今距离《平凡的世界》在1986年年末所面临的评价的困难不过三十余年,作为总体性书写1975—1985年转型期中国社会变革的重要作品,《平凡的世界》的意义已然得到更具历史感的价值评定。路遥写作所依凭的柳青传统,在评论界已不复"重写文学史"以降的有限度的肯定态度。凡此种种无不说明,文学观念虽有与时推移起伏无定的表象,亦有一以贯之的内在的质的连续性。在百年中国历史巨变的合题阶段,以更具包容性和概括力的文学史观重评以柳青、路遥为代表的社会主义文学传统,并敞开立足现实、融通过去并朝向未来的思想和审美视域的意义,亦将随时间的推移而愈发凸显。

原载《文学评论》2020年第2期

《应物兄》与晚近三十年的文学、思想和文化问题

《应物兄》一书凡八十四万言,一千零四十页,涉及多部典籍和多种思想,人物、事件更是纷繁复杂,当代小说中罕有其匹,故而"读法"也不必单一。以叙事之整体论,其间核心人、事、物所涉之时间虽不过年余,且以当下社会生活为中心,但仍广泛涉及更为悠远的精神和文化传统。虽有前后贯通之核心人事,但旁逸斜出之种种事项不断增值一如信息之"内爆"。它是一所"大园子","正着转","倒着转"皆可,亦可"走走停停","兴之所至,自然得趣",是为其"庞大和丰盛"①处。人物、事件及"话头"可谓千头万绪,甫入其间必然应接不暇难觅津逮。但通览全书,可知其首尾"如脉络贯通,如万丝迎风不乱"②,有"首尾大照应,中间大关锁"。

就作品细部论,《应物兄》乃是20世纪80年代迄今先锋小说、新写实主义及新历史主义诸种文学思潮和流派的融通汇聚之作。时代思想和精神问题的内在辩难维度多端,多种"声音"之间的对话、冲突较之一般"复调小说"要更为复杂。就此而言,其如《儒林外史》一般,乃是尝试以文学的方式回应时代精神疑难的重要作品。其所涉及之思想问题,发端于80

---

① 李敬泽:《这部小说是个大园子,庞大而丰盛》,见《〈应物兄〉:建构新的小说美学》,载《湖南日报》2019年1月11日。
② 浦安迪:《明代小说四大奇书》,沈亨寿译,生活·读书·新知三联书店,2006年,第69页。

年代。以"文化热"及其所开敞开之诸种问题论域最为典型。举凡"文化：中国与世界"所持有之"西化"观念，"走向未来丛书"所坚持之"科学"观，以及"中国文化书院"认信之中国古典传统之现代转化等路径之意义和未竟之处，在《应物兄》中皆有呈现。其中百余知识分子所习专业不同，观念、操守也异，但均可与现实人物及问题对照理解。如对80年代迄今之学林所知甚深，则程济世、乔木、姚鼐、双林、何为、芸娘甚至心得女士、中天扬先生等人物之"本事"，不难了然于胸。知识人应世的无力及"理想"之陷落，为当下知识话语和文学文本无从作用于现实世界的症结所在。被抽离根本内容之知识话语因之仅属凌空蹈虚的，内部的僵化的自我生产。其间诸种话语各种观念之杂语共生、众声喧哗，乃是当代思想及文学状况之真实状态。对其间核心问题的深切反思，仍需返归80年代之思想现场做系统阐发。但80年代迄今文学史和思想史所面临之种种问题，却并非近三十年文学和思想视域所能解决。因是之故，返归"五四"文化的"古今中西之争"的语境之中，重新处理其遗留问题，即属《应物兄》思想要义之一。而书中所论之"第三自我"，乃是在"第一自我"和"第二自我"之外的全新的可能性———一种足以融通前两者而在更高意义上生成的新的"自我"。这一"自我"乃是80年代以来由受容以至于超克西方经验而创造生成的真正的"自我"，即由"局外"到"局内"再到更高的"局外"的精神路径，近乎汉学家于连所论之"迂回"与"进入"之法。亦即以西方思想和文学经验为借镜，重新发现中国文学和思想传统之当下意义。是为中国思想和文化历经20世纪诸种遭际而归根复命的必然路径。也因此，《应物兄》借由对当下知识人的精神和现实处境的复杂处理，尝试探索一种超克由"五四"开启，至80年代形成基本格局的文学和文化观念。由此延伸出的问题不仅涉及文学观念和思想视域的转换，亦更为深入地触及百年中国思想古今中西融通进而形塑新的文化人格（自我）的重要问题。

一、"破""立"之间的文学问题

"2005年春天，经过两年多的准备"，李洱开始"动手写这部小说"。照李洱此前的设想，这应该是他书写"现在"的作品①，开初拟定理想字数为二十五万。孰料个人正在进行的人生经历不断变化，与个人生命之实感经验密切关联之写作亦与时俱化，随之无限增长。此后十余年间，经历一次车祸、母亲病故、孩子出世等个人生命之兴衰际遇、悲欢离合，李洱"真切地体会到了，什么是生，什么是死"。其间思想在"应世"之际的无能和无力，似不必论。经此遭际之后，"世界彻底改变了"。改变的自然还有正在进行的这部书的写作。由2006年4月29日的十八万字，一度到某一日的二百万字，这部作品与它所关涉的"现实"一般，"仿佛有着自己的意志，不断地生长着，顽强地生长着"。结局似乎遥遥无期。更为紧要的是，"我每天都与书中人物生活在一起，如影随形"。②或也因此，这部向无穷的"现在"敞开的书，无法在任何一个节点终结——任何一个终结，似乎都意味着新的开端，以及包含着改变作品总体意义的叙事能量。在这一点上，《应物兄》和它的文学参照《儒林外史》一般，是一种"生长型"而非"设计型"的小说。它的写作者开初虽有一个"总体的结构"规划，也约略知晓作品阶段性甚至最终的"流向"③。但是作品巨大的生长性不仅意味着广泛吸纳正在行进中的现实种种，也以其对写作者个人生活和生命经验的多重指涉而与作者的"思想历程的痕迹"相吻合且共同发展。也因此，作品包含着作者在写作过程中的"成长、成熟、重新定位和自我否定"——一种"自我"以作品的创制为契机所展开的与"外

---

① 李洱：《问答录》，上海文艺出版社，2013年，第244页。
② 李洱：《应物兄》，人民文学出版社，2018年，第1041—1042页。
③ 李洱：《应物兄》，人民文学出版社，2018年，第1042页。如李洱所言，"几十万字的笔记和片段躺在那里，故事的起承转合长在心里"。

部世界"的互动过程。如吴敬梓"真正将时间带进了《儒林外史》,打破了传统的历史和文学叙述在封闭、抽象的时间中自我演绎和自我完成的写法,赋予了《儒林外史》的叙述以现在进行时的特征,让我们直接感知作者写作期间所经验的世俗时间,及其悸动、断裂、突转和变化无端。而这样写成的小说也势必展现为一个不断补充、更正和自我调整的过程"[①]。《应物兄》故事的不断增值和难以"终结"的特征,亦缘此而生。其"情感"和"意义"的重心虽在80年代,却因深度考索各色人等之观念及品行的需要,不断再上溯十余年,而以具有文学和思想意义的80年代为起点,晚近三十年知识人之思想观念和现实困境遂逐一显现。80年代迄今诸种文学思潮和流派之"解放"和"局限",背后表征的乃是时代和思想在"历史化"过程中所面临之种种问题。其更为宏阔之精神指向,远非晚近三十年所能简单涵盖。

　　《应物兄》有极为强烈的"现实感",其"现在进行"的特征在叙述中得到极大的增强。那些具体的人物和事件因叙述不乏"现象学还原"意义的"切近"而清晰可感,如在目前。而无限地切近"现在",在"日常经验"的敞开之中重构人物之思想和生活行状,为"新写实主义"兴起及流播之要义所在。琐屑庸常的生活经验的无限敞开使得宏大的思想和历史叙述暴露出其在阐释现实经验时的局限性,而不断生长的日常生活渐次消解意义和我们关于外部世界意义的想象的逻辑。"生活在碎片之中",且无力阐释并守护世界的意义,是《应物兄》中知识人的基本境遇。作为儒学研究院草创时期的核心人物,应物兄的思想和生活行状均围绕研究院的创立展开。但应物兄关于儒学研究院所可能蕴含着的"内圣"与"外王"理想契合之境的构想逐一为日渐崛起的各色人等的个人利益遮蔽。寻找仁德路、济哥,乃至于瓤,以及为迎接子贡的到来而展开的种种准备均如闹剧。作者不厌其烦地叙述木瓜、济哥、驴及种种物象的目的即在于表明琐

[①] 商伟:《礼与十八世纪的文化转折》,严蓓雯译,生活·读书·新知三联书店,2012年,第6—7页。

屑无聊的事项如何遮蔽和压抑建构的意义的逻辑。不仅如此，程济世、应物兄等人物引经据典，煞有介事地调动个人的知识积累和思想资源论证种种无聊物事，占据了《应物兄》八十万字的较多篇幅。而被抽离了现实意义的不及物的、僵化的所谓知识的自我言说不过证明了李敬泽如下说法的正确性："大多数形而上问题的争论，都不敢深究，一深究就揪出了一个形而下的动机。"而在"各种貌似认真的争论中，许多基本问题都被掩盖起来了"。①人们的思索引发的不过是上帝的发笑。如李洱所言，"众多的人，从亚里士多德到阿多诺，从孔子到当代的文化明星，都出来露一鼻子的时候，这就成了人类经验的狂欢"。这种知识的众声喧哗却表明"通过知识并不能获得解放，获得幸福，反而使我们生活在自身以外"。②《应物兄》中充斥着大量的知识，哲学、政治、经济、文学及生物学等等。但这些知识并不能增强我们对世界的认识，并不能导向对世界的意义的探讨。华学明倾注巨大心血，且自认是个人研究生涯最大的贡献的济哥的培育，事后证明不过是一场叫人啼笑皆非的闹剧。应物兄理想的被延宕，被移花接木、偷梁换柱均表明"宏大理想"衰微之后，崛起的"个人"并不能承担世界意义这样的宏大问题。既无"理想"做内在的支撑，那些假知识之名的精致的利己主义者，不过做些根源于个人欲望的狗苟蝇营之事。这一种精神的"陷落"也并非知识分子所独有，其他职业各色人等皆是如此。上至栾廷玉、葛道宏，下至季宗慈、易艺艺、张明亮莫不如是。资本的逻辑取代思想的逻辑成为主宰时代问题的核心。置身此间，人物所看重的，不过是个人利益个人欲望借此得以伸张的巨大可能而非其他。是为双林院士与后辈诸人最为本质的区别。一当栾廷玉的宏大构想与子贡、铁梳子、陈董等人的利益达成一致，已更名为"太和研究院"的"儒学研究院"似乎自然而然地转为"太和投资集团"。以文化和学术之名行经济、

---

① 李洱：《自画像二》，见李敬泽等著《集体作业：实验文学的理论与实践》，中国广播电视出版社，1999年，第81页
② 同上，第75页。

政治之实,其所牵涉之复杂问题已非应物兄所能承担。故此,在与董松龄谈话之后,情势急转直下,应物兄极为无奈地发现"太和研究院"已远非其所能掌控。当是时也,面对逝者如斯,不舍昼夜的滔滔黄河,应物兄瞬间领会到穿越乐府、汉赋、唐诗、宋词、元曲的时间之悠久和空间之寥廓。那一刻,他感受到"无以言说的孤独和寂寞"。遥想三十余年前,当乔木先生、双林院士"被迫离开自己熟悉的知识生活,离开一种创造性的知识劳动",置身荒天野地之时,面对阴阳交替、四时转换之天地节律与历史人事之巨大参照,也或有屈辱和煎熬。但几乎可以肯定的是,对双林院士这般已然超克临风落泪的境况的学者而言,现在包含着过去也指向未来,当面对这"浩荡的大河的时候",他不会"沉浸在个人的哀痛之中"。①这是应物兄难得的自我反省的时刻,也是李洱写作的另一用心所在,作家描述世界的混乱和无序,却试图赋予这种无序以某种形式②。这种形式中或许也包含着一种意义。如卡尔·波普尔所言,"我们可以把给予历史一种意义,而不是探求历史的隐蔽的意义,当作我们的任务"③。是为通过知识获得解放的要义所在。然而在《应物兄》种种知识的自我言说背后,却是巨大的空洞和虚无。那些不断生长、延伸甚或"繁殖"的人、事、物,一再"否定"、延宕着叙述抵达"终点"从而生成"意义"的可能。所有人在行动、言说,也带动着外部世界之物象种种巨细靡遗地"自我展现","意义"却在此间渐次消隐无从把捉几近于无。他们也生产知识,但通过这样的"知识"不仅不能获得解放,反而会因疏离于具体

---

① 李洱:《应物兄》,人民文学出版社,2018年,第819页。
② 李大卫、李冯、李洱、李敬泽、邱华栋:《个人写作与宏大叙事——对话之一,1998年11月3日》,见李敬泽等著《集体作业:实验文学的理论与实践》,中国广播电视出版社,1999年,第172—173页。在李洱看来,"怎么处理现实,处理现实的能力怎么样,如何赋予平庸的现实一种形式感"是对作家的基本挑战。因为"日常生活本身是没有形式感的,但你必须用形式感去表达这种没形式感"。
③ 卡尔·波普尔:《通过知识获得解放》,范景中、李本正译,中国美术学院出版社,1996年,第180页。

现实中的"真实"问题而误入歧途无可救药。生活并不在别处，它就是正在行进的现在。但遗憾的是，经由习得的关于外部世界的"知识"，我们却并不能和"现在"相遇，更遑论"进入"和"理解"。

《应物兄》的叙述所敞开的悖论在于，日渐增长的"日常生活"构成了人物必须面对的"世界"，他要在这千头万绪的经验之中如波普所言创造某种意义。但二者之间难以弥合的鸿沟与日俱增且南辕北辙无法融通。应物兄并非对此毫无觉察，赋予无意义的生活以意义和形式感，恰属其倾力于筹备儒学研究院的命意。在作品前五分之一行将结束处，他对费鸣说，筹办儒学研究院，是"一件有意义的事"，会让人感到"知行合一，事业有成，身心快乐"。儒学研究院将成为"儒学家的乐园，一个真正的学术中心"。在即将展开的宏大构想之中，编写《〈论语〉通案》尤为紧要。此书将"对古今中外各家各派的《论语》研究，进行爬梳整理，纂要钩玄。它既面向过去，是一个百科全书式的总结；也面向未来，以期对儒学在全球化背景下的意义进行展望……"如此"内圣"与"外王"契合之境，乃应物兄期待之"意义"所托，或亦属李洱意图营构之"意义"所在。如果说李洱尝试以应物兄的形象猜想贾宝玉长大之后怎么办这一中国作家需要面对的重要问题的话，应物兄在宏大构想确立之后所面临的来自外部世界的"否定性的创伤"最终使得他必须承受"未完成的痛苦"，则近乎K何以不能进入"城堡"的困境的再现。然而赋予世界以意义的努力面临重重阻碍被迫一再延宕。在此过程中，最具代表性的当属对"仁德路"的"发现"。其间暗含着意义建构的逻辑及其内在问题。对此，李洱显然有极为深刻的思考和丰富的写作经验。以近乎海登·怀特后现代历史叙事学的思想理路"重述"个人思想和生活史，为其代表作《花腔》之基本特征。在此前《遗忘》《国道》等作品中，李洱已然熟知并倾力书写"叙事"如何左右世界及其意义。葛任的故事之所以难有确切的讲述，皆因旁支斜出的种种"声音"或阻碍或遮蔽致使意义无法正常形成。其境如同葛任倾心书写的以《行走的影子》为名的个人自传因种种原因一再延宕终无了局。应物兄筹办儒学研究院以达成个人理想的声音与渐次汇入的栾廷玉、子贡、陈董、铁梳子、吴镇等的"声音"初期尚处于杂语共生的对话状态,随着事态的进一步发展,应物兄的理想遂被政治和资本的大合唱全然淹没难寻踪迹。栾廷玉、梁招尘对儒学研究院的"兴趣"源出于程济世与高层的"关系"(此关系是否属实无须在意),子贡、铁梳子、陈董、雷山巴等人汇入其间原因无他,乃经济利益使然,至于其他人等,更不必在意仁德路真实情况究竟为何。或者葛道宏所领导的寻找仁德路的研究小组不过是以对既有史料的细致爬梳、认真整理证明虚假的仁德路的合理性。在这里,"真相"并不重要,重要的是其在促进利益共同体过程中的价值,因为在最根本的意义上,从这一被"制造"的"真相"中,所有人(甚至包括他人想象中的应物兄)皆可从中获得利益的最大化。是故,唐风、小颜等三教九流、僧俗两界皆认可这一判断。在慈恩寺似乎并不得志的释延安因之可至即将重建的铁槛寺出任主持,雷山巴的夫人之一亦可主掌铁槛寺的"经济"大权,其他人等皆可从围绕虚拟的仁德路展开的庞大的拆迁与重建工程中获取最大利益。此等一本万利、一箭多雕之事何乐而不为?!为此,他们可以将批判程济世父亲的《程贼会贤批判书》重新"改写"为高度肯定程会贤人格精神的内容①,"修改"已有史料使得程济世"合法"拥有出土文物觚成为可能②……凡此种种所蕴含的内在逻辑充分证明列维-斯特劳斯如下说法的正确性:"只有决定'舍弃'一个或几个包括在历史记录中的事实领域,我们才能建构一个关于过去的完整的故事。"而"历史事实'系列'的'整体一致性'都是故事的一致性",因此上,"尽管试图重现历史上某一时刻的生机并占有它是值得的,不可或缺的,但是,应该承认,一个清晰的历史永远不可能完全摆脱神话的本

---

① 详见李洱:《应物兄》,人民文学出版社,2018年,第600—603页。
② 详见李洱:《应物兄》,人民文学出版社,2018年,第910—936页。此为第91节,名为"譬如",虽取自该节首二字,但显然富含寓意。

性"。①讲述故事的时代和故事讲述的时代同样重要,甚至前者包蕴着改变后者的可能。故而即便在《应物兄》故事的结尾处,困扰全书多个人物的仁德路、济哥、仁德丸子、灯儿,甚至隐迹已久的张子房均一一有了教人慨叹的现实对应,却并不能取代关于虚拟的"仁德路"的核心叙述。几乎与此同时,野生济哥以紧锣密鼓的繁衍并占据新起的共济山印证了华学明所做的研究的"无意义"。当其时也,野生的济哥在欢唱,"他们在塔林欢唱,在凤凰岭欢唱,在桃都山欢唱,在共济山上欢唱,在新挖的济河古道两岸的草坡上欢唱……"应物兄随即感到,那些虫子仿佛"突然变大了,变成了巨虫,变成了庞然大物,张牙舞爪,狂呼乱叫,声嘶力竭"②,以"助予之叹惜"。所叹者何?华学明费尽心机所攻克的不过是一个伪命题,而围绕济哥所作的种种事件因之也有着极强的反讽性质——因被抽离了"意义"而类如玩笑。

作为80年代以降整体文学进程的局内人,李洱的带有总括性意义的反省因之首先包含着对80年代的文学遗产的"清理"。融括种种可能的《应物兄》的章法,或许便是80年代早逝的天才文德能渴望写出的"沙之书":"既是在时间的缝隙中回忆,也是在空间的一隅流连;它包含着知识、故事和诗,同时又是弓手、箭和靶子;互相冲突又彼此和解,聚沙成塔又化渐无形;它是颂歌、挽歌与献词;里面的人既是过客又是香客;西学进不去,为何进不去?中学回不来,为何回不来?"在极有可能承担颂歌和献词的芸娘眼中,文德能涉及哲学、美学、诗学、神学、经学、史学、文学、社会学、政治学,这一切知识和可能或许均为他创作老年计划中的"沙之书"作"写作的准备"。已逝于90年代的文德能自然没有机会去写这部书,但这部包含着种种人物多样故事多元思想包含着对自我和外部世界的更为宏阔和深入思考的"沙之书"很可能就是李洱的《应物

---

① 海登·怀特:《后现代历史叙事学》,陈永国、张万娟译,中国社会科学出版社,2003年,第173页。
② 李洱:《应物兄》,人民文学出版社,2018年,第991页。

兄》。《应物兄》"诞生"于中国百年历史巨变的"合题"阶段，蕴含着在新的更为宏阔的视域中深度反省百年文学问题的可能。不同于《废都》在1993年表征知识分子颓废的精神和生活状态，《应物兄》乃此前诸多思潮观念之统合，包含着"破"中之"立"和"贞下起元"的"上出"的可能。李洱写下了诸多知识分子的精神和生活行状，《应物兄》却不仅仅是一部知识分子小说；它涉及碎屑细碎的日常生活如何蚕食和消解意义，却不能简单地被视为"新写实主义"的延续；它细致铺陈对历史及其意义的修正和改写，却并未局限于"新历史主义"的单向度理路；它是一部包含着诸多可能的"沙之书"，似乎最为接近80年代先锋文学所呼唤的具有思想和文体双重突破的理想文本，却不能在既有的先锋思潮中得到进一步的理解。它是又不是如上所述种种文本。这或许是李洱写作的根本命意所在——经由对80年代迄今三十年间种种文学思潮和流派思想和技巧的总括性写作，来深度呈现八十年的裂隙和亏欠——那些在简单的非此即彼式的二元对立思维中被轻易"放弃"的价值有待在新的语境中浴火重生。

就文学史之整体状况看，"新写实主义""先锋派"及"新历史主义"在80年代中后期的兴起自然不乏文学观念和思想解放的历史意义，但奠基于诸种"后学"的思想和文学理路在破除此前文学观念之弊上作用甚大，却无力回应"破"后之"立"的问题。如吴敬梓窥破儒林精神溃败的大趋势之后，仍努力"为张皇奔走于科场和仕途之间的失魂落魄的文人，寻找安顿人生的归宿，也为小说叙述平添了一个诗的感性维度和温馨色调"。杜少卿离家赴南京之后，遂为自己重建了一个教人神往的精神家园。此间有六朝山水、秦淮夜月，人与自然亦亲和无间。这一种境况因之弥合了"人与自然、主体与客体、生活与艺术的分野"，亦跨越时间的阻隔，"自六朝以下，绵延不绝，从而将过去和当下、人生和艺术融汇成了一个诗意体验的整体场域"。[①]作品之"抒情境界"由之生成。《应物

[①] 商伟：《礼与十八世纪的文化转折》，严蓓雯译，生活·读书·新知三联书店，2012年，第7—8页。

兄》之文理亦是如此。虽以大半笔墨书写各种知识分子因追逐实利，全无精神操守的猥琐无力的现实，此为其反讽之紧要处。但同样有抒情境界之敞开，以与日常经验形成鲜明对照：

> 她走在前面，她的影子在雪地里移动。他突然觉得，她就像一只鹤。松林还在远处闪耀，他感觉他和她一起走进了那松林。他现在还能回想起当时的感觉：我突然获得一种宁静感，树叶的响动增加了树林里的静谧，一种深沉的宁静感注入了我的心。但随后，他心旌摇曳起来。他想象着他们进了那个小木屋。天地如此狭小，他们膝盖碰着膝盖。他们拥抱着，他竟然忍不住哭泣了起来。他们哭泣着，接吻，做爱。一种沉甸甸的幸福，沉甸甸的果实般的幸福。他们心满意足地贴着对方汗湿的身体。而木屋之外，松涛阵阵，不绝如缕。[①]

这是应物兄元神出窍的重要时刻，也是该作为数不多的"抒情"的段落。应物兄堪称失败的婚姻，他偶尔的肉体出轨，均与这一个教他心旌摇曳的想象构成"反讽"与"抒情"的张力。其间的美好此后仅昙花一现，随即归于寂灭。但寂灭并非空无，也不是彼时的虚无主义所能简单概括。应物兄在生活世界中的左冲右突，或许就在等待这样一个类如至福境界的悄然来临。这一段绝非无来由的"抒情"与作品行将终结时对20世纪60年代至70年代的双林、乔木、何为等先生及80年代的芸娘，以及围绕芸娘展开的认识和其精神氛围形成"个人"与"集体"的呼应——个人的"反讽"与"抒情"和集体的"反讽"与"抒情"在此通而为一。虽历经同样的时代性劫难，乔木先生类如道家的任性逍遥与双林院士的精进形成鲜明对照。双林院士并非不知关于其毕生为之献身的事业的不同言论及其逻辑，却仍然义无反顾地做出自我选择，从而标志出个人精神的超迈。依芸娘之见，正是在20世纪的第一年，"胡塞尔开始用他的《逻辑研究》来抵御虚无主义"。他的方法是回到"意义逻辑"和"生活世界"。但

---

① 李洱：《应物兄》，人民文学出版社，2018年，第148页。

"这个过程极为艰难，持续了一个世纪"。即便"后来的那些西方哲学家"，也未有人"从根本上粉碎尼采的预言。似乎梦魇依旧"。①而80年代以降，"新写实主义""先锋小说""新历史主义"等思潮和流派几乎无一例外地接过西方现代主义尤其是后现代主义思想和文学大旗，也自然接过诸家思想之中隐含着的难以克服的困境。着意于描绘"虚无"，却无力洞穿"虚无"。此后三十余年间，无力从宏阔的视域中书写正在行进的现实，无法在肯定性意义上回应现实的精神疑难，亦属当代文学和思想无从绕开的重要困境。正因洞悉这一问题，李洱在《应物兄》中虽着力于描绘日渐颓靡的现实，塑造无能和无力的知识人的形象，却并不一颓到底。他在作品行将终结处深情回忆80年代的人事，回忆文德能家的客厅，以及其间发生的思想和情感的碰撞——以海陆与芸娘故事最为典型。海陆对"解构主义"及其问题性的说法其实切中80年代盛行之各种"后学"的根本性疑难——在消解意义之后，个人及群体的精神该当如何？其困境的时代特征与80年一度引发旷日持久的争议的"潘晓讨论"如出一辙。当以反思的姿态"逃离"宏大叙事的意义"遮蔽"之后，所建构起的所谓的基于"个人"欲望和诉求的新的精神谱系能否超克意义的虚无之境？！那些能够沟通已逝时代的精神传统的"一代人正在撤离现场"，而已无力接续更为悠远的传统的他们的后辈们注定必须面对"永恒和没有永恒的局面"，面对意义的阙如之境。出现在作品结尾处的关于姚鼐先生、双林院士、海陆、芸娘、文德能等人的追忆因之犹如杜少卿在南京自构之精神的家园。其间数个人物既承载着一个时代的精进的力量，同时也不可避免地担荷着时代的问题，他们的"抒情"构成了和作品巨大的反讽以及时代既相通又疏离的张力。也正在此际，"有情的历史"才能够"记录、推敲、反思和想象'事功'"，从而"促进我们对于'兴'与'怨'、'情'与'物'、'诗'与'史'的认识"。也正是"这样的历史展示了中国人文领域的众声喧哗"，进而"启发'思接千载''视通万里'的主体"之圆

---

① 李洱：《应物兄》，人民文学出版社，2018年，第883—884页。

成。①遗憾的是，精神的抒情唯有在朝向80年代的人、事、物之时方能产生，在应物兄们的日常生活中，"抒情"也只能在内心最为私密的情感状态下偶然一现，也并不具有沈从文意义上的，与"事功"相对的重要意义。因为应物兄们并未有沈从文"得其自"的精神过程，也未面对前者纠结许久的"思"与"信"的选择的两难。也就是说，他们的差别的根本在于"自我"（主体）的有无。至于外部事功种种或大或小的问题，也就显得不那么紧要。若非如是，如何理解应物兄所以得名的原因，以及何以作者不厌其烦地以应物兄诸人的生活情状为"应物"二字作注。因为李洱深知，无论"虚己应物"，"应物变化"，还是"应物而无累于物"的根本问题，不在"物"之大小繁简，而在"主体"（自我）的包容度和会通、转化的能力。而"主体"如何"应物"，乃是中国古典思想之重要问题，不独《应物兄》所论之儒家知识分子及其所阐发之儒家思想，道、佛二家用语虽有不同，意义指向却有着内在的同一性——"主体"与外部世界的关系，是互动共生还是相互窒碍，是主体应物变化之后更能应物而无累于物，还是随物婉转之后自我泯灭，是古典思想横亘千年倾力探讨却未有定论的重要问题，亦属《应物兄》所述之思想困境所在。80年代迄今古今中西多种思想的衍变、流播，此亦为待解的核心命题之一。

二、"物""我"之间的思想问题

"物"即外部世界之诸般物象，大到山川河流，小至花草蝼蚁，皆属"物"之范畴，甚至与单一之"我"（主体）相对，"他者"亦为"物"。而"我"即为"主体"。"主体，是就人的生命来说"，可分感性、知性、德性三层。"由感性可以显发美趣，而建立艺术性主体。由知性可以显发认知思辨，而建立知性主体（或思想主体）。由德性可以显发

---

① 王德威：《史诗时代的抒情声音：二十世纪中期的中国知识分子与艺术家》，生活·读书·新知三联书店，2019年，第443页。

善意,而建立道德主体(德性主体)。儒家自孔子始,就肯定道德的优先性,所以,儒家哲学是以道德主体为中心而开展出来的智慧。"道德主体显立之后,效用有二:一为立己,即道德自我的完成;一为推爱,其次第为"顺由'亲亲、仁民、爱物'而推至其极,则可以与天地万物相通而不隔,而达于'民胞物与'的境界"。①是为儒家知识人主体建构之次第和要义所在。但考诸《应物兄》全书,却未见有德性主体的自觉修成,终至于推爱于万物的重要人物。是为李洱切近时代精神问题之大关节,其间或暗含着对儒家"身心之学"阙如的忧虑。

哈佛大学东亚系教授,著名儒学家程济世乃《应物兄》全书核心故事的发动者。因其籍贯为济州,故而在老之将至之时,有心返归乡里。因此有济州大学儒学研究院的创办,以及因此事激发携裹之种种复杂人事。程济世在当世享有盛誉,被目为可以"追比"儒家先师孔夫子的在世思想家。他在北京大学讲学仅设七十二座,虽可解作向孔夫子致敬之举,但将之认作为自比当世夫子,似乎也无不可。他的学生黄兴被称为子贡,比附夫子之意更为鲜明。程济世身在哈佛,作为儒家学者有着一定的世界影响力。但从全书所论程济世之行状看,确实印证了何为先生的评价:程济世有极好的发挥自我之于世界的责任伦理的机会,惜乎其并未善加利用。但他将儒家应世的智慧发挥得可谓淋漓尽致,虽远在海外,却对国内规则和潜规则烂熟于心且运用自如。他在会见副省长栾廷玉及济大校长葛道宏时,特意将时间放在晚十点,一度竟惹得栾廷玉颇有腹诽。但稍后便知,如是安排,大有深意:因为十点前程济世要会见"高层"。他被目为"帝师",当然也与此有关。具体情况他人自然无从测知,而程济世或许有意如此安排,以把"重要信息"传递给栾廷玉和葛道宏。也就是此次会见之后,栾廷玉、葛道宏分别从不同角度极大地促进了儒学研究院的创办。而被称为子贡的黄兴,也在程夫子的安排之下成为儒学研究院的出资人,充分参与到研究院的创办及相关重要事

---

① 蔡仁厚:《儒家思想的现代意义》,文津出版社,1987年,第36—37页。

务之中。而在后续的仁德路的拆迁及程宅重建过程中，子贡与他的GC集团也成为资本的最大赢家。如果说子贡染指后的后续情况超出程济世的设想，或难以服人。又或者，子贡的种种行为背后的根本操控人就是程夫子也未为不可。程夫子在人事、资本运作方面的才华似乎也远超惶惶如丧家之犬且常有"道不行，乘桴游于海"的孔夫子。不仅如此，程济世个人的情感生活及日常关切亦与孔夫子相去甚远。在理想主义流传甚广的20世纪80年代，程济世偶遇谭淳，深为后者对儒家思想的精准翻译而折服。当然，肌肤如雪静若处子的谭淳的美貌，或许是吸引程夫子的重要原因。从对《素女经》中关于"玉茎"德性一节所阐发的内容的准确翻译中，程济世瞬间意识到谭淳当有极为丰富的两性生活经验（将之反解亦无不可），故而有心引诱。他请谭淳喝茶。谭淳说："喝茶的人喜欢谈论过去，喝酒的人喜欢谈论未来。"而谭淳喜欢喝咖啡，"喝咖啡的人只谈现在"。[1]这似乎有些及时行乐的意思，想必程济世亦如此理解。嗣后两性之事果然水到渠成。时在公元1984年，十年后，程济世再赴香港，重讲谭嗣同，以为谭氏非佛、非儒、非墨，甚至说"非驴非马，非僧非俗，不伦不类，不三不四"。谭淳斥之为"腐儒"之见，实在是极有讽刺意味的说法。身在民族存亡绝续的危难之际，思想之归类似乎并不紧要。此事即便不能说明程济世或属胶柱鼓瑟、欺世盗名之徒，至少其学并未抵达下学而上达之境。个人生活既不检点，也未见其将精神重心落实于道德主体的自我建构，反倒更为在意形而下之问题，行住坐卧皆有些排场。其频繁提及去国之后的乡愁，约略以夫子周游列国自况，但以孔夫子最后二十年之精神和行止论，相差何止万一[2]。在认领程刚笃之后，亦未见其有何行之有效的教子之方。程刚笃不惟私生活混乱，甚至吸食大麻。其妻珍妮诞下混沌子后，程济世转而将承续子嗣的希望寄托于与程刚笃偶有鱼水之欢的易艺艺，这对当以儒家观念修成

---

[1] 李洱：《应物兄》，人民文学出版社，2018年，第863页。
[2] 王健文：《流浪的君子：孔子的最后二十年》，生活·读书·新知三联书店，2008年。

自我之道德主体且应知行合一的学者而言，实在是莫大的讽刺①。而易艺艺生下的孩子同样并不浑全。此种"无后"的处理若与《金瓶梅》同样理解或嫌言重，却仍然包含着某种内在的反讽意味。全书指向未来的精神"寄托"，显然也不在程济世及其所代表之儒学观念的单一历史连续性上。

乃师既已如此，弟子又有何可期。且看程济世之"子贡"的作为。子贡（黄兴）之发迹书中所述甚为详尽，无须多论。但在黄兴成为子贡之前，其岳父支持儒学研究，故有黄兴接待程济世进而师事之的机缘。如是细节说明儒家学者程济世早有经世之念。经世之念为儒家后学之行为特质并不特出，乃是儒家思想修身、齐家、治国而后平天下之精神和行为次第的要义所在。但孔夫子的经世，在济世救民、匡扶正义，身在礼坏乐崩之际，有补天之心，其志宏大。如论者所言，"孔子是一个有道的生命，他承奉天命来作昏沉无道的时代的木铎"。他和他的弟子的活动，"在华夏文化的国度里映现出一幅美丽生动的画面"，不是"丹青，而是贞定笃实的情志，拨乱返治的心愿，与未丧斯文的信念"。在他的感召之下，"一群光明俊伟的青年深受感动"，"大家追随着他周流四方，失道绝粮，而心志弥坚，仰敬弥笃"。②孔子的弟子子贡才学虽不及颜回诸人，但亦有其特出之处。他天资敏达、才能卓异，夫子以为其乃"瑚琏"之器，意为其属后世所言之"廊庙之材"。太史公曰："七十子之徒，赐最饶富；结驷连骑，束帛之币以聘享诸侯，所至国君无不分庭与之抗礼。夫使孔子之名扬于天下者，子贡先后之也。"③程济世之子贡（黄兴）唯一与子贡可堪比拟的，即其生财有道。其他种种，皆不足论。他换肾七次，被呼为"七星上将"，不过是为满足一己之情欲。至于在作品之中占据篇幅甚多

---

① 丛治辰：《偶然、反讽与"团结"——论李洱〈应物兄〉》，载《中国现代文学研究丛刊》2019年第11期。对作品述及程济世行状及学问的深层用意，丛治辰有极为精准的说明。
② 蔡仁厚：《孔门弟子志行考述》，台湾商务印书馆，1979年，第1—2页。
③ 转引自蔡仁厚：《孔门弟子志行考述》，台湾商务印书馆，1979年，第77页。

的养驴与马，或不过意在消费由此所生之象征资本。这斯或熟知鲍德里亚所论之符号政治经济学。其行走于政商两界，可谓左右逢源，游刃有余，终至于赚得盆满钵满，其为人也，满脑铜臭，言不及义，并未见有济世利民的博大情怀。陆空谷、敬修己等人为其所用，幕后的主宰均是程济世。如果将此解作程济世"济世"行为之一种，似乎也无不可。然而此一行为，仍以私利始亦以私利终，至于生民之艰，人间疾苦，又岂在程济世、黄兴之流考虑范围之内。其学上不足以济世救民，下亦不能完成精神赓续之价值，则其儒家知识分子身份与华学明之流无异——不过假知识之名，谋取些个人私利而已。张子所谓之"为天地立心，为生民立命，为往圣继绝学，为万世开太平"无一可与程济世及程门弟子对应。此亦为该作反讽之大关节。

再看应物兄。其属程济世在济州的重要弟子无疑。该作首节即写其因乃师乔木先生谨言慎行的告诫而习得内心独白。此后全书多处补记其与乔木先生和乔珊珊之"家庭关系"。无论在择业（去中国社会科学院工作）还是择偶上，乔木先生的性格的确决定了应物兄的"命运"——事业与家庭这两件人生大事，应物兄皆不能自主。而与乔珊珊在短暂的幸福生活结束之后，便是漫长的冷战。乔珊珊出轨他人，应物兄亦有与朗月偷情之事。由此可见应物兄在"齐家"一事上的无能和无力。虽深知"自省"之重要，但应物兄似乎极少在此做功夫，也未能如王阳明所论得以在"事"上磨炼。此前儒家思想作为个人精神修为的意义今已不存，后辈学者如应物兄习得的，不过是一套知识话语。通览全书，其唯一一次堪称"自主"的行为，即儒学研究院的创办。但未料随着筹办工作的进一步发展，事态竟如叠床架屋，繁复异常，各色人等各种力量汇入其间，已远非其所能掌控。此事约略可与儒家所论之"外王"相比，但显然表征的，仍然是应物兄巨大的无力感。也因此，在与芸娘的思想和行为对照之后，应物兄曾生出对自己儒家知识分子身份的自省，便不是空穴来风。应物兄前往被定为"仁德路"的旧日伤心之地的铁槛胡同，所遇因拆迁所致的"冲突"，也未见其生出"哀民生之多艰"的感受并有进一步的弥补之举。因之就根本而言，其与程济世之流，似乎也无本质区别。不宁唯是，《应物兄》之宏阔视野遍及当下知识整体之生产、传播与接受。生产者如程济世、应物兄等既不能赓续先贤精神，也无力创造足以应世之思想成果。作为传播一维的典型人物季宗慈亦属追名逐利之徒，全无操守可言。其妻艾伦及清风、朗月则属大众媒体的典型，行径较之季宗慈有过之而无不及。其他如佛家思想在古典时代依托不同时期之高僧大德所显现之可与儒家思想交相互证的精神补充意义亦荡然无存，掌握佛家知识话语的释延安等人并无力表达佛家义理，其思其行更不足论。无论文理、僧俗，掌握知识话语的群体的精神"沦落"于斯可见。

如上所述儒家知识群体之不修其身，不能齐家，更遑论治国平天下之颓境在在触目惊心。但李洱对此叙述虽甚为详尽，境界却并不颓然，亦即仍努力开出精神的"上出"之路。秉有超迈精神的人物，以双林院士、张子房、芸娘、文德能等为代表。同为经历特殊年代之重大磨炼的人物，双林院士并未如乔木先生一般自此萧然自远，以逍遥无为应世。其"无为"自然并非全无作为，而是有所为有所不为，他对世事的洞明，人情的练达，他人实难企及，却失之于太过"练达"。而双林院士则仍以正精进的姿态承担个人的时代责任，他"舍弃妻子"长期献身于时代的重要使命，以及在此后知晓关于其所倾注心血的事业尚有另一番解释之后，仍然坚守其价值观念①。足见其内心之笃定与目光之高远。张子房因关切生民之生活境况，不能忍受他人之狗苟蝇营之举而被目为另类，虽沉沦下僚却仍以

---

① 李洱：《应物兄》，人民文学出版社，2018年，第948—949页。此处双林院士以"亚当（张子房）"的观点为切入点，表达了自己对其所倾心参与的重要事件的历史性看法。

天下苍生为念①。凡此种种，皆与程济世之流对照鲜明。而芸娘则被应物兄视为"众生之母"，以为在她身上，"似乎凝聚着一代人的情怀"。此情怀的重点，即在使个人所治之学问"与时俱化"，即扎根于紧迫的时代问题而完成一代人承前启后的精神责任。她对中国文化因革损益的理解虽与程济世颇多相似，但根本之分野在前者及物，后者不过空谈而已。其深知"无常以应物为功，有常以执道为本"之紧要及无奈处，然仍以师祖闻一多以"杀蠹的芸香"自期其研究。依芸娘之见，闻一多对古代典籍的研究，并非简单的释读，而是吸纳"五四"以降新的文化观念之后对传统文化的去粗取精，去伪存真，亦即林毓生所谓之"创造性转换"。其核心理路乃与儒家观念相通。但儒家所论之文化传承，并非仅止于观念知识的代际传播，其根本还在于以前者为基础所展开的个体人格之修习。此为学问之目的和重点所在，如李卓吾所言，"凡为学皆为穷究自己生死根因，探讨自家性命下落"。而以儒家知识人之观念论，"道德自我为其学问探求的开始，亦为其学问所要归向之所在"。而"由个体道德生活的实践，到国家民族文化的开拓，政事之长治久安，世界秩序之建立，以至环境之保育，天地万物各得其所，这是一个永远无穷无尽的过程，蕴含上下升降之机"。②"人事有代谢，往来成古今"所论并非仅止于代际之转换，其间尚包含着一代人之精神寄托及其扎根于一时代的问题而对圣道所进行的因革损益。正在此因革损益之中，文化之发展遂有生生不息的不断"上出"之境。

---

① 应物兄后来终于意识到，"双林院士和他的同伴们，都是这个民族的功臣。他们在荒漠中，在无边的旷野中，在凛冽的天宇下，为了那蘑菇云升腾于天地之间而奋不顾身"。"他们是意志的完美无缺的化身。与他们当年的付出相比，用语言对他们表示赞美，你甚至会觉得语言本身有一种失重感。"如双林院士引述张子房观点所示："现实生活中的任何一点、任何一件事，都是历史演变的结果，背景有着无限的牵连。"见李洱：《应物兄》，人民文学出版社，2018年，第947—949页。惜乎应物兄虽有此感受，却未能将之作为自省的重要参照加以发挥。

② 刘述先：《论儒家哲学的三个大时代》，香港中文大学出版社，2008年，第261—263页。

虽不属儒家知识分子，也未见其对儒家思想有研习的兴趣，但在《应物兄》中所写知识分子诸人中，唯一承担上述知识之自我修习与世界承担的，仅文德能、芸娘数人而已。虽在80年代诸种知识、思想你方唱罢我登场之时，应物兄深知其时个人不过为浪漫主义的激情所触发，并不具有一个稳定的"自我"。其间所谓的新的思想的传播，不过拾人牙慧，并无真正的创造可言。但文德能显然不属此类，他并非彼时盛行之诸种知识的传声筒，而是努力将知识"内化为自己的经验"。也因此，时隔多年之后，应物兄在心里对已故的文德能说："你之所以会被那些知识所吸引，你之所以会向我们讲述那些知识，不正是因为他们契合了你的内在经验吗？你的'述而不作'，其实就是'述而又作'。任何'述'中都有'作'。"而"述"即阐述，即"阐幽，即开启幽微之物"。此一"述"字，再作阐发解亦无不可。而"作"并非"写作"，而是新的阐发。亦即"对于那些伟大的著作来说，我们都是迟到者，但是在个人经验和已被言说的传统之间，还是存在着一个阐释的空间，它召唤着你来'阐幽'，把它打开，再打开"。此一"打开"的过程，也不单指观念的传承，而是如何在新的语境中使思想传统获致生机和活力。置身80年代"文化热"的复杂语境中，文德能显然对此有极为深入的洞见：我们很多人依赖书本，"尚无法从书本中跳出"。[1]所治之学问，也因不能与时代紧迫问题沟通而仅为知识话语的自我操练[2]。文德能此说，虽针对80年代的思想和文化问题，却同样有着指向当下学术研究根本问题的理论效力。此或为《应物兄》思想批判之紧要处和重点所在。就思想史角度论，"20世纪80年代'文化热'突出

---

[1] 李洱：《应物兄》，人民文学出版社，2018年，第878—879页。
[2] 《应物兄》中现代文学研究者郑树森由鲁迅研究转向儒学，即属无内在的与时俱化能力的"趋势"的状态。其境如论者所言，"很多现代文学研究者躲在象牙塔里，依赖大学、学报、项目的三位一体建制而生存，一方面回避现实不谈政治，另一方面对现实政治的判断仍旧延续了20世纪80年代形成的观念。此时的现代文学研究，已经从一种思想生产力量变成了一种知识生产方式，逐步脱离当代中国的现实。"见邱焕星：《现代文学研究如何面对"中国经验"》，载《文艺理论与批评》2019年第5期。

的是学术史研究热潮,中国学术界如饥似渴地推动人文社会科学等的复兴与译介。由此开始,沿波讨源的逻辑引导中国学术界走向学术史研究,一个可以概览的趋势是,中西学术史的复兴发掘、译介研究愈渐远离现实"①。不独学术研究无力应对日新月异的现实问题,即便各学科之间,学术行话已无彼此沟通之功能。其境如济州大学巴别报告厅之寓意:各色人等持有不同话语,彼此之间无从沟通。这也便可以理解何以《应物兄》中充斥着如此之多的"知识":政治、经济、思想、文化、天地自然、人伦物理等所涉之事皆有丰富之知识可与之相对,然而此种知识却并不能增进我们对世界的理解,它们不过"鸡肋"而已,食之无肉,却弃之有味。而"真学术首先是对本时代深层问题的真切感应与超越流行观念的敏感,这种时代感应是以学术形式获得深度的。学术杰作必定兼具深度感应时代的思想史价值与严谨的学术概念史价值,但在这二者中,时代感应乃是根基"②。而时代感应之根本性匮乏,恰属《应物兄》中知识人之无能和无力的原因所在。

  《应物兄》所含内涵的巨大的反讽意义,其作为会通当代文学前后两个三十五年的重要意义③,均说明李洱对80年代迄今文学和思想问题所知甚深。然而,需要追问的,为何植根于丰富复杂的当下经验的写作,无法在更高意义上提供关于现实问题的解决方案?或者,换句话说,李洱为何不能塑造一个类如《白鹿原》中朱先生的形象,并以后者所确立的精神秩序反观时代的核心问题?亦如杜少卿所营构的南京家园之于《儒林外史》

---

① 尤西林:《学术的源与流——当代中国学术现时代定位的根本问题》,载《中国高校社会科学》2019年第6期。
② 同上。
③ 如黄平所论,《应物兄》"尝试解决中国当代文学70年的核心矛盾:一种既是现实主义的又有反讽性的文学是否可能?如何穿越反讽这一历史阶段推进现实主义文学?"对此一问题的解答,必然包含着思想观念和写作方式因革损益意义上的新的阐发,《应物兄》之意义即在此处。见黄平:《李洱长篇小说〈应物兄〉:像是怀旧,又像是召唤》,载《文艺报》2019年2月15日。

中艰难挣扎于士林的文人的意义。这恰属"讲述故事的年代"的根本差异所在。《白鹿原》的写作虽在80年代末,且极大地分享了80年代知识界的重要思想成果①,但其笔墨之重心,则在清帝逊位至新中国成立前数十年之社会变化。其间如白嘉轩等人物虽面临思想文化的鼎革之变,但与古典思想之内在关联并未断裂。唯有在古典思想流播之处方有如朱先生这般秉有古典品性之理想人格之朗现。朱先生之原型本事亦说明此种人格并非虚言。但历经"五四"新文化运动之后,古典传统逐渐退为典籍性的存在,其指涉当下世界之思想和理论效力被一再拒斥。故而在80年代迄今的宏大的世界秩序之中,绝无朱先生般人物出现的可能。对儒家思想及现代知识之熟悉程度程济世或不让朱先生,但精神境界及人格之差别,云泥亦不能比拟。此与后革命时代"新儒家"所面临的精神困境密不可分,"精神还在,却没有了可依附的物质——现代革命彻底破坏了原有的社会结构,让儒学精神成为一个幽灵——在全球资本主义重组了的政治和社会结构中无根漂浮的幽灵"②。这或许可以部分解释儒家知识分子无力应对现实的原因,但需要注意的是,《应物兄》中关于程济世作为"帝师"的叙述,以及其与"高层"关系的若干暗示——除非这不过是程济世苦心营构的关于自身价值的虚假的形象,所要获致的只是现实的象征资本。而如对此问题稍加引申,以政治哲人施特劳斯及施特劳斯学派的社会影响论,可知上述关于儒家被抽离宏大的时代影响的原因并不充分。施特劳斯仅以其对经典的解释而影响诸多弟子,其弟子和再传弟子则在政治实践的意义上将其思想观念落实于具体的生活世界③。虽不必认同其学派的观念,但此种以思想应世之道,根本与中国古典思想,尤其是儒家思想相通。而儒家思想在当代实践中的无力,表征的无疑是知识和知识人的异化问题。专注于饾饤

---

① 李杨:《〈白鹿原〉故事——从小说到电影》,载《文学评论》2013年第2期。
② 同上。
③ 引述此说,并不表明作者认同施特劳斯及其学派的观念,而是力图表明即便在现时代,仍有以思想参与具体的实践的可能。见莎蒂亚·B·德鲁里:《列奥·施特劳斯与美国右派》,刘华等译,华东师范大学出版社,2006年。

考订、寻章摘句之学，又如何企及先贤思想所开显之精神超迈境界？！由"内圣"而至于"外王"的理想之境，又焉得发挥的可能？

问题的核心仍需回到《应物兄》的重要人物"应物"所包含的复杂寓意上。"应物"及其所涉之问题论域，为中国古典思想之重要问题。无论儒家、道家，还是佛家，理路虽有不同，但均涉及"应物"问题。如书中所述，"虚己应物""应物变化""应物而无累于物""无常以应物为功，有常以执道为本"诸种说法之要，在"应物"二字。而论及"应物"，必涉"主—客""物—我"之辨。在东亚儒家的观念中，"世界的转化起于'自我'的转化，而'自我'的转化始于'修身'。儒家强调以社会少数精英如圣贤或国君的德泽，裁成万物，'化'成天下"。因是之故，"自我"的转化为"世界"的转化的基础。儒家所言"修身"的过程如切如磋如琢如磨。"身"可以"修"，可以"养"，可以"化"，可以经由孟子所论之"浩然之气"的"流注、洗涤而被修治、被'品节'（朱子语）、被转化，使道德理性充分浸润并流布四肢"，进而使此"内部的道德修养展现在外在的身体之上"，达致孟子所论之"践形"的境界。经此一番修身功夫之后的身体，可达"主客合一，自他圆融"之境。[①]《应物兄》全书之中，乔木先生、双林院士、何为先生、姚鼐先生、芸娘、文德能等人物，无论所治学问分属何类，皆在"应物"。甚至栾廷玉、葛道宏、董松龄、铁梳子、释延安、唐风等等，又如何不是在努力处理"物"（生活世界中之种种事项）"我"（主体或自我）关系。如不以应物兄之"主体"统摄全书，则上述诸人，皆有其思想及应物之道。彼此偶有参差，但居多相互抵牾。由此形成之声音非止一端，乃是多元共在众声喧哗的"复调"状态。因之将《应物兄》读作复调小说似乎也无不可。就全书承担思想之正面意义的数个形象而言，双林院士有类似儒家的积极精进，

[①] 黄俊杰：《东亚儒家"仁"学的起点：修身理论的核心概念》，见蔡振丰、林永强、张政远编《东亚传统与现代哲学中的自我与个人》，台湾大学出版中心，2015年，第65页。

乔木先生则偏于道家的任性逍遥；姚鼐、何为二先生约略有些乾嘉学派的意味，其所治之学问与世事相去甚远，其间却不乏可以深入阐发的隐微意义；其他如栾廷玉、葛道宏、吴镇诸人，不过狗苟蝇营之辈，然而亦有其应世之道，此道甚至较之其他更具影响力。而通贯全书处理"应物"之事的，当属应物兄无疑。但应物兄虽有"第二自我"，所承载的不过是无法言说的内心的真实所想，与"第一自我"参照，表征的只是其"自我的分裂"之境。虽对现实种种不乏不满，却仅沦为"腹诽"，并无现实发挥的可能。他也时常"自省"，但此"自省"仅止于"自我反省"，并未抵达儒家所论之自我的"修养工夫"。《应物兄》全书凡八十四万言，一千零四十页，或许是在回应李洱自90年代始即反复思量的问题：贾宝玉长大后怎么办？在曹雪芹八十回的《红楼梦》中，宝玉乃有先天的气质，并不为俗世所染，自然也无力应对外部世界之污浊种种。不同于西方小说惯有的成长型人物，贾宝玉乃是非成长型，他有其观念，也甘愿坚守这一观念，即便面临外部世界之种种"反对"的力量，却并未随势浮沉。应物兄之心理状态大抵如是，不能齐家而后治国平天下的根本症结，即在其不随世俯仰。《应物兄》反复述及乔木先生、姚鼐先生、何为先生、双林院士及兰梅菊之用心或在此处。此一时期的个人遭际极大地影响了嗣后他们不同的精神选择。如前所述，乔木先生乃是选道家任性逍遥一路，双林院士则始终如儒家之积极用世，姚鼐、何为二先生则如乾嘉学派，兰梅菊则走世俗一路。数人之中，应物兄最为倾心的，必然是双林院士。其与上述诸人之遭际并无不同，却在沉沦下僚、生死难料的极端年代，勉力将外部世界之种种非常力量转化为向内的自我显发之路。正是在被迫走出个人之生活世界而进入广阔的人间世之后，双林院士方才生出对"自我"和"身体"的发现，进而在历经数十年个人之兴衰际遇、起废沉浮之后，申明精神向上一路的极端重要性，他对其孙辈的看似老旧的要求，其实暗含着对人与外部世界关系的更为深入的洞察。其境如《周易》所言，"天行健，君子以自强不息；地势坤，君子以厚德载物"。他以个人一己之力参与到家国民族之宏大事务之中，并借此获致内心的安宁和"自我"的成长。而以更为宽广之视域观之，则双林院士方为时代和民族的脊梁，在个人的重要的时刻，因与宏大历史的内在关联而获得更为崇高的意义。以其为参照，则乔木先生或太过圆融，姚鼐、何为二先生似略显迂阔，至于兰梅菊诸人，则属等而下之，实不足论。

我们的应物兄精神成长于20世纪80年代，自然也分享了该时代的重要精神成果，也必须承担这一时代潜在的"局限"。如应物兄所论，其在80年代，并无真正的"自我"，所阐发依靠的，也不过是朝向未知的探索的激情。他们在80年代"文化热"所开显的诸种思想路径之中大部选择"文化：中国与世界"编委会诸公所阐发之观念。他们如饥似渴地译介、研读西方现代主义、后现代主义思想、理论和文学文本，也写下了卷帙浩繁的"师法"之作。他们也在无意识地赓续了"五四"诸公的文化观念，在古今中西之争中，因疏离于古典思想之"内圣"问题而无法成长出一个带有明显的"中国"印记的"现代主体（自我）"。不过是如叔本华所说，将自己的脑子让与他人跑马，并未生出自身的原创性的思想。应物兄既疏于"修身"，也不在"自我"之"养""化"上做功夫，其虽能以儒家思想及部分琐屑典故用作日常生活之现实应对，却无力渐次形塑一个日渐博大的"内心"。既未为应物准备一个强大稳定的"自我"，则在外部世界之人、事、物变化之中无力应对便不足为怪。此或为李洱以"应物"而非儒家思想另一相近之重要概念"格物"申明作品意旨之根本原因。在儒家思想史中，朱熹与王阳明围绕"格物"功夫及次第的思想分歧或可以说明《应物兄》潜在的另一旨趣。以通常观念解，相较于程朱学派对"系统学习"的看重，陆王学派更偏重"道德选择的性质"。二者虽同样指向"自我修养"问题，但取径并不相同。其间差别及其所内涵之重要意味，以通晓西学的海陆在80年代后思想之转向最为典型。在西学盛行之80年代，海陆属文德能带有精神团契性质的读书圈内的重要人物，一度承担着传播甚至诠释西学的重要责任。但他也是80年代对西学（尤其是各种"后学"）

之局限有明确反省的人物之一。彼时其并不赞同解构主义所内含的虚无特征，此思想背后仍然包含着对世界意义的阐释和守护的精神吁求。而在去国之后，海陆完成了其研究方向的重要转折——由"西学"转向"中学"。海陆的转向，自然与钱锺书等深谙西学却转事中学的重要学者于转向之际的深层考虑有内在相通之处。在80年代受容西学经验之后，海陆或许窥破西学之弊，故此有精神之重要转型。极有意味的是，他转而研究王阳明，并以"格竹"为笔名。李洱特意在脚注中申明"格竹"之说，出自王阳明《传习录》。所引段落大意即在申论"格物之功，只在身心上做"之紧要。也因此，其"格物"之旨趣与朱熹路径并不相同。①此间暗含着儒家思想史中具有重要意义的一段公案，即王阳明与朱熹在"格物"功夫上的重要分野。有阳明先生自述为证：

> 众人只说格物要依晦翁，何曾把他的说法去用？我着实曾用来。初年与钱友同论做圣贤，要格天下之物，如今安得这等大的力量？因指亭前竹子，令去格看。钱子早夜去穷竹子的道理，竭其心思，至于三日，便致劳神成疾。当初说他这是精力不足，某因自去穷格。日夜不得其理，到七日，亦以劳思致疾。……及在夷中三年，颇见得此意思，乃知天下之物本无可格者。其格物之功，只在身心上做，决然以圣人为人人可到，便自有担当了。这里意思，却要说与诸公知道。②

故此王阳明教其弟子曰："哑子吃苦瓜，与你说不得。你要知此苦，还须你自吃。"此为"知行合一"之基础功夫。借此"身""心"及"物""我"之互动共生，方能再有进境。虽未详细叙述海陆上述转向之精神内涵，然而以此前所述不难测知海陆或因窥破西学（包括此前对他种知识的研习）之弊，在于不曾在"心上做功夫"。因为"如果把'格物'

---

① 李洱：《应物兄》，人民文学出版社，2018年，第908页。
② 杜维明：《青年王阳明：1472—1509：行动中的儒家思想》，朱志方译，生活·读书·新知三联书店，2017年，第219页。

理解为对事物的研究,那么,这种研究必须有精神取向的质变为先导"。故此,"立志做圣贤,必须先于研究事物的实际过程,否则,不论用多少精力来研究自然现象和人事",并不一定会导致"自我实现"。而不以"自我实现"为目的的"格物"(对外部世界的认识)所获不过关于外部世界的知识而已。其境必如王阳明如下"棒喝"所示:

> 诸公在此,务要立个必为圣人之心。时时刻刻,须是一棒一条痕,一掴一掌血,方能听吾说话句句得力。若茫茫荡荡度日,譬如一块死肉,打也不知得痛痒,恐终不济事。回家只寻得旧时伎俩而已,岂不惜哉?①

如以"龙场悟道"前王阳明之生命遭际论,可知上述"一棒一条痕,一掴一掌血"并非虚言②。若无"心"(自我)"物"(外部世界)"交战"甚至"出生入死"的功夫,王阳明或难有此后之"大悟"。而其修习功夫亦说明"立志做圣贤是一个无休止的自我实现过程",而"不论一事物是一人事还是一自然现象,每次同事物打交道,都构成内部自我改造的不可分割的一部分"③。如果说应物兄对王阳明此一思想全无了解,自然并非事实。而他显然也明白修行和道德的自我完善之于儒家思想之重要性。其所以认为儒学研究院之创办有或有实现"外王"理想之可能,原因即在于他充分意识到"只有孔子把修行和道德完善的过程,看成一个没有终点的旅程,也只有孔子把道德完善首先看成对自我的要求,而不是对他人的要求"。相较于苏格拉底、柏拉图、耶稣、佛陀、老子等重要思想家,"孔子把人的尊严、人的价值,放到日常化的世界去考察"的思想路径,是"最具有现实意义的"④。也就是说,依照王阳明对"物""我"关系的说法以及孔子思想之核心精神,则身在个人之生活世界,俯仰、出

---

① 杜维明:《青年王阳明:1472—1509:行动中的儒家思想》,朱志方译,生活·读书·新知三联书店,2017年,第225页。
② 同上,第127—141页。
③ 同上,第220页。
④ 李洱:《应物兄》,人民文学出版社,2018年,第193—194页。

入、进退、离合、往还诸种经验并不仅表征来自外部世界的重重阻碍，同时还意味着"物""我"互参互动进而经由在"事上磨练"完成"自我"持续不断之创化生成。而论外部世界种种阻碍之复杂艰难，儒学研究院创办过程中之种种也全然不能与王阳明与刘瑾斗争期间所面临之艰难境遇相比。而应物兄之所以在经历前述种种之后未有贯通"内""外"与"物""我"之领悟，根本原因即在无如王阳明般以读书做圣贤为人生第一要务，自然也无在"心"上做功夫的精神自觉。如果说"做圣贤"并非人人可期，求做秉有德性自觉的"君子"当无不可，但应物兄虽偶有自省，也知道些孔夫子所论自我修养的道理，却均未落实于个人的精神实践。他也如心得女士、中天扬一般在大众媒体传播其所得所想。其所著《孔子是条"丧家狗"》内亦不乏以儒家观念与当下现实情状之对照处，惜乎仅沦为应世的智慧，乃小道耳！此或为当代儒家学人与先贤之根本区别所在。

毋庸讳言，即便在王阳明身处之有明一代的具体生活世界中，儒家学人也并非皆如王阳明这般以"做圣贤"自期。王阳明个人思想之自我成长也需面对来自家庭、社会的种种阻碍。但先贤之境界与操守也正在此朗现，知其不可为而为之，虽千万人吾往矣，王阳明先生以一己之力推动儒家思想在有明一代之巨变，且泽被后世的事实说明儒家思想以"自我"圆成（内圣）为基础"感通"人间乃至天地万物（外王）之思想价值和历史正当性。"古之学者为己，今之学为人"足以概括《应物兄》中知识分子观念之弊，而《大学》所论之"道德培育八步骤，正足以显示早期思想家"对"个人学习与完美世界之间的关系"[1]："格物而后知至，知至而后意诚，意诚而后心正，心正而后身修，身修而后家齐，家齐而后国治，国治而后天下平。"[2]而不知格物，不能意诚，其心不正进而未能修身，或属应物兄及其他同类知识分子的根本问题所在。应物兄在应物之际的无

---

[1] 李弘祺：《学以为己：传统中国的教育》，香港中文大学出版社，2012年，第10页。
[2] 同上。

能和无力,根本原因亦在此处。如黑格尔所论,现代小说的主人公所要处理的乃是"自我"与"世界"的关系问题。将其观念稍加推演,可知应世之道路径有三:或放弃自我与时俯仰,如拉斯蒂涅,如兰梅菊;或坚守自我即便头破血流九死而其犹未悔,如艾玛,如张子房;或任性逍遥以远离尘世之纠葛而保持自我之纯正,如考狄利亚,如乔木先生,如姚鼐,如何为。而应物兄则属在此三者之外的另一类型,他在世界之中,却好似在世界之外,他既是"局外人",又是"局内人",他从未"应物而无累于物",也未有"执道"的功夫,所以在应物之际左支右绌、应接不暇,最终以肉身的寂灭而告终。也因此,应物兄在应物之时的无力,以及书中各色人等应物之际的种种问题,表明李洱对"内圣"之阙如的深刻反省。故此,儒家所论之"身心功夫"尤为紧要。此种功夫并非教人"退藏于一己之身",做精神的"自了汉",而是要求"正本清源,以期'本立'而'道生',使自己的生命能够感通出去。首先是感通于亲族家人(亲亲),其次是感通于人间社会(仁民),最后是感通于万物(爱物)"①。而"顺由这一套感通的顺序,层层开扩,步步贯彻,即当前时代社会的许多问题,也都可以和身心之学关联贯通"。举凡伦理的实践,政治的开新,经济的发展以及学术的推进,此种"涉及价值取向的调整,实践原则的应用,体制运作的适应,学术知识的开扩",皆与人之"身心活动"密切相关。甚或进而言之,"多元社会中的多元价值,其实都在生命的感通中顺时随宜而步步完成"。思想观念的与时推移,核心义理亦在此处。故此《应物兄》一书以政治、经济、文化、思想、物理等知识分子精神和现实实践的问题性的细致铺陈,表明先贤"身心之学"或为从根本意义上解决80年代甚至"五四"以降之文化的"古今中西之争"的症结所在。如不能在此间做功夫,则任何关于思想文化的革故鼎新之举难脱晚近百年来处理此种问题的思想和观念窠臼,难有真正意义上的思想的"鼎革

---

① 蔡仁厚:《中国哲学的反省与新生》,正中书局,1994年,第302页。

之变",所谓的思想文化的"返本以开新",亦难以转化为真正具有思想价值生产性的观念而彻底走出离开西方思想即不能思甚至无思的无能境地。①

三、"古""今""中""西"之间的文化问题

就文化史和思想史整体论,"文化"的创制与作为"主体"的"人"的"内涵"的"形成"密切相关。"人在天地中,三才连绵一气,但原始的连绵一气不会有文化,文化需要有原始的撕裂或突破口。天地时空中有五行化入其中的'礼'作为'圣'的切入口,人透过这切入口进入宗教世界,转俗成圣,圣俗的分合带动了历史的行程"。其间"物的圣化与主体的深化是同一事件"。②因此"身心之学"并非单纯的向内之学,它必然包含着向外的扩展,经由与"物"相对,"应物"甚至"格物"而获致"主体"的不断生成,故此与"物学"密切相关。此为就单一个体而言,如将之推演到群体的思想文化选择,则带有整体意义的"身心之学"同样关涉文化观念的"主体"问题。以"主体"为核心,应对诸种文化之冲突、交融等复杂问题,正是"五四"(甚或晚清)以降中国文化所面临之重要问题。《应物兄》所述之知识人之生活情状虽以当下为核心,但仍关涉一代人精神转型及成长期的80年代的思想和文化语境,甚或如乔木、姚鼐、何为、双林诸位先生之思想观念分野的起点,还需再上溯十余年。20世纪70年代迄今历史之兴衰与个人和群体文化思想的转换互为表里,当下知识分子所面临之种种问题,莫不与20世纪后半叶之社会文化语境关联甚深。但从根本上超克此种语境及其局限,仍需返归"五四"所开显之文化

---

① 参见张志扬:《中国人问题与犹太人问题(代前言)》,见萌萌学术工作室编《"中国人问题"与"犹太人问题"》,生活·读书·新知三联书店,2011年,第3—4页。
② 杨儒宾:《五行原论:先秦思想的太初存有论》,联经出版事业股份有限公司,2018年,第449—450页。

的"古今中西之争"的基础语境之中。在重启这一问题的基础上开显新的文化观念和思想视域。

以此视域观之，则文德能所着力阐发的"Thirdxelf"（第三自我）或可有另一番解释，即"自我"会通"他者"之后所形成之多元统观的新的"自我"。此自我自然包含"第一自我"且以其为中心，进而融通"第二自我"（他者），并最终形成是又不是前两者的新的自我（第三自我）。其境如《应物兄》结尾所示：

他听见一个人说："我还活着。"

那声音非常遥远，好像是从天上飘过来的，只是勉强抵达了他的耳膜。

他再次问道："你是应物兄吗？"

这次，他清晰地听到了回答："他是应物兄。"[1]

文德能属《应物兄》诸多知识分子中少数意识到个人对知识的内化的重要性的典型人物，其观念庶几近乎儒家"身心之学"之要义，即"主体"之生成。他还反对仅仅拘泥于纸上学问，而不关涉生活世界的路径，亦通于儒家所论之"格物"（应物）之学所涉及的"物""我"关系问题。他理想中的作品是一部诸种可能多元融通的复杂之书，即打通时空、思想、观念、文体、文化等重重阻隔而包容多种可能多重意义的世界。在此世界之中，古今中西问题为其不可或缺的重要一维："西学进不去，为何进不去？中学回不来，为何回不来？"此处"中学""西学"实际所指不言自明。而"进不去"也并非指译介、传播等外部问题，而是对"西学"何以不能从根本上解决现时代的社会文化问题的深层追问。同样，"中学""回不来"之重点在于前者何以不能有效完成价值重启从而获致对当下问题发言的能力。论述至此，将再度涉及文化主体性问题。"道不远人，人之为道而远人，不可以为道"所阐发之义理即在此处。思想和文化典籍等所构成之"传统"向不同时代敞开的能力并非先验自具，须得一

---

[1] 李洱：《应物兄》，人民文学出版社，2018年，第1040页。

代人深度感应于时代问题，且有融通传统与时俱化的能力，方可完成思想和文化传统重启与再造。如文德能所论，"个人必须在公共空间里发挥作用，自我应该敞开着，可以让风吹过自我"①。唯其如此，文化传统之意义方始得以显豁。可以与此互通的思想原理在于，"符号观念运用于新的感知经验活动，不仅有助于其源初经验的激活，而且在加工新的活动经验中自身获得扩展与改造"，此一过程即为思想观念之"创新"②。身在80年代，文德能广泛涉及哲学、美学、诗学、神学、经学、史学、文学、社会学、政治学等精神进路，且有心将之融通于一处，创造贯通古今、融汇中西的全新的"第三种文化"——一种既非单纯的"中学"，亦非未经"内化"过程的"西学"，而是以前者为主并多元融通而成之更高意义上的学问，此学问约略可以"新中学"名之。正因洞悉上述问题的症结所在，在文德能留下的笔记中论及海德格尔何以将余生"投入到比自我更伟大的目标中"，以及无论是现象学还是存在主义，均未能达到可与"马克思主义进行建设性谈话这一维度"等所关涉之重要问题。③时在1980年代，影响甚巨的是现象学、存在主义、解构主义以及种种"后学"，其间"破坏性"远甚于其"建构"的价值。当此之际，文德能有此反思殊为难得。而李洱在故事接近尾声之时教应物兄追忆此一段落，当然不是简单的怀旧，而是蕴含着深切的"召唤"。既召唤已逝的激情燃烧的岁月，也召唤彼时思想和精神足以面向事实本身的创造的活力，召唤那种独往时代和精神之困顿深处的情怀和担当。在他身处的生活世界中，各色人等皆精神萎靡，思想卑琐，全无承担时代问题之能力和雄心。如其自华学明夫人邵敏之卑琐形象所生发之对"一代人"的"陷落"鄙薄："我悲哀地望着一代人。

---

① 李洱：《应物兄》，人民文学出版社，2018年，第688页。应物兄曾以此说说明"君子不器"之理，至为允当。但文德能的说法所包含着的更进一步的思考，却未见应物兄论及。
② 尤西林：《学术的源与流——当代中国学术现时代定位的根本问题》，载《中国高校社会科学》2019年第6期。
③ 李洱：《应物兄》，人民文学出版社，2018年，第882—887页。

这代人，经过化妆，经过整容，看上去更年轻了，但目光黯淡，不知羞耻，对善恶无动于衷。"①唯文德能对时代之紧迫问题所知甚深且有更为深入的思想探索。他在80年代告诫诸位学友日后勿做"资产阶级"，无疑包含着对时代问题更为深刻的洞见②。但他所留下的思想遗产同样并不自行向新的语境敞开，而是需要它的"理想读者"，能将其间之微言大义细致阐发。而在被视为一代人的精神"圣母"的芸娘眼中，文德能的笔记乃是"一代人生命的注脚"。读这些笔记并不简单，既要回到其产生的"历史语境"，也要"上溯到笔记所摘引的原文的历史语境"，或许更为重要的是，还需"联系现在的语境"。③如是三者，统摄了文化观念及思想传统时代转换的要义所在，即扎根现实，融通过去并指向未来。有此三者，则文化的返本开新之境遂得敞开。而正因此，在弥留之际文德能用尽全力依次说出Thirdxelf之后的最后的遗言，为"逗号"。"逗号"之意，表明此说并未完成，而是尚在途中，有待后辈学人的进一步敞开。作为全书重要人物的应物兄这一辈甚至芸娘等人已不可期，李洱遂将此一归根复命的重担托付于未被俗世浸染的更小一辈的文德斯和陆空谷。文德斯可承续乃兄遗风，陆空谷则或许秉有其父海陆80年代之思想积淀以及去国之后的精神转折。即由"西学"转向"中学"，着力于研究王阳明。而源自海德格尔的"海陆"的绰号也弃之不用，改作"格竹"。李洱特意在脚注中点明"格竹"与王阳明"格物"之关系，或是如前章所述，在暗示王阳明所论之"格物之功，只在心上做"以及"身心之学"的精神重启之于文化返本

---

① 李洱：《应物兄》，人民文学出版社，2018年，第704页。
② 蔡翔关于当代知识人"中产阶级化"的反思或可印证文德能80年代的告诫的深层意义。见周展安、蔡翔：《探索中国当代文学中的"难题"与"意义"——蔡翔教授访谈录》，载《长江文艺评论》2018年第2期。
③ 李洱：《应物兄》，人民文学出版社，2018年，第890页。

开新的极端重要性①，亦再度说明"心体"问题，乃20世纪初迄今中国思想文化亟待解决的核心问题。应物兄心心念念甚或偶有意淫的陆空谷终究不会属于将与其时代一同退去一并朽坏的故事的局内人应物兄，她属于文德能，也属于文化精神返本开新以至于慧命相续的美好的未来。

缘此种种，《应物兄》多次拈出程济世的如下说法，以说明中国传统文化赓续之问题性及其时代意义：

> 我们今天所说的中国人，不是春秋战国时期的中国人，也不是儒家意义上的传统的中国人。孔子此时站在你面前，你也认不出他。传统一直在变化，每个变化都是一次断裂，都是一次暂时的终结。传统的变化、断裂，如同诗歌的换韵。任何一首长诗，都需要不断换韵，两句一换，四句一换，六句一换。换韵就是暂时的断裂，然后重新开始。换韵之后，它还会再次转成原韵，回到它的连续性，然后再次换韵，并最终形成历史的韵律。正是因为不停地换韵、换韵、换韵、诗歌才有了错落有致的风韵。每个中国人，都处于这种断裂和连续的历史韵律之中。②

而对身处与先贤不同语境的一代人而言，"如何将先贤的经义贯通于此时的经世，通而变之，变而化之"十分紧要。此既属"晚清的问题"，亦是"二十世纪的命题"，更是"二十一世纪的命题"。③此说足以说明程济世对文化传统基于时代之新问题而展开之因革损益、慧命相续之意深有感触。其间既包含古典传统创造性转化和创新性发展所面临的重要问题，亦申明"断裂"与"重启"乃文化赓续之要义所在。但细究其说，却

---

① 李洱：《应物兄》，人民文学出版社，2018年，第908页。其间所涉之复杂问题，亦可参见秦家懿的如下总括：依阳明之见，"读书与人生，都应是由内而外的行动；'字'与'言'，若有其重要性，不只因为它们出自经书，而是因为人心的反证，给予它们意义"。见秦家懿：《王阳明》，生活·读书·新知三联书店，2011年，第48页。
② 李洱：《应物兄》，人民文学出版社，2018年，第842页。此处同时亦提及芸娘的大致相同的说法，其间对比参差之意颇为明显。
③ 李洱：《应物兄》，人民文学出版社，2018年，第121页。

不难发现以"断裂"指称文化之转型背后所蕴含之观念范式，与"五四"全盘性反传统之际所形塑之文化观念的内在相通之处，表明其观念仍分享了"五四"迄今在"新""旧"二元对立之思维中简单处理文化的"古今中西之争"问题的思想局限。自超克此种思维的更为宽广之观念观之，则"断裂论"之局限即朗然在目。求"新"与"变"为其核心，且将此变视为在中国古典传统之外别开一路。故此文化思想之核心问题即在张志扬的如下反思之中："在如此长达一百七十年的'救亡—启蒙'过程中，中国人尤其是有发言权的中国知识分子，遭遇的必然是：救亡需要'科学'（社会革命·生产力），启蒙需要'民主'（国家革命·政治体制），因而归根结底'救亡-启蒙'就是把中国从传统中拔出来转向西方道路指示的'现代性'"。置身家国民族贞元之会，绝续之交，"不转向，中国亡；转向，中国同样亡，即同化尾随于西方——名存实亡"。因为由上述思想理路所开显之文化观念中，中国等于"传统、特殊、民族性"；西方等于"现代、普遍、世界性"。①在此观念所确立之思想和文化秩序中，中国文化似乎不具备现代意义上的"先进性"，属需要"革新"的对象。就历史之总体视域看，文化之"变""常"交替本属常态，无需多论。但上述观念所蕴含之重要问题远未局限于此，而是更为深刻地包蕴着对中国文化的"断裂式"的"摒弃"。其重心并不在"常"与"变"的交替，而是以"变"代"常"，即并非"常"中之"变"，而是根本性的质性的变革。迻译西方思想、理论及文学文本以"取代"中国古典文本，为一时之盛。其流风所及，唯"新"是举，唯"洋"是举乃文化观念之核心语法，"五四"迄今文化思想之"主潮"即以此为核心。即便偶有尝试"重启"中国古典传统以开出新的境界的努力，却既需要面对来自外部世界的种种否定力量的重重挤压，自身似乎也难于走出类如"以西例律我国小说"的理论观念先验之弊，在此思想范式之中的种种古典思想和文化传统的"重

---

① 张志扬：《中国人问题与犹太人问题（代前言）》，见萌萌学术工作室编《"中国人问题"与"犹太人问题"》，生活·读书·新知三联书店，2011年，第3—4页。

启"之举,也常因理论视域的内在局限而难于抉发古典思想不同于西学的真正紧要之处。故此程济世虽对文化之返本开新不乏认识,却未见其对此问题所关涉的更为复杂的思想和现实状况有进一步的说明和具体的意见,更何况其并未将此说落实于具体的"主体""应物"的文化实践之中。倒是芸娘对此有更为明确的认识:我们"虽然不是传统的士人、文人、文化人,但依旧处在传统内部的断裂和连续的历史韵律之中,包含了传统文化的种种因子"。尤为紧要的是,"我们,我说的是你、我、他,每个具体的人,都以自身活动为中介,试图把它转化为一种新的价值,一种新的力量"。[①]而这个"你、我、他",既是"历史主体",亦属"文化主体",也可以是"道德主体"。其维度多端、蕴含丰富,如儒家身体观所论,作为综摄体的"主体"既包含"意识的主体","形气的主体","自然的主体",亦包含"文化的主体"。此四者"绵密地编织于身体主体之上"。此"身体主体"甫一出现,即自然包含着意识的、形气的、自然的和文化的向度。此为以个人为核心之申明,诸多个人最终必然需要融汇入庞大的群体之中,从而形塑群体的"主体"。而以此"历史主体(扎根于特定的历史文化实践之中的主体)"为基础,方能展开更为深入的思想和文化变革。进而言之,如将程济世所论稍加延伸,则可与儒家处理文化之"常"与"变"的核心理路相贯通。

  常道不可变,但是表现道的方式却可以随宜变通。孔子早就说过"无可无不可",孟子也说"此一时也,彼一时也",这都表示儒家讲求因时制宜,并不是固执不通的。孔子还说过:"殷因于夏礼,所损益可知也;周因于殷礼,所损益可知也。"因,是因袭承续,好的东西理当继承下来。损是把原来有的现在已成为多余的成分,加以减损。益,是原来没有的,现在发现需要它,于是便增加上去。……因、损、益,再加上革命的革字,就成为"因革损益"。有了因革损益这一个"变应"之道,儒

[①] 李洱:《应物兄》,人民文学出版社,2018年,第842页。

家就具备了"守常"以"达变"的思想和智慧,而可以"日新又新",以得"时中"。[①]

而时中的"中",乃是不变之"常道"。"时"则为"应变的原则"。毋庸讳言,"变化以求新",乃百年来中国文化史之核心状态,但持续百年的"求新"之举却未能真正开出文化之新境。一当西方现代性观念自身面临无法缓解之内在矛盾之时,效法甚至尾随此一观念之中国文化必然需要承担相同的问题。如上所述,百年来文化之求新与变之所以挫折不断、困难重重,根本原因即在于"一味地着眼于'应变',而却疏忽了'守常'",即未能遵循因革损益之道,使民族文化失其本根,又如何不会面对"本根剥丧,神气彷徨"之境。"返本"以"开新"所因循之思想核心因之在蔡仁厚下述联句之中:

返本以开新,故能永续慧命,显其刚健;

守常以应变,乃可随顺事机,得其时中。[②]

《应物兄》中程济世、芸娘、文德能等多种文化观念所形塑之不同"声音"之冲突、对话与交融,表明李洱对百年中国文化之赓续问题的"反思"与"重建"的精神吁求。全书虽以儒家思想话语为核心展开其对当代儒林富有深刻寓意的反省,亦同时涉及佛家、道家、杂家及西学等话语之间的互动与交锋。如济州大学巴别报告厅之寓意所示,就话语层面而言,上述种种话语在现实的层面上实难沟通,持有不同话语之"主体"居多自说自话,其观念亦无作用于现实之经世功能,不过谋取些私利,赚得符号资本。但就该作总体性的"反讽"意义论,则诸种观念之混乱无序、凌空蹈虚恰正说明当代士林集体堕落之深。不仅此也,作为全书表征佛家"世俗"一面的代表人物,释延安实在堪称一巨大的"反讽"的个体,其荤素不忌,且行走于堕落之俗世游刃有余左右逢源亦表明"出世"一路的"入世"特征。其他如唐风之堪舆说,除欺世盗名之外似乎更无足论。

[①] 蔡仁厚:《儒家思想的现代意义》,文津出版社,1987年,第18—19页。
[②] 同上,第44—45页。

《应物兄》中偶涉道家思想，却并未有对此思想所蕴含之复杂义理的进一步展开。但文化观念之返本开新、慧命相续，道家义理不可或缺。如鲁迅所言，中国之根柢全在道家。而道家思想之"内圣之学"[①]，包含着文化革新的更具包容性的观念——以道家核心思想为基础，融通他种思想而形成更为复杂之思想系统。自先秦以迄晚清，中华文化虽面临种种来自外部的冲击始终根脉不绝不断"上出"之根本即在此处。故此，如何重返"五四"乃至晚清的历史语境，在重启文化的"古今中西之争"的基础上调适文化赓续的基本观念，乃是20世纪遗留的重要问题。历史也将这一事关民族文化精神"存亡绝续"的关键问题交付给了这一代学人，而如何"重启"中国古典"为己之学"的传统，在"物""我"辩证互动的基础上促进以中华文化核心精神为基础的"现代自我"，乃是文化"返本开新"之先决条件。而由"自我"感通至社会乃至天地万物，则可进入"致广大而尽精微"之境。《应物兄》中所述之种种观念冲突，以及文化思想之无能和无力，核心问题莫不与此有关。是为其以当世知识人之精神处境表征"古""今""中""西"之间的文化问题的要义所在。

原载《中国现代文学研究丛刊》2020年第10期

[①] 赖锡三：《自序：一条'道家型知识分子'的荆棘之路》，见《道家型知识分子论：〈庄子〉的权力批判与文化更新》，台大出版中心，2013年。如赖锡三所论，"用《天下篇》的'内圣外王'概念说，老庄的生存美学（修养）可以被视为一种内圣之学，而内圣学也会展现出它自身的外王学（批判）。亦即体道之美除了能逍遥人间世之外，更要对语言符号意识形态的僵化、政治暴力的宰制，地方文化系统的排他化、人类中心主义的独断等等，进行批判、解构和再创造"。亦即道家思想亦可统摄入中华文化之"内圣"—"外王"之道，而就根本论，则儒道释等思想皆有其可以内在贯通之处，有可以因革损益之道作返本开新之发挥的广阔空间。文化之赓续并非儒家之再生，而是诸种思想之多元共在所开显之复杂境界，是为重建文统之要义所在。

感通之象：《秦岭记》与"巫史传统"

初读贾平凹新作《天再旦》，时在公元2021年4月6日凌晨。是手稿，厚厚三大巨册，封面照旧是硬质牛皮纸，清清楚楚写有书名和作者名。内中皆是短故事，颇类中国古典笔记小说，约略也有些贾平凹三十年前所作《太白山记》的味道，读作《商州初录》视野扩展之后的后续，似乎也未为不可。虽不能算作一般意义上的长篇小说，但若干短篇累积起来，仍然是很大的数量。我读得很快，也很仔细，差不多几个小时后，就读完全书。书中的故事，诡异奇谲，光怪陆离，魑魅魍魉人事纠葛，一一呈现其间，端的是人鬼杂处，魔道并存，仍是天地人鬼鸟兽草木虫鱼共生也共在的人间世。那里不独人为万物之灵，树木虫鱼鸟兽山石流云晨雾天光等等皆具灵性。有鹈鹕开口说话，有仙道高僧行走其间，有山川地貌形胜概略图，草木鸟兽素描图。图画笔法疏淡，也略现拙相，似为贾平凹自绘。画与文字可彼此互证，实境与虚境可交互发明，笔法摇曳，不为规矩所拘；烟波浩渺，崖岸浑不可知，遂开此前未见之阔大境界。一书读罢，抚今追昔，俯仰之间，不禁感慨万千！正暗自感叹之际，时空倏忽转换，眼前景象渐次褪去，窗外路灯投在天花板上的光影逐渐清晰——适才所见乃在梦中。大梦初醒，深感恍惚，方才所读所想历历在目，清晰无比，甚至手指触碰手稿的感觉仍在，油墨香气也未褪尽，如何不过一梦？！时为4月6日凌晨3点26分，梦醒坐起，再回想方才所读，仍觉字句全在目前——如果说这几十年最大的遗憾是什么，那就是没有在梦醒时将适才所见详细记录下来。所幸其时我借着路灯的微光，在手机上记下了一句话："《天再旦》，鹈鹕说，有图画，似寓言，如庄子。"还同时发给了马佳娜。正是这寥寥数语，让我此刻在记录这次神奇的经历时，脑海中仍会浮现那一日梦中所见书稿的几页内容，一样是清晰无比，如在目前，似乎触手可及。让人不觉恍然惚然，不知此时是那一日的一个漫长的梦，还是那一日偶入他人梦中。一如庄生梦蝶，真乎假乎，是耶非耶？！

> 昔者庄周梦为蝴蝶，栩栩然蝴蝶也，自喻适志与！不知周也。俄然觉，则蘧蘧然周也。不知周之梦为蝴蝶与，蝴蝶之梦为周与？周与蝴蝶，则必有分矣。此之谓物化。[①]

周梦为蝴蝶，还是蝴蝶梦为周，照日常的道理，似乎截然可判，但庄子将之"问题化"，或因就理论上而言，"把庄周与蝴蝶看成互相联系且平行发展的两种生命状态，与庄周将其觉醒的经验当作生活的常态并无矛盾"。人皆有梦，如梦境可以连续，则其所过可称"双重生活"[②]，具交互成就义。这一番道理，几乎可以照直拿来说明《秦岭记》中的故事。真真假假，虚虚实实，梦境与醒时生活的互融互证，也是《秦岭记》笔法之重要一种。在主体内容的第七个故事中，乡里干部去村子里办事，晚间闷热，憩在室外，但见远山如黛，习习山风中流云愈发黑重，终至于隐入天际。当是时也，水声隐隐，鸟鸣呼应，无数的飞蛾如扬起的麦糠四处翻飞。万籁本应俱寂，孰料反倒热闹异常，那乡里干部白又文看到村前沟壑化为平地，男女老幼悉皆出动，有人拉锯解板，有数个老汉相互指责，说些个不三不四的咸淡话；有人前往菜地上粪时于旱路上见鱼，便向鱼问水……白又文下楼行走，见猪打架，驴打滚，听人说盐潮水，铁出汗，皆是下雨迹象。再见一白发老太穿反季棉衣，在道路上拾捡人民币，并疑惑自家身在梦中……还见会计要将收购来的五味子运送到县城销售，脚踩手

[①] 刘凤苞撰，方勇点校：《南华雪心编》，中华书局，2013年，第64—65页。
[②] 陈少明：《梦觉之间：庄子思辨录》，生活·读书·新知三联书店，2021年，第113页。

扶拖拉机踏板，一踩不动，再踩不动，陡然一声却就启动了。白又文随之清醒，与刚起床的村长交流后，方知适才所见皆在梦中。他"眼睛睁得滚圆，惊慌了，觉得这一夜里，他是看到了村长的梦，看到了村子里人的梦"。遂有如下了悟："我发现梦的一个秘密了，梦是现实世界外的另一个世界，人活一辈子其实是活了两辈子。"有得于此，白又文离开葫芦村以后的日子里，"再也没分清过哪些事是他在生活中经历过的，哪些是他在梦里经历过的。但他感觉丰富而充实"[1]。不独白又文梦中所见虽"虚"亦"实"——虚指其境非实在界所论之"真"，实则指此境所开之象之情感及心理影响真实不虚，贾平凹其他作品中所述之梦居多有警示义，甚或类如谶语。如《山本》中井宗秀所作近乎别一种"历史叙述"的繁复梦境，便包含预示和总括全书旨趣的意义。其他如《极花》如《暂坐》，皆以南柯一梦作结，或呈现人物于绝境中的深婉心曲，或为人物另一番思虑的片刻满足，既教作品于大实中生出大虚，亦教观者有浮生若梦，为欢几何，浑不知今夕何夕之感。作品所开之境因之大开大阖，因之发人深省也教人叹惋。

梦境内容虽曰丰富，借此表现个人之世界了悟之作所在多有，一如梦蝶之际，浑不知"物"之为"我"，"我"之为"物"，遂开中国思想之重要议题。《红楼梦》要旨在梦，贾宝玉游太虚幻境是梦；王熙凤见秦可卿劝诫语是梦。"大观园"又何尝不是园外人之梦。《红楼梦》一部书，又焉知不是曹雪芹之梦。事如春梦了无痕，然梦之为用也大矣，"传统说部讲'梦'，纵非全属悲观，至少满纸低调"。如《枕中记》《南柯太守传》，"梦里经验常取为警世之用。梦境过客虽未必亲历诸般沉浮，梦中却可闻悉'宠辱之道，穷达之运，得丧之理'"，以及"死生之情"。[2] 故而白又文梦境一节，不作闲看，或可解为《秦岭记》文法之一——一部

---

[1] 贾平凹：《秦岭记》（未刊稿），第28页。
[2] 余国藩：《〈红楼梦〉〈西游记〉与其他：余国藩论学文选》，生活·读书·新知三联书店，2006年，第92—93页。

《秦岭记》，五十五个故事，即便满纸烟霞，多荒唐之言，无端崖之辞，义理却自在其中。藉梦以感通未知之象，虚实相生，遂开精神世界之别样面目。其理仍可以庄书所论说明，庄周梦蝶，为《齐物论》末章，是以"寓言"结束全文。而"无论是齐'物论'还是'齐物'论"，皆是"人对事物态度转变的产物"。其要在"把人看作万物的一员，而非它的异类"，更非"高高在上的高贵的存在物"。是为"齐物我""齐天人"的要义所在，蕴含类如佛家破"我执"的功夫。①我将无"我"，所见所思所想所述，又如何不境界大开。

照此目光看去，则第三十八个故事中因衣裳为流水冲去，无奈之下借助鹅群掩护回家，不必出乖露丑的那位教师最后的觉悟，便有些意思，不可做等闲看。"教师想着鹅通人性，可惜没人的言语，给他们说什么它们只是鹅鹅鹅。"遗憾之余，突然又有如下觉悟："鹅鹅鹅不就是我我我吗？鹅是在说鹅，鹅是在说我，我是鹅，鹅也是我？"②没有衣裳，羞耻之心顿生，不敢如往常一般从容返家，若非鹅群护持，怕是要陷入尴尬处境。但为何鹅裸体并无不妥，人无衣裳便是异类？！我本是鹅，鹅就是我，"鹅"与"我"如何又有了分野，有了法与非法的区别？这样的疑问，如庄周梦蝶一般，当作观念之自我调适（突破）解，并不能照实看去。未有"人""兽"分界前，人与兽或许平等共存，即便人以其强大的主宰世界的力量驯顺兽类后，仍有兽通人情，人知兽语。板桥湾人相信狗可以感应新宅风水优劣，虽在特殊年代，食物欠缺，柯文龙仍然养了一条狗，与狗相处既久，虽未能教狗学会人语，但柯文龙却懂了狗语。发生于板桥湾的若干事件，遂因狗眼所见而呈现出另一番样貌。尤具意味的是，村中人要谋划非法之事，担心狗会人话之后泄密，便背着柯文龙将狗杀死，葬于打麦场边的皂角树下。数年后，柯文龙得知原委，悲不自胜，

---

① 陈少明：《梦觉之间：庄子思辨录》，生活·读书·新知三联书店，2021年，第114页。

② 贾平凹：《秦岭记》（未刊稿），第136页。

"抱住了那棵皂角树哭。皂角树哗哗地响，所有的叶子都往下滴水"[1]，如是泪不能尽，乃"我"与"物"（他者）交互感应所呈示之象，初看似觉无理，细思则其寓意渐次朗现，叫人为之沉思，为之悄然动容。

秦岭宏伟，气象万千，不独狗能解人语，其间佳木丛生，也有些颇具灵性，可如人一般有情有思。秦王山上有两棵桦树，一般高低，略有粗细之别，乃是夫妇树。妇树目见周围同类相继被砍，便建议夫树"往歪里长"，可免一劫。夫树并不在意，原因有二：一则被砍的皆是栲树；二则自身材质所拘，不能歪扭生长。后来有人砍伐栲树后，觉得这夫妇树可做房梁，遂伐之。其被砍截面往出流水，颜色由黄变红，如是淌血，神矣奇矣，却并非简单志"怪"，而是借此说明"材"与"不材"、"有用"与"无用"之辩。栲树常被砍伐，因其"用"处颇多。然而换一种眼光观之，则桦树虽不能做栲树之"用"，却有栲树所不及处，故而也不能"自全"。树理如此，人事亦同。月亮垭山势挺拔雄伟，故能生神奇人物。史重阳医道高明，时所罕见，他也有济世救民之意，会通万物之心，立志撰写一部《秦岭草木谱》。以"有为"之志，却老境之至，年纪虽大，但心雄万夫，精神抖擞。与他相对的，是几乎痴傻的苟门扇，乃是全然无"用"之"闲人"。但史重阳八十四岁了依然龙精虎猛，以"有为"得享高寿；苟门扇全然"无为"，却也七十有三，无病无灾。足见"有用"与"无用"、"有为"与"无为"之观念分野，仍不过是人为创设，非天道之自然法则。再如五凤山的胡会众，几乎鸿蒙未开，一派"天真"，于人事种种皆不能解，其生也懵懂，其死也"糊涂"，但仍然到世上来过，是一辈人物。如此恍兮惚兮，不知所为何来，亦不知缘何而去的人物，《秦岭记》多有记述。观音崖边有车坠落，死者不知姓甚名谁。数月后，一白衣男子于车辆坠落处捡得一枚纽扣，之后在崖上寺里住了一宿，天明离去前写有一张纸条，贴于观音殿外墙，其言似实却虚，浑不知其所指。而其地忽生野菊，满山满谷，金光灿灿，极为壮观。但"菊"与人与事关联究

---

[1] 贾平凹：《秦岭记》（未刊稿），第64页。

竟为何？却难有定见。再如突然出现在月河东岸草花沟的那个陌生人，手持竹竿行走于2000年夏天的村寨中，无人知晓他从何而来，又将往何处，他如影子般行走在村寨，又如影子般离奇散去。唯一的变化是，在他故去之后，原本不生竹子的草花沟竹子越长越多，甚至形成了竹林。夜半有风行过，有声音混沌低沉，如怨如怒如泣如诉，教人不得安宁。此类人物及其观念行止，皆不可以常理常情揣度。其来如梦，飘然虚然，可得可见却浑不可解。如雾里观花，水中望月，形象为实，寓意却须自虚处得之，是如庄书义理显发的另一番境界。

庄书有内篇、外篇、杂篇，据说作者并非庄周一人，乃是统合了不同时期多个人物的智慧；《秦岭记》亦分主体、外编一、外编二三部分，却全是贾平凹一人所作。但三部分之间，却不能简单统而观之。若以时间论，外编一所收诸篇最为久远，乃是贾平凹作于1990年的《太白山记》，其次为外编二数篇，为2000年前后贾平凹所写之数篇散文，唯"主体"五十五篇全是新作，写作时间为2021年6—8月。三部分内容互有参差，风格亦有差异，重心并不相同。大略言之，外编二中有"我"，所写山水草木人事皆我闻我见我思我想。[1]这"我"虽未必可与贾平凹全然等同，但所述见闻想必真实不虚，乃是典型的"散文"笔法。如首篇写"我"登云塔山，见道观于危崖之上，时太阳在侧，云行四围，似乎皆触手可及。山下风物虽有特色，倒也平常。《蛙事》写"蛙"，虽牵想妙得颇多，但思虑皆属寻常。条子沟人退兽进，更是目下乡村空落之寻常景观。其他如《药王堂》《松云寺》《人家》境界、笔法，与前述数种并无太大差别。唯有一则《眼睛》，写"我"在秦岭深处某一小镇客栈里观察所见。"我"看山势错落，看老松枝叶张扬，看烟出如走魂，看牌楼檐高欲飞，

---

[1] 贾平凹：《天气》，作家出版社，2012年，第1页。《松云寺》《药王堂》两篇，出自贾平凹自编散文集《天气》，在该书序言中，贾平凹对这一部书中诸篇写作之基本状态略有说明：这一集中文章，读者若细细阅读，"便能读出我写完每一部长篇小说后的所行所思和当时的心境。小说可能藏拙，散文却会暴露一切，包括作者的世界观、文学观、思维定式和文字的综合修养"。

看山顶出雾如流水，看女人男人和孩子，还看镜中的"我"相，"我百无聊赖地在看这儿的一切，这儿的一切会不会也在看着我呢？我知道，只有我看到了也有看我的，我才能把要看的一切看疼"①。但此"我"非彼"我"，与20世纪90年代《太白山记》之"我"，及2021年《秦岭记》主体内容中之"我"虽可解作同一"我"之不同面向，其间自具个人独异的内在的连续性，却仍有"断裂"与"不合"处，有颇多"同一"，亦有较大"差异"，将之浑做一处看，可知"我"之不同，乃是类如庄书所论之"观"之"分际"。我"观"之"道"有别，则所开之境也异。

《秦岭记》三部分，统而观之，做"一部"看，可知外编二所言的"看"及其所"见"之物，虽不乏意趣，也能见他人之所未见，发他人之所未发，但所见所思所想，皆是实在界之寻常景象，为《秦岭记》三部分中"实境"一类。其余两部，运思用笔却大为不同。其中有实写，有虚写；有以人观物，亦有以物观人，甚或人与物可以齐同并举；即便写人，那人也居多与常人不同，或秉奇思，或有妙想，其思其想皆非常理常情可解；人所寄身的世界也并不单一，并非实在界一种面向，几乎可以自由出入于阴阳两界，可以偶入仙人居所，生沧海桑田之叹……以物观我，以我观物；以非实在观实在界，以无形观有形，虚者实之，实者虚之，这便有些接近庄书所述之"观之以道"：

> 以道观之，物无贵贱；以物观之，自贵而相贱；以俗观之，贵贱不在己。以差观之，因其所大而大之，则万物莫不大；因其所小而小之，则万物莫不小。知天地之为稊米也，知豪[毫]末之为丘山也，则差数睹矣。以功观之，因其所有而有之，则万物莫不有；因其所无而无之，则万物莫不无。知东西之相反而不可以相无，则功分定矣。以趣观之，因其所然而然之，则万物莫不然；因其所非而非之，则万物莫不非。②

---

① 贾平凹：《秦岭记》（未刊稿），第258页。
② 刘凤苞撰，方勇点校：《南华雪心编》，中华书局，2013年，第370—372页。

循常理，依常情，看人看物行事是一种；而破除自家执念，自他种目光看去，则人事物事遂开别一种境界，朗现另一番意趣。且看二道梁的刘争成所思所想所行及其际遇。刘争成是河阳公社一个大队的队长，发愿要改天换地，他不畏艰难险阻，带领村民修改河道，硬是让老河道变成一千五百亩的水地，又在新的河道上修建一座石拱桥，遂成村中一重要建筑，为人定胜天之标志。孰料某一日青龙河突发洪水，浊浪滚滚，惊涛裂岸，将山石树木堤坝枯枝败叶等等一并挟裹而去，河水重返旧道，那一千五百亩水田不复存在，"青龙河又归位了往昔的河道"[1]，石拱桥仍在，桥底却已是干滩。此或在说明人事之力量虽大，却也需要顺应自然法则，不可以"妄作"强为。用心近乎《山本》所开显之宏阔之自然观念，以及自自然运化之际理解人事的思路。[2]然而天道微茫难知，人事亦殊乏规则，如陈先生这般可以感应天地消息的特出人物，虽能知天行之常，却也只能知"常"以应"变"，个人自决的选择毕竟有限。刘广美颇具经商之才，四十岁上已是远近有名的巨富，他还是个孝子，用心修筑宅院，不惜人力物力，以让父母颐养天年。那宅院修建时，也是用心费力远超常人。无奈天意难测，刘广美一家几乎皆未得善终。数十年后，那一处宅院依旧宏伟，却早已物是人非，故而有人留言曰："谁非过客，花是主人"。物远比人长久，教人在慨叹之余，不免生出无边遐思，不知今日何日兮。

无论"我"在何处，也不管他今夕何夕，个体之所见所感仍具具体之现实义，此并不能以"虚妄"观之。故而对人所托身其间的现实世界中欲念、人性及命运之变的叙述，亦是《秦岭记》用心所在，为"实境"之一种。看他写王卯生、梁双泉、洪同中因偶然机缘相知相交；写西后岔女人日渐稀少所致之乡村生活的空落；写蓝峪河中人事的热闹转成陈迹之后

---

[1] 贾平凹：《秦岭记》（未刊稿），第102页。
[2] 杨辉：《历史、通观与自然之镜——贾平凹小说的一种读法》，载《当代文坛》2020年第2期。

的落寞;写汶河由当年商业的兴盛到凋敝的情状,一如河流渴死成沙;写青云峡为谋求经济的发展人为造设之"通神"仪式;写盲崖村驻村干部王子约专意激发人性之恶的恶劣行径;写栾街跛子换肾之后的性情之变;还有空空山兄弟二人因偶得水晶王而几近反目。如是人情人性种种,或以芒山两村落因经济利益而致之关系之变最具代表性。有了经济利益的考虑,人事关系便随之恶化,一旦利益冲突不在,遂和好如初。这约略有些老子所论之"绝圣弃智,民利百倍;绝仁弃义,民复孝慈;绝巧弃利,盗贼无有"的意思,但却不是简单地认可"见素抱朴,少私寡欲"的方式。《秦岭记》中老神仙将种种欲望解作人事根本发动的缘由,《太白山记》"人草稿"一章中那些因私欲过度而人情渐伪遂生自省之心的村人,在弃绝欲念后,目渐"不能辨五色,耳不能听七音,口鼻不能识九味"[①],也再无争胜之心,连繁衍的欲望也无,村人先后死去,化为石块和木头,被人类学家解作女娲造人时的"草稿"。这一个故事,或蕴含弃绝人"欲",并不能开出纯然且美好的人世的理想状态之意。多元混杂,一如老子所论之长短相形、高下相倾、音声相合、前后相随之复杂状态,乃是天地万物运作之基本,故而佛与魔、生与灭、人与非人之杂处共生,为《秦岭记》书写之另一番用心之所在。

秦岭有形有气,有实有虚,多元浑成,不可以管中窥豹,执其一端而不及其余。是故前述种种,皆为"实境",其间人事纠葛、观念冲突、利益夹缠等等虽然典型,均可以常理常情观之。如入秦岭深处,但见山势形胜如海,万物生长其间,可见可知者不过一二,居多不能见不能知,如云如雾如山风,不知所来,亦不明何往,然皆为实存之象,甚至较之可见可触之物更为神奇。如人之梦境,神矣怪矣,恍兮惚兮。亦如若干特出人物自然感通之"象",远非目下流行之观念所能阐释。其理如荣格所论,乃是民族文化无意识之累积。即便时移世易,观念亦有现代性之变,但总有一二出奇人物,可以感通发明之。"后代具有'原始灵视'的人,往往

[①] 贾平凹:《秦岭记》(未刊稿),第235页。

对于原始类型有特殊的敏感性;他们能借着合乎当代理智与精神需求的形式,将人类无意识中的久远意象表现出来"。蒲松龄差不多便是这种具有先天"灵视"的人物。一部《聊斋志异》,近五百篇,皆是以"生花妙笔撰写许多情节完整、寓意深刻的他界故事",实为"中国民族心灵的代言人",借由其书开启的丰富意象,后之来者可窥得"民族甚至人类的某些基本的想望"。①如情如欲如色如空如梦如幻如人之心性、情感、才具,以及因之所致之死生、荣辱、得丧、进退等诸般际遇,于其间皆有呈现。大千世界之芸芸众生所思所想所见所闻所必须应对之或喜或悲之经验皆在其中,如有慧心,且能妙悟,读此一册,即可知出入进退、离合往还之义理。《聊斋志异》如是,《秦岭记》所开之境庶几近之,不妨也作如是解。

如秦岭山形地貌、奇草异木、鸟兽虫鱼等等虽曰丰富,却并不难解难知,一入其间,但见云山雾罩,远近皆没了分别,一切物象在又不在。故而《秦岭记》中多写云写雾,写云雾如何教实在之境化实为虚,如珠之光,如宝之气,于虚实相生中显现秦岭的另一番景象。这景象既实又虚,似有还无,却教人身所在之实在界呈现出别样情态。在竺岳闭关的和尚看藤杖忽然化为灵蛇;蓝老板将房中枯树根、筛子、捶布石、蓑衣看作人、山龟、猫头鹰与刺猬;二郎山人"发现"长有人脸的獾;阉客将石头看成猪(《太白山》中"猎手"篇所述猎手将人看成狼,约略与此相通);等等,皆是此类。如将此解作人所目见之幻(异)象,仍可在实在界之观念框架中加以阐释,但《秦岭记》所开显之"象"显然并不仅止于此,他还写与前述梦境之现实义相通之幻象。如广货镇开魔术馆的鱼化腾的神奇魔术,可谓神出鬼没、变幻无穷,叫人目不暇接、不可思议。既为魔术,其"术"可以解密——如虚幻情景如何造设,又如何以障眼法等让人目生幻象,但仍有若干"魔"性殊不可解,"人们就疑惑他不是人,本身是魔",故能造作神奇景象。"鱼化腾也不辩解,说:我之所以把魔术馆建

---

① 郭玉雯:《聊斋志异的梦幻世界》,学生书局,1985年,第2页。

在佛庙旁，就是让你们见佛见魔。还又说：我就是魔，待一切众生都成佛了，我也发菩提心。"①此说或非笑谈，其义近乎《天龙八部》中扫地僧所论：修习高深武学，须得以无边大佛法化解戾气。但鱼化腾毕竟还是俗世中人，他在一次演出中突发心脏病而亡，但其造设之神奇情景却真实不虚。这或许包含着理解《秦岭记》旨趣与笔法的另一进路——个人对天人宇宙独特感应所呈示之他人未见之"象"，及其所开显之世界的另一番样貌。

  《秦岭记》"主体"末篇所述生于仓颉造字旧地的立水，其情其思便包含着打开实在界与想象界交互生成之关系的路径与方法。立水受过基础教育，对哲学、文学皆有涉猎，但均知之不深，故而其思其想不受现代观念所拘，而有无限自由之境界敞开。他对外部世界之人事物事，均有异乎常人的独特思虑，后来用心于文章写作，所造之境自然与常人不同。如有论者将《暂坐》中所述作家羿光关于文学想象之说明解作贾平凹自述一般，立水头脑中所呈现且于文章中捕捉和呈示之逸出常规之"象"②，或也是这一部《秦岭记》之所为作也。自2021年6月1日起笔，至是年8月16日草稿完成，其间两月有余，"近八十天里，不谙世事，闭门谢客，每天完成一章"，似乎也无须考虑文体，自觉不可将之归入小说，视为散文亦觉不宜，"写时浑然不觉，只意识到这如水一样，水分离不了，水终究是水，把水写出来，别人用斗去盛可以是方的，用盆去盛可以是圆的"。文无定法，方能随意"方""圆"。文法（体）大要源自六经，后之来者，有"因体"，亦有"创体"。"因"与"创"之变化，虽以文章家才性之分为基础，却也与其所感应之"象"（外部世界与内在心像兼具）及所开之

---

① 贾平凹：《秦岭记》（未刊稿），第12页。
② 此如论者所言之"直觉形态之思"，此种思"实为一具象（具体）之凝神观照耳"。"盖言创作，不能无酝酿之时。于此酝酿期间，作者于其所欲创造之意象，如山、水、人、物等等（多由缘物而造，或由凭心而构），常即呈现于周遭，此时，似迷茫，又似真实，宛如见其状、闻其声，作者往往即对之凝神观照而不能自已"。此境之极致，乃是庄书所述"天地与我并生，万物与我为一"。

境密切相关。虽说"能文之士创体为上，因体次之，昧乎体与乖乎体者，斯为下矣"①。但知易行难，能因体且有自家面目已属不易，遑论创体。非有才性，且得机缘而莫能知莫能行。贾平凹多年前称赞过沈从文文章做的"随意如水"，故而能脱与其同属一脉的废名文章的"局限"，而有阔大境界之敞开，又以"水""火"意象喻文，将古来文章家分作两类。此文法分际的思路，庶几近乎姚鼐所述之以"阴""阳"及"刚""柔"比拟文章之道。此间义理颇为繁复，不必赘述。其要义在以"水"之象喻文思及文章体式。水无常形，故而文章可以心与天游、任性自在；水不拘自家形式，而能如苏轼所论，及其与山石曲折，随物赋形而不可知也。②不可知并非不能知，而是不拘于单一之"知"，而得自如挥洒之妙。得此了悟，不必拘泥于既定文章成规，有多少种心像，便能生出多少种形式③。如写山写石，可以以实写之；写水写云写雾，可以以虚写之。其他如写树写人心之思虑，则可以实写，亦可以虚写，甚至虚中有实，实中有虚，甚或浑不知何者为实，何者为虚，正看为实，侧观为虚；局部看去为实，整体观之为虚；以实观之不能得，须得以虚观之。虚实相应相生而境界大开。《秦岭记》主体内容及外编一、外编二三部分，凡七十余篇，可依此思路观之。

如常人之"梦"，如耽于奇思妙想者所目见之幻象幻境，往往不能以常理常情解释说明，也不可一概视为"非法"。如前所述，"梦"虽为幻境，却蕴含可与实在界相参照之义理，庄生梦蝶及其与骷髅对语，用心即在此处。如庄子梦境"蕴含着死亡不是漫长的昏睡就是一场无边的

---

① 苏凤昌：《文体论》，台湾商务印书馆股份有限公司，1998年，第1页。
② 以"风""水"喻文及其所开显之文章境界及其意义，见周裕锴：《从工艺的文章到自然的文章——关于宋代两侧谚语的另类解读》，载《文学遗产》2014年第1期。
③ 李敬泽：《一次马拉松对话——与李蔚超》，见《跑步集》，花城出版社，2021年，第87页。对此问题的深入思考，可参见李敬泽如下说法："我对越界的、跨界的、中间态的、文本间性的、非驴非马的、似是而非的、亦此亦彼的、混杂的，始终怀有知识上和审美上的极大兴趣，这种兴趣放到文体上，也就并不以逾矩而惶恐，这种逾矩甚至会成为写作时的重要动力。"

梦的意象",实是"人类对死亡的一种达观态度"使然。①庄书论梦,论"物""我"与"小""大"之辩,均含由"对主体的怀疑导向物我一体的生命境界"②。"物""我"如何一体?主体如何突破自家观念窠臼,而向无边界之外部世界敞开?梦境是一种;奇思妙想是一种;以奇思妙想感通具源初意义之心像,亦是一种。此种感通在更高和更为深入的意义上,乃是与中国古典思想所敞开之观念世界相通。其起点既非明清,亦不在唐宋,甚或秦汉之博大亦不能说明之。欲开此境,须得返归先秦之"巫史传统"。

何为"巫史传统"?在商人的世界观念里,"人与神、人世与神界、人的事功与神的业绩常直接相连、休戚相关和浑然一体"。当是时也,"生与死、人与神的界限始终没有截然划开,而毋宁是连贯一气,相互作用着的"。③是为"中国上古思想史的最大秘密",其要在"'巫'的基本特质通由'巫君合一''政教合一'途径,直接理性化而成为中国思想大传统的根本特色。巫的特质在中国大传统中,以理性化的形式坚固保存、延续下来,成为了解中国思想和文化的钥匙所在"。④此一传统流风所及,如《天问》⑤如若干志怪作品可借此得解。即便在所谓科技观念昌明之现代世界,"巫"作为一种文化无意识或是民族内在文化心像之意义仍在,更何况其所持存之世界观念,在民间仍具具体之解释学效力,仍有人事物事,须得在此一传统中得到恰如其分的解释。晚清至"五四"所敞开之现代观念影响虽无远弗届,却并不能全然遮蔽华夏民族精神所内蕴之文化意象之意义。其理如精研宋代巫觋传统的论者所言,"无论是从当代的情况或今天的视角去看,再以'迷信'等富精英心态或'以今代古'

---

① 陈少明:《梦觉之间:庄子思辨录》,生活·读书·新知三联书店,2021年,第116页。
② 同上,第119页。
③ 李泽厚:《说巫史传统》,上海译文出版社,2012年,第8页。
④ 同上,第13页。
⑤ 过常宝:《〈天问〉作为一部巫史文献》,载《中国文化研究》1997年第1期。

色彩的论调去描述或重构宋代巫觋信仰,都未必真能了解问题的真相"。"现代学者都相信,西方宗教社会学传统带有'理性的偏见',以至对宗教的现代发展出现错误的判断"。①要言之,"巫术并不是单纯的迷信或不理性的行为"。而且"在人类的精神——文化生活中,巫术、宗教与科学的'世界图像'各自占有重要的位置,并且执行特定的功能",甚或"透过社会化的机制"②,得以代代相传至今。此说所述重心虽在有宋一代,但义理仍可通于当下,无论中西,皆有启迪人思的价值。

或基于同样的世界感觉,贾平凹80年代初中期文学和世界观念自我突破的路径之一,便是笔触向民间传统及文化无意识所持存开显之世界敞开。如《烟》中呈现之神奇意象,《浮躁》中实境之外的虚境,以及作为其"中年变法"过渡阶段的重要作品《五魁》《白朗》《美穴地》诸篇,皆有不拘于《腊月·正月》《鸡窝洼的人家》所持存之现实界的另一番世界的敞开。就中最具代表性的,当属作于1990年的《太白山记》。其时,贾平凹因病住院,身体虚弱之时,容易生发奇幻感觉,将此际呈现之象以与之相应之笔法从容写出,便是《太白山记》诸篇神矣怪矣,恍兮惚兮,不可以奠基于日常"理性"之观念理解的神奇世界敞开之根由。将之解作当代"志怪"③,或是以"气功思维"④写就,似乎并无不可。《太白山记》二十篇,"实境"不过十之一二,居多为虚境,为奇特心像所营构之虚实相生之独异世界。篇幅虽小,甫入其间,顿觉其所开启之世界似乎茫然虚然,如烟波浩渺,横无际涯,不可以常理常情揣度之。故而细细读来,个人所见之面目亦复不同。自实境看去则有实解,自虚处观之则得

---

① 王章伟:《文明世界的魔法师:宋代的巫觋与巫术》,三民书局股份有限公司,2006年,第167页。
② 同上,第170页。
③ 樊星:《贾平凹:走向神秘——兼论当代志怪小说》,载《文学评论》1992年第5期。
④ 董子竹:《"气功文学"的现代嬗变——评贾平凹〈太白山记〉》,载《小说评论》1990年第3期。

虚解，有可见可得可说之处，亦有不见不得无法言说之处。此亦属《秦岭记》主体故事五十五篇文法。

以实写虚，体无证有，便是以文学语言捕捉如风如云如雾的思绪。思绪纷纷，漫无边际，可随意挥洒，仰则可观象于天，俯则可察式于群形，可观鸟兽之文与地之宜，亦多无端崖之辞。这书中便多奇闻，多异事，多逸出日常现实规则，具观念秩序突破义的情境、意象。这情境、意象初看或觉荒诞，细思则其义自具，乃有精神世界阔大境界之敞开。其初阶为若干普通人物，在日常生活中焕发出诸多奇妙思虑。如黄柏岔的王卯生对人之生死为"气"之存亡的追问；南家洼一双稻草人酷似故去的支书、村长，似乎仍在喋喋不休地继续其在阳世的争论；草花山钟鸣的奇思；玄武山阎客恍惚所见之猪群；老城中被认为"与神近"的傻子对日常原则的几乎无尽的疑惑；红崖村哑巴关于"洗河"的奇想……这一类人物，其思其想神矣怪矣，却并不难解难知。《秦岭记》中更有远超于此者，他们可见常人之所不见，知常人之所不知，此"见"与"知"，也非自家创设，乃是感通天地消息，而能出入古今、调和阴阳，显发人与世界另一种关系之神妙境界。20世纪50年代，石门河畔的夹道村人"个个都算是巫师，病了能迎神驱鬼，出门得望云观星"，他们还"封树封石封泉，为××君，××公，××尊"，也给一岩头溪水封了"守候"。这溪水颇为灵验，村人每遇重大事件不能自决，便去照溪水。由此引发一些叫人深思的故事。再如源出于太白湫的亮马河，相传为魑魅魍魉魊蜮曾居之地，后被太上老君以七块石头镇压，七石化为七座山，而山皆赭红色，据说为妖魔鬼怪血液所染，田地中多料姜石，也被认为是鬼怪尸骸所化。此间高寒贫瘠，所居之人也与他处不同。他们"差不多还会巫术，巫术驱动着他们对天对地对命运认同和遵循了"，也便"活得安静"。[1]还如民国时在秦岭一县城做过县长的麻天池，作有一部《秦岭草木记》。其间记载山中事项有言："山中可以封树封石封泉为××侯，××公，××君，凡封号后，祷无

---

[1] 贾平凹：《秦岭记》（未刊稿），第114页。

不应"①。其他如蓝老板奇遇鬼魂；木匠年佰知晓房屋"天窗"乃神鬼通道，亦为亡人灵魂出口；捞娃能与神沟通，预知未来及吉凶祸福。还如外编一《阿离》偶入类乎"仙境"的神奇去处，不过旁观虎斗半晌，孰料人间倏忽，已历数代，浑不知今夕何夕。

如是种种，可解作"绝地天通"前民族精神所开之象。读解《史记·太史公自序》，张文江先生有言："'命南正重以司天，北正黎以司地'"，即属"司马迁的'天人之际'"，亦即"政治社会成立的关键，后来称为'绝地天通'"，"在此之前，人和天地不分，人和神以及动物不分，神话和历史也不分"。而颛顼所命，即"立法"。"立法"何谓？乃是"垄断""普通人"与"天地交流"的权利。王位之作用由是凸显。"绝地天通以后，因为上天梯断掉了，人的思想发生大变化"，"重即羲，黎即和，尧命羲、和世掌天地四时之官，使人神不扰，各得其序"。如此，"人归人，神归神，两路分了开来"。②但"绝地天通"前人神浑然相通之状态，虽在"巫"理性化之后渐次消隐，却并非全然消失，而是仍存在于广阔丰富之民间传统中。后世文学作品，常以神话模式开显精神之别样境界，亦不能简单地视为"前现代"的鄙陋观念而归入"迷信（思）"。就中蕴含着民族精神及心理之重要元素。如《红楼梦》中神话情节之意义，"乃在于其非但和别的情节一样可以反映作品的主题意念，而且往往还超过：它负载着作者对现实世界的批判、对超现实世界的向慕"，内蕴作者"对宇宙人生一种超越世俗，较常人更为深入又彻底的看法"，一如庄周梦蝶。若照现实界的逻辑，则庄周为真，梦蝶为假。如是理解自然合乎现实界的原则，却因此将"蝶梦为庄周的可能性完全排除在外，而眼光也只能局限在可触可知的现实界，以现实界即代表全部宇宙人

---

① 贾平凹：《秦岭记》（未刊稿），第192页
② 张文江：《〈史记·太史公自序〉讲记：外一篇》（修订本），上海文艺出版社，2021年，第11—12页。

生"。①然照中国古典神话传统所开显之世界观念观之，人所能知能解之现实界不过诸种世界面向之一种。其理如杨儒宾所论："就神话之历史标准来讲，遂古之初，民神是可以自由沟通的。……'民神不杂'，是人神不能直接交通，或社会文化理性化以后的产物。而且'绝地天通'，也并非旧有礼乐秩序的恢复；而是对于人类错误行为的惩戒。此后，人的世界缩小了一大半，而且所剩下的部分，又是其中最不理想的'人'之世界"②。是为天地人神共在的世界，一降而为"人"之世界。沈从文当年对人所置身之自然背景的强调，已然蕴含着不同于"五四"潮流化观念的更为阔大的视野。贾平凹延续沈从文的精神路径，再追溯、返归至民族精神更为阔大之传统及其所开显之精神境界。其用心做何解？！

欲开此境，个人对外部世界四时交替、阴阳转换等消息之多元感通尤为紧要，甚至不可或缺。其理如巫术礼仪中"内外、主客、人神浑然一体，不可区辨"之境。乃是"主客一体而非灵肉两分，它重活动过程而非重客观对象。因为'神明'只出现在这不可言说不可限定的身心并举的狂热的巫术活动本身中，而非孤立、静止地独立存在于某处。神不是某种脱开人的巫术活动的对象性存在。相反，人的巫术活动倒成了'神明'出现的前提。'神'的存在与人的活动不可分，'神'没有独立自足的超越或超验性质"③。"神"居何所，端赖人之感通发挥。此为艺术的"存身之处"④，亦属艺术家艺术思维重要特征之一。柏拉图所论"神赐的迷狂"，情形庶几近之。亦为muthos所开启之与logos传统不同之精神世界之要义所

---

① 郭玉雯：《〈红楼梦〉渊源论——从神话到明清思想》，台大出版中心，2006年，第7页。
② 同上。
③ 李泽厚：《说巫史传统》，上海译文出版社，2012年，第16页。
④ 张文江论黄永砯论艺观念时有言："萨满（或'撒旦'），原始宗教的通灵者，可沟通于各大宗教的内修。于'绝地天通'（《尚书·吕刑》《国语·楚语下》）后，或化为史巫，史为理性文化的源头，巫为非理性文化的源头；亦即艺术的存身之处。"见张文江：《世界在颠覆时开启，从古学到玄幻——观读黄永砯》，载《中国美术学院学报》2020年第10期。

在。①此非"迷信",实为"神思"。"文之思也,其神远矣。故寂然凝虑,思接千载;悄焉动容,视通万里。吟咏之间,吐、纳珠玉之声;眉睫之前,舒卷风云之色:其思理之致乎!"②萧子显《南齐书·文学传论》有言:"属文之道,事出神思。感召无象,变化不穷:俱五声之音响,而出言异句;等万物之情状,而下笔殊形。"又刘孝绰《昭明太子集·序》云:"握牍、持笔,思若有神。曾不斯须,风起、雷飞。"③此处所谓之"神思","有神",居多解作文思之神妙,但若将之解作思与"神"通,似乎也无不可。贾平凹常言其写作之际,能聚"精"而会"神",用心约略与此相通。述及文学的世界观念之变,贾平凹以关于"山水三层次说"④的第三境开启类乎"天地境界"的阔大视野,亦属对此艺术神思的自我说明。参之以古今文思神妙处,其用心便如赤城霞起,别开一径。

文思之层级,与观念之范式可浑同理解。大略言之,"绝地天通"为中国思想史中一重大事件,此前此后,华夏民族精神格局已大为不同,乃一大"分别心"。再至"现代",又生"古"与"今"之"分别",由之延伸,有理性与非理性、经验与超验、可知与不可知种种"分别"。分别既定,后之来者照此思考,却也能得理解世界之路径。其弊却在于,仅知此而不知彼,仅知我之所见所闻所学而不知他种知见之合理性,视域因之逼仄,甚至以狭隘观念削足适履,强作解人去看中国古人观念处。⑤然而

---

① 陈中梅:《"投杆也未迟"——论秘索思》,载《外国文学评论》1998年第2期。
② 刘勰原著,陈拱本义:《文心雕龙本义》,台湾商务印书馆股份有限公司,1999年,第623页。
③ 同上,第625页。
④ 贾平凹:《关于"山水三层次说"的认识——在陕西文学院培训班讲话》,载《当代》2020年第5期。
⑤ 张汝伦《巫与哲学》一文有言:"中国上古思想史的最大秘密,是巫的特质在中国大传统中以理性化的形式坚固保存、延续下来,形成了中国思想史的根本特色,成为了解中国思想和文化的钥匙所在。""巫"并非现代观念所论之"蒙昧"和"迷信",而是一种"特殊的、始终一致的、感性的对实在的知觉,是一种世界观",虽与近代科学的世界观全然不同,却自有其意义。

超脱既有的规则种种,凭借自家仰观俯察,感应天地消息而开出的另一番气象,也并非无人能知。谈黄永玉《无愁河的浪荡汉子》中序子似乎随口所说一句"这是卵话,太阳底下的花,哪里有野不野的问题"时,张新颖有如是评说:

> 《无愁河》里随随便便写下的这么一个句子,给我强烈的震撼感。人类早已习惯了区分"野"与"不野",这样区分的意识也是人类历史发展的结果。从人类文明的视野看出去,确实有"野"与"不野"的问题,人驯服了一些动物,驯化了一些植物,改造了部分自然,把"野"的变成"不野"的。但是,单从人的角度看问题是偏私的,狭隘的。古人讲天、地、人,现代人的观念里人把天、地都挤出去了,格局、气象自然不同。换一个格局,"太阳底下",就看出小格局里面的斤斤计较来了。①

序子还是小孩子,"还没有那么多'文化',脑子还没有被人事占满,身心还混沌,混沌中能感受天地气息,所以懵懵懂懂中还有这样大的气象"②。生长于草花山顶的钟铭却是见识过山外世界中的种种奇妙技术,因之觉得自己活在了他人的创造中,也思量谋划着自家的创造:"比如,把擀面杖插在土里能不能开花呢?在枕头上铺一张纸,会不会就印出梦呢?到山坡的田地里去送粪,到后山林子里去采蘑菇,或者去山下的村子,路太远了,能不能呼来一朵云,坐在云山,说去就去了呢?"③钟铭被他的奇思妙想鼓动也激励着,就无心生产。而他同母异父的哥哥段凯从未离开草花山,也未见过山外的风景,他的心思如阴雨天一般混沌着,但他没吃过苹果,却也做着幻化为蛀虫,钻入苹果的梦。足见梦境之中的神奇感通人皆可有,然唯有一二特出人物能逸出常理常情,得以洞悉常人之所不知不见。《秦岭记》末篇立水之经验如是,将之解作贾平凹对自家文

---

① 张新颖:《一说再说〈无愁河的浪荡汉子〉》,载《东吴学术》2014年第2期。
② 同上。
③ 贾平凹:《秦岭记》(未刊稿),第52页。

思特点之自我说明，似乎也无不可。依此思路，或可知这一部《秦岭记》之所为作，或在开启（返归）类如朱利安（于连）所言之"之间"或庄子所论之"浑沌"之境。此境寓意为何？正在新的观念世界的敞开。何以言之？将庄书"浑沌"故事中的"'南海之帝'与'北海之帝'暂时代换为朱利安的'东方文化'与'西方文化'"，那么，"'中央之帝'便可视为朱利安透过东/西'间距'的张力，所欲创造出来的'之间'通道"。因为"'浑沌之德'的流动与浑融特质，让原本互为他者的南/北对立，有机会不坚持此疆彼界、不相互排斥"。是为朱利安所向往之破除"本质认同（成心）"，"只有之间流动（两行）的跨域乌托邦"题中之义。而"这一混沌乌托邦之可能开启，乃建立在两个'异托邦'的真正相遇"，并"愿意自我反思与相互敞开"。[①]文化观念之"中西之辨"，借此可得超克既有思维之鄙陋，而有更具包容性和概括力的境界之敞开。"古今之辨"又何尝不是如此？从学习"五四"以降之现代传统，至承续明清世情小说意趣，再至师法两汉史家笔法，为贾平凹此前文学中所开显之文化观念之次第与进路。此番《秦岭记》再度返归更为阔大之"巫史传统"，乃是对"绝地天通"后之整体文化观念之窄化的突破。由20世纪80年代作品中偶然感应之神奇意象，到《太白山记》以性灵笔法写就奇幻之境，再至于《秦岭记》主体故事所开之天地人神多元感通之境界，不惟属贾平凹个人写作观念之不断上出，亦是民族文化返本开新之重要路径。此或为中华文化精神义理现代转换之核心义，包含着民族精神和文化心理之精魂所在：

> 中国需要一场真正的文艺复兴，承接从禅宗到《红楼梦》的伟大启示，回到河图洛书，回到《山海经》人物所呈示的文化心理原型；重新审视先秦诸子，重新书写中国历史。这完全符合相对论时间倒流的高维时空原理，也是老子生命需要复返婴儿的真

---

① 赖锡三：《〈庄子〉的跨文化编织：自然·气化·身体》，台大出版中心，2019年，第36—37页。

谛所在。①

这一篇小文,用心正在于由"我"之文思与梦和他界及神奇意象之感通,说明文化视域的自我开拓之于写作的重要意义所在。"巫史传统"也不仅可以打开理解当代文本的别一路径,亦可"重启"古典文论阐发文思之"神"妙的另一层级。循此思路,呼应起笔所述,有一事需稍作补充说明。就在开篇所述的梦境发生的六个月后,准确时间为2021年10月24日下午5时许,在上书房,我从贾平凹手中接过他新作《秦岭记》的手稿,厚厚一大册,封面为赭黄色,油墨香味约略可闻。当翻开第一页,看到贾平凹手书的"秦岭记"及签名"贾平凹"三字之后,瞬间里,深觉此情此境此前已有——似乎又坠入了梦境。此书末尾明确注明了写作时间——动笔于2021年6月1日,比我梦中读到的那一日晚五十余日。我读《秦岭记》五十五则,时时有似曾相识之感,常常要掩卷沉思——不是书中所述与贾平凹此前作品有重合之处,而是它唤起了我那一日梦中所见。当然,《秦岭记》并不是《天再旦》,然而二者相似和相通之处,该当何解?!再如,如果我说这一篇小文既是我阅读《秦岭记》心得的记录,也融入那一日梦中所见,列位看官,请问:苟如此,该当何解?!还有还有,如果数年后的某一天,贾平凹真写出了一部名为《天再旦》的作品,皇天在上,厚土在下,此又该当何解?!

谓予不信,请看《天再旦》故事数则:

人进兽退。这人退了,兽便进了么。

秦岭里林子大起,鸟兽便多,都不怕人,白日里到村子外活动,不伤人,人也不畏惧。可怕的是人头蜂,蜂巢建在草丛中。草深没腰,远望葱绿(枯黄)一片,与山几乎同一。你要清明、重阳去上坟了,一不小心便被围攻。幸运的可能捡回一条命,从此谈蜂色变。不幸的便很快死去。近七八年间,乡间发生过多起。听被蜇过的远房亲戚讲,伤口如烟头烫过,大拇指粗,中心

---

① 李劼:《中国文化冷风景》,允晨文化实业股份有限公司,2013年,第16页。

溃烂发黑，剧痛至晕厥。要不是及时赶到城里医院清洗血液，他墓上的松柏怕也有一人高了。

有言：

《易》曰："在天成象，在地成形。"又曰："见乃谓之象。"观其象，极其数，精义入神，以致其用，遂知来物。神而明之，存乎其人。非关奇幻，实为神思。①

邵康节说"心易法门"：

一物从来有一身，一身还有一乾坤。能知万物倍于我，肯把三才别立根。天向一中分造化，人于心上起经纶。仙人亦有两般话，道不虚传只在人。

问：《秦岭记》凡五十五则，十余万字，故事虽皆发生于秦岭，却互不相涉，各有千秋，甫入其间，惊矣怪矣，不知其所为何来，真可谓横无际涯、气象万千，津逮难觅，甚至教人恍然不知身在何处。何以如是？

答曰：身在那里都是身在天地之间。"天布五行，以运万物，阴阳会通，玄冥幽微，自有才高识妙者能探其理致。"②人在天地之间，秦岭亦在，数万亿年目见阴阳交替、四时流转、万物荣枯、人事代谢，若能言语，不知可说出多少神异故事，幻化多少奇妙文章。此身在秦岭，山石树木鸟兽虫鱼流云飞瀑皆清晰无比、具体可感，然若有"天眼"，自高远的眼光看去（或做精神的逍遥游），则秦岭山势形胜恍兮惚兮，山石草木虫鱼鸟兽等等皆不复得见，秦岭便浑沌着，它大实大虚，势立四方，至大无外，至小无内，有多大气量，可窥多少消息……

问：这便是其中多则故事，不知开端何处，亦不知终于何

---

① 此为精心研《易》数十载的刘银昌先生见道语，一日偶见，深觉于我心有戚戚，今录于此（仅改动二字），以为感通之象及其意义的重要参照。
② 贾平凹：《我们的小说还有多少中国或东方的意韵》，载《当代》2020年第5期。

所，人事物事浑然茫然，其兴也倏忽，其去也无形，若强要辨其起落，明其进退，察其开阖，无异于缘木求鱼，实如捕"风"捉"影"，费力虽多，却劳而无功。

答曰：如碗接瀑布，瀑布虽有大水，但终无所获。

问：然有章法规矩乎？

答曰：何为章法？如何规矩？人为制作，设定南北、开启东西、分裂上下为一种。此如文法山势地貌，即便杂乱，初觉难知，规矩自在其中，细察则不难晓其义理，会其用心，知其町畦，明其疆界，可一览无余也。但如文法风、云、水、气，飘然而来、忽然而去，如泰山出云，莫有规矩；似深山出泉，殊乏章法。此属风行水上，自然成文之意趣也。前人述之甚详，可读苏洵、苏轼文章，其义其理皆可见也。

问：论时间《秦岭记》不限于当下，有出入古今之意；论空间亦不拘于山势形胜，得大开大阖。其间人与物、人与非人似乎可随意转换。此为何意？

答曰：这要给你说说"绝地天通"前古人的精神世界。那时候，人人皆可为巫，个个感通神意。精神饱满、想象奇谲。肉身虽不能上天入地，精神却可以思接千载、视通万里。天、地、神、人、鬼等等浑然杂处，可以随意转换。《西游记》便是如此，《聊斋志异》承此笔法，气象却已不同……

问：书中便有一个村子，保留巫觋传统，也是神矣奇矣，叫人惊叹。

答曰：乡间现在还有收魂的仪礼，都是为了安抚人心么。

问：这恐怕是上世纪初才有的故事吧？

答曰：你有没有做过这样的梦。梦中到了一个此前从未去过的地方，见到从未相识的人，或梦到一些匪夷所思的，神奇怪异的形象？回头思之，却觉得似曾相识，如将另一时空中的真实经验重新来过。如果有，这就对了。

月芽山西去帽耳山八十里，南距西岳九十里，山下有溪名桃花，溯源而上，可至山巅，其上有道观旧址，相传唐时有高道在此修建玄都坛，为关中福地之一，可感应天地消息，修行既久，遂能长生久视、飞升变化，无相无形，出入无碍。

道观殿宇今已不存，但轮廓仍在，昔年格局约略可见。玄都坛边长约九十尺，其上近青天，下临深渊，有飞瀑在侧，日中常有水雾，幻出彩虹数道。如有心愿，于其上默然祈祷，无不灵验。

一日有一道人携友游此，二人谈玄说道，不觉时近黄昏。友人精通易理，见日色收敛，山形渐重，流云黯淡，过风微凉，不觉有感而沉吟道："《易》与天地准，故能弥纶天地之道……"

道人悠然道："不是这，再往上看。"

友人抬眼望天，天地一色，苍茫鸿蒙，万物皆不可见。

原载《文艺争鸣》2022年第10期

相忘乎道术（代后记）

动念写作此文时，正是感染"新冠"的第二天。头痛欲裂，咽似刀割，浑身如同燃起大火。读书已属不能，遑论写作。此后数日，卧病在床，诸事皆废，整日昏昏欲睡却难以入睡。半睡半醒之际，思绪纷纷，莫有定时，倒是此前问学时的数个"路标"渐次呈现并愈来愈清晰。

一

我做当代文学研究及批评，始于2013年，但追溯"缘起"，却还需上推数年。2009年秋冬之际，因突然意识到路遥逝世二十周年将近，坊间却无一部系统、完整的"路遥传"，遂发愿为之努力。其时，由王西平、李星、李国平撰写的《路遥评传》已出版多年，但该书"评"多于"传"，作为学术研究的参考价值极大，但于热爱路遥作品并对其人生兴致甚浓的普通读者而言，却颇有些难度。宗元所著《魂断人生——路遥论》中，对路遥生平行状也有较为细致的描述，因并非全书重心，极多细节未曾展开，读来颇以为憾。张艳茜《平凡世界里的路遥》、梁向阳《路遥传》的出版，尚在数年之后。在通读（绝大多数作品是重读）路遥全部作品及相关回忆和研究文章之后，我编撰了《路遥年谱简编》，以为日后写作时查考的方便。这样的案头工作持续了近一年，虽然琐碎，也的确辛苦，但收获极大。一年后，我觉得资料文献的阅读工作应该告一段落，下一步的重心，应该转到实地走访上。是年8月份，在充分考虑各种因素后，我列了一份详细的实地考察计划。考察的第一站，是去延安，拜访曹谷溪先生。

2010年8月的延安，酷热难当，凤凰山上绿树虽多，却连蝉鸣也无，空气似乎凝滞，人也约略有些恍惚。然而在曹谷溪先生的住所，我却从他关于路遥的生平写作等的详细讲述中知晓他人难以尽知的路遥的精神和心理经历，大受震撼，也使我对即将展开的写作有了新的认识和考虑。此行更为重要的收获还不仅止于此，曹老师对他所藏重要史料的毫无保留，让我有幸也极为惊喜地读到《人生》发表前后路遥与曹谷溪的书信数通。其时，这些书信并未公开，其间所涉之具体人事，足以为读解此一时期路遥作品的重要参照，读来自然叫人惊喜万分。惜乎其时我并无"史料意识"，也未觉得以之为基础拓展研究思路的意义，自然也未有论文写作的动念。所幸三年后，这数通书信经路遥研究专家梁向阳先生疏解后公之于众（《新发现的路遥1980年前后致曹谷溪的六封信》，《新文学史料》2013年第3期），果然也产生了较大的影响。让我更觉始料不及的重要收获，发生在接下来的延川之行中。辞别曹老师，继而在梁向阳先生的带领下参观位于延安大学的路遥文学馆，也特意登上文汇山拜谒路遥墓后，我们联系到了曹老师介绍的延川作协的诗人白琳。在白琳的带领下，我们从延川县政协的一位工作人员处拿到了《延川县志》，也去路遥学习过的延川中学体会多年以前青年路遥隐微的心迹。而一当置身路遥位于延川县前郭家沟的故居时，我更为深切地意会到20世纪70年代初期路遥何以在作为知识青年返乡之后痛感其青年时代的光荣与梦想就此式微，也进而明白促使他不息地奋斗的动力究竟何在。是日晚间，在延川县一家十分简陋的宾馆中翻阅县志，回想下午从郭家沟一位早年与路遥交往甚厚的老人口中得知的路遥少年时期的若干故事，不禁感慨万千！

此后年余，我陆续走访了路遥的出生地清涧县石咀驿，路遥写作《人生》和最后完成《平凡的世界》的甘泉县宾馆，以及写作《平凡的世界》初稿时所居之榆林宾馆，路遥在榆林写作时为休息而短暂游玩过的神木尔林兔等地。至于他长期工作和居住的陕西省作家协会,则更是去过多次。也拜访过多位与路遥交往甚厚的前辈,获得极多路遥生前重要的生活细节且从中体味到其叫人唏嘘感叹的隐秘心迹。反复酝酿调整构思的过程中,个人身在乡间的生活和生命经验空前被激发。梳理路遥叫人为之歌为之哭的生命遭际和心路历程之际,也融入自己因文学而改变的人生道路中的思虑种种。如此已近两年,计划中的《路遥传》逐渐由模糊到清晰甚至于呼之欲出了。

二

孰料就在《路遥传》写作的准备全部完成之际,受一位朋友的邀约,我接受了曲江出版传媒集团策划的"大道楼观"系列丛书中一种的写作任务,原计划只能暂且搁置。这个任务有些临时救急的意思,出版社原拟定的写作人选因嫌相关资料稀少而退出。这个光荣而艰巨的写作任务就猝不及防地落到我头上了。如今回想起来,也不能说毫无来由。自少年时起,我便对中国古典传统及其所持存开显之生命境界心向往之,中学时便反复阅读《道德经》与《庄子》"逍遥游""齐物论""秋水"诸篇,几近成诵,并深为之心折,后来所学专业虽为比较文学与世界文学的比较诗学方向,也自然在西方文艺理论的研习上用力甚多,但始终持续关注古典思想、文学及文论的研究现状,尤其对道家思想用心颇多,时日既久,约略也有些心得。差不多十年后,在为《南方文坛》"今日批评家"栏目写作"我的批评观"时,首先跃现于脑海的,便是当时在道教及道家思想虚心涵泳上所作的功夫,以及其时断无法料及的对自己的文学和生活观念长久的影响:

>因缘际会,转事文学批评之前,我做过一段时间的道教研究。其时早已对昔年用力甚勤的理论研习深感厌倦,心里渴望投入广阔无边的生活世界,却苦于不得其门而入。犹记当年细读

《历世真仙体道通鉴》《甘水仙源录》《西山群仙会真记》及皇皇四十九大卷《中华道藏》所载之道门玄秘时所意会的精神的震撼。也曾在终南山古楼观、鄠邑区大重阳宫、佳县白云观等洞天福地摩挲古碑、徘徊流连，遥想历世仙真于各自时代精神证成而至于凭虚御风、纵浪大化的超迈风姿，当此之际，约略也能体味目击道存的大寂寞大欢喜。再有《中华道藏》收入儒、释典籍且将之融汇入自家法度的博大的精神融通之境，在多重意义上影响甚至形塑了我的文化观念。不自设藩篱，有会通之意，常在"我"上做功夫，向内勉力拓展精神的疆域，向外则完成"物""我"的辩证的互动，不断向"传统"和无边的生活世界敞开。此番努力，论表象似近乎儒家所论之"为己之学"，究其实当归入道门"天""我"关系之调适功夫。

事后回想起来，上述理解似乎自然而然、水到渠成，但当时却下过极大的功夫，说是"脱胎换骨"也不为过。就外部而言，为搜集资料，便颇费了一番功夫；而就内在观念而言，如果仍在现代以降之观念中理解道门仙真生平行状，又如何可以明了其修其行之现实和精神价值？故而做观念的自我调适分外紧要。此前因个人性情所使，我对与"逻各斯"并行的"秘索思"思想心有戚戚，故而用心甚多。而细读道家文献，于周至楼观台、鄠邑区重阳宫、佳县白云观等地寻觅仙真遗踪，自不难意会灵性生命之超迈境界。而不以现代以降之观念成规唐突古人的思路，大致就在某一日身在白云观文昌阁外遥望黄河远上、大地苍茫之际顿然成形。这当然有政治哲人列奥·施特劳斯以古人的方式理解古人的思路影响的痕迹，或也不乏明儒常论之成圣功夫的潜在成就。有了这个想法做底子，后来的写作出乎意料的顺利。计划中的十五万字变成了二十五万字，仍然觉得意犹未尽。当时的感觉，真如打开了水库的堤坝，思绪纷纷如水涌出随物赋形不可遏制……如果不是责任编辑及时"叫停"，这一部小书估计会有五十万字左右的篇幅——其时所做的资料的准备工作颇为扎实，至全书完成时，也不过使用了十之四五。这一部主述终南山古楼观历世真仙体道经验的小书《终南有仙真》，所涉时间起自春秋战国，结束于明末清初。所写虽集中于道教人物，却不可避免地需要涉及千余年间儒道释三教关系及其与时俯仰的复杂论题。因此机缘，我用心读了些三教的核心典籍及相关史料，尤其对佛道二教关系史颇多关切，多少也能窥得其表面的观念纷争后所涉的复杂时代命题及其隐微义。原计划在《终南有仙真》完稿后，再写一部《终南山古楼观历世仙真行状考辨》，但仍是临时插入的写作任务，中断了其时已然准备充分的计划。

三

2012年秋，受生活·读书·新知三联书店之邀，我有了一个编选"贾平凹文论集"的机会。我读贾平凹，始自20世纪90年代初，算来已二十余年矣。大学一年级时，几乎读完了能够见到的贾平凹的所有作品，包括孙见喜先生所著之两卷本《鬼才贾平凹》等资料，也读过一些研究文章，但并未有惯常所谓的"研究"的计划。只是喜欢，别无他图，也便读得随性，读得自由。这样漫无目的的阅读，"坏处"当然很明显——难以简单地窥得作家写作的整体面貌；"好处"也同样显明——不受约束，个人的心得感受便多。其时既有"文论集"编选的机缘，我便想通过编选的工作，将自己多年间阅读贾平凹作品的心得灌注其中，不独将其类乎"文论"的作品编辑成书而已。此后又两年余，我几乎没有再做别的工作，全力以赴地投入编选的工作。说来惭愧，此前我从未受过专业的文献史料的学术训练，所能依凭的，不过是为《终南有仙真》做写作的准备过程中"上穷碧落下黄泉"的尽可能"穷尽"史料的些许经验。当然也悉心阅读前辈学者的史料整理的观念和方法，其时对己启发甚大的是王风先生自述其编辑《废名集》的思考的文章《现代文本的文献学问题——〈废名集〉整理的文与言》。在编选《贾平凹文论集》的过程中，此文打印稿常置案头，随时翻阅，获益良多。既然不愿所编"文论集"不过是作家类乎"文论"的文章的简单合集，也便需要有新的思考，要能显现出编者自身对所收文章价值的整体考量。搜集文章的辛苦无须多论，"文论集"编选真正的难度，主要在此处。

许是潜在得益于《终南有仙真》写作过程中观念的自然变化所致之阅读作品重心的转移。此番再读贾平凹作品及相关序跋、书信等自述写作经验的文章，我更为注意的是其间所彰显出的贾平凹赓续中国古典传统的努力，及其之于作品境界和审美表达方式拓展的意义。这种意义当然不局限于贾平凹一人，由之上溯，可知孙犁、汪曾祺、沈从文、废名，甚至包括鲁迅、周作人等作家作品与中国古典传统间之承续关系。如孙郁先生所言，"五四"一代人服膺近乎"全盘反传统"观念者居多，但要以此为圭臬概而论之，却也并非文学史事实。若注目于此，或能打开读解"五四"以降新文学的新进路也未可知。也是机缘巧合，就在我为编选原则而颇费思量之际，王德威先生应邀来陕讲学，在陕西师范大学逸夫科技楼北报告厅中，王德威以"史诗时代的抒情声音"为题，做了极富观念拓展意义的报告。其以"抒情"二字在中国古典传统之意义流变为切入点，广泛论及"抒情传统"在中国文学（不拘于古典文学）中因应时代的不同变化。而在现代以来百年中国文学中，"抒情传统"则以沈从文始，以贾平凹终。此种宏阔思考，让我为之一震。原本关于编选原则的犹疑不定顿然消隐。我决定以古典传统赓续的显隐为核心，编辑这一套书。

又一年后，"贾平凹文论集"分《关于小说》《关于散文》《访谈》三卷出版，也基本贯穿了打通古典传统和现当代传统的思路。三卷编讫，仍觉未能充分体现贾平凹融通古典传统的多样面目，于是再编《贾平凹书画论集》（未刊）。编辑这四卷文集过程的一些未必成熟的想法，差不多都写进《从"史料"到"文献"——以贾平凹〈文论集〉〈书画论集〉的编选为例》（《文艺争鸣》2016年第8期）及"文论集"的编选说明中了。也因有了全面、系统地阅读贾平凹文论文章的机会，一些原本模糊和不自觉的想法，渐渐如一颗种子发芽、生长一般，变得清晰和自觉起来。而有了一定的自觉意识，"嘤其鸣矣，求其友声"，我便在前辈和同代学者中寻找观念的"同道"。古典文学及文论界会心于此者颇多，故而后来的数年间，我在阅读古典作品及相关研究文章上用力甚多。如此数年，尝试性打通中国古典传统和现当代传统的"大文学史观"（《"大文学史观"与贾平凹的评价问题》，《小说评论》2015年第6期）的想法逐渐发生。后来发现，这一种自己劳心费力甚多所获之体悟并非"空谷足音"，在汉学家那里，早已有较为成熟的形态，只是不曾将之广泛延伸至现当代文学而已。如王德威以陈世骧所论之"抒情传统"说打开重解现代文学的新路；浦安迪以中国古典文论之核心概念、范畴和术语读解"四大奇书"的阐释方式，以及台湾古典文学研究界柯庆明、颜昆阳、郑毓瑜等学者"重解"古典传统的努力等等，虽未以"大文学史观"名之，却确实在做着古今、中西融通的探索，成果也堪称斐然。以他们的研究为引导，我随之有计划地阅读古典文论的重要典籍，虽未必全然弄通，收获却是极大，也深感自己逐渐走出了自晚清开启，至"五四"强化的文化的"古今中西之争"的观念藩篱。当此之际，真如令狐冲在华山后山偶遇前辈高人风清扬，得受有醍醐灌顶、振聋发聩之效的提点，胸怀因之大畅，眼前逐渐现出"一个生平所未见、连做梦也想不到的新天地"。

四

此"天地"之新，不独方法的转换，更含思路的调适。有此做底子，再得机缘谈《创业史》《平凡的世界》及柳青、路遥的文学观念问题，想法自然与前不同。古典传统与现当代传统的融通当然重要，"延安文艺"与新中国文学的贯通也不可不察。更何况此前为"路遥传"的写作做准备的过程中，已感"延安文艺""十七年文学"与"新时期文学""断裂"的思路的局限。仅以路遥论，其创作起步于20世纪60年代至70年代之交，发展于70年代至80年代初,"集大成"于80年代中后期,其间虽与当代文学史的数个分期"合拍",思路和方法却并不相同。概而言之,当代文学史叙述中的"新时期文学"与"十七年文学"甚或"延安文艺"的超克关系,在路遥的写作中并未发生。换言之,即便身在西方现代主义、后现代主义影响力几乎无远弗届的80年代,路遥的写作,仍然扎根于柳青传统的观念和审美方式之中,并成为"延安文艺"精神在80年代延续的典型。由此,在《讲话》以降文学观念的连续性意义上读解柳青、路遥的写作,其意义便不仅止于"重解"陕西文学经典,而是蕴含着打开理解当代文学新路径的可能。即便自谓以"剥离"柳青影响而完成《白鹿原》的写作的陈忠实,其人其作仍可放入柳青传统的延长线上理解。其他如贾平凹、陈彦,早期写作也皆受以柳青为代表的陕西文学的现实主义传统的影响,即便此后有基于自身心性、才情的进一步发挥,仍可归入现实主义因应时代和现实之变的自然调适。颇具意味的是,柳青、路遥作品对中国古典传统的"不见",在陈忠实、贾平凹、陈彦作品中得到了路径不同却大义相通的发挥。由《蓝袍先生》至《白鹿原》,儒家传统在现代语境中的渐次式微并不能简单地视为一曲"挽歌"而不做进一步的反思;贾平凹《废都》《古炉》《老生》《山本》及新作《秦岭记》将中国古典思想和审美传统大加发挥,遂开当代小说以中国思维书写中国经验的重要一维,其意义也不局限于文学资源的个人选择,乃是有表征当代文学整体经验的重要意义。陈彦先以现代戏名世,其"西京三部曲"影响遍及大江南北,转事小说写作后,《装台》《主角》《喜剧》及新作《星空与半棵树》不仅表明其融通自身此前生活和写作经验的努力,亦呈现出会通以柳青、路遥为代表的陕西文学的现实主义传统,以及打通中国古典传统的多元统合以开出新境的努力。至此,融通中国古典传统、"五四"以降之新文学传统及《讲话》以来的社会主义文学传统的思路几乎水到渠成、自然而然地形成了。如不以这一种更具包容性和概括力的文学史思路读解作家作品,则虽有"洞见","盲见"和"不见"更为突出。数部当代文学史在柳青、路遥、贾平凹评价上的"困难",原因盖出于此。

上述论题,基本画定了我晚近十年研究的基本范围。而数个论题从创生到发展的基本过程与个人生活和生命经验的深层"互动",更说明此间"问题",并非仅具学术意义,而是在多个层面上,涉及更为广阔的生活和时代议题。此属现实主义的世界关切要义之一,亦是古典传统所述之文化"因革损益"观念的基础。进而言之,无论《创业史》《平凡的世界》《白鹿原》《山本》《暂坐》,还是《主角》《喜剧》《星空与半棵树》及《太阳深处的火焰》《少女萨吾尔登》所影托之世界和精神论题,哪一个又是可在单纯的文学范围内得到"解决"呢?有此感受,或许还是施特劳斯观念的潜在影响使然。而皮埃尔·阿多所论之"作为生活方式的哲学",在此亦可转换为"作为生活方式的文学研究"。学术与广阔的生活世界的交相互动,也因此必然开出儒家"内圣外王"的论题——即便不依赖儒家思想以及与之相应之概念、范畴说明,也在精神意义上切近其中论题。如此,论述《应物兄》及其所涉之儒家知识人的当代境遇的小文便有了落脚处——落在观念传统之现代境遇上,这既是学术议题,亦是无从回避的生活难题。此难题不仅关涉古典传统观念意义上的现代转换,更关涉身处其中的个体得以安身立命的文化人格的建构问题。梁任公20世纪初即忧心于此,并有专书申论发明,惜乎其时及后世皆应者寥寥。窃以为,若不着意于此,则在古典传统的赓续上即便用力甚勤,也难以全功。

如是思考,最后仍需落实于当代文学史的观念问题上。时至今日,简单地持守"当代文学不宜写史"之说未必合宜,但当代文学史撰写过程中所面临的"问题性",也日渐显明。如张均所论,当代文学之所以应"暂缓写史",重要也难解的问题之一,是"源自'五四'时代'人的文学'的启蒙文学史观对当代文学的宰制与遮蔽"虽"久遭诟病",但"如何调校启蒙史观"以"有效兼容'人民文艺'","恐怕是需要20年才能切实解决的理论难题"。罗岗对此亦有论说:

在新形势下重提"人民文艺"与20世纪中国文学的历史经

验，并非要重构"人的文学"与"人民文艺"的二元对立，也不是简单地为"延安文艺"直至"共和国前三十年文学"争取文学史地位，更关键在于，是否能够在"现代中国"与"革命中国"相互交织的大历史背景下，重新回到文学的"人民性"高度，在"人民文艺"与"人的文学"相互缠绕、彼此涵纳、前后转换、时有冲突的复杂关联中，描绘出一幅完整全面的20世纪中国文学图景：既突破"人的文学"的"纯文学"想象，也打开"人民文艺"的艺术空间；既拓展"人民文艺"的"人民"内涵，也避免"人的文学"的"人"的抽象化……从而召唤出"人民文艺"与"人的文学"在更高层次上的辩证统一，"五四文学"与"延安文艺"在历史叙述上的前后贯通，共和国文学"前三十年"与"后三十年"在转折意义上的重新统合。

此中思考，意义颇丰，绝非学术研究范型转换所能简单涵盖。回想起来，我近十年间思考的问题的重心虽屡有转变，但基本的方向，或许正在此处。共和国文学"前三十年"与"后四十年"的贯通，必然涉及与"五四"以降之新文学传统，以及中国古典传统的关系问题。此问题的解决，也必然需要扎根于新的时代观念和现实经验之中。如此，"古"与"今"、"中"与"西"的观念藩篱一当破除，眼前自显障蔽尽去的活泼灵机，亦有学术观念全新视境的展开。

知我者谓我心忧，不知我者谓我何求。这不是矫情，亦非故作姿态，乃是"用世"之心屡屡受挫后的自然感发。晚近数年，"入世"愈深，愈发觉得由贺照田发起并持续推进的"人文知识思想再出发"背后的精神和现实关切的重要性和迫切性。其价值并非仅止于学术观念的选择，而是内含着学术与生活世界，与大地与他者与无穷的远方，无数的人们血肉相关的具体性。这里面有友爱和同情的政治学，有内在的、充盈的、沛然莫之能御的巨大的振拔力量。如果说以学术为志业能够安妥身心的话，窃以为，其根本的依托或在此处。

也不过使用了十之四五。这一部主述终南山古楼观历世真仙体道经验的小书《终南有仙真》，所涉时间起自春秋战国，结束于明末清初。所写虽集中于道教人物，却不可避免地需要涉及千余年间儒道释三教关系及其与时俯仰的复杂论题。因此机缘，我用心读了些三教的核心典籍及相关史料，尤其对佛道二教关系史颇多关切，多少也能窥得其表面的观念纷争后所涉的复杂时代命题及其隐微义。原计划在《终南有仙真》完稿后，再写一部《终南山古楼观历世仙真行状考辨》，但仍是临时插入的写作任务，中断了其时已然准备充分的计划。

三

2012年秋，受生活·读书·新知三联书店之邀，我有了一个编选"贾平凹文论集"的机会。我读贾平凹，始自20世纪90年代初，算来已二十余年矣。大学一年级时，几乎读完了能够见到的贾平凹的所有作品，包括孙见喜先生所著之两卷本《鬼才贾平凹》等资料，也读过一些研究文章，但并未有惯常所谓的"研究"的计划。只是喜欢，别无他图，也便读得随性，读得自由。这样漫无目的的阅读，"坏处"当然很明显——难以简单地窥得作家写作的整体面貌；"好处"也同样显明——不受约束，个人的心得感受便多。其时既有"文论集"编选的机缘，我便想通过编选的工作，将自己多年间阅读贾平凹作品的心得灌注其中，不独将其类乎"文论"的作品编辑成书而已。此后又两年余，我几乎没有再做别的工作，全力以赴地投入编选的工作。说来惭愧，此前我从未受过专业的文献史料的学术训练，所能依凭的，不过是为《终南有仙真》做写作的准备过程中"上穷碧落下黄泉"的尽可能"穷尽"史料的些许经验。当然也悉心阅读前辈学者的史料整理的观念和方法，其时对己启发甚大的是王风先生自述其编辑《废名集》的思考的文章《现代文本的文献学问题——〈废名集〉整理的文与言》。在编选《贾平凹文论集》的过程中，此文打印稿常置案头，随时翻阅，获益良多。既然不愿所编"文论集"不过是作家类乎"文论"的文章的简单合集，也便需要有新的思考，要能显现出编者自身对所收文章价值的整体考量。搜集文章的辛苦无须多论，"文论集"编选真正的难度，主要在此处。

许是潜在得益于《终南有仙真》写作过程中观念的自然变化所致之阅读作品重心的转移。此番再读贾平凹作品及相关序跋、书信等自述写作经验的文章，我更为注意的是其间所彰显出的贾平凹赓续中国古典传统的努力，及其之于作品境界和审美表达方式拓展的意义。这种意义当然不局限于贾平凹一人，由之上溯，可知孙犁、汪曾祺、沈从文、废名，甚至包括鲁迅、周作人等作家作品与中国古典传统间之承续关系。如孙郁先生所言，"五四"一代人服膺近乎"全盘反传统"观念者居多，但要以此为圭臬概而论之，却也并非文学史事实。若注目于此，或能打开读解"五四"以降新文学的新进路也未可知。也是机缘巧合，就在我为编选原则而颇费思量之际，王德威先生应邀来陕讲学，在陕西师范大学逸夫科技楼北报告厅中，王德威以"史诗时代的抒情声音"为题，做了极富观念拓展意义的报告。其以"抒情"二字在中国古典传统之意义流变为切入点，广泛论及"抒情传统"在中国文学（不拘于古典文学）中因应时代的不同变化。而在现代以来百年中国文学中，"抒情传统"则以沈从文始，以贾平凹终。此种宏阔思考，让我为之一震。原本关于编选原则的犹疑不定顿然消隐。我决定以古典传统赓续的显隐为核心，编辑这一套书。

又一年后，"贾平凹文论集"分《关于小说》《关于散文》《访谈》三卷出版，也基本贯穿了打通古典传统和现当代传统的思路。三卷编讫，仍觉未能充分体现贾平凹融通古典传统的多样面目，于是再编《贾平凹书画论集》（未刊）。编辑这四卷文集过程的一些未必成熟的想法，差不多都写进《从"史料"到"文献"——以贾平凹〈文论集〉〈书画论集〉的编选为例》（《文艺争鸣》2016年第8期）及"文论集"的编选说明中了。也因有了全面、系统地阅读贾平凹文论文章的机会，一些原本模糊和不自觉的想法，渐渐如一颗种子发芽、生长一般，变得清晰和自觉起来。而有了一定的自觉意识，"嘤其鸣矣，求其友声"，我便在前辈和同代学者中寻找观念的"同道"。古典文学及文论界会心于此者颇多，故而后来的数年间，我在阅读古典作品及相关研究文章上用力甚多。如此数年，尝试性打通中国古典传统和现当代传统的"大文学史观"（《"大文学史观"与贾平凹的评价问题》，《小说评论》2015年第6期）的想法逐渐发生。后来发现，这一种自己劳心费力甚多所获之体悟并非"空谷足音"，在汉学家那里，早已有较为成熟的形态，只是不曾将之广泛延伸至现当代文学而已。如王德威以陈世骧所论之"抒情传统"说打开重解现代文学的新路；浦安迪以中国古典文论之核心概念、范畴和术语读解"四大奇书"的阐释方式，以及台湾古典文学研究界柯庆明、颜昆阳、郑毓瑜等学者"重解"古典传统的努力等等，虽未以"大文学史观"名之，却确实在做着古今、中西融通的探索，成果也堪称斐然。以他们的研究为引导，我随之有计划地阅读古典文论的重要典籍，虽未必全然弄通，收获却是极大，也深感自己逐渐走出了自晚清开启，至"五四"强化的文化的"古今中西之争"的观念藩篱。当此之际，真如令狐冲在华山后山偶遇前辈高人风清扬，得受有醍醐灌顶、振聋发聩之效的提点，胸怀因之大畅，眼前逐渐现出"一个生平所未见、连做梦也想不到的新天地"。

四

此"天地"之新，不独方法的转换，更含思路的调适。有此做底子，再得机缘谈《创业史》《平凡的世界》及柳青、路遥的文学观念问题，想法自然与前不同。古典传统与现当代传统的融通当然重要，"延安文艺"与新中国文学的贯通也不可不察。更何况此前为"路遥传"的写作做准备的过程中，已感"延安文艺""十七年文学"与"新时期文学""断裂"的思路的局限。仅以路遥论，其创作起步于20世纪60年代至70年代之交，发展于70年代至80年代初，"集大成"于80年代中后期，其间虽与当代文学史的数个分期"合拍"，思路和方法却并不相同。概而言之，当代文学史叙述中的"新时期文学"与"十七年文学"甚或"延安文艺"的超克关系，在路遥的写作中并未发生。换言之，即便身在西方现代主义、后现代主义影响力几乎无远弗届的80年代，路遥的写作，仍然扎根于柳青传统的观念和审美方式之中，并成为"延安文艺"精神在80年代延续的典型。由此，在《讲话》以降文学观念的连续性意义上读解柳青、路遥的写作，其意义便不仅止于"重解"陕西文学经典，而是蕴含着打开理解当代文学新路径的可能。即便自谓以"剥离"柳青影响而完成《白鹿原》的写作的陈忠实，其人其作仍可放入柳青传统的延长线上理解。其他如贾平凹、陈彦，早期写作也皆受以柳青为代表的陕西文学的现实主义传统的影响，即便此后有基于自身心性、才情的进一步发挥，仍可归入现实主义因应时代和现实之变的自然调适。颇具意味的是，柳青、路遥作品对中国古典传统的"不见"，在陈忠实、贾平凹、陈彦作品中得到了路径不同却大义相通的发挥。由《蓝袍先生》至《白鹿原》，儒家传统在现代语境中的渐次式微并不能简单地视为一曲"挽歌"而不做进一步的反思；贾平凹《废都》《古炉》《老生》《山本》及新作《秦岭记》将中国古典思想和审美传统大加发挥，遂开当代小说以中国思维书写中国经验的重要一维，其意义也不局限于文学资源的个人选择，乃是有表征当代文学整体经验的重要意义。陈彦先以现代戏名世，其"西京三部曲"影响遍及大江南北，转事小说写作后，《装台》《主角》《喜剧》及新作《星空与半棵树》不仅表明其融通自身此前生活和写作经验的努力，亦呈现出会通以柳青、路遥为代表的陕西文学的现实主义传统，以及打通中国古典传统的多元统合以开出新境的努力。至此，融通中国古典传统、"五四"以降之新文学传统及《讲话》以来的社会主义文学传统的思路几乎水到渠成、自然而然地形成了。如不以这一种更具包容性和概括力的文学史思路读解作家作品，则虽有"洞见"，"盲见"和"不见"更为突出。数部当代文学史在柳青、路

五

去年年底，再逢个人生活道路转折的重要机缘，孰料"惶惑"实多于"欢喜"。近一个月间，头脑中时常映现那个尚处于青春期的少年在月牙山下灞水边苦读中外文学名著且萌发最初的写作欲念的形象。那时虽心性未定，却已有寄身于文学的坚定信念。数十年过去了，年齿渐长，成绩有限，生活道路也屡有变化，爱文学的初心却未被消磨。遥想当年，读《庄子》，至"鱼相忘乎江湖，人相忘乎道术"，颇有些心动，以为窥得学术与人生的真义所在。此后多年，虽自西方文论研习转至道家、道教研究，再至当代文学研究，学科区分颇大，心思却始终如一——俯仰于天地间，感通多样消息，于被给定的时代和现实中上下求索，勉力开出自家面目，若能稍窥"相忘乎道术"之境，则吾愿足矣，不复他求。

原载《传记文学》2023年第3期